LAUREN NORTH

ICH BIN IHRE MUTTER

Übersetzt von
Johannes Schmid & Cyra Pfennings

bookouture

Die Originalausgabe erschien 2024 unter dem Titel
„I'm Her Mother“
bei Storyfire Ltd. trading as Bookouture.

Deutsche Erstausgabe herausgegeben von Bookouture, 2025
1. Auflage Juni 2025

Ein Imprint von Storyfire Ltd.
Carmelite House
50 Victoria Embankment
London EC4Y 0DZ

deutschland.bookouture.com

Der gesetzliche Vertreter in der EEA ist Hachette Ireland
8 Castlecourt Centre
Dublin 15 D15 XTP3
Ireland
(email: info@hbgi.ie)

ISBN: 978-1-83618-717-2
eBook ISBN: 978-1-83618-716-5

Für meine Lektorin Lucy

PROLOG

Dunkelheit umgibt den Parkplatz. Nur von einer einzelnen Reihe Straßenlaternen dringt ein gedämpfter gelber Schein zu uns herüber, der jedoch ausreicht, um die Pistole und die unbewegliche Hand, die sie hält, zu erkennen.

Beim Anblick der Pistole, dieses schwarzen Lochs, spüre ich einen Ruck in der Brust. Wie konnte es nur so weit kommen? Ich wende den Blick ab, schaue nach links und rechts, aber es gibt keinen Ausweg. Kein Entkommen. Die Brise, die vom offenen Wasser herüberweht, bläst den Geruch von Benzin in meine Nase. Hundert Meter weiter setzt sich ratternd der Motor einer großen weißen Fähre in Gang.

Die Pistole hat uns verstummen lassen. Die Luft ist wie elektrisch geladen, und ich habe das Gefühl, die pochenden Pulsschläge aller hier zu hören. Hämmernd und panisch.

»Du verdienst das alles.« Meine Stimme klingt kräftiger, als ich mich fühle, aber ich weigere mich, meine Angst noch länger zu zeigen.

Die Emotionen, die ich in den letzten Tagen durchlebt habe, holen mich ein, wie Hände, die an meinem Körper zerren und mich in die Tiefen eines pechschwarzen Meeres reißen. Ich habe kaum geschlafen, kaum gegessen, kaum geatmet.

Irgendwer schreit, aber ich verstehe nicht, was. Der Lauf der Pistole bewegt sich von einer Person zur nächsten. Ein Keuchen.

»Wollen wir uns vielleicht alle mal beruhigen?«, ruft eine Stimme.

»Nein, das wollen wir ganz bestimmt nicht«, antwortet eine andere.

Ich will doch nur, dass meine Tochter in Sicherheit ist.

Meine Tochter. *Meine.* Ich bin ihre Mutter. Das wiederhole ich im Stillen immer und immer wieder. Jetzt sind wir hier, trotz allem, was ich getan habe. War das von Anfang an abzusehen? Nach all den Jahren, nach allem, was wir durchgemacht haben, und jetzt das.

»Ich setze dem hier jetzt ein Ende.« Die Stimme klingt hasserfüllt und zornig.

»Ich wollte sie doch nur beschützen«, schluchze ich.

Ich bewege mich leicht zur Seite, lasse den Lauf der Pistole aber nicht aus den Augen. Plötzlich lässt der Wind nach und es kommt mir so vor, als wäre die Welt stehen geblieben. Wir sind zu Statuen erstarrt. Dieser Moment dauert nur eine Sekunde, dann passiert alles auf einmal.

Die Pistole wird auf mich gerichtet. Ich werde sterben. Das sehe ich an dem wütenden Blitzen in den Augen, die mich schon so lange verfolgen.

Ein Lichtblitz, ein Schuss wird abgefeuert. Dann noch einer. Der Lärm ist ohrenbetäubend. Ich bewege mich, ohne nachzudenken, mein Instinkt leitet mich.

Zu spät.

Und dabei wollte ich doch nur meine Tochter beschützen.

Die Kugel trifft mich, mein Brustkorb explodiert vor Schmerz. Meine Lunge, mein Blut, mein ganzer Körper brennt.

Als meine Beine nachgeben, sehe ich noch, wie der Asphalt näher kommt.

Ich bleibe da liegen, wo ich hingefallen bin. Ich kann mich nicht bewegen. Der glühende Schmerz drückt mich zu Boden. Um mich herum kann ich Schritte und Geräusche hören. Jemand nimmt meine Hand, ruft meinen Namen.

»Ich bin ihre Mutter.« Ich versuche, die Worte laut auszusprechen, und vielleicht tue ich das auch. Meine Lippen bewegen sich, aber ich höre mich nicht. Meine Gedanken werden immer tiefer in das trübe schwarze Wasser gezogen. Es ist zu spät. Jetzt ist es wirklich vorbei.

Ich habe versagt.

TAG EINS: 16 UHR, SONNTAG, 30. JULI

EINS

ISOBEL

Isobel lässt den Blick über die unzähligen Autos und Menschen vor der Raststätte an der M3 schweifen und fragt sich, ob es sich angesichts all des Packstresses, der stundenlangen Planung und der langen Autofahrten überhaupt lohnt, Urlaub zu machen. Sie sehnt sich danach, zu Hause zu sein. Mit Glück brauchen sie noch eine Stunde.

»Mummy, Daddy, können wir Pause machen? Ich muss Pipi«, ruft Lola vom Rücksitz, wo sie in ihrem Kindersitz gefangen ist. Trotz der vielen Stunden beim Logopäden, auf die Rolys Mutter dieses Jahr bestanden hat, lispelt sie noch ein wenig.

Isobel setzt schnell ein breites Lächeln auf und dreht sich zu ihrer dreijährigen Tochter um. Liebe durchflutet ihre Brust, wie jedes Mal, wenn sie sie ansieht. »Ich weiß, Schatz, wir müssen nur noch einen Parkplatz finden.«

Mit roten Wangen und vom Schlaf zerzaustem blondem Haar runzelt Lola die Stirn und windet sich unter den Gurten ihres Kindersitzes. Isobel fühlt sich nach vier Stunden Autofahrt nicht minder derangiert.

Als sie Roly anschaut, fällt ihr einmal mehr auf, wie gut er aussieht, auch wenn er eine finstere Miene aufgelegt hat und ungeduldig auf dem Lenkrad trommelt, während ein Auto vor ihnen langsam rückwärts aus dem Parkplatz ausparkt, auf den sie warten. Hinter ihnen hat sich bereits eine Schlange aus wartenden Autos gebildet. Es ist wirklich nicht fair, dass er immer noch so gut aussieht, genauso verwegen und jugendlich wie vor zehn Jahren, als sie ihn kennengelernt hat. Manchmal hat sie das Gefühl, zu alt für ihn zu sein, obwohl sie drei Jahre jünger ist als er, erst vierundvierzig. Das ist doch noch jung, oder nicht? Manchmal ist sie sich da nicht so sicher.

Er seufzt und betätigt die elektronischen Fensterheber an seiner Tür. Einen Sekundenbruchteil später fahren alle vier Autofenster runter und lassen die nach Benzin und fettigem Essen duftende Außenluft herein. Draußen weht außerdem eine leichte Brise, und es fühlt sich eher nach April als nach Juli an.

»Damals«, beginnt er zu murmeln, als hinter ihnen ein anderes Auto hupend drängelt. »Damals«, wiederholt er, »als Dante die neun Kreise der Hölle beschrieben hat, hat er Autobahnraststätten am Sonntagnachmittag vergessen.«

Dieser Kommentar ist so typisch Roly. Diese Woche hat er dem italienischen Dichter bereits vorgeworfen, schlechten Service in Restaurants und Supermarktkassen in seinem *Inferno* ausgelassen zu haben. Zu einem anderen Zeitpunkt hätte Isobel vielleicht darüber gelacht, aber Rolys zusammengezogene Augenbrauen verraten ihr, dass er die Rückfahrt aus Cornwall genauso satthat wie sie. Außerdem müssen sie Lola schnellstens zu den Toiletten bringen, bevor noch ein Missgeschick passiert und entsprechendes Gebrüll folgt.

»Lass Lola und mich doch schon mal aussteigen, dann kannst du in Ruhe parken«, schlägt sie vor.

»Gute Idee«, erwidert er. »Ich muss sowieso noch kurz telefonieren, und wer weiß, wie lange dieser Typ hier noch braucht. Vielleicht sollte ich ihm einfach vorschlagen, für ihn auszuparken.« Wenn er genervt ist, wird sein Akzent stärker, und er klingt ganz nach dem Privatschüler und Eton-Absolventen, der er ist.

»Besser nicht«, sagt sie und lächelt in der Hoffnung, dass er scherzt. Bei Roly weiß man das immer nicht so genau.

Er grinst zurück und legt ihr kurz die Hand auf den Oberschenkel. Sie tauschen einen Blick aus, und sie weiß ganz genau, dass sie beide an gestern Abend denken müssen. Selbst nach neun Jahren Ehe verzehrt sie sich immer noch nach ihm. Vielleicht lohnt sich Urlaub ja doch. Guter Sex, Zeit mit der Familie und vor allem eine Woche ohne die täglichen Anrufe ihrer Schwiegermutter.

»Ich will doch nur hören, ob es meinem Enkeltöchterchen gut geht«, sagt Margaret immer. *Kontrollieren*, ob es ihr gut geht, würde es eher treffen, findet Isobel. Die Anrufe sind allerdings immer noch besser als die vielen unangekündigten Besuche, bei denen Rolys Mutter plötzlich mit ihrem Koffer bei ihnen vor der Tür steht.

»Mummy?« Lolas Stimme klingt drängend.

»Ich komme, meine Kleine.«

Isobel steigt schnell aus dem grauen Range Rover aus und eilt mit steifen Beinen, verspanntem unterem Rücken und ebenfalls gefüllter Blase um das Auto herum zu Lolas Sitz.

»Auf geht's«, sagt sie, schnallt Lola ab und nimmt sie auf den Arm. Vorne auf dem zerknitterten gelben T-Shirt ihrer Tochter ist ein Schokoladenfleck, der bestimmt nicht mehr rausgehen wird. »Willst du Barnaby mitnehmen?«

Lola schaut zu ihrem zerschlissenen Lieblingsplüschbär, den sie eigentlich immer dabeihat, und schüttelt dann den Kopf. »Der schläft.«

»Bist du dir da sicher?«, fragt Isobel mit Singsangstimme, wohl wissend, dass Lola ihre Meinung gern in Sekundenbruchteilen ändert.

»Beeil dich, Iz«, ruft Roly ihr zu, und Lola klettert aus

ihrem Arm, um selbst zu laufen. Ihnen bleibt sowieso keine Zeit, um Barnaby zu holen.

»Nimm meine Hand«, weist Isobel sie an und schaut sich auf dem überfüllten Parkplatz um, bevor sie der Frau in dem Auto hinter ihnen entschuldigend zuwinkt, die ihr als Reaktion eine Handgeste zeigt, die Isobel ignoriert. Was für ein Problem haben die Leute nur mit Range Rovern? Sie haben doch einfach nur auf einen Parkplatz gewartet, wie alle anderen auch.

»Wir sehen uns vor den Klos«, ruft sie Roly zu, bevor sie Lola vorsichtig über den Parkplatz führt.

Im Inneren des runden Kuppelgebäudes der Raststätte herrscht das gleiche Chaos. Die Leute drängen sich zwischen den verschiedenen Verkaufsschaltern und dem Essbereich mit Stühlen und Tischen in der Mitte, und in der abgestandenen Luft hängt der Geruch von Nudeln und Kaffee. Wirklich überall sind Menschen – Teenager in Grüppchen, quengelnde Kinder und genervte Erwachsene. Isobel zieht Lola sanft am Arm und manövriert sie um die lange Schlange vor dem McDonald's-Schalter herum. Dabei entdeckt sie die Schlange für Costa und fragt sich, ob sie sich für Rolys Koffeinverlangen wirklich in diese endlose Schlange wird stellen müssen.

Wie kann es eigentlich sein, dass noch niemand auf die Idee gekommen ist, eine Art Erste-Klasse-Raststätte für diejenigen zu entwerfen, die kein Problem damit hätten, extra zu bezahlen, um in Ruhe und einer sauberen Umgebung Pause machen zu können, ohne ... ohne all das hier. So schwer wäre das doch gar nicht. Man könnte einen Jahresbeitrag fordern und einen exklusiven Anbau mit unauffälligem Eingang danebensetzen, den nur eine ausgewählte Minderheit kennt, so wie bei der VIP-Lounge am Flughafen Heathrow.

O Gott, sie klingt wie ein Snob. Sie klingt wie Margaret, merkt sie und verzieht das Gesicht.

»Ducky!«, schreit Lola verzückt und deutet auf eine unsagbar hässliche leuchtend gelbe Plüschente, die geschickt am Eingang zur WHSmith-Filiale platziert wurde. Die Zeitungsauslage lenkt Isobel kurz ab. Scarlett Peters' Gesicht blickt ihr von dort entgegen. Unverkennbar mit ihrem glänzenden roten Haar. Es wird nach neuen Informationen zu der vermissten Frau gesucht. Isobel ist ihr nur einmal begegnet, und das ist schon Jahre her. Bei einem Abendessen haben sie sich kurz zugelächelt, doch seit sie vor etwa vier Monaten verschwunden ist, muss Isobel andauernd an sie denken. Wie kann es sein, dass sich eine schöne junge Frau einfach in Luft auflöst?

»Mummy, kann ich die Ducky?«, unterbricht Lola ihre Gedanken.

»Wir gehen erst aufs Klo«, bestimmt sie. Auf Lolas Bett ist kein Platz mehr für weitere Kuscheltiere, das weiß sie, aber sie kommt nicht umhin, sich die strahlende Freude auf dem Gesicht ihrer Tochter vorzustellen, während sie die Ente entgegennimmt.

»Du verwöhnst sie zu sehr. Mein Enkeltöchterchen braucht Grenzen.«

Auf dem Weg zu den Toiletten schlägt Isobel der Geruch von Reinigungsmitteln und Exkrementen entgegen.

»Ich mag alleine«, fordert Lola und lässt Isobels Hand los. Während sie auf die Klokabine zusteuert, kreisen ihre besorgten Gedanken um Bakterien und mögliche Unfälle, doch sie sagt nichts.

Margarets Stimme erklingt wieder in ihrem Kopf: *»Das meinst du doch wohl nicht ernst, Isobel. Sie ist fast vier, da wird sie ja wohl allein auf die Toilette gehen können.«*

Lola ist im Urlaub schon viel selbstständiger geworden. Das macht Isobel stolz und ein bisschen traurig zugleich. Es ist nicht so, dass sie geglaubt hat, ihre einzige Tochter würde für den Rest ihres Lebens abends in ihren Armen einschlafen, aber es fehlt ihr doch mehr, als sie sich jemals eingestehen würde.

Auch wenn es sie wurmt, aber sie muss zugeben, dass

Margaret in genau diesem einen Punkt recht hat. In ein paar Wochen wird Lola vier. Im September kommt sie in die Vorschule. Isobel sollte sie nicht mehr wie ein Baby behandeln.

»Ich bin gleich nebenan«, sagt sie und klopft gegen die Plastiktrennwand. Lola klopft zurück, ihr *Klopf, Klopf, Klopf-klopf-klopf* bringt sie zum Lächeln.

Dann überwältigt ihr eigener Harndrang sie plötzlich, und Isobel zwängt sich aus ihrer Skinny Jeans – was für eine dämliche Wahl für eine fünfstündige Autofahrt nach einem Urlaub voller Dreigangmenüs und ohne ihre anstrengenden Einheiten im Fitnessstudio, wo sie sonst regelmäßig trainiert. Aber Roly liebt es, wenn sie diese Hose trägt, und sie hatten doch so eine schöne Woche miteinander. Es fühlt sich gut an, wenn er ihr seine Aufmerksamkeit schenkt und seine blauen Augen ihr folgen, wenn sie den Raum betritt. So war es früher auch, als er sie manchmal mitten in der Nacht geweckt hat, um sie zu küssen, mit ihr zu reden und seine Hände dabei über jeden Zentimeter ihres Körpers gleiten zu lassen.

Auch im Urlaub hat er zu jeder Tages- und Nachtzeit Anrufe erhalten. »*Das ist ein Kunde, der ein Investment besprechen will*«, hat er immer gesagt und den Raum verlassen, um ranzugehen. Sie hat versucht, ihm zu glauben.

Doch, denkt sie, als sie auf der Toilette sitzt und endlich ihre Blase leeren kann. Der Urlaub hat sich gelohnt, trotz der langen Fahrt und dem ganzen Gepacke. Genau das haben sie gebraucht, um wieder zueinanderzufinden, nachdem Roly Anfang des Jahres angefangen hat, sich seltsam zu verhalten.

Noch immer weiß sie nicht, warum eine so düstere Wolke über ihrem Ehemann hing, die ihm jegliche Energie und seinen sonst so unbändigen Optimismus zu rauben schien. »*To be is to do, Iz. Das wusste schon Sokrates. Lass uns Spaß haben*«, hat er sonst immer gesagt. Stattdessen war er leicht reizbar und fuhr sie häufig an, manchmal auch Lola. Alternativ hat er sich in seinem Schneckenhaus verkrochen und schien in einer Welt zu leben, in der er seine Familie kaum wahrnahm. Zwischendurch hatte sie Angst, es liege an ihr, dass die Seitenhiebe seiner Mutter ihn doch zermürbt hatten oder dass er eine andere hatte und sie bald sitzen lassen würde, obwohl sie sich doch beide so sehr eine Familie gewünscht haben.

Doch dann hat die Wolke sich langsam verzogen und es gibt mittlerweile wieder mehr gute als schlechte Tage. Der Urlaub hat geholfen. Jetzt ist alles wieder perfekt. Sie sind perfekt.

Solange sie noch allein ist, entsperrt sie schnell ihr Handy und öffnet Instagram. Die Likes und Kommentare zu ihren Urlaubsfotos aus Cornwall, die sie am Morgen hochgeladen hat, bringen sie zum Lächeln. Sie schaut sich noch einmal alle Bilder ihres Posts an und bewundert ihre eigenen muskulösen Arme und ihre durchtrainierte Figur. All die Stunden, die sie im Fitnessstudio verbracht hat, während Lola im Kindergarten war, haben sich bezahlt gemacht.

Workouts haben ihr nie Spaß gemacht, und sie hat sie eher als lästige Pflicht angesehen, die sie zwischen den langen Stunden im Büro eingeschoben hat, als sie noch in der Stadt gearbeitet hat. Nachdem sie eine Familie gegründet hatten und Isobel die Karriere, die sie sich hart erarbeitet hatte, dafür aufgegeben hatte, musste sie ihre Fitnesseinheiten zwischen Lolas Schlafzeiten unterbringen.

Doch jetzt, da Lola in den Kindergarten geht – wieder so eine von Margarets Ideen –, brauchte Isobel ein Hobby, um sich von der konstanten Trennungsangst abzulenken, die sie überkommt, sobald sie ihre Tochter abgibt. Mittlerweile liebt sie das Fitnessstudio, und sie liebt es, dass Rolys Hände seitdem immer etwas länger auf ihrem durchtrainierten Körper verweilen, wenn er sie berührt.

Seine mit tiefer Stimme geflüsterten Worte von gestern Abend schießen ihr in den Kopf: »*Ich will für immer in dir sein, Mrs Huntington.*«

Bei einem Foto von ihr und Roly hält sie inne. Arm in Arm

stehen sie da, und beim Anblick seiner breiten Schultern und seinem leicht schiefen Grinsen regt sich wie immer etwas in ihr. Sie sind beide blond – er natürlicherweise, sie dank ihres Friseurs in Knightsbridge, den sie alle sechs Wochen aufsucht –, und der Wind spielt vor der sandigen Küste Cornwalls sanft mit ihren Haaren. Sie schaut sich das nächste Foto an, das sie zu dritt zeigt; Lola trägt ein weißes Sommerkleidchen, und sie lächeln alle fröhlich in die Kamera.

Die perfekte Familie.

Zum Glück kennt niemand die Wahrheit.

Der Gedanke kommt ganz plötzlich, aus dem Nichts, so wie immer. Und jedes Mal erwischt er sie eiskalt, trotz seiner Regelmäßigkeit. Auch jetzt breitet sich die bekannte Panik in ihr aus, und ihr wird schlecht. Sie schluckt, um sie loszuwerden. Lola geht es gut. Sie ist in der Kabine nebenan.

Isobel zieht sich die zu enge Jeans hoch und muss an ihren Babybauch und an Lola als winziges Neugeborenes denken.

Dann klopft sie erneut gegen die Trennwand. »Fertig, Lola?«, ruft sie.

Es kommt keine Antwort.

ZWEI
EMMA

Der dröhnende Lärm der Händetrockner schlägt Emma entgegen, als sie die Toilette betritt. Sie sieht sich in dem beengten Raum vor den Waschbecken um und entdeckt ihr kleines Mädchen, das auf Zehenspitzen dasteht und versucht, mit ausgestreckten Fingern den Seifenspender zu erreichen.

Emma tritt neben sie, um sich die Hände zu waschen. Unter dem kühlen Wasserstrahl zittern sie. Diese nervöse Anspannung in ihrem Körper begleitet sie schon seit Tagen. Seit Wochen. Ihr ganzes Leben lang? Ihr Herz hämmert gegen ihren Brustkorb, und das Rauschen ihres Blutes verursacht ein schwindeliges Gefühl. Doch jetzt ist sie hier. Sie hat ihre Tochter gefunden. Und allein darauf kommt es an.

Das Wasser stoppt automatisch. Während sie sich die Hände an der Jeans abwischt, schaut sie in den Spiegel. Auf das Gedränge und den Krach an den Händetrocknern hat sie keine Lust, am liebsten würde sie sich die Ohren zuhalten wie ein kleines Kind. Warum müssen die Dinger auch so laut sein?

Der Jeansstoff an ihren Oberschenkeln ist durch die beiden nassen Streifen dunkler geworden. In ihrem letzten Schuljahr, als sie nichts als Abiturvorbereitungen und die glänzende

Zukunft, die vor ihr lag, im Kopf hatte, war das ihre Lieblingsjeans. Alles war möglich, und sie war so optimistisch. Ihr Traumleben wartete auf sie.

Auch danach hat sie die Hose jeden Tag getragen und sie donnerstags nach der Uni gewaschen und im Flur zum Trocknen über die Heizung gehängt, auch wenn ihre Mutter sich beschwerte, dass sie damit die Tapete kaputtmache. Die Tapete mit ihrem unruhigen und furchtbar hässlichen Blumenmuster war sowieso schon kaputt. Sie war älter als Emma selbst, und außerdem hatten ihre älteren Brüder sie beim achtlosen Herumschleppen ihrer Sporttaschen an unzähligen Stellen beschädigt. Dazu kam, dass sich schon seit Ewigkeiten die Nähte an den Stellen lösten, an denen der Kleber nachgab. Darum verdrehte sie stets nur die Augen und hängte die Jeans trotz des Unmuts ihrer Mutter in den Flur.

Direkt nach dem Waschen saß die Jeans immer am besten, darum musste sie für freitagabends frisch gewaschen sein, wenn Damien sie nach ihrer Schicht im Supermarkt abholte und mit zu irgendeiner Party von einem seiner Freunde nahm.

Vor ein paar Monaten hat sie die Jeans hinten in ihrem Kleiderschrank gefunden. Sie ist mittlerweile ganz ausgeblichen und sitzt anders, aber vielleicht hat Emma sich auch verändert. Innerlich und äußerlich. An eine glänzende Zukunft denkt sie nicht mehr. Nur noch an ihren verzweifelten Wunsch, ihrer Gegenwart zu entkommen. Die Jeans mag sie trotzdem noch, der weite Schnitt kaschiert ihre Figur.

Erneut schaut sie in den Spiegel. Letztens hat sie online gelesen, dass es jetzt Gesichtserkennungskameras gibt, die in Glas eingebaut sind und so Millionen von Gesichtern aufzeichnen, ohne dass jemand etwas mitbekommt. Als sie den Rost am Rand des Spiegels entdeckt, beschließt sie, dass er vermutlich sicher ist.

Das Gesicht, das ihr entgegenblickt, ist jung; unschuldig sieht es aus, trotz der lächerlichen Menge an Eyeliner um die

Augen. Noch immer wird sie ständig nach ihrem Ausweis gefragt, auch wenn sie nächsten Monat fünfundzwanzig wird. Das muss an ihren großen Augen liegen – Augen wie die einer Disney-Prinzessin –, die sie jünger erscheinen lassen. Und an ihrem Haar, das dick und glänzend braun ist und sich schön lockt, wenn sie es offen auf dem Rücken trägt.

Heute ist ihr Haar nicht zu sehen, sie hat es zurückgekämmt und unter einer langen blonden Perücke mit Pony versteckt, die auf der Website als »angenehm zu tragen« und »natürlich aussehend« beschrieben wurde. Beides trifft nicht zu, aber sie hat das Beste draus gemacht, und sie scheint niemandem aufzufallen. In ein paar Minuten kann sie die Perücke sowieso ausziehen. Sobald sie hier raus sind.

Möglichst beiläufig befühlt sie die künstlichen Spitzen der blonden Haare und zieht dann leicht an einem der rosa Riemen des Dora-the-Explorer-Rucksacks, damit er von ihrer Schulter in ihre Armbeuge rutscht.

»Ducky«, sagt Lola neben ihr und streckt ihre Hand nach dem gerade erworbenen gelben Kuscheltier aus, das aus dem Rucksack herausragt.

Emma dreht sich um und schaut ihre wunderschöne Tochter an, diese schulterlangen blonden Haare und die niedliche Stupsnase – sie gehört zu ihr! Ihre Tochter steht allein vor den Waschbecken. Das Zittern in ihren Händen breitet sich über ihre Arme in ihrem gesamten Körper aus. Sie weiß nicht, ob sie noch atmet.

Als eine lärmende Gruppe Teenagerinnen sich vor den Händetrocknern versammelt, geht sie in die Knie, um auf Augenhöhe leise mit Lola sprechen zu können. Sie will nicht, dass irgendjemand sie belauscht. »Hi«, sagt sie und versucht sich mit aller Mühe an dem freundlichen und vertrauenswürdigen Lächeln, das sie schon so lange übt. »Gefällt dir meine Ente?« Sie holt das gelbe Spielzeug aus dem Rucksack. Eine innere Stimme drängt sie, sich zu beeilen, sich das Mädchen zu schnappen und abzuhauen, aber sie zwingt sich, langsam vorzugehen. Wenn Lola jetzt anfängt zu weinen, dann ist alles verloren. »Ich habe sie gerade aus dem Regal da draußen gerettet und suche jetzt nach einer lieben Besitzerin für sie. Kennst du zufällig jemanden?«

Lola strahlt. Das breite Lächeln bringt ihre Grübchen zur Geltung, als sie mit den Händen durch das weiche Fell der Ente fährt. »Ja, mich«, flüstert sie und schaut Emma flehend an.

»Super, dann komm mal mit«, antwortet sie in einem Ton, der verlockend klingen und Spaß versprechen soll, und mit einer Stimme, der Kinder vertrauen. Sie nimmt ihre Tochter bei der Hand. Die kleine Hand ist warm und noch ein bisschen feucht, aber sie passt perfekt in ihre eigene. Emma geht einen Schritt, und für einen kurzen Augenblick, in dem ihr Herz stillzustehen scheint, bleibt Lola wie angewurzelt stehen und schaut sich zu einer der verschlossenen Toilettenkabinen um. Sie wirkt zögerlich, dann schaut sie zurück zu Emma und neigt den Kopf zur Seite, als würde sie überlegen. Schließlich nickt sie und die beiden setzen sich in Bewegung – weg von den Toiletten, dem Krach der Händetrockner und den Menschenmengen, die auf ihr Essen warten.

Beeilung! Beeilung!

Den Blick nach unten, immer nach unten. Nicht aufschauen, sonst wird sie noch entdeckt.

Schnell gehen, aber nicht rennen. Bloß keine Aufmerksamkeit auf sich ziehen. Ihr Herz hämmert weiterhin wie wild. Sind sie hier?

Jeden Moment wird es passieren, noch einen Schritt und einer von ihnen wird sie aufhalten. Sie hält den Kopf gesenkt und hofft einfach, dass die blonde Perücke und das Make-up reichen.

Lolas Hand entgleitet ihr ein wenig, und Emma verlangsamt ihr Tempo minimal. »Ducky hat mir erzählt, dass sie

Süßigkeiten liebt«, sagt sie. »Ich habe ihre Lieblingssüßigkeit im Auto: Gummibärchen.«

»Ich mag Gummibärchen«, sagt Lola und drückt die Ente an sich. »Und Barnaby auch. Das ist mein Teddy.«

»Ich kenne Herrn Barnaby Bär. Er ist auch im Auto. Komm, wir beeilen uns besser, nicht, dass er noch alle Süßigkeiten aufisst.«

Ihre Tochter muss kichern. Damit hat sie sie endgültig an der Angel. Jetzt kann sie ihren Schritt wieder beschleunigen. Sie eilen durch die Türen und auf den kleinen blauen Peugeot zu. Die vordere Stoßstange hat eine Delle, deren Anblick ein kurzes Stechen in ihrer Magengrube auslöst. Sind das Schuldgefühle oder Zweifel? Sie ist sich nicht sicher.

Sie muss daran denken, wie Haz ihr von der Delle erzählt hat. *»Ich schwöre, Em, dieser Poller war lebendig. Da war nichts, und dann ist der mir plötzlich vors Auto gesprungen.«* Er ist auf ihrem Bett herumgehüpft, die dünnen Arme ganz dicht an seinen Körper gepresst, das dunkle Haar in alle Richtungen abstehend wie bei einem jungen Albert Einstein, und hat den lebendig gewordenen Poller nachgeahmt. Sie musste so sehr lachen, dass sie Seitenstechen bekam. *»Malik hätte mich fast umgebracht«*, sagte er und wurde bei der Erwähnung seines Bruders plötzlich ernst. *»Er meinte, dass er mir das Auto nie wieder leiht.«*

Sie wünschte, ihr bester Freund wäre jetzt hier. Es geht nicht anders, das weiß sie, aber trotzdem wünscht sie ihn sich her.

Emma öffnet die Beifahrertür und hebt Lola auf den Sitz auf der Rückbank, den sie letzte Woche extra auf dem Flohmarkt gekauft hat. Während sie mit den Gurten kämpft, schreit die Stimme in ihrem Kopf, dass sie sich beeilen solle.

Fast geschafft.

Hinter ihr ertönen Schritte. Schwere, stampfende Schritte.

Sie wirbelt herum, doch es ist nur ein Junge, den ein zotteliger Golden Retriever an der Leine hinter sich herzieht.

»Süßis?«, fragt Lola, als Emma sich auf den Fahrersitz fallen lässt.

»Eine Sekunde. Wir fahren erst los.«

Der Motor startet sofort, und sie reihen sich in eine Schlange aus Autos ein, die auf die Ausfahrt zukriechen. Schnell schaut sie sich mit eingezogenem Kopf in alle Richtungen um, aber niemand schaut zu ihnen. Niemand verfolgt sie.

Lola wimmert; es ist nur ein leises Geräusch, doch anscheinend realisiert sie gerade, dass irgendetwas nicht stimmt. Sie erreichen die Ausfahrt und haben freie Bahn. Emma drückt das Gaspedal durch, und weg sind sie. Frei.

Endlich kann sie wieder richtig atmen. Erleichterung durchströmt sie fast so schnell, wie sie fährt. Wie gern würde sie jetzt sofort Haz anrufen, um ihm zu erzählen, dass sie es geschafft hat. Sie denkt an das Handy unten in ihrer Tasche, ein Handy ohne Vertrag. Das hat sie nur für den Notfall. Sie hat versprochen, es nicht zu benutzen, sollte es nicht dringend notwendig sein.

Als sie sich sicher ist, auf der richtigen Straße in Richtung Osten zu sein, greift sie mit einer Hand nach dem zerschlissenen alten Teddybär auf dem Sitz neben ihr, den sie aus dem Range Rover geklaut hat, und reicht ihn ihrer Tochter.

»Barnaby!«, ruft Lola und schließt den Bär in ihre Arme, in denen sie auch schon die Ente hält.

»Und hier hast du auch die Süßigkeiten«, sagt Emma und gibt ihr eine kleine Tüte Gummibärchen. »Aber gib Ducky welche ab.«

»Mach ich«, antwortet das kleine Mädchen ernst nickend. Der Bär und die Süßigkeiten scheinen sie zu beruhigen. »Versprochen.«

Emma muss die plötzlich in ihr aufsteigende brennende

Angst herunterschlucken. Hunderte Möglichkeiten, was alles passieren könnte, schwirren ihr im Kopf herum. Was alles schiefgehen kann! Und es gibt nur einen Ausweg – die Flucht. Sie müssen so schnell wie möglich, so weit es geht, weg von hier.

Sie musste das tun. Sie musste! Ihre Tochter schwebt in Gefahr, und Emma ist die Einzige, der das bewusst ist; die Einzige, die sie retten kann.

Du bleibst jetzt bei mir, das verspreche ich dir. Ich bin deine Mutter. Ich werde dich retten.

DREI

ISOBEL

Sie entdeckt Lola weder bei den Waschbecken noch bei den Händetrocknern. Sie sieht sie auch nicht vor dem großen Spiegel am Eingang zu den Toiletten stehen, um so zu tun, als würde sie Lippenstift auftragen, so wie sie es schon mindestens hundertmal bei Isobel gesehen hat. Sie spürt ein besorgtes Flattern in der Brust. Isobel klopft noch einmal an die Tür der Kabine, in der Lola eben noch war. »Lola? Lola, bist du da drin?«

Die Sekunden verstreichen wie in Zeitlupe. Sie atmet tief durch. Bestimmt kämpft Lola mit ihrer Unterhose oder sitzt noch verträumt summend auf der Toilette. Dann öffnet sich die Tür. Das ist nicht Lola.

»Darf ich mal?« In der Tür zu der Klokabine, auf die Lola eben gegangen ist, steht eine dicke Frau in einem grünen Jogginganzug.

»Entschuldigung, ich …«, beginnt sie, doch die Frau schiebt sie beiseite, und der Rest des Satzes bleibt Isobel im Hals stecken.

Es ist so weit!

Die lähmende Angst, die ihre Muskeln tagein, tagaus in

Anspannung versetzt hat, die andauernd durch ihren Körper fährt und wegen der sie sich nicht mehr getraut hat, das Haus zu verlassen, ist wahr geworden. Lola ist weg, davor hat sie sich immer so gefürchtet.

Isobel wirbelt herum und schreit: »Lola?«

Ihre Vernunft, der kritisch und logisch denkende Teil ihres Gehirns, dank dem sie so gut in ihrem Job als Vermögensverwalterin war, den sie vor Lola ausgeübt hat, meldet sich und will ihr einreden, dass ihre Tochter mit Roly vor den Toiletten steht, aber sie kann nicht anders, als loszurennen, um es mit eigenen Augen zu sehen, auch wenn sie dabei in ihrer Verzweiflung mehrere Menschen anrempelt.

Das Hauptgebäude kommt ihr noch voller vor als eben. Wieder wird ihr angesichts des Geruchs von widerlichem Fast Food fast schlecht. Oh, sie wird sich übergeben müssen. Inmitten all der Leute! Roly ist nicht da. Lola ist nicht da. Niemand grinst sie frech an oder reicht ihr eine kleine Hand mit abgeplatztem rosa Nagellack. Ihr Herz pocht viel zu heftig und viel zu schnell. Sie kann nicht aufhören zu hyperventilieren.

Isobel muss daran denken, wie sie vor einem Jahr mit der damals zweijährigen Lola auf einem klebrigen Indoorspielplatz in Shepherd's Bush war. Ein Junge aus Lolas Kindergarten hat dort Geburtstag gefeiert. Isobel hatte keine Lust und wäre nicht mit Lola hingegangen, wenn die Mutter nicht die Freundin einer Freundin von jemandem wäre, den Margaret kennt, die wiederum deshalb von dem Kindergeburtstag erfuhr.

»Selbstverständlich geht ihr hin, Isobel. Wie soll Lola denn jemals Freunde finden, wenn du sie den ganzen Tag zu Hause einschließt?«

»Sie ist erst zwei. Ich glaube nicht –«

»Das wird euch guttun. Ich spreche mit Roly.«

Natürlich duldete sie keine Widerrede.

Am Abend vor dem Fest konnte Isobel nicht schlafen. Ihre

Gedanken rasten. Was, wenn Lola beim Spielen stürzen und sich den Arm oder gar das Genick brechen würde? Was, wenn ältere Kinder sie ärgern würden? Ihr übel würde? Oder natürlich das passieren würde, wovor Isobel sich am meisten fürchtet: dass Lola entführt wird. Sie stellte sich vor, wie ihr jemand eine Hand über den Mund legen, sie schnell hochheben und aus der Hintertür davontragen würde.

Doch sie sind hingegangen und am Anfang war auch alles in Ordnung. Sie ist Lola durch den plüschigen Hindernisparcours gefolgt und hat auf der hellgelben Rutsche ihre Hand gehalten. Dann wollte eine von Lolas Freundinnen Verstecken spielen, und Lola entzog Isobel ihre Hand.

»Mummy ist zu groß. Zugucken.«

Und genau das hat sie getan. Aus dem Cafeteriabereich hat sie beobachtet, wie ihre Tochter durch den Parcours flitzte, bis ihr Handy klingelte. Für die Vermögensverwaltung, bei der sie das Geld ihrer Kunden auf Konten in Steueroasen überwiesen hat, sodass ihr offizielles Einkommen niedrig, ihre nicht realisierten Gewinne jedoch hoch blieben, arbeitet sie nicht mehr. Durch Steuertricks hat sie dem reichsten ein Prozent früher geholfen, noch reicher zu werden. Einen einzigen Kunden hat sie jedoch behalten. Nicht, weil sie das Geld brauchen – Rolys Treuhandfonds und seine Position in der Firma bringen mehr als genug ein –, aber bei dem Kunden handelt es sich um einen Freund von Roly, der nur Isobel vertraut.

An dem Tag auf dem Indoorspielplatz bellte er ins Handy und regte sich über einen Brief vom Finanzamt und eine Abgabefrist auf, die sie sowieso auf dem Schirm hatte. Um ihn zu beruhigen, hat sie sich für eine Minute ein Stück von den hallenden Schreien der Kinder entfernt. Ihr einziger Kunde erwartet von ihr, dass sie sofort alles für ihn stehen und liegen lässt. Er ist die Art von Mann, der kein Nein akzeptiert, und wenn sie ehrlich ist, hat sie manchmal Angst vor ihm. Nicht oft, aber oft genug, sodass sie immer abnimmt, wenn er anruft.

Als er beschwichtigt war und sie sich wieder zu dem leuchtenden lila Netz umdrehte, war Lola verschwunden.

Mit der gleichen wahnsinnigen Energie, die sie jetzt gerade verspürt, hat sie wie verrückt zwischen den weichen Kissen nach Lola gesucht, bis sie sie im Bällebad vergraben beim Spielen mit einer anderen Freundin fand.

So wird es auch jetzt sein, versucht der logisch denkende Teil ihres Gehirns ihr einzureden, während sie die Menge mit den Augen absucht. Ein Moment, der für eine schlaflose Nacht sorgen und ihre Gedanken bis in die frühen Morgenstunden rasen lassen wird. Eine Erinnerung daran, besser aufzupassen und lieber zu Hause zu bleiben. Dort sind sie sicherer und glücklicher.

Und doch kann sie nicht aufhören, sich ein alternatives Szenario auszumalen. Sie reißt ihr Handy regelrecht aus ihrer Hosentasche und ruft Roly an. Er geht nicht dran. Normalerweise legt er sein Handy nie aus der Hand, doch ausgerechnet jetzt, wo sie ihn dringend braucht, nimmt er natürlich nicht ab.

Schnell blinzelt sie, um die Tränen zurückzuhalten und ihre Panik unter Kontrolle zu bekommen. Während sie sich im Kreis dreht, hält sie nach Lolas gelbem T-Shirt Ausschau. »Lola?«, ruft sie erneut, doch ihre Stimme verliert sich in dem hallenden Lärm des Gebäudes.

Die Übelkeit kehrt zurück, ihr schmerzen die Wangeninnenseiten, und sie muss sich Mühe geben, sich nicht vornüberzubeugen.

Sie ist hier irgendwo.

Aber Isobel kann sie nicht finden, nicht bei den dicken gelben Plüschenten und nicht bei den rosa Zeitschriften mit den Plastikspielzeugen. Lola sitzt auf keinem der Stühle in der Mitte und schaut sich auch nicht sehnsüchtig einen ihrer Lieblingsdonuts an. Sie steht nicht am Eingang und streichelt einen Hund oder klettert auf dem Spielplatz herum. Sie ist nicht da.

Ein Schluchzen lässt ihren Körper erzittern.

»Isobel?« Sie fährt herum und erblickt Roly. »Was ist –?«

»Ist Lola bei dir?«

»Nein.« Er hebt die Augenbrauen und schaut zum Spielplatz und dann wieder zu ihr. »Wo –?«

»Ich kann sie nicht finden.« Isobel wirft sich in seine Arme, während eine Erklärung aus ihr hervorsprudelt. Sie sei aus der Klokabine gekommen und Lola sei nicht mehr da gewesen. Als sie sich aus seinen starken Armen gelöst hat, laufen sie Hand in Hand noch einmal zu all den Orten, an denen sie gerade schon war. Es dauert länger, bis auch Roly panisch wird. Doch als sie jeden Zentimeter des Parkplatzes abgesucht haben und mit vom Schreien heiseren Stimmen wieder vor ihrem eigenen Auto stehen, weicht auch ihm alle Farbe aus dem Gesicht.

Isobels Augen wandern zu der Autoschlange an der Ausfahrt. Es sind so viele, und darin sitzen so viele Menschen, die in so viele unterschiedliche Richtungen fahren. Ein riesiger Kloß bildet sich in ihrem Hals und schnürt ihr den Atem ab, doch sie schafft es trotzdem noch irgendwie zu schluchzen, als ihr aufgeht, was gerade passiert ist. Und dass es echt ist. Lola ist weg.

Und sie ist schuld. Wenn sie auf einem Jahrmarkt oder bei einer Veranstaltung oder in einem Stadtzentrum gewesen wären, hätte sie Lola fest an der Hand gehalten und niemals losgelassen, doch hier, wo alles so normal und alltäglich scheint, hat Isobel die Gefahr nicht erkannt.

O Gott, was hat sie nur getan.

»Ruf die Polizei, Roly.« Ihre Stimme zittert. Das Stakkato ihrer Worte lässt sie erneut realisieren, was passiert ist. Ihr kleines Mädchen ist weg. Und zwar nicht nur in ihrer Fantasie. Ihre Übelkeit stammt diesmal nicht von einer lähmenden Panikattacke. Gott, wenn sie an all die Male denkt, als sie aus dem Bett gestiegen ist, um wieder und wieder zu kontrollieren, dass alle Fenster und Türen verschlossen sind. All die Male, als sie ihren Hausarzt angerufen hat, um nach einem weiteren

Rezept für ihr Antidepressivum zu verlangen. Diesmal ist ihr Albtraum wahr geworden.

»Ich bin schon dabei«, sagt er und öffnet die Beifahrertür. »Setz dich kurz, Iz, während ich telefoniere.«

Sie sinkt auf den Sitz des Range Rovers und lässt ihren heißen Tränen freien Lauf. Während sie ihr die Wangen hinabströmen, hört sie kaum, was Roly sagt, um ihr zu versichern, dass alles gut werde, denn das wird es eindeutig nicht. Als er sich das Handy ans Ohr drückt, überkommt sie das Verlangen, sich zu entschuldigen. Immerhin ist er Lolas Vater. Für ihn ist das Ganze genauso schlimm wie für sie, aber dennoch fühlt es sich für sie anders an. Ihr wurde das Herz aus dem Brustkorb gerissen.

Die Dringlichkeit in Rolys Stimme beruhigt sie ganz kurz. Sie ist erleichtert, dass auch er von Panik und Angst aufgefressen wird, doch gleichzeitig erschüttert sie das auch. Roly ist normalerweise so ruhig, dass sie manchmal fast wütend wird. Während sie von den Ereignissen in ihrem Leben gezeichnet ist, hat er alles unbeschadet überstanden. Ihre Hochzeit; ihre vielen Versuche, ein Kind zu bekommen; dann Lola; ihre ersten Worte und Schritte. Doch jetzt steht auch er unter Schock.

»Und zwar schnell«, sagt Roly. »Bitte.«

Sie dreht sich um und schaut aus dem Heckfenster, hinter dem er auf und ab läuft, doch ihre Augen bleiben an dem Kindersitz hängen, in dem Lola jetzt sitzen und fragen sollte, ob sie sich etwas auf dem iPad in der dicken rosa Hülle anschauen dürfe, das sich immer in ihrer Nähe befindet.

Der Anblick der Leere auf der Rückbank ist schmerzhaft. Moment – plötzlich bemerkt sie etwas. Da hinten fehlt nicht nur ihre Tochter, sondern auch ihr rosa Rucksack und Barnaby, der Bär.

Isobel stürzt sich über die Lederarmstütze nach hinten. Das rosa iPad liegt auf dem Boden, daneben ein *Eiskönigin*-Malbuch, in dem Prinzessin Elsa vollgekritzelt wurde. Sie kommt zu einer unerträglichen Erkenntnis, und dennoch kann sie nicht aufhören, die Rückbank abzusuchen.

Barnaby ist weg, genauso wie Lolas Rucksack mit ihrem Lieblingsspielzeug, den sie immer mitnimmt – ob in den Kindergarten, zu Restaurantbesuchen mit Isobel und Roly oder nach Huntington Hall, dem riesigen Anwesen auf dem Land, wo ihre Großmutter wohnt.

»*Vielleicht will ich ja was spielen, Mummy.*«

»Roly?«, ruft sie.

Keine Antwort.

»Roly?«, ruft sie lauter.

Die Tür neben Lolas Kindersitz geht auf und Roly duckt sich herein und schaut sie besorgt an. »Iz, was machst du da?«

»Hast du das Auto abgeschlossen?« Ihre Atmung geht so schnell und flach, dass ihr Brustkorb sich vor Anstrengung sichtbar hebt und senkt. Ihr Sichtfeld beginnt zu verschwimmen.

»Ich ... ähm ... Was machst du da auf der Rückbank?«

»Barnaby ist weg, und Lolas Rucksack auch.«

»Die hat sie wahrscheinlich mit zur Toilette genommen.«

»Hat sie nicht. Roly, das hat sie eben nicht. Wir haben beides hiergelassen. Hast du das Auto offen gelassen?« Ihr Hals wird schon wieder von einem Schluchzen blockiert.

»Nein«, sagt er, doch auf seinem Gesicht dämmert eine Erkenntnis auf. Erst runzelt er die Stirn, dann kneift er die Augen zusammen. So schaut er immer, wenn er etwas vermasselt hat, etwa wenn er vergessen hat, dass sie irgendwo einen Tisch reserviert haben, ihr Jahrestag oder Isobels Geburtstag ist (selbst der ist ihm einmal entfallen), oder er nicht daran gedacht hat, rechtzeitig zu Hause zu sein, um Lola einen Gutenachtkuss zu geben.

»Roly?«

»Ich bin ein paar Schritte vom Auto weggegangen, um zu telefonieren. Ich glaube, die Fenster waren noch auf. Das war maximal eine Minute. In der Zeit muss jemand ihre Sachen genommen haben. Aber warum?«

Die Frage hängt in der Luft zwischen ihnen, und weder sie noch er wollen sie beantworten, wollen die Erkenntnis, die bereits Isobels ganzen Körper erzittern lässt, laut aussprechen.

Sie lässt sich in den Sitz zurücksinken und spürt, wie ein düsteres Gefühl der Vorahnung Besitz von ihr ergreift. Tief in ihrem Inneren weiß sie, dass Lola weg ist. Dass ihr wunderschönes kleines Mädchen entführt worden ist, und zwar nicht einfach so aus einer Gelegenheit heraus. Das war eine geplante Tat.

VIER

EMMA

Emma nimmt die blonde Perücke ab und löst das Haargummi. Dabei schallt Balus »Probier's mal mit Gemütlichkeit« trompetend durch den Wagen. Ihren Eyeliner und ihr Make-up kann sie jetzt noch nicht abwaschen, darum wird sie sich kümmern, sobald sie in ein paar Stunden am Wohnwagen angekommen sind.

Der Text des Liedes, den sie glaubte, vergessen zu haben, fällt ihr plötzlich wieder ein, und sie beginnt mitzusingen: »… und die Sorgen weg.« Sie lächelt Lola im Rückspiegel zu. Ihr kleines Mädchen drückt Ducky und Barnaby an sich und singt murmelnd mit. Den minimal verängstigten Ausdruck in ihrem Gesicht versucht Emma zu ignorieren.

Wie üblich stellt sie sich einen prachtvollen Gerichtssaal vor. Manchmal ist sie die Prozessanwältin, die mit Fragen nur so um sich wirft, manchmal ist sie die Richterin. Heute jedoch ist sie die Angeklagte und sitzt vor der Richterbank.

»*Warum haben Sie Lola Huntington aus der Raststätte in Winchester entführt?*« Sie malt sich den strengen Blick und die Hakennase ihres alten Juradozenten Mr Kelp aus. Diesmal ist er der Anwalt.

»Weil ich ihre Mutter bin.«

»Lügnerin.«

»Ich bin ihre Mutter. Und anders hätte ich sie nicht bekommen.«

»Lügnerin.«

»Ich lüge nicht. Ich bin ihre Mutter.«

In ihrem Inneren zieht ein Sturm auf, der Wut mit sich bringt. Und Angst und Sorge und Schuldgefühle und Zweifel. Der Sturm wütet unerbittlich. Sie ist Lolas Mutter, das sagt sie sich immer wieder laut und deutlich in ihrem Kopf. Anders hätte sie sie nicht bekommen.

»Los geht's!«, ruft sie mit aufgesetzter Leichtigkeit, um nicht nur Lola, sondern auch sich selbst zu beruhigen. Schnell wirft sie einen Blick in den Rückspiegel. Hinter ihr fahren ein dunkelblauer BMW und eine rote Limousine. Die Info speichert sie ab. Noch keine Sirenen. Keine Polizeikolonne, keine Helikopter. Aber das bedeutet nicht, dass sie nicht hinter ihr her sind.

Die Polizei wird Lola wieder zu diesen Leuten bringen. Bei denen ist sie nicht sicher. Sie werden Emma nicht glauben. Ihr nicht helfen. Sie werden sie ins Gefängnis stecken, oder zurück in die Klinik, und ... Nein, daran darf sie gar nicht erst denken.

Manchmal sehnt sie sich so verzweifelt danach, eine Zeitreise machen zu können und wieder diejenige zu sein, die diese Jeans zum ersten Mal trug. Dann würde sie sich selbst sagen, dass sie schnell eine Million Kilometer in die entgegengesetzte Richtung rennen soll. Andererseits hätte sie dann nicht Lola. Emma kann sich vielleicht vorstellen, wie sie im Gerichtssaal ihrer Fantasie sitzt. Sie kann sich Tausende Dinge vorstellen, die jetzt schiefgehen könnten. Aber ein Leben ohne Lola? Das kann sie sich nicht vorstellen.

»... mit Ruhe und Gemütlichkeit«, singt sie.

Sie späht auf die Uhr des Armaturenbretts. Seit sechs Minuten sind sie jetzt auf der großen Straße unterwegs. Lolas

Fehlen wird mittlerweile bemerkt worden sein. Die Polizei wird auf dem Weg zur Raststätte sein. Man wird die Überwachungskameras prüfen und sie und Lola darauf entdecken, wie sie zu einem blauen Peugeot sprinten. Das Nummernschild wird darauf zu erkennen sein. Das Auto ist auf Haz' Bruder Malik zugelassen. Von Malik werden sie irgendwann auf Haz kommen, und von Haz auf sie. Das wird ihr etwas Zeit verschaffen, genau wie die Perücke und das Make-up, und mehr brauchen sie nicht.

Und als wären ihre Ängste auf die Straße vor ihr projiziert worden, taucht vor Emma plötzlich eine kaum sichtbare graue Kiste am Straßenrand auf. ANPR – Automatic Number Plate Recognition, ein System zur automatischen Nummernschilderkennung. Dadurch weiß die Polizei nicht nur, wem ein Auto gehört, sondern auch, wo es sich befindet. Dafür muss nur das Kennzeichen eingetippt werden, und schon wird die Polizei per Computer alarmiert, wenn das entsprechende Auto auf einer der vielen Kameras an Straßen und Autobahnen und in den kleinen und großen Städten des Landes auftaucht. Ein Anruf wird genügen, und dann hat die Polizei sie.

Sie muss von dieser Straße runter und das Auto irgendwo zurücklassen, so wie geplant.

Der BMW wechselt auf die Überholspur und fährt an ihr vorbei. Emma ermahnt sich, zu atmen, und zählt beim Einatmen bis fünf und atmet dann durch leicht geöffnete Lippen aus. »Vier, fünf, sechs«, flüstert sie.

Haz hat ihr nahegelegt, diese Atemübung zu lernen. *»Em, du solltest echt ein bisschen entspannter werden«*, hat er am Tisch der Cafeteria zu ihr gesagt und sich dann verstohlen umgeschaut, ob ihnen jemand zuhörte. *»Sonst kommst du hier nie raus.«*

Sie wünschte, Haz würde jetzt neben ihr sitzen. Sie weiß jetzt schon, dass sie ihr Versprechen brechen und ihn gleich mit dem Notfallhandy anrufen wird. Ja, sie kennt ihn erst seit ein paar Jahren, aber ihre Freundschaft ist unverwüstlich, schließlich haben sie sich unter den schlimmstmöglichen Umständen an einem Ort kennengelernt, der wie die Hölle auf Erden war.

Von Anfang an hat es sich so angefühlt, als wäre Haz der einzige Mensch, der sie versteht. Sie weiß noch genau, wie sie ihn das erste Mal gesehen hat. In ihrer ersten Woche in der geschlossenen Psychiatrie knallte er sein Tablett neben ihres auf den Tisch und sagte mit Singsangstimme: »*Jetzt dauert's nicht mehr lang.*«

»*Was?*«, hat sie nachgefragt. Das plötzliche Erscheinen des großen, dünnen Jungen in ihrem Alter hat sie erschreckt. Seine Gliedmaßen erinnerten sie an Stöcke, und sein Haar war dunkel, lockig und lang, was seinem Bruder missfalle, wie er ihr später erzählte, dieser dränge ihn immer, es schneiden zu lassen.

»*Jetzt dauert's nicht mehr lang, dann werden diesem edlen Restaurant hier zwei Michelinsterne verliehen und es wird sich vor Gästen kaum retten können. Die Schlange wird ewig lang sein.*« Er deutete auf das gummiartige Hühnchen und den Haufen aus zerkochtem Gemüse.

Dann lachte er, und für ein paar Tage scherzten sie miteinander und suchten in ihrer Freizeit immer wieder die Nähe des anderen, bis sie das Gefühl hatten, sich schon immer zu kennen. Eine Welt ohne ihre Freundschaft konnte Emma sich nicht mehr vorstellen. Als Haz sie fragte, warum sie in der Klinik sei, erzählte sie es ihm. Er lachte nicht und bezeichnete sie auch nicht als verrückt. Stattdessen drückte er ihre Hand und sagte, er würde auf sie aufpassen.

Die Gedanken an Haz und die tiefen Atemzüge helfen. Die Panik ist noch nicht verebbt, aber ihr Brustkorb fühlt sich nicht mehr an, als würde er jeden Moment von der Wucht ihres Herzschlags explodieren.

Das hier ist der Plan. Sie muss darauf vertrauen.

Vor ihr taucht eine Abzweigung auf, die Kurve ist scharf

und führt auf eine kleine Landstraße, die sich durch die Landschaft schlängelt.

»Und etwas appetitlich ist …«, singt sie und setzt den Blinker. Dabei schaut sie erneut in den Rückspiegel. Die rote Limousine ist jetzt direkt hinter ihr und biegt ebenfalls auf die ruhige Landstraße ab. Es handelt sich um ein altes Volvomodell.

Sie beschleunigt, schaut auf die Straße, dann in den Spiegel, dann zu ihrer Tochter, dann wieder in den Rückspiegel. Das rote Auto ist immer noch da. Folgt es ihr? Ist das – Nein, sie verbietet sich diesen Gedanken, darüber darf sie nicht nachdenken. Dorthin darf sie nicht zurückkehren. Niemals, nie. Die Erinnerungen drängen sich in ihre Gedanken. Die Schreie. Abgeschlossene Türen. Betäubende Medikamente.

Nein.

Nie wieder.

Sie biegt unvermittelt links auf eine andere sich windende Straße ab und beschleunigt weiter. Der rote Volvo fährt geradeaus weiter, doch sie behält ihn trotzdem im Rückspiegel im Auge. Vielleicht blufft er ja.

Die Trompeten verstummen und in der Stille vor dem nächsten Lied spricht Lola. Ein kaum zu vernehmendes Flüstern. »Ich will zu meiner Mummy.«

»Alles gut, Lola«, sagt Emma. »Wir sind fast da.«

Eine neue Melodie setzt ein. Es ist ein Lied aus der *Eiskönigin*. Emma hat das Lied letzte Woche zum ersten Mal gehört, als sie die Playlist auf einem alten iPod erstellt hat, der mit keinem Benutzerkonto verknüpft ist. Für diesen Moment im Auto hat sie jedes Wort auswendig gelernt, um mitsingen zu können und Lola zu gefallen, ihr ein Gefühl von Sicherheit zu vermitteln. Denn das ist jetzt ihre Aufgabe – sie muss ihre Tochter beschützen. Das hätte sie schon Lolas ganzes Leben lang tun sollen. Bei diesem Gedanken fühlt sie kochende Hitze in sich aufsteigen.

Eine weitere Abzweigung taucht auf. Noch eine Nebenstraße. Sie hält an, lässt den Motor aber laufen. Niemand sonst befindet sich auf dieser Straße. Niemand folgt ihnen, und hier gibt es keine Überwachungskameras. Kurz muss Emma sich sammeln und ordnen.

»Ich will nach Hause«, wimmert Lola über die Musik hinweg.

»Bist du schon mal Bus gefahren, Lola?«

Das kleine Mädchen schüttelt den Kopf. »Nein.«

»Busfahren macht Spaß. Wir fahren noch ein Stück mit dem Auto weiter, dann steigen wir in einen Bus um. Und dann fängt unser Abenteuer an.«

»Ich will, dass Mummy auch mitkommt.«

»Alles wird gut.« Emma beißt die Zähne zusammen, versucht den Anflug von Frustration hinunterzuschlucken, der sie aus dem Nichts überkommt, und fährt wieder los. Lola muss verstehen, was hier gerade passiert, und aufhören, nach ihrer Mummy zu fragen. »Ich bin deine Mummy.« Sie formt die Worte nur lautlos mit dem Mund und zwingt sich, sie nicht laut auszusprechen. »Weißt du das denn nicht?«

Wieder setzt ein neues Lied ein. Emma versucht, mitzusingen, und fröhlich und gut gelaunt zu sein, aber die Erinnerungen in ihrem Kopf verdrängen den Text des Liedes.

Schon wieder hört sie die Schreie. Eher würde sie sterben, als dorthin zurückzugehen.

FÜNF

EMMA

Als sie noch eine weitere Stunde über gewundene Straßen gefahren ist, hält Emma an. Sie befinden sich auf einer unbefestigten Straße voller tiefer Schlaglöcher. Ein paar Asphaltreste sind noch zu erkennen. Vor zwei Wochen ist sie auf dieses kleine Versteck im Nirgendwo gestoßen, als sie alle möglichen Karten studiert und Stunden damit verbracht hat, durch die Gegend zu fahren und sich möglichst viel einzuprägen.

»Die sind schlau, Em, aber du bist schlauer.«

Ach, Haz. Sie braucht ihn gerade so dringend. Sie will, dass er ihr immer wieder sagt, dass sie mutig ist, dass sie *jemand* ist, bis sie ihm langsam glaubt.

Die Parkbucht ist fast komplett hinter einer wuchernden Weide verborgen, deren Äste tief herabhängen, fast wie Lianen, und die Schotterstraße berühren. Als sie letzte Woche auf dem Weg nach Cornwall war, saß sie hier fast einen halben Tag lang und hat die ruhigen Acker betrachtet, um sicherzugehen, dass dieser Ort auch wirklich der richtige ist, um das Auto zurückzulassen. Damals hat sich das hier alles noch wie ein rein hypothetischer Plan angefühlt, wie ein Traum.

Sie stellt den Motor ab und legt sich in der darauf folgenden Stille schnell ihre fröhlichste Stimme zurecht. »Komm, wir gehen unseren Bus suchen. Wir müssen nur das Feld hier überqueren.« Emma deutet auf ein Schwinggatter aus Metall.

»Mummy?«

Nicht schon wieder. Sie beißt die Zähne zusammen und schluckt die Worte hinunter, die sie am liebsten herausschreien würde. *Ich bin deine Mummy.* »Alles ist gut, Lola. Versprochen.«

Nichts ist gut, und es gefällt ihr gar nicht, Lola anzulügen, aber seit der nervenaufreibenden Aktion in der Raststätte und der kurzen Verfolgung durch diese rote Limousine sind ihre Nerven angespannt. Sobald sie im Bus sind, wird es ihr besser gehen. Sobald sie weit genug von der Raststätte und der Polizei weg sind, und von diesen Monstern, die dachten, sie könnten sich als Lolas Eltern ausgeben.

Sie schaut auf die Uhr, die sie hinten in einer Schublade gefunden hat. Es ist ein altes Modell mit weißem Ziffernblatt und silbernem Armband. Genau wie die Jeans stammt sie aus einer anderen Zeit, als die Welt noch Sinn ergeben hat und sie an das Gute im Menschen glaubte. Damals dachte sie, die Polizei und das Gesetz würden sie vor bösen Menschen beschützen. Darum wollte sie auch Jura studieren. Klar, auch im Recht gibt es Grauzonen, aber nicht im Strafrecht. Das hat sie immer für schwarz und weiß gehalten. Wer etwas Böses tat, so glaubte sie, wurde bestraft.

O Mann, war sie wirklich mal so naiv? Früher dachte sie, sie würde mal eine richtig gute Rechtsanwältin abgeben – die beste. Dieser Traum erscheint ihr jetzt so dämlich.

Die Uhr ist nicht besonders schick, aber dafür lässt sie sich nicht nachverfolgen. Sie hat kein GPS, kein mobiles Netz, keine Apps, die ihren Aufenthaltsort verraten könnten. Nur drei tickende Zeiger.

In acht Minuten kommt der Bus. *Bitte sei pünktlich,* betet sie, ein Gebet, das ans Universum gerichtet ist. *Sei pünktlich.*

Wieder wird sie unruhig. Sie müssen hier weg. Der Gedanke nagt an ihr, frisst sie von innen heraus auf und droht, sie zu verschlucken. Wie ein Monster, das in ihr lebt. Das werden die Leute nie verstehen, besonders die Ärzte nicht.

»Emma, Monster gibt es nicht. In Ihnen leben keine Monster.«

Dass so intelligente und studierte Menschen so dumm sein können, hat sie schon immer erstaunt.

Emma greift nach der Perücke auf dem Beifahrersitz und steigt aus dem Auto. Dann öffnet sie den Kofferraum und schwingt sich ihren Rucksack auf ihre Schulter. Ein Rucksack für sie beide und Lolas kleiner Rucksack müssen reichen – Wechselkleidung für Lola und sie und ein paar Hygieneartikel, eine Flasche Wasser und eine Bankkarte nur für Notfälle, die sie auf keinen Fall benutzen wird. Dann noch das nicht registrierte Handy. Sie können durch nichts getrackt werden. Nur sie und Lola. Sie hat einen Plan. Und den muss sie jetzt durchziehen. Lola gehört jetzt ihr. Egal was passiert, sie wird sie nicht wieder zurück zu diesen Leuten gehen lassen. Koste es, was es wolle.

Sie stopft die Perücke in eine Seitentasche des Rucksacks und nimmt die Kopfbedeckungen aus dem Kofferraum – eine schwarze Adidas-Kappe für sie und einen gelben Fischerhut mit Peppa Wutz für Lola. Vor zwei Tagen hat sie gesehen, wie Lola vor einem dieser Läden an der Strandpromenade von St Ives, die Sandspielzeug und Schwimmreifen verkaufen, darauf gezeigt hat. Die Menschen, die so tun, als wären sie Lolas Eltern, haben nicht mal von ihren Handys aufgeschaut, aber Emma hat es gesehen.

»Schau mal, was ich für dich habe«, sagt sie, als sie die Autotür an Lolas Seite geöffnet hat und ihrer Tochter den Hut hinhält.

Die kleinen Finger greifen nach dem Saum des Stoffs, und Lola schenkt ihr ein kleines Lächeln, das Emma ein bisschen beruhigt. Sanft setzt sie Lola den Hut auf, der ihr feines weißblondes Haar bedeckt. Doch als Lola mit Ducky unter dem einen und Barnaby unter dem anderen Arm aus ihrem Sitz klettert, wird Emma klar, dass sie den ersten Fehler gemacht hat.

Die Kopfbedeckungen sollen eigentlich der Tarnung dienen, aber das kann sie sich sparen. Die Menschen werden sich nicht an irgendeine Frau mit einem kleinen Mädchen erinnern, geschweige denn an ihre Haarfarben, ihr Alter oder ihre Gesichtszüge, aber sie werden sich an eine große und sehr gelbe Ente erinnern.

Verdammt!

Der Kauf war spontan – als sie Isobel und Lola durch die Raststätte gefolgt ist, hat sie sich im Bruchteil einer Sekunde dazu entschieden. Um Lola zu ködern, mit ihr zu kommen. Denn wenn ihre Tochter ihr in dem einen ausschlaggebenden Moment nicht vertraut hätte, wären all ihre Pläne und Träume für die Tonne gewesen.

»Komm, wir stecken Ducky in deinen und Barnaby in meinen Rucksack, bis wir aus dem Bus steigen. Dann können wir sie besser tragen.«

Lola umklammert ihre Stofftiere fester und starrt sie an. Ihre erste kleine Auseinandersetzung.

Emmas Kiefer verspannt sich, und das Blut in ihren Adern pulsiert vor Stress. In fünf Minuten kommt der Bus, und sie müssen noch das gesamte Feld überqueren. »Lola, bitte! Ich habe noch mehr Süßis«, versucht sie es mit Singsangstimme, kann ihre Verzweiflung aber nicht komplett verstecken.

Lola zögert, und Emma nutzt diesen Moment, um sie loszuscheuchen. »Na also.« Schnell kniet sie sich hin und öffnet ihren Rucksack. Er ist voll, darum zieht sie einen Pullover für Lola heraus.

Die Fahndung ist womöglich schon raus, doch gesucht

werden ein kleines Mädchen in einem gelben T-Shirt und eine blonde Frau, keine Frau mit braunem Haar und Kappe mit einer Tochter in einem hellgrünen Pullover.

»Willst du den hier anziehen?«, fragt sie. »Es ist ein bisschen kalt, oder?« Dann nimmt sie ihr Ducky ab und stopft sie in den Rucksack, der zwar kaum zugeht, aber fürs Erste muss das reichen. Als Nächstes verschwindet Barnaby in Lolas Rucksack, und dann setzen sie sich endlich in Bewegung. Sie rennen fast und mittlerweile betet Emma, dass der Bus zu spät kommt.

Kurz bevor sie den Rand des Felds erreichen, kommt die Bushaltestelle in Sicht. Emma dreht sich kurz um und schleudert den Autoschlüssel in ein Brennnesselgestrüpp. Im Stillen entschuldigt sie sich bei Haz' Bruder Malik. Wie und wann oder ob das Auto je seinen Weg zurück zu ihm finden wird, weiß sie nicht. Aber in vierundzwanzig Stunden wird sie das Land verlassen haben und niemand, nicht mal die Polizei, wird sie finden. Nur das zählt.

»Überleg mal, Em. Wir müssen nur raus aus England, dann ist alles gut.«

Hoffentlich hast du recht, denkt sie, als sie genau in dem Moment an der Straße ankommen, als der Bus langsam auf sie zugerollt kommt.

SECHS
ISOBEL

»Iz.« Rolys Stimme holt Isobel zurück in die Realität, in der sie gar nicht sein will. Sie blinzelt und erblickt die vertraute Form ihres Hauses in Richmond, umgeben von den Grünflächen von Ham Common. Es ist ein großes Londoner Stadthaus, das mit seiner hellgrauen Steinfassade und den riesigen Fenstern in allen drei Etagen aussieht, als wäre es der Serie *Bridgerton* entsprungen.

Sie liebt dieses Haus. Manchmal steht sie komplett neben sich und kann kaum atmen, bis sie in den luftigen Flur tritt und die große Holztür hinter sich schließt. Doch das Verlangen danach, zu Hause zu sein, das sie an der Raststätte ergriffen hat, ist wie weggeblasen. Sie will hier nicht sein. Das geht nicht. Nicht ohne Lola. Erneut steigen ihr die Tränen in die Augen. Es war ihr kaum möglich, den Parkplatz in Winchester zu verlassen. Sie wollte dort bleiben, aber dann ist die Polizei gekommen und der Detective hat sie überzeugt, nach Hause zu fahren. Er heißt DI Frank Gardner. Seinem starken Akzent nach zu schließen kommt er aus Manchester, aber er hatte keine Ahnung, wer Lola entführt hat oder wo sie ist.

»Es ist besser, wenn wir nach Hause fahren und dort auf

Neuigkeiten warten«, hat Roly gesagt und sie ins Auto gelockt. Schweigend sind sie nach Hause gefahren. Unterwegs hat sich eine erdrückende Dunkelheit über ihre Gedanken gelegt, die sie zu ersticken drohte. Wird sie ihre Tochter je wiedersehen?

»Ich kann da nicht reingehen«, sagt sie und starrt hinauf in den dunkler werdenden Himmel. Es ist schon nach sieben. Lola sollte jetzt gebadet werden und sich eine Gutenachtgeschichte aussuchen. Wie kann es nur sein, dass Lola ... wie kann es nur sein, dass sie jetzt in einer Welt leben, in der das gerade nicht passiert?

»Doch, das kannst du, Schatz. Wenn wir erst mal was gegessen und eine Tasse Tee getrunken haben, geht's dir bestimmt besser. Wir müssen jetzt stark sein und positiv denken.«

Allein beim Gedanken an Essen dreht sich ihr der Magen um. Seit dem Frühstück hat sie keinen Bissen mehr runtergekriegt. Ihre Gedanke wandern zurück zum Morgen, als sie im Haus in Cornwall Pfannkuchen mit Ahornsirup und knusprigem Bacon gemacht hat – Rolys und Lolas Lieblingsfrühstück. Roly hat einen Smiley in seinen Pfannkuchen geschnitten und ihn sich wie eine Maske vors Gesicht gehalten, sodass Lola in Gekicher ausgebrochen ist.

»Mit Essen spielt man nicht, das sagen wir Lola doch immer«, tadelte sie ihn, musste aber selbst lachen. In dem Moment hätte sie ihm fast ihr Geheimnis verraten. Lola war gerade von ihrem Stuhl aufgesprungen, um ihre Spielsachen zusammenzupacken, und Roly hatte Isobel zu sich auf den Schoß gezogen und sie geküsst. Das war so schön und süß, dass ihr die Worte auf der Zunge lagen. Aber es war zu früh dafür, darum schluckte sie nur und sagte sich, dass so ein perfekter Moment erneut kommen würde. Ob sie die Worte jetzt jemals wieder finden wird, weiß sie nicht.

Allein die Erinnerung daran, wie normal alles am Morgen noch gewesen ist, lässt ihre Sicht wieder verschwimmen.

»Die Koffer hole ich später«, sagt Roly und öffnet die Autotür. »Ich muss meine Kunden und im Büro anrufen und Bescheid sagen, dass ich nicht erreichbar bin.«

»Wie kannst du jetzt nur an die Arbeit denken?« Sie unterdrückt ein Schluchzen und bereut ihre Frage sofort. Roly sieht verletzt aus, das erkennt sie in seinen weit aufgerissenen Augen.

»Ich muss doch nur Bescheid sagen, dass ich gerade nicht kann, Iz«, sagt er. »Das ist alles. Sonst klingelt mein Handy andauernd.«

Sie nickt. »Tut mir leid.« Rolys Job ist ihm sehr wichtig, das weiß sie, auch wenn sie manchmal findet, dass er ein bisschen lächerlich und irrelevant ist. Er arbeitet als Client Relationship Director für dieselbe Vermögensverwaltung, für die auch Isobel früher gearbeitet hat. Seine Aufgabe besteht darin, sicherzustellen, dass die Kunden zufrieden sind. Egal wie. Nicht selten bedeutet das, dass er sie in Londons edelste Restaurants einlädt, mit ihnen Golf spielen geht oder mitten in der Nacht ihre Anrufe entgegennimmt.

Er beschwichtigt sie, verwöhnt sie und ermuntert sie zu weiteren Investitionen. Im Büro geht er ein und aus, wie er lustig ist, denn er muss sich nur vor den anderen Vorstandsmitgliedern verantworten.

Erst nach ein paar Monaten Beziehung verstand Isobel, warum Roly arbeitet, obwohl er das gar nicht müsste. Dank seines Treuhandfonds könnte er auch gut und gern den ganzen Tag machen, worauf er Lust hat, so wie seine Schwester Felicity. Aber Roly ist ehrgeizig und gefallsüchtig. Er will verehrt werden. Und genau deshalb arbeitet er in der Firma, in der auch sein Vater vor seinem Tod gearbeitet hat – um seiner Mutter zu gefallen. Und welcher Job könnte für ihn besser geeignet sein, als eine Position, in der es nur darum geht, Kunden zu gefallen und sie dazu zu bekommen, ihn zu verehren?

Roly nimmt ihre Hand. Seine eigene Hand ist warm und

fühlt sich stark an. Diese Stärke braucht sie jetzt. Sie fügt sich und steigt aus dem Auto. Auf halbem Weg zu den vier Stufen, die hinauf zum Haus führen, fliegt plötzlich die Tür auf. Vor ihnen steht Margaret in ihrer üblichen weißen Leinenhose und einer ihrer Kaschmirstrickjacken. Isobel bleibt wie angewurzelt stehen. Das Grauen, das sie bereits auf dem Parkplatz gespürt hat, kehrt zu ihr zurück. Am liebsten würde sie die Zeit um dreißig Sekunden zurückspulen und sich doch weigern, aus dem Auto zu steigen.

»Oh, Roly, mein Liebling. Wie geht es dir?«, ruft Margaret händeringend und winkt ihn dann für eine Umarmung zu sich. »Das darf doch alles nicht wahr sein. Unsere arme Lola.«

»Uns geht's gut«, antwortet er, auch wenn das natürlich nicht stimmt. Er lässt Isobels Hand los und macht einen Schritt vor. Sie bleibt allein und wackelig zurück, während er seine Mutter kurz umarmt.

Dass Margaret in ihrer Haustür steht, sollte Isobel eigentlich nicht überraschen, doch ihre Anwesenheit passt ihr gerade so wenig, dass die Fragen nur so aus ihr hervorsprudeln. »Was machst du ...«, beginnt sie. »Warum ...« Doch ihr fällt keine höfliche Formulierung ein, um Margaret danach zu fragen, was zur Hölle sie hier verloren habe.

»Hast du schon vergessen, dass das mein Haus ist?« Die ältere Dame lacht aufgesetzt und kann die Schärfe in ihrer Stimme nicht verbergen, die immer da ist, wenn sie mit Isobel spricht. Ihr Ton verrät Isobel jeden Tag, dass Margaret glaubt, sie sei nicht gut genug für ihren Sohn. Nicht gut genug, um eine Huntington zu sein.

Wie könnte sie das nur vergessen?, hätte sie ihr am liebsten entgegengeschleudert, denn Margaret erinnert sie ständig an diese Tatsache. Offiziell war das Haus ein Hochzeitsgeschenk. *»Ich möchte, dass ihr es habt, meine Lieben. Ich benutze es sowieso kaum, und für mich allein ist es viel zu groß.«*

Nach ein paar Monaten wurde Isobel klar, dass »haben« in

diesem Fall lediglich »darin wohnen« bedeutet. Auf dem Papier gehört das Haus immer noch Margaret, und sie lässt es sich nicht nehmen, aufzutauchen, wann immer ihr danach ist, sodass Isobel sich andauernd wie ein Gast in ihrem eigenen Zuhause fühlen muss.

Roly und sie haben sich deswegen schon oft gestritten. Neben der Tatsache, dass er häufig Überstunden macht und sich dabei Gott weiß wo mit seinen Kunden vergnügt, ist das ihr einziges Streitthema. Mehr als einmal hat sie versucht, ihn dazu zu überreden, ein eigenes Haus zu kaufen, doch Roly hat immer auf Durchzug geschaltet. »*Warum?*«, hat er gesagt. »*Das Haus hier wird doch sowieso eines Tages mir gehören. Und Mutter wird uns überall besuchen kommen, egal wo wir leben.*«

Sie schluckt die Verbitterung hinunter, die in ihr aufsteigt. Gerade hat sie nicht die Energie und den Kopf dafür. Sie wird später mit Roly sprechen müssen. Margaret kann jetzt nicht hier sein. »Natürlich nicht«, sagt sie daher. »Tut mir leid, ich wollte nur wissen, wie du es so schnell hierhergeschafft hast.«

Margaret hebt eine ihrer schmalen Augenbraunen. Ihre Gesichtshaut ist teilweise straff und teilweise faltig. Ihr Lifting ist schon ein paar Jahre her und nicht gut gealtert. Zwar sieht sie nicht aus wie einundsiebzig, aber wie fünfzig sieht sie auch nicht aus. Sie sieht aus wie jemand, der sich zu oft unters Messer gelegt hat. »Als Roly angerufen hat, bin ich sofort ins Auto gesprungen. Jetzt kommt rein und erzählt mir, was passiert ist.«

Isobel funkelt Roly an. *Du hast sie angerufen*, will sie ihm vorwerfen. *Warum?* Dabei kennt sie die Antwort. Roly erzählt seiner Mutter alles. Fast alles, korrigiert sie sich.

Ihre Schwiegermutter macht ihnen Platz, und obwohl Isobel ihre Anwesenheit immer noch genauso unangenehm ist, so ist sie doch kurz erleichtert, als sie die schwarz-weiß gemusterten viktorianisch anmutenden Bodenfliesen und die glänzenden weißen Wände sieht. Sie hört das vertraute Geräusch der sich schließenden Tür – sie ist zu Hause.

»Meine Sachen kannst du ins Gästezimmer in der obersten Etage bringen, Roly«, weist Margaret ihn an und deutet auf einen Koffer, der viel zu groß für nur eine Übernachtung ist.

Wie lange will sie bitte bleiben?, fragt sich Isobel und bemerkt, wie sich ihr Magen verkrampft.

Währenddessen tätschelt Margaret Roly den Arm. »Ich koche uns mal Tee.«

Er nickt und tut wie geheißen, als wäre er ein braver Schuljunge. »Danke, Mutter.«

»Wo ist Zeen?«, fragt Isobel und schaut in Richtung der geöffneten Küchentür. Warum trägt Margaret diese Dinge nicht einfach ihrer Haushälterin auf?

Eine Weile nach Lolas Geburt hat Margaret ihnen die Filipina organisiert. Isobel hat sich zuerst dagegen gewehrt. Nach allem, was passiert ist, wollte sie keine fremde Person mehr im Haus haben, aber Zeen ist still und unaufdringlich und hat sich in ihren Alltag eingefügt, als wäre sie schon immer da gewesen. Außerdem kocht sie fantastisch und scheint immer ganz genau zu wissen, was Isobel gerade braucht. Manchmal braucht sie jemanden zum Reden, und manchmal braucht sie Unterstützung mit Lola, wenn sie gerade die Monatsabrechnung für ihren Kunden macht oder einen seiner dringenden Anrufe entgegennimmt.

»Und woher um Himmels willen soll ich wissen, wo euer Mädchen ist?« Margaret schaut sie an. »Als ich ankam, war niemand hier. Und dann kamen ein paar Polizeibeamte vorbei.«

»Sind sie noch hier?«, fragt Isobel und verdrängt den Gedanken an Zeen. Damit wird sie sich nachher auseinandersetzen. »Das hättest du uns sagen sollen.« Sie geht einen Schritt in Richtung Küche. »Haben sie Neuigkeiten?«

»Sie waren hier, aber als klar war, dass sie nichts Neues über Lolas Verbleib wissen, habe ich sie weggeschickt und ihnen gesagt, sie sollen morgen früh wiederkommen oder wenn sie Neuigkeiten haben. Die bringen doch hier nur alles durcheinander«, sagt sie, als spräche sie von kleinen Kindern und nicht von Polizeibeamten, die gerade versuchen, ihre Enkeltochter zu finden.

»Aber –«, stammelt Isobel.

»Das war gut so, Mutter«, unterbricht Roly sie. Wahrscheinlich spürt er, dass es sonst zu einem Streit zwischen ihr und Margaret kommen würde. »Die sollen mal lieber ihre Arbeit machen, statt hier rumzusitzen und uns gut zuzureden. Stimmt doch, Iz, oder?«

Sie nickt langsam und hält mit aller Kraft den Schrei zurück, der in ihrer Kehle steckt. Sie kann das alles nicht. Ihre Tochter ist entführt worden. Eigentlich sollten hier überall Leute sein und hektisch umherlaufen. Handys müssten klingeln und Befehle gebellt werden. Sie und Roly sollten diejenigen sein, die darüber entscheiden, ob sie die Polizei hier haben wollen. Nicht Margaret.

Isobel wird immer unbehaglicher zumute. Das hat nichts mit der schrillenden Panik zu tun, die sie angesichts der Entführung ihrer Tochter spürt. Es ist das gleiche Gefühl, das sie immer überkommt, wenn Margaret in der Nähe ist. Sie fühlt sich beiseitegedrängt, ignoriert. Doch hier geht es nicht um die Weihnachtsplanung oder darum, was Lola zu Margarets jährlichem Sommerfest im Garten des Anwesens der Huntingtons anziehen soll. Ihre Tochter ist entführt worden.

Isobel muss wieder daran denken, wie schnell Margaret vor Ort war. Die Fahrt von Huntington Hall in Buckinghamshire bis zu ihrem Haus dauert fast zwei Stunden. Und den riesigen Koffer muss sie ja auch gepackt haben. Unmöglich ist es nicht, aber ziemlich knapp. Sie wünschte, Zeen wäre da. Dann könnte sie fragen, wann genau Margaret angekommen ist. Aber spielt das wirklich eine Rolle? Ihre Schwiegermutter hat schließlich nichts mit Lolas Entführung zu tun ... Aus welchem Grund sollte sie das auch tun?

»So, jetzt setze ich aber mal das Wasser auf, und du trägst meinen Koffer hoch.« Margaret verschwindet wie ein Wirbelwind aus Kaschmir und teurem Parfum in die Küche. Isobel kann sich nicht rühren. Sie fühlt sich außerstande, ihr hinterhergehen oder sich zurückziehen.

»Iz?« Rolys Stimme klingt besorgt. Sie schaut zu ihm auf und nimmt die tiefe Falte zwischen seinen Augenbrauen und den flehenden Blick in seinen Augen wahr. Still bittet er sie, die Anwesenheit seiner Mutter zu akzeptieren.

»Warum hast du sie angerufen?«, zischt sie ihn im Flüsterton an.

»Ich weiß es nicht.« Er schüttelt den Kopf. »Ich hatte einfach Angst und habe nicht richtig nachgedacht.«

»Sie kann jetzt nicht hier sein, Roly.«

Er schließt für einen Moment die Augen, und sie weiß, dass es ihm genauso schlecht geht wie ihr, aber sie müssen jetzt darüber reden.

»Ich weiß«, sagt er schließlich. »Aber heute Abend kann sie doch noch bleiben, oder? Morgen früh rede ich mit ihr. Versprochen.«

»Okay, aber wirklich. Sie weiß ja nichts von –«

»Das ist mir bewusst«, sagt er, um ihr das Wort abzuschneiden, bevor sie etwas über die Zeit vor Lola sagen kann, über die sie nicht sprechen. Manchmal fragt sie sich, ob das, was sie damals getan haben, irgendwie aus Rolys Gedächtnis verschwunden ist. Oder liegt er auch manchmal nachts wach und spürt die gleichen Gewissensbisse wie sie? Hört er auch diese Stimme in seinem Kopf, die ihn in seinen glücklichsten Momenten schreiend daran erinnert, dass sie nichts von alldem verdient haben?

»Keine Sorge«, sagt Roly. »Ich rede wirklich mit ihr. Willst du was essen?«, fragt er, um zu verdeutlichen, dass dieses Gespräch für ihn beendet ist.

Sie schüttelt den Kopf. »Ich habe keinen Hunger. Ich glaube, ich gehe mal duschen.«

Er streckt die Hand aus und berührt ihren Arm. »Alles wird gut, Iz. Wir finden sie.« Dann dreht er sich um und verschwindet mit Margarets Koffer die Treppe hinauf.

Langsam folgt sie ihm. Ihr Schlafzimmer befindet sich im mittleren Stockwerk. Es ist ein großzügiger weiß gestrichener Raum im vorderen Teil des Hauses mit Blick auf den Park. Die Einbauschränke nehmen eine komplette Wand ein. Die Möbel sind aus Weißeichenholz, und in der Mitte steht ein großes Doppelbett.

Isobel zieht sich aus und betritt das ebenfalls weiß gestrichene Badezimmer mit der geräumigen bodengleichen Dusche. Sie hat keine Ahnung, wie lange sie unter der Brause stand, aber als das Wasser schließlich kalt wird, sehen ihre Finger aus wie getrocknete Pflaumen. Roly steht in der Tür zu ihrem Schlafzimmer, als sie im Bademantel aus der Dusche kommt. Er sieht so verloren aus, wie sie sich fühlt.

Sie gehen aufeinander zu, ohne etwas zu sagen, und er nimmt sie fest in den Arm.

»Es tut mir leid«, flüstert sie durch den Kloß in ihrem Hals. Er wird seine Mutter in der Zwischenzeit über alles informiert haben. Über den gesamten Ablauf. Und sie wird zweifellos einen Kommentar zu Isobels Rolle abgegeben haben.

»Nein«, erwidert Roly heftig und nimmt ihr Gesicht in beide Hände. »Hör auf damit, Iz. Es ist nicht deine Schuld.«

Doch, würde sie gern sagen, aber sie bringt kein Wort heraus.

Er sieht sie eindringlich an, und plötzlich küssen sie sich. Ineinander verschlungen fallen sie aufs Bett, ihr Bademantel öffnet sich und seine Lippen wandern über ihren Körper. Die Klamotten fallen ihm regelrecht vom Leib, und dann dringt er so schnell in sie ein, dass ihr der Atem stockt. Seine Bewegungen sind hart und wild; sie ist komplett überwältigt – genau das hat sie gebraucht.

Nachdem Roly eingeschlafen ist, liegt sie wach da und fühlt sich schuldig, weil sie Sex mit ihrem Ehemann haben wollte, während ihre Tochter vermisst wird, und weil Lola jetzt nicht in ihrem Bettchen liegt.

Der Schmerz droht sie zu verschlingen. Lola ist ihre Tochter. Ihre Welt. Ihr Ein und Alles. In einer Welt ohne Lola wird sie nicht überleben.

Wieder beginnt diese Stimme in ihrem Kopf zu flüstern. Die Stimme, die sie zu jeder Tages- und Nachtzeit aus dem Hinterhalt überfällt, um sie daran zu erinnern, dass ihre perfekte Familie unter der Oberfläche eine Lüge ist – wegen etwas, das sie vor vielen Jahren getan hat. *Du hast es nicht anders verdient.*

SIEBEN
EMMA

Als Emma Lola dazu aufgefordert hat, den Halteknopf im Bus zu drücken, und sie den knappen Kilometer zu dem Wohnwagen am Rand von Worthing an der Südküste zu Fuß gegangen sind, ist es schon nach sieben. Auf dem Campingplatz ist nichts los, und sie laufen unbehelligt an den Reihen identischer Wohnwagen vorbei, aus denen die Geräusche von Fernsehgeräten und gedämpften Stimmen dringen. Emma ist dankbar, dass die Urlauber sich wegen der kühlen Luft und dem bedeckten Himmel drinnen aufhalten.

Sie erreichen den Wohnwagen Nummer zweihunderteinundachtzig. Er ist kleiner als die anderen und im hinteren Teil der Anlage versteckt. Emma findet die Schlüsselbox an der Seite und gibt den Code ein, den sie auswendig gelernt hat. Vor zwei Wochen wurde der Wohnwagen gebucht und in bar bezahlt. So kann sie kein neugieriger Campingplatzwart ausfragen, der womöglich irgendwann von der Polizei befragt wird. Emma und Lola schlüpfen unbemerkt in den dreiräumigen Wagen.

Er ist alles andere als perfekt. Es riecht nach Raumerfrischer mit Apfelduft und feuchtem Hund. Und sie sind nur gut hundert Kilometer von der Raststätte entfernt. Nicht weit genug. Der Gedanke droht eine Welle der Panik in ihr auszulösen. Sie spürt den Drang, einfach wegzulaufen und sich nicht umzudrehen. Hierherzukommen fühlt sich nach einem riskanten Glücksspiel an – als würde sie auf einem Drahtseil balancieren. Sie muss die Raststätte und die Polizei so weit hinter sich lassen wie möglich, aber vorher musste sie ja noch das Auto loswerden. Falls das Kennzeichen erfasst wurde, wird es ein Kinderspiel für die Polizei sein, es zu finden. Dabei muss Lola sich doch erst mal ausruhen und an ihr neues Leben gewöhnen.

Emma atmet tief ein und stellt sich Haz' beruhigende Hand auf ihrem Arm vor. Morgen sind sie weg – für immer. Außer Landes und in Sicherheit. Der Gedanke sollte sie eigentlich beruhigen, und doch lässt sie diese eine Frage einfach nicht los: *Und dann?* Bisher hat sie sich nicht wirklich getraut, darüber nachzudenken, wie ihr Leben aussehen wird – ihr Leben mit Lola als Mutter und Tochter.

Manchmal tauchen in ihrem Kopf kurz Bilder eines normalen Lebens auf: wie sie Lolas Hand bei einem Spaziergang hält, ihr ein Eis kauft oder mit ihr »Ich sehe was, was du nicht siehst« spielt. Diese Bilder kommen zwar noch lange keinem Plan gleich, aber sie haben ihr in all den Jahren der Leere etwas gegeben, woran sie sich festhalten konnte.

»Ich wollte sie doch nur sehen.« Emma weiß noch genau, wie sie diese Worte gekreischt hat. Wie verzweifelt sie war. *»Sie ist meine Tochter.«*

»Das geht nicht«, hat Roly mit Bestimmtheit gesagt. *»Sie gehört dir nicht, Emma. Wann verstehst du das endlich?«*

Sie hat versucht, ihnen allen zu zeigen, wie viel Lola ihr bedeutet, aber niemand hat ihr zugehört, und dann musste sie in die Klinik. Nie wieder wird sie zulassen, dass man ihr Lola wegnimmt. Nie wieder wird sie ohne ihre Tochter sein.

Niemals, nie. Nur Haz' Freundschaft hat sie davor bewahrt, in dieser Klinik zu sterben.

Stundenlang haben sie damit verbracht, zu reden und sich ihre Zukunft auszumalen.

»Wir gehen nach Amerika. Nach New York oder L. A. Du wirst eine krasse Anwältin und ich bin Kellner oder so, bis irgendein Hollywoodproduzent mein Talent erkennt und mich zum Star macht.«

»Klingt gut – bis auf den Teil mit der krassen Anwältin.«

»Du bist krass«, rief er. *»Zumindest wirst du das bald sein. Dieser Typ hat dafür gesorgt, dass du dich für wertlos hältst. Aber das ist nicht wahr, Em. Du hast einen super Juraabschluss, und du bist der schlauste Mensch, den ich kenne. Du musst dich nur auf deine Träume konzentrieren und sie dann wahr machen.«*

»Sorry, aber wenn ich der schlauste Mensch bin, den du kennst, dann hast du echt nicht viele Freunde. Ich war doch so dämlich.«

»Du warst einfach menschlich. Jetzt hör auf, dich deshalb fertigzumachen, und überleg dir, wie du dir dein Leben zurückholen kannst.«

Haz hat recht. Und jetzt hat sie ja einen Plan – sie muss nur die verschiedenen Schritte befolgen, dann wird sie ein neues Leben haben. Morgen, sobald sie ein Stück weiter weg sind, wird sie ausführlicher darüber nachdenken. Erst dann wird sie glauben können, dass es wahr ist.

Lolas Wimmern holt Emma aus ihren Gedanken zurück in die Gegenwart. »Ich will zu meiner Mummy«, sagt sie, setzt sich auf das ausgeblichene Sofa mit Blumenmuster und zieht Barnaby aus ihrem Rucksack. Sie nimmt den Bär fest in die Arme und schaut sich mit weit aufgerissenen Augen um.

»Wie wär's mit Toast?«, fragt Emma.

»Mit Marmelade?«, erkundigt sich Lola leise. »Meine Lieblingssorte ist Erdbeere.«

»Ich weiß. Und keine Butter. Richtig?«

Ein knappes Nicken. »Butter und Marmelade ist bäh.«

Emma lacht, und obwohl die Angst sie einkreist wie ein Rudel Wölfe auf der Jagd, spürt sie, wie sie strahlt. »*Seht her*«, würde sie am liebsten schreien. »*Ich kümmere mich um Lola. Nur ich kann meine Tochter retten.*«

»Warst du schon mal in einem Wohnwagen, Lola?«, fragt Emma und öffnet das Willkommenspaket mit Brot, Marmelade und Cornflakes, das ebenfalls im Voraus bestellt wurde.

Lola schüttelt den Kopf.

»Der ist wie ein Minihaus. Das macht echt Spaß, das verspreche ich dir.« Sie muss an die vielen Urlaube denken, die sie als Kind auf einem Campingplatz an der Küste von Essex verbracht hat. Wenn sie mit ihren älteren Brüdern losgerannt ist, um neue Freunde zu finden und Abenteuer zu erleben, während ihre Eltern wie immer im Wohnwagen saßen und fernsahen, hat sie sich immer so frei gefühlt.

Die Urlaube ihrer Eltern waren so einfach wie ihr gesamtes Leben in der kleinen Doppelhaushälfte in Tooting Bec, einem der südlichsten Orte entlang der Northern Line der London Underground. Der Vater Automechaniker, die Mutter Verkäuferin in einem Klamottenladen. Schon als kleines Mädchen hat Emma gespürt, wie wenig Ehrgeiz sie hatten – sowohl für ihr eigenes Leben als auch für das ihrer Kinder. Ihre beiden älteren Brüder schien das nie zu stören. Eddie hat im selben Betrieb wie ihr Vater angefangen und Anthony ist Fensterputzer geworden.

Emma hat sich als Einzige nach mehr gesehnt. In ihrer Familie war sie deshalb die Außenseiterin, die vom Studieren und einer erfolgreichen Karriere als Prozessanwältin in Perücke und Robe träumte, die in den heiligen Hallen des Old Bailey für ihre Mandanten um Gerechtigkeit kämpft. Ihre Familie hat ihre Träume nie verstanden. Sie waren nicht direkt gemein oder böse zu ihr, auch nicht herzlos oder gleichgültig, aber … sie haben sie eben nicht verstanden. Emma war immer auf der einen, der Rest ihrer Familie auf der anderen Seite. Als sie noch klein war, so um die acht oder neun, hat sie sich manchmal gefragt, ob es ihrer Familie überhaupt auffallen würde, wenn sie eines Morgens nicht mehr da wäre. Jahre später hat sich dann gezeigt, dass sie mit diesem Verdacht recht haben sollte.

Dass Lola noch nie in einem Wohnwagen übernachten hat, sollte Emma nicht überraschen, aber trotzdem versetzt ihr diese Information einen unerwarteten Stich der Schuld ins Herz. Sie hat ihr kleines Mädchen aus einem Leben voller Reichtum und Privilegien entführt, das Emma ihr womöglich niemals wird bieten können.

»*Sei doch nicht dämlich*«, hört sie Haz in ihrem Kopf sagen, und sie muss beinahe lächeln.

Er hatte recht. Wichtig ist nur, dass Lola bei ihr ist. Nur Emma weiß, in welcher Gefahr ihre Tochter schwebt, nur sie kann sie beschützen.

Plötzlich fühlt Emma sich sehr erschöpft, nicht nur von den Gedanken, die konstant durch ihren Kopf rasen, sondern auch von den Ereignissen des Tages. Sie schaltet den Fernseher ein und wählt einen Kindersender, auf dem ein bunter Trickfilm läuft, dessen Figuren in schrillem amerikanischem Akzent miteinander sprechen. Das harmlose Programm des BBC-Kindersenders wäre ihr zwar lieber, aber was soll's? Es reicht, um sie beide abzulenken, während sie die Toasts zubereitet.

Nach drei Bissen fängt Lola an zu weinen. Dicke Tränen laufen ihr die Wangen hinab. »Ich ... will ... zu ... meiner ... Mummy«, heult sie so laut, dass Emma sich beherrschen muss, ihr nicht die Hand auf den Mund zu pressen. Die Wände des Wohnwagens sind dünn. Falls draußen jemand vorbeigeht, dann hört er sie. Würde derjenige die Polizei rufen?

»Psst, Lola, nicht weinen«, fleht Emma sie an und nimmt sie in den Arm.

»Ich will nach Hause«, schluchzt sie. »Ich will zu meiner Mummy. Und zu meinem Daddy.«

»Ich bin deine Mummy«, sagt Emma erneut in ihrem Kopf und hält ihr kleines Mädchen fest. »Ich weiß, aber wir erleben doch jetzt ein Abenteuer. Weißt du nicht mehr?«

Lola antwortet nicht, aber für einen Moment hört sie auf zu weinen; ein Schluckauf.

»Weil Mummy und Daddy sich gerade nicht um dich kümmern können«, sagt sie. Es gefällt ihr nicht, Lola anzulügen, aber die Wahrheit, die sie so gern laut aussprechen will, würde Lola nur noch mehr verwirren und beunruhigen. »Ein ... ein böser Mann ist hinter uns her. Ein Monster, das dir wehtun will. Ich muss dich beschützen. Niemand sonst kann das.«

»Ein Monster?« Lola verzieht erschrocken das Gesicht und entlädt ihre Gefühle in einem weiteren lauten Schluchzer.

»Nicht weinen, bitte«, versucht Emma sie zu beruhigen. Hätte sie doch nur etwas anderes gesagt. Das innere Strahlen, das sie eben noch gespürt hat, weil sie sich um Lola kümmert, ist wie weggewischt. Was soll sie nur tun? »Hab keine Angst. Ich kann dich beschützen. Versprochen. Bei mir bist du sicher. Emma und Lola sind zusammen sicher.«

Lola antwortet nicht, sondern vergräbt ihr Gesicht in Barnabys Kopf. Während das Schluchzen nachlässt, entspannt ihr Körper sich allmählich. Emma zwingt sich, still dazusitzen, bis Lolas Atmung sich beruhigt hat und sie sicher ist, dass ihr kleines Mädchen eingeschlafen ist. Erst dann hebt sie sie vorsichtig hoch und trägt sie in das kleine Schlafzimmer, wo sie sie zudeckt.

Als sie wieder allein im Wohnbereich ist, überfällt sie ein unbändiges Gefühl, eine Panik, die sie nicht aufhalten kann. Alles ist bisher nach Plan verlaufen, aber es fühlt sich ganz anders an, als sie gehofft hatte. Natürlich spürt sie Liebe. Ganz viel Liebe für ihre Tochter. Aber keine Erleichterung. Keine Bestätigung, dass sie das Richtige tut. Dabei tut sie das. Diesbezüglich hat sie Lola nicht angelogen. Nur Emma kann sie beide beschützen.

Die Ärzte, die Polizei, ihre Familie – sie würden das nicht verstehen. Sie erkennen die Gefahr nicht.

Ein Geräusch. Das langsame Brummen eines Motors, draußen hält ein Auto an. Emma wirft sich auf den Boden, um nicht entdeckt zu werden, und krabbelt zum Fenster. Ganz langsam zieht sie sich hoch und späht nach draußen.

Was sie dort sieht, lässt sie vor Schock erstarren. Sie schnappt nach Luft und lässt sich schnell wieder zu Boden sinken, so schnell, dass die Teppichfliesen schmerzhaft gegen ihr Gesicht und ihre Arme kratzen. Da draußen ist die rote Limousine und fährt ganz langsam an ihrem Wohnwagen vorbei. Das Auto, das vorhin hinter ihr war.

Sie dachte, sie wäre besonders vorsichtig gewesen, aber sie sind da. Sie haben sie gefunden.

TAG ZWEI: 7 UHR, MONTAG, 31. JULI

ACHT

ISOBEL

Obwohl Isobel sich sicher war, dass sie nicht einschlafen würde, schreckt sie nun auf und muss feststellen, dass es hinter den Vorhängen hell ist und Rolys Bettseite leer ist.

Ihr erster Gedanke gilt Lola. Wie einen gellenden Schrei hört sie den Namen ihrer Tochter in ihrem Kopf. Sie springt aus dem Bett und zieht sich blitzschnell eine Leggings und ein T-Shirt über.

Ob es wohl Neuigkeiten gibt?

Wurde sie gefunden?

Ihr ist zwar klar, dass Roly sie dann geweckt hätte, aber Angst und Hoffnung liefern sich trotzdem einen unerbittlichen Kampf in ihrer Brust, während sie die Treppe in Richtung der Stimmen aus der Küche im Erdgeschoss hinuntereilt.

Als sie im Türrahmen erscheint, verstummen Roly und Margaret. Bildet sie sich den schuldbewussten Ausdruck auf Rolys Gesicht nur ein? Eigentlich dachte sie ja, sie und er hätten Geheimnisse vor Margaret. Und natürlich hat sie noch ihr ganz eigenes kleines Geheimnis. Aber jetzt fragt sie sich zum ersten Mal, ob die Huntingtons vielleicht auch Geheimnisse vor *ihr* haben.

Wieder muss sie daran denken, dass Roly seine Mutter von der Raststätte aus angerufen hat. Wie konnte er nur? Und wie ist Margaret so schnell hierhergekommen? Und wo ist Zeen? Sie hätte diesen Morgen kommen sollen. Ist irgendetwas davon relevant? Sie will doch nur Lola wiederhaben. Sie schiebt ihre Fragen und das Gefühl, ausgeschlossen zu werden, beiseite. Roly ist ihr Ehemann. Er ist nicht wie seine Mutter. Er liebt sie.

Ihr Blick wandert zu den drei großen Leuchten, die über der Kücheninsel hängen. Durch die gläsernen Kugeln, die Isobel an umgedrehte Goldfischkugeln erinnern, sieht man die nackten Glühbirnen.

»Können wir Fischis haben, Mummy? Wie die aus dem Urlaub, die rosanen?«

Die Sehnsucht schmerzt ihr so sehr in der Brust, dass sie sich abwenden muss und stattdessen in den schmalen Garten unter dem grauen Morgenhimmel schaut. Genau wie auch dem Rest des Hauses merkt man der Küche an, dass Margaret sie eingerichtet hat. Die Unterschränke sind weiß, die Hängeschränke, Bodenfliesen und Wände ebenfalls. Die Arbeitsflächen hingegen bestehen aus schwarzem Granit mit glänzender Oberfläche, auf der man jeden noch so kleinen Schmier- und Schmutzfleck sieht, wenn die Sonne nachmittags darauf scheint. Total unpraktisch. Die arme Zeen schrubbt sich daran mit ihrem Mikrofasertuch noch zu Tode.

»Du siehst ja fürchterlich aus, Isobel«, flötet Margaret mitleidig und schaut sie mit undurchdringlicher Miene an, während sie einen Schluck Kaffee trinkt. Der Stoff ihres heutigen Seidenzweiteilers ist fließend und cremefarben, und sie sieht von Kopf bis Fuß makellos aus. Isobel wirft einen Blick auf die große Bahnhofsuhr an der Wand. Es ist nicht einmal sieben Uhr.

»Ich wollte dich gerade wecken kommen«, sagt Roly schnell, bevor Isobel die Kraft findet, ihrer Schwiegermutter etwas entgegenzusetzen. »Die Polizei ist auf dem Weg. Sie haben eben angerufen.«

»Haben sie sie gefunden?«, fragt sie atemlos und wartet auf seine Antwort.

»Ich weiß es nicht. Es klang eher so, als würden sie uns noch ein paar Fragen stellen wollen.«

Angst und Hoffnung liegen ihr immer noch gleichermaßen schwer im Magen. Sie ist kurz davor, sich einfach auf dem Boden einzurollen und um ihre Tochter zu weinen.

»Vielleicht solltest du dich lieber umziehen?« Margaret deutet mit dem Kinn auf Isobels zerknittertes T-Shirt.

Sie beißt die Zähne zusammen und muss sich erneut beherrschen, Margaret nicht anzufauchen, dieser gehässigen Frau nicht ins Gesicht zu schreien, dass man ihre Tochter gestohlen hat. Wen interessiert es denn bitte, wie sie aussieht?

Aber sie kennt Margaret mittlerweile gut genug, um zu wissen, dass sie genau das provozieren will. Wenn sie Margaret jetzt angeht, dürfte sie sich dafür im Gegenzug nur anhören, dass Lola entführt worden sei, während Isobel auf sie hätte aufpassen sollen. Solche Situationen nutzt Margaret gnadenlos aus, um Roly vor Augen zu führen, wie unfähig Isobel als Mutter sei. Seit sie Lola das erste Mal gesehen hat, führt sie diese Kampagne gegen sie, langsam zwar, aber unerbittlich.

»*Warum geht Isobel nie mit Lola raus?*«

»*Warum ist Isobel immer so angespannt? Roly, sie braucht Hilfe.*«

»*Warum lässt Isobel Lola nicht mit anderen Kindern spielen? Das arme Mädchen hockt den ganzen Tag zu Hause. Das geht wirklich nicht.*«

An Weihnachten hat Margaret das Internat erwähnt, das sich im Dorf neben Huntington Hall befindet. Auf ebendieses Internat ist Roly mit fünf gekommen. Nur jedes zweite Wochenende kam er nach Hause, und nach dem achten Lebensjahr nur in den Trimesterferien.

»Weiß du noch, wie glücklich du dort warst, Roly? Willst du denn nicht, dass Lola auch so glücklich wird?«

»Wir wollen nicht, dass sie so weit von uns weg ist«, hat Isobel schnell gesagt, bevor Roly zustimmen konnte. *»Außerdem haben wir Lola für ihr erstes Schuljahr ab September schon in Holmwood Hall angemeldet. Da gehen alle ihre Freunde hin, und wir können sie zu Fuß zur Schule bringen.«*

»Aber ich wäre doch ganz in der Nähe. Sie könnte mich jederzeit besuchen kommen. Überlegt es euch fürs nächste Schuljahr.«

Isobel möchte Margaret nicht noch mehr Gründe liefern, Roly Dinge ins Ohr zu flüstern. Falls sie das hier überlebt, falls Lola zu ihr zurückkommt, dann wird sie ihre Tochter nie wieder aus den Augen lassen. Selbst vor diesem Albtraum konnte sie den Gedanken kaum ertragen, dass Lola in ein paar Monaten eingeschult werden soll. Sie wird doch erst in der zweiten Augustwoche vier. Jetzt nickt sie einfach nur. »Du hast recht, das mache ich wohl lieber mal.«

Als sie sich umdreht, sieht sie Roly kurz in die Augen. In ihrem Blick steckt die Frage, ob er seiner Mutter schon gesagt hat, dass sie gehen solle. Kaum sichtbar runzelt er die Stirn und schüttelt den Kopf. Am liebsten würde sie wieder schreien. Das geht doch einfach nicht, dass Margaret hier ist. Diese Frau weiß immer alles besser und meint, den Durchblick zu haben, was das Leben ihrer Kinder angeht. Aber sie darf nie die ganze Wahrheit über Lola herausfinden.

Isobel verlässt die Küche und hastet die Treppe hinauf. Schnell zieht sie sich um. Der Bund der Jeans drückt ihr gegen die Taille. Sie schlüpft in eine lose hellrosa Bluse. Dazu trägt sie die neuen Perlenohrringe, die sie seit ein paar Wochen hat. Als sie mit Concealer unter den Augen und dem Haar in einem tiefen Dutt aus dem Schlafzimmer kommt, geleitet Roly gerade zwei Männer in das Wohnzimmer im ersten Stock.

Man stellt sich vor, gibt sich die Hand. Detective Chief Inspector Owen Watkins ist ein stämmiger Mann mit breiten Schultern und dunklen Augen. Mit seiner ordentlichen Rasur, dem kurz geschnittenen grauen Haar und dem gut sitzenden Anzug flößt er Isobel beim Händedruck Respekt ein. Neben ihm steht DI Frank Gardner, der Detective aus Manchester mit dem Akzent, den sie schon gestern an der Raststätte in Winchester getroffen haben. Er ist dünner und jünger als sein Vorgesetzter, sieht aber irgendwie trotzdem verlebter aus. Er trägt ein Hemd, aber keine Krawatte, und dieselbe Lederjacke im Bikerstil wie gestern.

»Das ist meine Mutter, Mrs Margaret Huntington«, sagt Roly. »Sie sorgt sich um ihre Enkeltochter und ist gekommen, um uns zu unterstützen.«

Isobels Kiefer spannt sich an, aber sie zwingt sich, ihrem Gesicht nichts anmerken zu lassen. Sie weiß, wie wichtig ihm seine Mutter ist. Rolys Vater ist gestorben, als er acht war. Laut Rolys spärlicher Erinnerungen an seinen Vater war er ein lustiger Typ, der das Leben nicht zu ernst genommen hat. Nach seinem Tod nahm Margaret die Rolle der Matriarchin an und sorgte dafür, dass Roly und seine jüngere Schwester Felicity dem Namen Huntington alle Ehre machten. Roly liebt seine Mutter und würde sich ihr nie entgegenstellen. Aber jetzt, wo Lola entführt worden ist und ihre ganze Welt droht, in sich zusammenzufallen, wird er doch sicherlich merken, dass er ihre Einmischung in ihr Leben nicht unbegrenzt hinnehmen kann. Er weiß genauso gut wie sie, dass Margaret niemals die Wahrheit erfahren darf.

»Wir haben uns gestern schon kurz gesehen«, erwidert DCI Watkins und nickt Margaret knapp zu. »Nennen Sie mich bitte Owen.«

Isobel beobachtet, wie sich die Detectives umsehen. Sie schauen sich die weißen Wände und die großen Fenster mit Blick auf den Park an. DCI Watkins deutet auf das Chesterfield-Sofa aus hellbraunem Leder. Sie und Roly setzen sich, doch Margaret bleibt stehen. Sie sind alle nervös, aber Margaret kann gar nicht stillhalten und läuft im Raum auf und ab.

Das Sofa ist ungemütlich. Zu groß, zu hart. Isobel sitzt lieber auf dem Stoffsofa in Lolas Spielzimmer im Erdgeschoss, das abgesehen von Lolas Kinderzimmer der einzige Raum ist, den sie selbst einrichten durften. Auch die bunten Farben und das Chaos dort zieht Isobel vor. Doch jetzt verspürt sie beim Gedanken an Lolas Zimmer einen Stich im Herzen.

Lola ist weg. Das alles fühlt sich unwirklich an. Sie würde alles tun, alles geben, um Lola wieder sicher zu Hause zu wissen und mit ihr in einer ihrer hundert Fantasiewelten eines ihrer geliebten Rollenspiele zu spielen, bei denen sie im Café sind oder in der Schule.

»Was wissen Sie?« Margaret durchbricht als Erste die Stille. »Haben Sie meine Enkeltochter gefunden?«

Isobel hält den Atem an und betet zu einem Gott, an den sie gestern noch nicht geglaubt hat, dass DCI Watkins jetzt nichts von einer Verfolgungsjagd, einer im Nirgendwo entsorgten Leiche oder einem der anderen unvorstellbaren Horrorszenarios sagt, die sie seit gestern Abend verfolgen. Sie greift nach ihrem Perlenohrring und spielt damit herum, um ihren hämmernden Herzschlag zu beruhigen. Dann schlingt sie die Arme um sich und zwingt sich, still zu sitzen. Sie will sich jetzt nicht von Margaret anhören müssen, doch bitte nicht so hibbelig zu sein.

»Wir haben Lola noch nicht gefunden«, sagt der ältere der beiden Männer. Immerhin kommt er direkt zur Sache. »Aber wir haben ein Team von Cyberexperten zusammengestellt, und natürlich sind auch Beamte auf den Straßen unterwegs. Wir werden sie finden.«

»Was ist mit der Presse?«, fragt Isobel, die sich bereits vorstellt, dass Lolas Gesicht morgen jede Titelseite zieren wird.

DCI Watkins nickt, aber Roly beugt sich vor und entzieht

ihr seine Hand. »Also«, beginnt er und schaut erst Isobel und dann Margaret an. Seine Mutter nickt kaum merklich. »Ich frage mich, ob wir die Presse wirklich schon mit ins Boot holen sollten.«

»Bitte was?« Isobel schüttelt den Kopf. Haben Margaret und er darüber vorhin in der Küche gesprochen, als sie reingekommen ist? »Wir müssen die Presse involvieren. Oder?« Sie schaut zu den Detectives.

»Wenn es um Kindesentführungen geht, kann die Presse sehr hilfreich sein«, sagt DCI Watkins vorsichtig und schaut sie alle drei abwechselnd an, als würde er versuchen, zu verstehen, was hier vor sich geht. Vielleicht fragt er sich, wer hier die Hosen anhat. Sie sind Lolas Eltern, würde sie ihm gern sagen, aber dann hält sie inne.

Roly nickt. »Klar, das verstehe ich, ich frage mich ja nur, wer dahintersteckt. Wenn es jemand ist, der Lösegeld fordert, dann ist es vielleicht nicht so schlau, die Presse hinzuzuziehen. Das wird derjenige mitkriegen, und dann ist es vielleicht schwieriger für uns, Lola zurückzubekommen.«

»Und wir würden in Zukunft womöglich wieder zur Zielscheibe werden«, fügt Margaret hinzu. Ganz eindeutig haben sie eben darüber gesprochen.

»Ihr glaubt, es geht hier um Geld?«, fragt Isobel. »Dass wir Lola zurückkaufen können?«

»Ich weiß es nicht«, antwortet Roly. »Aber genau das ist es ja. Wir wissen noch gar nichts. Vielleicht sollten wir einfach noch ein bisschen abwarten, bevor wir die Presse einschalten, nur ein paar Stunden, maximal einen halben Tag, um zu sehen, was noch passiert.«

»Wir glauben, dass es besser ist, wenn der Name Huntington nicht veröffentlicht wird«, sagt Margaret.

Wir? Isobel schüttelt den Kopf. Mit diesem *Wir* hat sie nichts zu tun. Warum überrumpelt Roly sie damit? Warum hat er nicht mit ihr gesprochen?

»Aber es geht doch darum, dass wir Lola finden?«, bringt Isobel mit Mühe über die Lippen.

»Ja, natürlich.« Roly nimmt wieder ihre Hand. »Aber wir müssen auch an Lolas Zukunft denken. Wenn wir die Presse unnötigerweise involvieren, dann wird sie für immer als das entführte Kind gebrandmarkt sein. Das wird sie niemals loslassen. Sie wird niemals ein normales Leben haben.«

»Aber wir müssen sie finden«, schreit Isobel.

»Ich weiß.« Sein Tonfall ist flehend. *»Ich sitze zwischen den Stühlen«*, will er ihr damit sagen. So klingt er immer, wenn sie versucht, sich seiner Mutter zu widersetzen, was selten genug vorkommt. »Und das werden wir auch. Und wir werden mit der Presse sprechen. Ich schlage ja nur vor, dass wir noch ein paar Stunden damit warten.«

In ihren Augen brennen heiße, wütende und verzweifelte Tränen, die sie schließlich nicht mehr zurückhalten kann. Roly drückt ihre Hand noch fester, als könnte er sie damit überzeugen, ihn doch bitte zu verstehen. Sie muss daran denken, dass er ihr gestern Abend versprochen hat, Margaret zu bitten, dass sie geht. Er hat sein Versprechen gebrochen, das wird ihr jetzt klar, so wie auch all seine anderen Versprechen.

»Ich verspreche dir, dass ich zum Abendessen zu Hause bin.«

»Dieses Wochenende gehe ich mit Lola in den Park, versprochen.«

»Ich schwöre dir, dass du die Einzige für mich bist, Iz.«

Besonders das letzte dieser gebrochenen Versprechen tut weh. Aber daran darf sie jetzt nicht denken.

»Dass es um Lösegeld gehen könnte, ist ein guter Punkt«, sagt DCI Watkins und tauscht einen Blick mit DI Gardner. »Wir können noch eine Weile warten, bis wir die Presse alarmieren, aber nicht länger als vierundzwanzig Stunden.«

»Und wir brauchen auch keinen Opferschutzbeamten oder wie die heißen«, ergänzt Margaret in einem Tonfall, den sie sonst benutzt, um mit den Angestellten von Huntington Hall zu sprechen. »Kommen Sie bitte direkt zu uns. Ich brauche keine Mittelsperson, die mir in meinem eigenen Haus im Weg herumsteht.«

Isobel steht auf, sie hält es hier nicht mehr aus. Keine Sekunde länger kann sie in diesem Raum bleiben. Sie würde nicht länger stumm bleiben. Für einen Moment dreht sich alles, dann findet sie ihr Gleichgewicht wieder. Trotzdem fühlt sie sich wie ein Schiff auf hoher See. Vor Übelkeit dreht sich ihr der Magen um. Sie sollte wirklich etwas essen.

Ihr Blick wandert zum Fenster. Draußen bricht das Licht des frühen Morgens durch die Äste der Bäume. Von dieser Etage aus kann sie sehen, wie eine Frau in rosafarbener Laufkleidung an einer Bank steht und ihre Beinmuskulatur dehnt. Die Welt wacht auf und macht einfach ohne sie weiter, als wäre nichts passiert. Ob Lola wohl schläft? Ihre Tochter hat immer durchgeschlafen. Zwölf Stunden, manchmal sogar länger, und das selbst, wenn sie Mittagsschlaf gehalten hat. Weitere Fragen drängen sich in ihre Gedanken: Wo ist ihre Tochter? Ist sie traurig? Weint sie um ihre Eltern? Glaubt sie, dass sie sie alleingelassen haben?

Und dann taucht immer wieder diese andere Frage auf, die sie sich verbietet: Wer hat sie entführt? Das ist doch die eigentlich wichtige Frage, oder? Wer würde ihnen so etwas antun? Warum Lola? Sie will unbedingt wissen, was die Polizei bisher weiß, ob sie schon irgendwelche Namen hat, aber sie bringt kein einziges Wort hervor.

Die Detectives schauen sie an, als würden sie erwarten, dass sie etwas sagt. Und das will sie ja auch. Sie will fragen, wer so etwas tun würde. Sie will ihnen sagen, dass Lola ihr Ein und Alles ist, und dass sie alles tun müssen, um sie zu ihr zurückzubringen. Aber sie bringt nichts davon über die Lippen.

»Ich ... mache mal Kaffee«, sagt sie stattdessen, denn auch sie weiß tief in ihrem Inneren, dass es nicht gut wäre, die

Medien zu involvieren. Nicht nur wegen des guten Rufs der Huntingtons, um den Margaret sich sorgt. Oder wegen Lolas Zukunft, die Roly erwähnt hat. Sondern wegen der Geheimnisse, auf denen ihre Familie aufgebaut ist. Isobels Herz ist gebrochen, ihre schlimmsten Ängste sind wahr geworden. Ja, ein Leben ohne Lola ist nicht vorstellbar, aber das ist noch nichts im Vergleich zu dem, was passieren würde, wenn die Welt herausfände, was sie getan haben.

Wie lange würde es wohl dauern, bis ein neugieriger Journalist all ihre Lügen aufdeckt?

NEUN

ISOBEL

Isobel geht in Richtung Treppe, auch wenn sie das Gefühl hat, ihren schwachen Beinen nicht trauen zu können. Die Treppe führt in einem Bogen durch die Mitte des Hauses von Etage zu Etage. Am Rand sind die Stufen breit, aber zur anderen Seite hin werden sie immer schmaler. Instinktiv dreht sie sich um. Normalerweise wäre Lola jetzt hinter ihr und würde vor sich hin brabbeln.

»Können wir einen Panda sehen, Mummy? Ein Baby? Ich mag Pandas. Die können bestimmt so gut umarmen wie Daddy.«

»Pass auf der Treppe auf, Lola. Konzentrier dich. Und halt dich immer am Geländer fest.«

»Mach ich doch, Mummy. Was machen wir heute? Gehen wir schaukeln?«

Doch hinter ihr ist niemand. Die Stimme hört sie nur in ihrem Kopf, wo Erinnerungen aus einer Welt herumwirbeln, in der ihre Tochter zu Hause ist, in der sie sicher ist, in der ihr Leben noch in Ordnung ist. Eine Welt, in der sie Lola nie wieder aus den Augen lassen würde.

Nur einmal waren sie bisher von ihr getrennt. Damals haben Isobel und Roly ein Wochenende in Nizza verbracht.

Lola war achtzehn Monate alt, und sie waren drei Nächte und vier Tage weg. Roly hat die Reise als Überraschung gebucht – als unausgesprochene Entschuldigung dafür, dass mitten in der Nacht eine Frau an ihre Haustür geklopft hatte, um Roly zu sagen, dass sie ihn liebe.

»*Wir haben nur betrunken in einem Club rumgeknutscht*«, hat er Isobel erzählt, nachdem er die Frau dazu gebracht hatte, zu gehen. »*Ehrlich, Iz, mehr war da nicht. Du bedeutest mir alles. Du und Lola. Diese Frau spinnt. Sie hat ununterbrochen bei mir im Büro angerufen. Irgendein Idiot muss ihr meine Adresse gegeben haben. Bitte, glaub mir. Ich liebe dich, ich würde niemals etwas tun, das unsere Liebe gefährdet.*« Seine Augen waren voller Tränen, und obwohl sie nicht wusste, ob sie ihm glauben konnte, vergab sie ihm. Sie hatte ja auch keine Wahl. Sie sind schließlich eine Familie. Er ist nicht perfekt, aber sie auch nicht, und sie liebt ihn nun mal.

Oh, wie schön es in Nizza war. Sie haben lange geschlafen und sind einfach umherflaniert, ohne sich Gedanken um Snacks für Lola, Ersatzkleidung oder Mittagsschlafzeiten machen zu müssen. *Das ist Freiheit*, haben sie zueinander gesagt und mit eiskaltem Champagner angestoßen. Das wollten sie im Jahr darauf unbedingt wiederholen.

Wie dumm sie waren.

Wie falsch sie lagen.

Das hatte nichts mit Freiheit zu tun.

Sie hat Lola die ganze Zeit über vermisst und sich Sorgen gemacht, dass sie sich in einem der ewig langen Korridore von Margarets englischem Landhaus mitten im Nirgendwo verlaufen würde. Oder dass sie einem der Pferde im Stall zu nahe kommen würde. Aber ihre Haushälterin Zeen ist mitgefahren, um zu helfen, und alles ist gut gegangen.

Am Fuß der Treppe hält Isobel inne. Sie muss an Zeen denken und irgendetwas stört sie, aber es will ihr einfach nicht einfallen. Ihr Kopf ist ganz leer. Warum ist sie noch mal hier runtergekommen? Sie macht einen Schritt in die Eingangshalle. Die schwarz-weiß gemusterten Fliesen scheinen sich unter ihren Füßen zu bewegen. Isobel legt sich eine Hand auf den Bauch, um den erneuten Anflug von Übelkeit zu vertreiben.

Dann fallen ihr die Detectives wieder ein. Sie wollte Kaffee machen.

Reiß dich zusammen.

Im Augenwinkel sieht sie eine Bewegung. Diesmal ist es nicht der Fliesenboden, sondern der Spiegel mit dem silbernen Rahmen. Darin entdeckt sie eine Frau, die aussieht wie ihre Mutter kurz vor ihrem Tod, kurz bevor der Krebs sie endgültig besiegt hat. Doch es ist nicht ihre Mutter, es ist ihr eigenes Spiegelbild –grau und gequält. Mit dem grinsenden Selfie, das sie gestern Morgen auf Instagram hochgeladen hat, hat das rein gar nichts mehr zu tun. Sie sieht eine völlig veränderte Frau. Eine Frau, die ein völlig anderes Leben führt. Ihr Gesicht ist totenbleich, ihre Augen rot und geschwollen. Sie hätte die Leggings und das T-Shirt anbehalten sollen. Ihr Outfit ist lächerlich. Als ob schicke Klamotten und ein Paar Perlenohrringe kaschieren könnten, wie furchtbar sie sich fühlt und aussieht.

Isobel wendet den Blick vom Spiegel ab und konzentriert sich darauf, was sie sich vorgenommen hat. Aber der Weg bis in die Küche ist noch so weit, und vor dem Spielzimmer muss sie pausieren. Wieder kommen ihr fast die Tränen. Die Tür ist zu. Sie wird sie nicht aufmachen. Sie wird nicht dort hineinschauen. Stattdessen geht sie weiter bis in die Küche.

»Iz?«, ruft Roly mit dröhnender Stimme aus dem ersten Stock. »Alles okay?«

Nein, nichts ist okay. Aber danach fragt er ja gar nicht wirklich. Er will eigentlich nur wissen, wo der Kaffee bleibt, und ihr durch die Blume sagen, dass sie sich doch bitte ein bisschen beeilen soll. Dazu hat ihn Margaret aufgefordert, jede Wette.

»Komme sofort«, ruft sie und holt die feinen Porzellantassen mit Untersetzern aus dem Schrank, die Margaret ihnen zusammen mit dem Haus zur Hochzeit geschenkt hat.

Auf halbem Weg die Treppe hinauf fällt ihr auf, dass sie den Zucker vergessen hat. In ihren zittrigen Händen wackeln die Tassen auf ihren Untertassen, und sie will gerade Zeen Bescheid geben, dass der Zucker fehlt, als ihr wieder einfällt, dass ihre Haushälterin nicht da ist. So seltsam! Isobel hat sie gestern Abend schon erwartet. Sonntags arbeitet sie zwar sonst nicht, aber wenn sie aus dem Urlaub zurückkommen, wartet sie normalerweise zu Hause auf sie, selbst an ihren freien Tagen. Zeen weiß immer genau, wenn Isobel Unterstützung braucht. Und wenn sie aus dem Urlaub kommen, heißt sie sie eigentlich immer willkommen, packt ihre Koffer für sie aus, kocht Abendessen und schmeißt die erste Waschmaschine an, denn sie weiß, dass Isobel dann zu müde ist, um sich um diese Dinge zu kümmern.

Dass sie gestern nicht hier war, ist also schon ungewöhnlich, aber dass sie auch heute nicht aufgetaucht ist, ist wirklich merkwürdig. Zeen kommt zuverlässig jeden Montag um sechs Uhr morgens leise ins Haus und räumt die Küche auf. Isobel versucht, Lola und diesen wahr gewordenen Albtraum für eine Sekunde zu vergessen. Hat Zeen gesagt, dass sie heute nicht kommt? Daran kann sie sich beim besten Willen nicht erinnern.

Wo ist sie?

Ihr fällt wieder ein, wie Margaret ihnen gestern die Haustür geöffnet hat. Sie war vor ihnen da und hatte bereits die Polizei weggeschickt. Die Idee, die Presse nicht sofort über Lolas Entführung zu informieren, stammt definitiv von Margaret. Und bestimmt hat sie Roly überredet, dass er es als seine Idee ausgibt. Margaret hat Zeen damals für sie angeheuert. Was steckt dahinter? Was führt ihre Schwiegermutter im Schilde?

Isobel verdrängt den Gedanken und betritt das Wohnzimmer mit dem Kaffeetablett. Als sie es auf den Sofatisch stellt, schwappt der Inhalt einer der Tassen über. Sie war zu voll. Aber sie vertraut Zeen. Es muss eine rationale Erklärung geben. Sie wird sie nachher anrufen und fragen, ob alles in Ordnung ist und ob sie herkommen kann. Jemand muss sich jetzt um sie kümmern. Und Zeen ist mit ihrer ruhigen, liebevollen Art genau die Richtige dafür. Ganz im Gegensatz zu Margaret, auf deren Hilfe sie gut verzichten könnte.

Sie reicht den Detectives zwei Kaffeetassen, dann gibt sie Margaret und Roly je eine, die übergeschwappte Tasse behält sie selbst.

Sie nimmt einen Schluck und bekleckert dabei den weißhellgrünen Teppich.

»Also wirklich«, tadelt Margaret sie so laut, dass es auch jeder mitbekommt. »Pass bitte ein wenig auf. Der Teppich ist ein Unikat aus Mailand.«

Isobel läuft rot an, verkneift sich aber eine Antwort, genau wie die Tränen, die ihr schon wieder in den Augen brennen. Sie setzt die Tasse auf dem Tablett ab. Sie hat gar keine Lust auf Kaffee.

Margaret war schon immer kritisch mit ihr. Manchmal fragt Isobel sich, warum sie überhaupt zugelassen hat, dass Roly sie heiratet. Aber Roly und sie waren nun mal Hals über Kopf ineinander verliebt. Nach nur drei Monaten hat er ihr einen Antrag gemacht. Margaret war damals bei ihrer Schwester in Südafrika zu Besuch. Als sie wiederkam, waren die Voreinladungen schon verschickt, und Margaret hätte die Hochzeit nicht mehr verhindern können, ohne einen Skandal zu verursachen. Und das würde sie niemals wagen. Stattdessen mäkelt sie seitdem bei jeder Gelegenheit an Isobel herum und versucht mit allen Mitteln, ihre Liebe kaputt zu machen.

Seit Lola da ist, ist alles etwas leichter geworden. Margaret kann sich auf sie fokussieren, auf ihr geliebtes Enkeltöchterchen, die Erbin des Namens Huntington. Und Isobel selbst fällt es angesichts ihrer unbändigen Liebe für Lola leichter, Margarets Sticheleien zu ertragen.

»Über das Motiv können wir noch nichts sagen«, erklärt DCI Watkins jetzt, um die unangenehme Stille zu füllen. Er sieht sie verständnisvoll an. »Aber wir müssen uns darüber unterhalten, wer dafür verantwortlich sein könnte. Roly hat uns die Namen Ihrer Freunde und Familienangehörigen gegeben, die Namen aller Leute aus Ihrem engsten Kreis. Die werden wir überprüfen. Vielleicht will jemand, den Sie kennen, an Ihr Geld.«

»Zeen steht auch auf der Liste«, sagt Roly.

Isobel schüttelt den Kopf. »Nein. Sie hat damit nichts zu tun. So etwas würde sie niemals machen. Margaret, du hast sie doch eingestellt. Sag ihnen, dass sie Zeen nicht überprüfen müssen.«

»Das werde ich ihnen nicht sagen. Bei der Dienerschaft weiß man nie.« Ihre Antwort trieft nur so vor privilegierter Selbstgerechtigkeit. Isobel kann manchmal selbst kaum glauben, dass sie Teil einer Welt ist, in der solche Kommentare normal sind.

Dabei müssen sie sich wirklich nicht auf Zeen konzentrieren. Da ist Isobel sich sicher. Sie weiß, dass es eine Person gibt, die ihnen Schaden zufügen würde, die alles zerstören würde, was sie lieben. Und jetzt wäre der Zeitpunkt, dies zu erwähnen, aber sie bringt es nicht über sich, den Namen laut auszusprechen. Roly und sie sprechen nie über diese Zeit.

»Wir ermitteln in alle Richtungen. Derweil ...« Der Detective deutet auf das Sofa, und erst als sie sich wieder neben Roly setzt, wird ihr klar, dass DCI Watkins ihnen etwas zu sagen hat. Haben sie eine Spur?

Bitte, lass es meiner Tochter gut gehen. Während sie ihren Herzschlag in ihrem Trommelfell wahrnimmt, betet sie zum Universum.

»Was ist los, DCI Watkins?«, bringt sie hervor. Sie bringt es nicht über sich, ihn mit seinem Vornamen anzusprechen, auch wenn er darum gebeten hat. Das wäre irgendwie unpassend.

Schließlich ist er doch derjenige, der die Person ausfindig machen muss, die ihre Tochter entführt hat. »Wissen Sie, wer es war?«

»Wir konnten die Identität der Person, die Lola gestern entführt hat, noch nicht ermitteln, aber es gibt Aufnahmen der Überwachungskameras der Raststätte«, erklärt er und rutscht an die Vorderkante des Sessels. Selbst Margaret nimmt jetzt zu Rolys anderer Seite Platz. Nur DI Gardner steht noch. Die Kaffeetasse sieht in seinen großen Händen aus wie ein Accessoire aus einem Puppenhaus. Sie merkt, dass er sie beobachtet, und fragt sich, ob Margaret irgendetwas gesagt hat, als sie in der Küche war, vielleicht über die Zeit, als Lola noch ganz klein war und Isobel mit Angst- und Panikattacken zu kämpfen hatte. Ihr Herz hämmert, diesmal auch vor Frustration. Wie kann Margaret es nur wagen, sich im schlimmsten Moment ihres Lebens, so einzumischen?

DCI Watkins zieht sein Handy aus der Innentasche seines Sakkos. »In diesem Auto wurde Lola von der Raststätte weggebracht.«

Er berührt das Display und spielt ein Video ab. Sie sieht ein kleines blaues Auto, das langsam über den Parkplatz fährt und sich in die Schlange aus Autos einreiht, die die Ausfahrt nehmen wollen. Überall sind Menschen, aber niemand merkt etwas.

Tränen strömen ihr aus den Augen. »O Gott.«

»Das Auto können Sie doch nachverfolgen, oder?«, fragt Roly. »Mithilfe des Nummernschilds?«

Der Detective nickt. »Wir haben die Daten des Nummernschilderkennungssystems gestern Abend durchgesehen, um herauszufinden, wo das Auto von der Raststätte aus hingefahren ist. Daher wissen wir, dass Lola in Richtung Osten gebracht wurde. Dann ist das Auto verschwunden. Wir werden das Gebiet durchsuchen, wo es zuletzt gesehen wurde. Und wir wissen auch, wo das Auto letzte Woche war.«

»Letzte Woche?« Isobel runzelt die Stirn. »Inwiefern spielt das eine Rolle?«

»Sie haben DI Gardner gestern erzählt, dass Sie auf dem Rückweg aus dem Urlaub in Cornwall waren.«

Sie nicken.

»Dieser blaue Peugeot wurde letzte Woche von einem Erkennungssystem in St Ives erfasst.«

»Genau da waren wir«, platzt es aus Roly hervor. Er klingt schockiert und empört.

»Wir glauben daher, dass der Entführer es speziell auf Lola abgesehen hat und Sie vielleicht schon seit einer Weile verfolgt, um den richtigen Moment abzupassen.«

Margaret seufzt und wirft Isobel dann einen Blick zu. »Den hättet ihr ihm niemals bieten dürfen.«

»Mutter.« Rolys Stimme klingt streng, was Isobel überrascht. Er widersetzt sich Margaret nur selten, und Isobel verteidigt er vor ihr schon gar nicht. »Das bringt doch jetzt nichts«, fügt er in sanfterem Tonfall hinzu.

»Es tut mir leid, Liebling, es fällt mir nur schwer, das alles zu verstehen. Ich verstehe einfach nicht, warum jemand Lola entführen würde. Aus was für einem Grund würde jemand das tun?«

Er schüttelt den Kopf. »Ich weiß es nicht.«

»Was, wenn derjenige ihr etwas antun will? Oder ... sie an einen Menschenhändlerring geraten ist ... oder der Entführer sie töten will?«

Bei Margarets Worten wird Isobel schlecht. Sie kann den Gedanken nicht ertragen, Lola nie wiederzusehen, kann sich eine Welt ohne sie nicht vorstellen. Sie wartet ab, was Roly darauf erwidert. Vielleicht wird er Rache als Motiv ins Spiel bringen? Oder wird er das Thema lieber nicht ansprechen?

»So dürfen wir nicht denken«, sagt er. »Am Ende wird's um Geld gehen.«

Wirklich?

Sie muss wissen, was passiert ist, wo ihre Tochter ist. Dass es ihr gut geht. Aber Spekulationen werden ihnen jetzt nicht helfen. »Sie wissen also nicht, wo sich das Auto jetzt befindet?«, fragt sie DCI Watkins.

»Nein. Aber das Kennzeichen ist zur Fahndung ausgeschrieben. Sobald es eine Erkennungskamera passiert, werden wir benachrichtigt.«

Er berührt erneut das Display seines Handys. Ein anderes Bild taucht auf. Roly und sie beugen sich vor. Diesmal ist es ein Foto – eine Aufnahme von oben, die den Essensbereich zeigt. Sie kann Lola in ihrem gelben T-Shirt und ihrer hellblauen kurzen Hose so deutlich erkennen, dass sie am liebsten in das Foto hineinklettern und sie auf den Arm nehmen und an sich drücken würde.

»Lola«, flüstert sie. Wieder hat sie das Gefühl, als würde ihr ein lebensnotwendiges Organ fehlen. Ob sie noch eine Minute ohne Lola in ihren Armen überleben wird, kann sie nicht sagen. Eine Stunde bestimmt nicht, und erst recht nicht einen Tag oder eine Woche. Oder ein ganzes Leben?

Ihre Tochter hat den einen Arm eng um die Plüschente geschlungen, die Isobel ihr kaufen wollte, die andere Hand wird von einer blonden Frau mit langem, glattem Haar gehalten, die weite Kleidung trägt.

»Kennen Sie diese Frau?«, fragt DCI Watkins und schaut Roly und Isobel abwechselnd an.

Sie schüttelt den Kopf und schaut dann ebenfalls zu Roly. Er starrt das Bild einen Moment lang an, und für eine Sekunde glaubt sie, er würde gleich nicken. Ihr kommt die Galle hoch. Der Gedanke, dass er diese Frau kennt, dass er die Person kennt, die ihr kleines Mädchen entführt hat … Sie muss an die Nacht denken, als diese andere Frau an ihre Tür gehämmert hat.

Wieder denkt sie an Rache. Und an all die Abende, an denen Roly erst spät nach Hause kam und angeblich bei

Kunden war. Aber dann schüttelt auch er den Kopf und seufzt laut. »Nein«, sagt er. »Wer ist das?«

»Das versuchen wir herauszufinden«, antwortet DI Gardner. Mit einem kleinen Notizbuch in den Händen tritt er einen Schritt auf sie zu. »Das Auto, das diese Frau benutzt hat, ist auf einen Malik Kahn zugelassen. Sagt Ihnen dieser Name irgendwas?«

Sie schütteln beide den Kopf.

»Wir sind heute Morgen bei Malik Kahn vorbeigefahren, aber es war niemand zu Hause. Ihn zu finden, steht für uns im Moment an oberster Stelle.«

»Ist der Mann vorbestraft?«, will Margaret wissen. »Ist er in irgendetwas verwickelt, das erklären würde, warum er meine Enkeltochter entführt hat?«

»Nein.«

»Wer sind diese Leute?« Isobels Stimme zittert. »Was wollen die mit unserer Tochter?«

»Das wissen wir noch nicht«, sagt DCI Watkins.

»Nun«, sagt Margaret in ihrem eisigen Tonfall, den Isobel nur allzu gut von den Hunderten Malen kennt, als sie etwas vermeintlich Falsches zu ihrer Schwiegermutter gesagt hat, »dann sollten Sie vielleicht alles daran setzen, das herauszufinden, anstatt hier mit uns einen Kaffeekranz abzuhalten. Oder haben Sie uns sonst noch etwas mitzuteilen?«

»Aktuell nicht.« DCI Watkins steht auf. In diesem Moment ist Isobel kurz dankbar, dass Margaret da ist und die Detectives wegscheucht, damit sie ihre Arbeit machen.

Als Roly sie zur Tür bringt, macht sich Isobel schnell auf den Weg ins Badezimmer. Sie muss unbedingt bald mit Roly sprechen. Sie müssen eine Entscheidung darüber treffen, wie viel sie der Polizei von ihrer Vergangenheit verraten können, besonders in Margarets Anwesenheit. Aber zuerst muss sie kurz alleine sein.

Ihr Puls pocht, und ihr schwirrt der Kopf angesichts all

dieser Informationen. Malik Kahn. Eine Frau mit langem blondem Haar. Sie wurden in Cornwall verfolgt. Und immer noch haben sie keine Ahnung, wo Lola ist. Was ist ihr nur zugestoßen?

Ihre Tochter wird jetzt schon seit sechzehn Stunden vermisst. Isobel muss plötzlich an Scarlett Peters denken – die Frau, die gestern auf den Titelseiten der Zeitungen war. Die Polizei sucht schon seit vier Monaten nach ihr, während Isobel sich ziemlich sicher ist, dass sie nicht einen weiteren Tag dieser Tortur überleben wird.

Sie holt ihr Handy hervor und sucht Zeens Nummer heraus. Sie braucht ihre Haushälterin jetzt. Und sie muss wissen, warum sie nicht schon hier ist. Es klingelt und klingelt, aber niemand nimmt ab. Auch keine Mailbox. Isobel legt auf. Wo zur Hölle ist Zeen?

Sie starrt ihr Handy an. Da ist noch jemand, den sie anrufen sollte. Die einzige Person, die ihnen helfen kann, Lola zu finden, aber die Vorstellung macht ihr fast so viel Angst wie der Gedanke, ihre Tochter für immer zu verlieren.

Auf einmal pulsiert das Innere ihrer Wangen und ihr Mund füllt sich mit Speichel. Sie lässt sich vor die Kloschüssel fallen und ergibt sich der Übelkeit.

ZEHN
EMMA

In ihrem Albtraum will Emma schreien, doch der Schrei bleibt ihr ihm Hals stecken und sie wacht keuchend auf. Sie presst die Lippen aufeinander und bewegt ihren Kopf hin und her. Nach einem Moment ist sie in der Realität angekommen, die Wände der Klinik verschwimmen, und als sie blinzelt, erkennt sie das grau-pastellrosa Innere des Wohnwagens.

Sie sind noch hier.

In ihrem Versteck.

Aber wie lange noch? Eine atemlose Panik erfasst sie, die sich anfühlt wie ein lebendiges Wesen, das in ihrem Inneren auf sie eindrischt. Sie müssen aufbrechen. In Bewegung bleiben. Weg von hier, weg.

Sie versucht, langsamer zu atmen, drei Takte ein, fünf Takte aus, und sich auf den letzten Hauch des Apfellufterfrischers zu konzentrieren, der noch in der Luft liegt, auf die Stille. Wie lange lag sie gestern Abend auf den kratzigen Teppichfliesen und hat darauf gewartet, dass die rote Limousine zurückkommt?

Stundenlang wahrscheinlich. Irgendwann ist sie zum Sofa

gekrabbelt und über der Frage eingeschlafen, ob es überhaupt dasselbe Auto war, ob es überhaupt da war.

»Emma, Monster gibt es nicht. Das bilden Sie sich nur ein.«

Das stimmt nicht. Es ist ihr egal, wie viele Menschen ihr sagen, ihr gehe es eben nicht gut, und dabei alle möglichen medizinischen Fachbegriffe benutzen, nur um dieses eine Wort zu vermeiden, so wie früher in der Schule, wenn sie mit ihren Klassenkameraden in der Pause *Tabu* gespielt hat, wenn es draußen geregnet hat.

Aber sie weiß sowieso, was sie meinen. *Verrückt.*

Selbst ihre Familie denkt das. Sie merkt ja, wie misstrauisch sie sie anschauen. Nur Haz glaubt ihr. Er war immer für sie da, hat ihr immer zugehört und ihre Sorge um ihn kleingeredet und schnell seine Ärmel über seine Handgelenke gezogen, um die Narben zu verstecken, von deren Existenz sie beide wissen.

»Die Frage ist«, hat er immer gesagt, wenn sie geweint und gewütet hat, *»was du dagegen unternehmen willst.«*

Sie schaut sich nach ihrem Handy um – das wird sie sich wohl nie abgewöhnen. Es ist nicht da. Sie hat es in der Schublade des Nachttischs ihres Kinderzimmers versteckt. Bevor sie letzte Woche nach Cornwall aufgebrochen ist, hat sie es ausgeschaltet.

Jetzt steht sie auf, nimmt den Rucksack und zieht zwei Outfits daraus hervor. Zwei Leggings, zwei T-Shirts und frische Unterwäsche. Für sie und für Lola. Mit den Fingern ertastet sie das harte Plastik des billigen Handys ganz unten im Rucksack. Emma weiß, dass es gefährlich ist, dieses Handy dabeizuhaben, auch wenn es nicht registriert ist und sie es mit Bargeld weit weg von zu Hause und von allen Orten, die man mit ihr in Verbindung bringen kann, gekauft hat. Wenn sie damit eine Nummer anruft, die von der Polizei überwacht wird, dann werden sie das Handy tracken.

Aber sie muss jetzt Haz' Stimme hören. Sie muss sich vergewissern, dass sie nicht verrückt ist. Noch bevor sie sich selbst von der Idee abbringen kann, hat sie das Handy eingeschaltet und seine Nummer eingetippt. Es klingelt und klingelt. Das überrascht sie nicht. Er war schon immer sauschlecht darin, an sein Handy zu gehen. Dann hört es auf zu klingeln und Haz' Stimme erfüllt die Stille.

»Hey, hier ist Haz. Hinterlass mir eine Nachricht. Nein, schreib mir lieber eine WhatsApp.«

Es piept und sie legt auf. Stattdessen schickt sie ihm eine Nachricht.

Ich habe Angst.

Sie wartet nicht ab, ob die Häkchen blau werden, und schaltet das Handy schnell wieder aus. Sich bei ihm zu melden, hat schon gereicht, um ihre Angst etwas einzudämmen. Trotzdem fragt sie sich, ob es richtig war, Lola zu entführen. Vielleicht ist sie ja doch so verrückt wie alle behaupten. Aber Lola ist ihre Tochter. Und nur Emma kann sie retten.

Der Gedanke motiviert sie und sie beeilt sich mit dem Anziehen, putzt sich die Zähne und wäscht sich so leise es geht am Waschbecken. Mit der Bürste kämmt sie ihr Haar Stück für Stück, bis es ihr ganz weich und glänzend über den Rücken fällt.

Emmas Atmung ist wieder tiefer geworden und sie nutzt die letzten paar Momente, die sie für sich allein hat, um die Stücke, in die sie selbst zerbrochen ist, wieder zusammenzukleben. Hoffentlich hält der Kleber noch einen Tag. Dann geht sie Lola wecken.

Ihr kleines Mädchen liegt diagonal im Bett und schläft auf dem Rücken, ihr Kopf liegt neben dem Kissen, die Arme sind ausgestreckt. Bei dem Anblick wird Emma ganz warm ums Herz. Sie betritt den Raum, setzt sich auf die Bettkante und streicht ihrer schlafenden Tochter das seidige blonde Haar aus dem Gesicht.

»Huhu, Lola«, flüstert sie.

Das kleine Mädchen rührt sich. Mit geschlossenen Augen tastet sie die Matratze ab, bis sie Barnaby gefunden und an sich herangezogen hat.

»Lola, ich bin's, Emma. Aufwachen! Es gibt jetzt Frühstück.«

Sie öffnet die Augen und sieht neugierig aus.

»Guten Morgen, du kleiner Schatz«, sagt Emma. »Es gibt Coco Pops.«

»Coco Pops darf ich nur an besonderen Tagen«, erklärt Lola mit schlaftrunkener Stimme, während sie ihr Gesicht in Barnabys Kopf versteckt.

»Heute *ist* ein besonderer Tag«, antwortet Emma darauf. »Unser Abenteuertag, weißt du noch? Heute fahren wir wieder Bus, und dann holen wir unser neues Auto. Heute Abend sind wir dann ganz, ganz weit weg, wo wir sicher sind.«

Lola setzt sich auf und streckt den Arm nach Ducky aus. »Sehen wir dann Mummy und Daddy?«

Das Wort »Mummy« durchfährt sie wie ein Messer, das Butter schneidet, scharf, aber ohne Widerstand. Kurz kocht Wut in ihr hoch. Die Wut richtet sich nicht gegen Lola. Niemals gegen Lola. Sondern gegen die beiden – gegen Isobel und Roly und die Ärzte. Gegen all die Menschen, die ihre Träume immer wieder zerstört haben. Und ... und ... es gibt noch einen Namen, an den sie denkt, eine Person, die ihr schreckliche Angst einjagt, aber sie versucht, den Gedanken zu verdrängen.

Ich bin deine Mummy. Erneut schluckt sie diese Erwiderung hinunter und zwingt sich zu einem besonders freundlichen Lächeln. »Komm, ich zeig dir deine neuen Anziehsachen. Und dann gibt's Coco Pops. Wir müssen bald los.«

Sehr bald, denkt Emma und lockt Lola zu den neuen Klamotten. Wenn sie daran denkt, dass sie gleich den Wohnwagen aufsperren und nach da draußen gehen müssen, wird ihr ganz anders.

Sie wünschte, es gäbe eine andere Lösung. Kurz schließt sie die Augen und stellt sich vor, wie Lola und sie ihre Körper hinter sich lassen und einfach wegfliegen, ohne Angst, ohne sich ständig umschauen zu müssen, ohne all die Menschen, die sie verfolgen. Nur Lola und sie. Für immer vereint. Und sicher.

ELF

EMMA

Jetzt sitzen sie wieder in einem Bus. Diesmal fahren sie in Richtung Norden. Emma stellt sich eine Karte mit ihrer Reiseroute vor. Von der Raststätte nach Osten, um die Polizei zu verwirren. Dann nach Süden zum Campingplatz. Und jetzt nach Norden – endlich in die richtige Richtung.

Der Bus ist so langsam und kurvt durch jedes einzelne Kaff.

Schneller! Bitte, bitte, fahr schneller!

Die Gedanken in ihrem Kopf kreisen in einem Tempo, von dem sie wünschte, dass es ihre Reisegeschwindigkeit wäre. Es ist früh – noch vor neun – und durch die Bustüren steigen Männer und Frauen in bunten Poloshirts und Bürokleidung ein und aus. Ganz normale Menschen. An einem ganz normalen Tag. Lola sitzt neben ihr und erzählt von einem Bauernhof in der Stadt, wo sie gern hinfährt, um Tiere zu füttern. Draußen zeigt sie auf Weiden mit Schafen und Kühen. Fast glaubt sie, auch sie beide wären ganz normal. Wenn da nicht diese Worte wären, die ihr im Kopf herumspuken, und ihr Pulsschlag, den sie in den Ohren pochen hören kann.

Emma würde so gern daran glauben, in der Menge sicher

zu sein, einfach mit ihr zu verschmelzen und unsichtbar zu werden. Sie ist einfach eine Mutter, die einen Ausflug mit ihrer Tochter macht. Aber warum ist der Bus so langsam? Wenn sie wissen, wo sie ist, dann werden sie den Bus einholen, ihn anhalten und sie herauszerren.

Schneller! Bitte, schneller!

Die Cornflakes, die sie hinuntergewürgt hat, schwappen als matschiger Klumpen in ihrem Magen hin und her. Sie redet sich Mut zu: Sie müssen es nur bis in die Stadt schaffen. Dann können sie in einer der Nebenstraßen verschwinden, das Auto holen, das dort auf sie wartet, und abhauen. In die Sicherheit.

Sie konzentriert sich auf heute Abend: Mit der Fähre werden sie das Land verlassen. Und dann werden sie noch eine Weile unterwegs sein, bis sie ein ruhiges Eckchen irgendwo auf der Welt finden, wo niemand sie stört. Am Strand in einem kleinen Haus mit einem Lattenzaun, den sie weiß streichen wird. Am Wochenende treffen sie ihre Freunde im Park und veranstalten Filmabende. Wo genau dieser Ort sein wird, das weiß sie noch nicht. Sie wollte nicht recherchieren, um online keine Spuren zu hinterlassen, aber wenn sie den richtigen Ort gefunden haben, werden sie es merken.

Sie wird einen Job finden. Vielleicht als Anwältin, aber an Gerechtigkeit glaubt sie nicht mehr – oder daran, dass Gesetze die Guten schützen und die Bösen bestrafen. Vielleicht kann sie ja einen Blumenladen aufmachen. Die letzten Jahre hat sie gern in dem Blumenladen auf der Hauptstraße in der Nähe ihres Zuhauses in Südlondon gearbeitet. Der Job hat sie gerettet, als der Rest ihrer Welt zerbrochen ist. Ja, einen Blumenladen wird es geben. Und einen Strand. Das Leben, das sie schon seit Jahren mit Lola führen sollte, ist zum Greifen nah.

Doch drei Reihen vor ihnen sitzt ein Mann, der sie schon angestarrt hat, als er eine Haltestelle nach ihnen eingestiegen ist. Er hat von ihr zu Lola und wieder zu ihr geschaut. Seitdem hat er sich noch zweimal in seinem Sitz umgedreht und zu ihnen geschaut. Hat er sie erkannt? Gibt es schon Fahndungsplakate mit ihren Gesichtern, die auf den Websites der Zeitungen und auf Social Media geteilt werden? Sie will es gar nicht wissen. Dann würde alles nur noch schwerer. Und dann ist da noch die schwarze Halbkugel mit der grauen Halterung an der Decke im vorderen Teil des Busses – ein Auge, das alles sieht. Beobachtet sie jemand aus einem Überwachungsraum irgendwo im Land?

Sie weiß nicht, ob ihre Verkleidung gestern etwas getaugt hat. Weiß die Polizei schon, wer sie ist? Sie stellt sich vor, wie sie Roly und Isobel ein Foto der stark geschminkten blonden Frau zeigen, und erneut kocht glühende Wut in ihr hoch. Sie haben Lola nicht verdient. Sie gehört ihnen nicht. Sie können sie nicht beschützen, nicht so wie sie es kann. Sie erkennen ja nicht mal die Gefahren.

Am liebsten würde sie von ihrem Sitz aufspringen und die Kamera von der Decke schlagen, die Kabel herausreißen und so die Übertragung unterbrechen. Aber damit würde sie wohl etwas zu viel Aufmerksamkeit auf sich ziehen. Und die Kameras sind ja gar nicht das Problem. Im ganzen Land gibt es mehr als fünf Millionen davon. Die meisten Aufnahmen werden nicht kontrolliert. Erst wenn die Polizei eine bestimmte Gegend durchkämmt, sind die Kameras von Bedeutung. Aber wenn sie nicht wissen, wer und wo sie ist, dann werden sie auch nicht wissen, welche Übertragungen sie sich anschauen müssen.

Wenn sie doch nur wüsste, ob die Polizei kurz davorsteht, sie zu finden, oder nicht. Die Ungewissheit frisst sie auf. Wird es nur noch ein paar Sekunden dauern oder kann sie durchatmen? Wurde das Auto gefunden? Ist die Polizei schon am Wohnwagen? Sie hat gehofft, heute besser mit der Angst umgehen zu können, schließlich haben sie jetzt mehr Abstand gewonnen, aber es fühlt sich immer noch an, als würde jemand von innen auf sie eindreschen. Als würde sie versuchen, im Auge eines Sturms aufrecht stehen zu bleiben.

Auf dem Sitz hinter ihnen bewegt sich jemand. Emma zuckt zusammen und dreht sich um. Eine Frau, die ihr langes weißes Haar offen trägt, schaut sie an. Sie hat einen lila Kittel an und die Lippen dunkel angemalt. Mit gelblichen Zähnen lächelt sie Emma und Lola an. »Das ist aber ein süßes Kuscheltier«, sagt sie.

Emma nickt, erwidert aber nichts. Ihre Stimme will ihr nicht gehorchen.

»Wie heißt es?«

»Wer?«, fragt Emma. Ihr Herz rast. Eigentlich will sie fragen: Wer sind Sie? Was wollen Sie? Warum sprechen Sie mit uns?

»Na, das Bärchen natürlich«, antwortet die Frau und zeigt auf den Teddy in Lolas Schoß. Ihr Lächeln ist unsicherer geworden. »Ich mag Bären.«

»Barnaby«, sagt Emma schnell und dreht sich dann weg, um auf eine Kuhweide draußen zu zeigen und Lola abzulenken, damit diese der Frau bloß nicht ihren eigenen Namen verrät und erzählt, dass Emma sie ihren richtigen Eltern geklaut habe.

Sie merkt, wie Lola noch tiefer in ihren Sitz rutscht. Emma tut es leid, dass sie Angst hat. Sie weiß, dass das ihre Schuld ist. *»Denk dran, Lola«*, hat sie zu ihr gesagt, bevor sie die Tür des Wohnwagens aufgeschlossen hat und mit ihr hinaus in den grauen Morgen getreten ist. *»Wir müssen ganz unauffällig sein. Wir dürfen mit niemandem reden, okay? Die sollen uns ja nicht finden.«*

Lolas kristallblaue Augen haben sich mit Tränen gefüllt. *»Die Monster?«*, hat sie mit bebender Unterlippe gefragt, woraufhin Emma genickt hat, auch wenn sie sich selbst dafür hasst.

»Ich will hierbleiben.«

»Das geht nicht. Es tut mir leid, Lola. Ich weiß, das ist unheimlich. Ich habe auch Angst. Aber wir müssen hier weg, damit sie uns nicht finden. Sie können jeden Moment hier sein, wirklich. Los, beeil dich.«

Sie musste Lola Eis und Abenteuer versprechen und ihr ein halbes Dutzend weiterer Lügen erzählen, die sie hoffentlich wieder vergessen wird, bis ihre Tochter genickt und ihre Hand genommen hat.

Nun zeigt Emma aus dem Fenster. »Eins ... sechs ... elf ...«

Ihr kleines Mädchen schenkt ihr ein ganz kurzes Lächeln und schüttelt kaum merklich den Kopf, um dann flüsternd richtig zu zählen. Die Frau hinter ihnen scheint sich zu mokieren, sagt aber nichts. Sie wollte doch nur ein bisschen Small Talk halten, wie Leute das eben so machen, um sich die Zeit zu vertreiben. Das ist Emma klar. Aber sie hat gerade einfach keinen Kopf für Geplauder. Sie wünschte, sie würden weiter hinten im Bus sitzen. Die Frau wird sich an sie erinnern, falls sie gefragt wird. »*Die sah aus wie eine ganz normale Mutter mit ihrer Tochter auf dem Weg zum Einkaufen. Sie war ziemlich still, fast schon unhöflich. Aber das ergibt jetzt auch Sinn.*«

Der Bus hält vor einer Reihe kleiner Läden. Passagiere steigen aus. Nach ein paar Minuten taucht das Stadtzentrum auf. Noch ist es ruhig hier, es wirkt verschlafen. Sobald die Läden aufmachen, wird es geschäftiger werden. Die Ruhe am Morgen mochte Emma im Blumenladen immer besonders gern. Die Luft roch erdig und süß, die Blumensträuße waren alle vorbereitet, aber die Türen blieben noch für ein paar letzte Minuten der Stille geschlossen.

In diesen leisen Momenten musste sie immer daran denken, wie anders ihr Leben hätte verlaufen können. Sie stellte sich eine alternative Realität vor, in der sie in Perücke und Robe in einem Gerichtssaal stand und ein Plädoyer hielt. Oder ihre Tochter aus der Kita abholte und mit ihr Hand in Hand zu den

Schaukeln auf dem Spielplatz lief. Eines dieser Leben hätte sie haben können. Und doch hatte sie keins davon.

Der Bus fährt um eine Kurve und Emma erblickt eine Fußgängerzone mit Geschäften zu ihrer Linken. Auf der rechten Seite der Straße befinden sich Billigläden wie Cash Converters und Poundland, dazwischen Dönerläden und Imbisse.

Der Bus hält und die Türen öffnen sich mit einem zischenden Geräusch. Endstation. Die restlichen Passagiere stehen auf und steigen brav einer nach dem anderen aus. Emma würde sie am liebsten zur Seite stoßen, um schneller rauszukommen. Sie verliert den Mann aus den Augen, der sie mehrmals angestarrt hat. Wo ist er hin? Versteckt er sich? Will er ihnen folgen? Draußen ist die Luft immer noch kalt. Sie schnappt einen Gesprächsfetzen von zwei Frauen vor ihnen auf.

»Und das soll Juli sein?«

»Aber echt. Wo ist unser Sommer hin?«

Emma ist dankbar um den kühlen Tag. Ihre Haut fühlt sich sowieso schon klamm an, die Rückseite ihres T-Shirts ist feucht, weil der Rucksack darauf drückt. Sie braucht einen Moment, um sich zu orientieren, zur Sicherheit schaut sie noch mal schnell in der Kartenapp auf dem Handy nach. Eigentlich kennt sie die Strecke von ihrem Besuch vor zwei Wochen, aber sie will nicht riskieren, dass sie sich so kurz vor ihrer Flucht verlaufen.

»Hier lang, Lola.« Sie nimmt ihre Tochter bei der Hand und will sie gerade von den Läden wegführen, als sie den Mann aus dem Bus bemerkt. Er lehnt mit einer E-Zigarette in der Hand an einer Wand und beobachtet sie.

Emma würde am liebsten schreien, irgendwie macht er sie wahnsinnig. Die Angst frisst sie beinahe auf, mit Haut und Haaren. Folgt dieser Mann ihnen? Weiß er, wer sie sind? Ob er ... ob er wohl für den Menschen arbeitet, der Emma töten wird, wenn er sie findet? Für den Menschen, den sie seit drei Jahren verzweifelt versucht zu vergessen, der sich aber immer noch jede Nacht in ihre Albträume schleicht.

Sie stellt sich vor, wie der Mann mit der E-Zigarette nach ihrem Arm greift, sie festhält und ihr ins Ohr zischt: »*Jonny schickt mich. Er will dich sprechen.*«

ZWÖLF

EMMA

Der Gedanke an Jonny erschreckt Emma so sehr, dass sie sich schnell in Bewegung setzt. »Los, komm«, sagt sie und zieht Lola mit sich. Sie hetzen um eine Kurve, dann um noch eine. Mit ihren kurzen Beinchen und kleinen Schuhen rennt und rennt Lola, bis sie laut schluchzend weint und Emma vor Panik ganz atemlos ist. Dieser Mann mit der E-Zigarette, Jonny – was, wenn er sie kriegt?

»Ich bringe dich um. Und alle, die du liebst, inklusive Lola. Und niemand wird dich vermissen.«

Emma hofft so sehr, dass nur die Polizei hinter ihr her ist. Nur diese Leute, die sich als Lolas Eltern bezeichnen. Aber Jonny ist auch da draußen. Sie weiß, dass er sie niemals in Ruhe lassen wird.

Früher hat er ihr über die Wange gestrichen und sie ganz intensiv angeschaut. Damals glaubte sie, dass er ihr damit seine Zuneigung zeigen wollte, aber heute weiß sie, dass es ein Ausdruck von Kontrolle war. Von Besitz. *»Es gibt keinen Ort, an dem ich dich nicht finden werde, Emma.«*

Und dann das höhnische Grinsen auf seinem Gesicht, als er

die Maske abgelegt und das Monster offenbart hat, das sich darunter befindet.

»Du bedeutest mir nichts. Du bedeutest niemandem etwas. Wann verstehst du das endlich?«

»Es tut mir leid.« Ihre Stimme klang so verzweifelt. *»Bitte, Jonny, ich werde mich benehmen.«*

»Ja, das wirst du. Und ich weiß auch schon, wo ich dich hinbringe, damit ich das sicherstellen kann.«

Beinahe muss sie schluchzen. Sie wird nie mehr in diese Klinik zurückgehen. Sie hätte nie dort sein sollen. Aber Jonny hat ihr Beruhigungsmittel verabreicht und dem Team in der Notaufnahme einen Haufen Lügen erzählt. Man hat sie in die geschlossene Abteilung gesperrt, bevor sie auch nur in der Lage war, einen Satz zu sagen.

Und das war nicht mal das Schlimmste, was er ihr angetan hat. Bei Weitem nicht.

Wie konnte sie nur jemals geglaubt haben, sie bedeute ihm etwas? Diesem gut aussehenden Mann mit all seinem Geld und seinen teuren Anzügen. Aber es waren nicht nur die Geschenke, mit denen er sie überhäuft hat. Die schönen Kleider. Es war auch die Art, wie er sie angesehen hat, während sie gesprochen hat – als wäre sie der einzige Mensch auf der Welt, bei dem er gerade sein wollte. Bei ihm hat sie sich gesehen gefühlt wie nie zuvor in ihrem Leben.

Aber es war alles eine Lüge. Schon als Jonny sie das erste Mal gesehen hat, war sie für ihn nichts als ein Objekt, etwas, das er benutzen und dann wegwerfen konnte.

Jetzt fließen ihr doch die Tränen aus den Augen und sie merkt, dass sie stehen geblieben ist. Das ist doch alles sinnlos. Sie sind nicht schnell genug. Zu Fuß können sie niemanden abhängen. Schnell hebt sie Lola hoch und nimmt ihr kleines Mädchen in den Arm. Sie kauert sich in den Eingang eines Bürogebäudes, Lola fest an sich gedrückt, und starrt die Straße entlang, um nach dem Mann mit der E-Zigarette Ausschau zu halten. Er folgt ihnen nicht. Ist er ihnen überhaupt jemals gefolgt? Sie ist sich nicht sicher. Vertraut ihrem eigenen Urteilsvermögen nicht.

»Ich habe Angst«, wimmert Lola. »Ich will nach Hause.«

»Es tut mir leid, Lola. Es tut mir so leid. Schon gut. Alles ist gut.«

»Jagt das Monster uns noch?«

Emma hat darauf keine Antwort. Sie blinzelt, um die Erinnerung zu vertreiben. Wie soll sie Lola bloß erklären, dass sie gar nicht mehr glaubt, dass es ein Monster war, sondern ihre eigene Paranoia, die ihr auf den Fersen war? Aber Jonny und seine Leute sind ja wirklich noch da draußen, und sie kennt ihn gut genug, um zu wissen, dass er niemals aufgeben wird. Und die Polizei wird auch nach ihnen suchen. Und Lolas sogenannte Eltern. Sie wollen sie zurück, aber sie kriegen sie nicht. Emma ist ihre Mutter. Lola gehört jetzt ihr. Nur sie kann sie retten.

Also beruhigt Emma ihre Tochter noch für eine weitere Minute und streichelt ihr den Rücken, während sie selbst die Straße beobachtet. Der Mann taucht nicht auf. Sie atmet tief durch. Fünf Takte ein, sechs Takte aus. Sie wünschte, Haz wäre bei ihnen. Sie weiß genau, was er sagen würde. »*Manche Menschen sind Monster, und ja, diese Monster sind hinter dir her, aber es gibt auch gute Menschen. Nicht alle sind böse. Vergiss das nicht, Em.*«

Das stimmt. Nicht alle sind hinter ihr her. Es fühlt sich nur so an.

»So«, sagt sie, setzt Lola ab und bindet ihr Haar zu einem hohen Pferdeschwanz, um ihren verschwitzten Nacken frei zu bekommen. »Lass uns weitergehen. Sobald wir unser Auto gefunden haben, ist alles gut.«

Daran muss sie glauben. Das Auto, die Fahrt, die Fähre, das andere Land. Ein neues Leben. Fast geschafft.

Lola schnieft und kuschelt sich eng an Barnaby, den sie im

Arm hält. Ducky steckt in dem rosa Rucksack auf ihrem Rücken. Emma kontrolliert, ob der Reißverschluss nach ihrer Flucht noch zu ist. Lola soll jetzt hier bloß keins ihrer Kuscheltiere verlieren. Sie machen sich wieder auf den Weg. Emmas Beine sind vom Laufen und vom Adrenalin weich wie Pudding. Erst schweigt Lola, aber Emma schafft es, sie in ein Gespräch zu verwickeln.

»Ich habe bald Geburtstag«, sagt sie, als ob Emma das nicht wüsste, den Tag jemals vergessen könnte. »Ich feier auf dem Bauernhof mit Ponys und Ziegen.«

»Und Pandas?«

Lola kichert. »Auf dem Bauernhof gibt es doch keine Pandas.«

Sie kommen an einer großen Schule mit hohen Metallzäunen vorbei, die wegen der Sommerferien abgeschlossen ist, dann an einem Park und dann gehen sie durch lange Straßen voller Häuser. Immer wieder schnellen ihre Augen auf der Suche nach Überwachungskameras Laternenpfähle hinauf, aber sie entdeckt keine und versucht ihr hämmerndes Herz zu beruhigen und sich auf ihre Route und Lolas Geplapper zu konzentrieren.

»Wie lange noch?«, quengelt Lola, als sie in eine weitere Straße voller Häuser abbiegen.

»Nicht mehr weit«, antwortet Emma mit fröhlicher Stimme. »Noch ungefähr fünf Minuten bis zum Auto. Und dann können wir wieder Musik hören. Was ist dein Lieblingslied?«

»Ich vermisse Mummy.« Lolas Stimme ist zittrig und einen Moment später schießen ihr die Tränen in die Augen. Jede davon fühlt sich an wie ein Messerstich in Emmas Herz. Sie kann sich noch so oft einreden, dass sie das Richtige tut, und noch so tief und fest daran glauben, dass sie die Einzige ist, die ihre Tochter beschützen kann – trotzdem kann Emma nicht ignorieren, welche Angst und Unsicherheit Lola gerade erleiden muss.

Sie muss sich darauf konzentrieren, warum sie all das tut – um sie beide vor Jonny zu beschützen. Als er gesagt hat, er werde sie und alle, die sie liebt, umbringen, inklusive Lola, hat er sie nicht einfach nur bedroht; er hat eine Tatsache geäußert.

»Nicht weinen.« Sie drückt Lola an sich.

Auf der anderen Straßenseite gehen zwei Teenager vorbei, die Händchen halten. Das Mädchen lacht gerade über etwas, das der Junge gesagt hat. Sie ist hübsch. Ihr Haar ist gefärbt, hellrosa, und sie hat ein Piercing in der Nase und eins in der Lippe. Sechzehn oder siebzehn muss sie sein. Auf Emma wirkt sie unfassbar cool. So viel cooler als sie in dem Alter war. Sie war eine ungelenke Jugendliche, die sich immer unsichtbar vorkam, nirgendwo dazugehörte und sich sicher war, dass es in der Welt keinen Platz für sie gab.

Erst ein Junge konnte Emma aus ihrem Schneckenhaus locken und sie davor bewahren, sich komplett im Lernstoff zu verlieren und ausschließlich für eine Zukunft zu leben, die sie kaum erwarten konnte. Damien war ein bisschen älter als sie. Mit seinen neunzehn Jahren war er der siebzehnjährigen Emma immer so weltgewandt vorgekommen, wenn er in den Supermarkt gekommen ist, in dem sie während der Vorbereitungen für ihre Abschlussprüfungen Teilzeit gearbeitet hat, um Zigaretten und Alkohol zu kaufen.

»*Ich schmeiß heute Abend 'ne Party*«, hat er fast jedes Mal gesagt. »*Komm doch auch.*«

Sie hat gelächelt und kopfschüttelnd zu Boden geschaut, doch im Lauf der Monate fing sie an, sich zu freuen, wenn Damien freitagabends vorbeikam. Und dann hatte sie irgendwann ihre Prüfungen hinter sich, die Ergebnisse kamen und sie hatte nur Bestnoten erzielt, sodass sie einen Jurastudienplatz am University College London angeboten bekam. Sie fühlte sich ihren Träumen so nah und wollte unbedingt feiern. Doch dann wurde ihr klar, dass sie niemanden hatte, mit dem sie feiern konnte. Sie ist noch nie gut darin gewesen, Freunde zu finden, und weil sie sich immer nur aufs Lernen und auf ihren Teilzeitjob fokussiert hatte, hatte sie auch in ihrer Stufe keine Freundschaften geschlossen. Selbst ihre Eltern waren eher zurückhaltend als stolz.

»Das ist ja alles schön und gut, Emma, aber denk dran: Je höher du steigst, desto tiefer der Fall. Und du weißt, dass wir kein Geld haben, um dich zu unterstützen.«

Als sie also an dem Abend zur Arbeit ging und Damien ihr zuzwinkerte und *»Komm doch auch«* sagte, hat sie mit den Schultern gezuckt und *»Okay«* geantwortet.

Die Party war eher eine Art Männertreffen gewesen. Zehn Jungs in einer schmuddeligen Wohnung voller Zigarettenqualm. Der Bass der Musik ließ die Wände erzittern und dröhnte in ihrem Körper.

Nach ein paar Jahren Beziehung fand sie Damiens weltgewandte Art nur noch kleingeistig und beengend. Er war ihrer Familie einfach zu ähnlich, seine Träume waren zu nichtig, zu bequem; und immer wollte er, dass sie Zeit mit ihm verbrachte, statt in der Bibliothek zu lernen.

Manchmal fragt sie sich, was Damien wohl jetzt macht. Quatscht er immer noch Mädels im Supermarkt an und arbeitet als Paketbote? Lebt er überhaupt noch oder hat Jonny ihn gekriegt? Damien hat ihr nämlich Jonny vorgestellt – es war ein zufälliges Treffen auf einer Party, als ihre Beziehung schon so gut wie beendet war. Jonny gab ihr das Gefühl, etwas Besonderes zu sein. Er stellte sie seinen Freunden vor und hörte ihr zu, wenn sie über ihr Jurastudium und ihre Pläne sprach. Am Anfang war da noch keine Spur von der schrecklichen Welt, in die Jonny sie hineinziehen sollte. Eine Welt, aus der sie immer noch versucht zu entkommen.

Entkommen. Das Wort hallt in ihrem Kopf wider. Sie müssen weiter.

»Hey, weißt du, was?«, fragt Emma, lässt Lola kurz los und schaut ihr in die großen, ängstlichen Augen. »Im Kofferraum habe ich ein Geschenk für dich. Einen Freund für Ducky und Barnaby.«

Kurz herrscht Stille. Dann zieht Lola die Nase hoch und wendet sich leicht ab. »Was für einen Freund?«

»Rate doch mal«, fordert Emma sie auf und versucht Lola dabei zum Schnellergehen zu animieren.

»Welche Farbe hat er?«

»Er hat zwei Farben.«

»Wie groß ist er?«, fragt Lola. Die Tränen scheint sie für den Augenblick vergessen zu haben.

»Im echten Leben ist er sehr groß.«

»Größer als mein Daddy?«

Emma nickt. »Ja. Aber dein neuer Freund ist eine kleine Version. Kleiner als Ducky.«

Die Fragen sprudeln nur so aus Lola hervor. Emma denkt an das weiche Fell des Kuscheltierpandas im Auto und freut sich schon darauf, Lolas Gesicht zu sehen, wenn sie ihn ihr übergibt.

Sie biegen noch einmal ab und sind jetzt endlich auf der Straße, nach der sie gesucht hat. Als sie gerade in Jubelschreie ausbrechen und Lola sagen will, dass sie angekommen sind, merkt sie, dass etwas nicht stimmt. Ihre Beine drohen nachzugeben. Ihr ist bewusst, dass Lola jetzt nichts mehr sagt und zu ihr hochschaut. Aber sie kann an nichts anderes denken als an das Auto – ihr Ticket in die Freiheit, in die Sicherheit, ihr Fluchtfahrzeug. Das Auto, das in dieser Straße parken sollte.

Das Auto ist nicht da.

Die Straße ist durch zwei große orange Schranken abgesperrt. Hier sind gar keine Autos. Kein einziges. Ihr Blick huscht zu dem Straßenschild, vielleicht irrt sie sich ja, aber nein, es ist die richtige Straße. Alles fällt in sich zusammen, so wie das Strohhaus der drei kleinen Schweinchen in dieser

Kindergeschichte. Der große böse Wolf ist hinter ihnen her. Panik steigt in ihr auf wie eine Kugel aus Feuer, wie eine Explosion.

Wie kann das sein? Das Auto ist nicht da. Was um alles in der Welt soll sie jetzt nur tun? Ihre Gedanken rasen. Wenn sie kein Auto haben, dann haben sie auch keine Vorräte, kein Geld und kein Transportmittel – dann können sie weder vor der Polizei fliehen noch ... noch vor Jonny. Dann gibt es kein Entkommen.

Emma glaubt nicht, dass sie sich schon mal so verlassen und allein gefühlt hat.

Aber das stimmt ja gar nicht, erinnert sie sich. Es gibt jemanden, der ihr hilft. Und vielleicht ist jetzt der Zeitpunkt gekommen, sich an diese Person zu wenden.

DREIZEHN

ISOBEL

Um den sauren Geschmack des Erbrochenen mit Minze zu übertünchen, putzt sich Isobel schnell die Zähne. Ihre Bauchmuskeln tun allerdings noch weh, und wenn sie auch nur in Richtung der Kloschüssel schauen würde, fiele sie vermutlich sofort wieder würgend auf die Knie.

Sie muss sich zusammenreißen! Sich selbst einzureden, dass sie das nicht schafft, ist nicht hilfreich.

Doch noch während sie frischen Concealer auf ihre Augenringe aufträgt, weiß sie, dass es unmöglich ist, sich in dieser Situation zusammenzureißen. Ihre Tochter ist weg. Sie kann sich nicht mal ansatzweise vorstellen, wie viel Angst ihr kleines Mädchen wohl hat. Aber wenn Isobel jetzt zulässt, dass der Horror ihrer schlimmsten Albträume sich in ihre Gedanken schleicht, dann wird sie auf die weißen Marmorfliesen sinken und nie wieder aufstehen. Also richtet sie ihr Haar, kontrolliert, ob ihre Ohrringe noch richtig sitzen, und verlässt das Badezimmer. Im Haus ist es unnatürlich ruhig. Sie war fast eine Stunde lang im Bad. Wo ist Roly?

Sie dreht sich im Flur um und entdeckt ihn: Er steht bewegungslos in der Tür zu Lolas Zimmer. Es ist seltsam, ihn so still zu sehen. Sonst ist er immer in Bewegung: wild gestikulierend, während er eine Geschichte erzählt, oder über seine Bartstoppeln reibend; oft läuft er auch auf und ab, und normalerweise tippt er immer auf seinem Handy herum, telefoniert mit jemandem oder scrollt wild. Isobel konnte sich nicht vorstellen, noch mehr Schmerz zu empfinden, sich noch gebrochener zu fühlen, als sie es sowieso schon tut, aber als sie Roly so dastehen sieht, scheint sie auch seinen Kummer noch in sich aufzunehmen. Sie ist schuld.

»Roly«, sagt sie, bringt jedoch kaum mehr als ein Flüstern zustande.

Er schreckt auf und dreht sich zu ihr um. Da entdeckt sie das Handy, das er umklammert hält. »Ich ... ich habe nur gerade ... meinem Chef geschrieben«, sagt er schnell und steckt sein Handy weg. Sie verspürt den plötzlichen Drang, es wieder aus seiner Hosentasche zu ziehen und zu kontrollieren, ob das stimmt. Sie will ihn nach dieser Frau fragen, die mitten in der Nacht an ihre Tür gehämmert hat. Sie will ihn fragen, warum sich seine Laune im Frühjahr auf einmal so verändert hat und wo er abends immer so lange war. Und sie will ihn fragen, ob er die blonde Frau auf dem Foto, die ihre Tochter entführt hat, wirklich nicht kennt.

Aber es ist ja nicht seine Schuld, dass Lola weg ist. Es ist ihre Schuld. *Sie* hat gestern nicht richtig auf Lola aufgepasst. Sie ist diejenige mit dem Geheimnis. Sie müssen jetzt zusammenhalten. Sie brauchen einander jetzt.

»Alles in Ordnung?«, fragt sie daher stattdessen.

Er deutet mit dem Kinn durch die geöffnete Tür auf die hellgelben Wände von Lolas Zimmer. In der einen Ecke des großen quadratischen Raums steht ein Bett, in der anderen ein hübsches Tipi mit Punktemuster, das sie letztes Jahr an Weihnachten in einer abscheulich teuren Spielzeugboutique gekauft hat. Lola hat eine Woche auf Kissen darin geschlafen. Jetzt sitzen all ihre Kuscheltiere in dem Zelt.

»Wenn ich hier stehe, dann habe ich das Gefühl, sie noch in der Luft spüren zu können. Ich will da nicht reingehen und es kaputt machen.« Seine Stimme bricht, und sie geht zu ihm.

Sie umarmen sich für einen langen Moment, bis Roly sich ihr entzieht.

»Es tut mir leid wegen Mutter«, sagt er leise. »Ich weiß, ich sollte sie bitten zu gehen, es ist der reine Wahnsinn, dass sie hier ist und mit den Detectives redet. Aber ich weiß nicht, wie ich es ihr beibringen soll. Sie ist doch Lolas Großmutter.«

»Ich weiß, dass das schwer ist«, erwidert sie vorsichtig, um ihm zu signalisieren, dass sie Verständnis für ihn hat. Aber sie haben keine Wahl. »Roly, aber was, wenn sie herausfindet, was ... wir getan haben? Wir könnten alles verlieren.«

»Sie wird es nicht herausfinden«, zischt er. »Wir haben es doch bis hierhergeschafft, oder? Wir sind gute Eltern, Iz.«

Sie würde ihn gern weiter drängen. Margaret ist nicht dumm und eine gute Beobachterin. Eine falsche Frage, ein Kommentar, und die Welt, die sie sich so mühsam aufgebaut haben, würde zusammenbrechen. Außerdem kann sie den Verdacht nicht abschütteln, dass Margaret etwas im Schilde führt. Will sie wirklich nur wegen ihres guten Rufs verhindern, dass die Presse eingeschaltet wird? Ist ihr der Name Huntington wirklich wichtiger als das Leben ihrer Enkeltochter? Aber was könnte dann ihre Motivation sein? Vielleicht glauben sie und Roly ja wirklich, dass jemand Lösegeld für Lola fordern wird. Dass jemand an Rolys Treuhandfonds und auch an Margarets Geld ranwill.

Roly seufzt und schaut sie so verzweifelt an, dass sie aufgibt. Diesen Kampf wird sie sowieso nicht gewinnen. Roly weiß mindestens genauso gut wie sie, dass das Risiko besteht, dass Margaret die Wahrheit herausfindet. Aber sie muss ihn auch noch etwas anderes fragen.

»Roly«, sagt sie und schaut ihm ins Gesicht, während sie nach den richtigen Worten sucht. Sie hat gerade im Badezimmer keinen weiteren Anruf getätigt, aber sie ist sich sicher, dass Roly das getan haben wird. »Was hat Jonny vor?«

Er wirft einen Blick über die Schulter. Bestimmt will er sichergehen, dass Margaret nicht gerade die Treppe hochkommt. »Komm, ich ruf ihn jetzt an.« Er winkt Isobel ins Wohnzimmer und schließt die Tür, bevor er sein Handy wieder hervorholt. Als es anfängt zu klingeln, stellt er es auf Lautsprecher.

»Kamerad«, begrüßt er ihn wie üblich, als Jonny rangeht, als würde er ihn nur fragen wollen, ob er Lust auf eine Partie Golf habe. »Isobel ist auch hier«, fügt er an. »Was ist hier los?«

»Gerade überhaupt nichts, Mann. Aber ich tue, was ich kann«, antwortet Jonny in seiner typisch brüsken Art. »Hör mal, es tut mir leid, aber ich muss los. Ich bin da dran, und ich melde mich bald. Vertraut mir, sie wird damit nicht davonkommen. Ich hole euch eure Tochter zurück.«

Bevor Isobel auch nur ein Wort erwidern kann, hat er aufgelegt.

»Was meint er mit ›er tut, was er kann‹?« Sie fröstelt und schlingt die Arme um sich. Will sie es wirklich wissen oder lieber nicht?

»Du weißt, was er damit meint.« Roly sieht sie vielsagend an, und sie kämpft erneut mit den Tränen.

»Warum hilft er uns?«

»Weil er mein Freund ist, Iz. Und wahrscheinlich fühlt er sich auch ein bisschen verantwortlich, dass es so weit gekommen ist. Ich vertraue ihm, und das solltest du auch.«

Hat sie eine Wahl?

Isobel kann sich noch genau daran erinnern, wie sie das erste Mal von Jonny gehört hat. An dem Tag hat sie auch Roly kennengelernt. Er ist in ihr Büro hineingeplatzt und war schon in ein Gespräch mit ihr vertieft, bevor er sie überhaupt ansah. »*Also*«, hat er gesagt. »*Ich habe einen Freund, der Hilfe mit seinem Unternehmen braucht. Er ist ein Guter, Bobby. Ich habe ihm versprochen, dass du ihm helfen würdest. Und sag jetzt nicht, dass du keine Zeit hast, du bist mir noch was schuldig für diese Go-go-Nummer, bei der ich dich gedeckt habe.«*

Sie hob die Augenbrauen. »*Was für eine Go-go-Nummer?*«, hat sie gefragt und überlegt, welche schmutzigen Geheimnisse ihres Chefs dieser breit gebaute blonde Mann wohl kannte, der in ihr Büro gestürmt kam, als wäre es seins.

»*Oh, Sie sind nicht Bobby*«, hat er amüsiert geantwortet. Er sah zur Tür und las die silbernen Lettern ihres Namens. »*Sie sind nicht mal ansatzweise Bobby. Entschuldigen Sie bitte.*«

Langsam ging er ein paar Schritte zurück und sah sie dabei unentwegt an. Sie hätte ihn einfach gehen lassen und sich weiter den Finanzen eines Geschäftsmanns aus Dubai widmen können, an denen sie schon den ganzen Morgen saß, doch die Aussicht, einen gut aussehenden Fremden auszufragen und dabei etwas Kompromittierendes über ihren Chef herauszufinden, machte sie zu neugierig.

»*Kein Problem*«, erwiderte sie lächelnd. »*Vielleicht kann ich Ihrem Freund ja helfen. Ich mache meinen Job besser als Bobby, aber verraten Sie ihm nicht, dass ich das gesagt habe.*«

Roly grinste. »*Ihr Geheimnis ist bei mir in guten Händen. Wie wär's, wenn wir beim Mittagessen weiter darüber sprechen? Ich bin völlig ausgetrocknet.*«

Aus dem Mittagessen wurden Cocktails und dann ein Abendessen. Und während sie über sich selbst sprachen, erzählte er ihr auch von Jonny.

»*Er ist so ein Typ, der überall seine Finger im Spiel hat. Er hat sich ein ... äh ... nennen wir es mal Immobilienportfolio aufgebaut. Und er braucht ein bisschen Hilfe dabei, den Fiskus zufriedenzustellen. Alles muss transparent aussehen und so.*«

Isobel freute sich auf den Job. Darauf, das eingehende Bargeld zu verwalten. »*Von meinen Hausverwaltern*«, erklärte Jonny, als sie ihn das erste Mal traf, und sah sie dabei mit anzüglich glänzenden Augen an. Er sieht nicht auf konventionelle

Weise gut aus, so wie Roly, aber er hat etwas an sich. Sie konnte sich vorstellen, dass er keine Probleme hatte, Frauen kennenzulernen, aber Roly hatte ihr erzählt, dass er wählerisch sei und nicht jedem vertraue.

Ein Jahr später heirateten sie und Roly in der kleinen Kapelle auf dem Anwesen der Huntingtons. Als sie dann Schwierigkeiten hatten, schwanger zu werden, legte Roly ihr nahe, sie solle ihren Job an den Nagel hängen und nur Jonny als Kunden behalten. Er sei nun mal sein Freund, und sie arbeite doch gern für ihn. Aber wenn Isobel ehrlich ist, dann wusste sie tief in ihrem Inneren auch einfach, dass Jonny ein Mann ist, dem man keinen Wunsch abschlägt.

Als sie merkte, wie stark das Bargeldeinkommen schwankte und dass irgendwelche Postfächer sowie erfundene Geschäftsführer involviert waren, war ihr natürlich klar, dass es sich nicht um legale Geschäfte handeln konnte. Hausverwalter, die einen Immobilienmakler bezahlen, der wiederum eine Reinigungsfirma bezahlt. Und all diese Unternehmen gehören Jonny. All das Geld findet am Ende seinen Weg zu ihm.

Womit genau Jonny sein Geld macht, weiß sie nicht, aber einmal ließ er fallen, dass Drogen involviert seien. Um ihren Job zu machen, muss sie aber auch nicht mehr wissen. Es hat ihr schon immer gefallen, wichtig für ihn zu sein. Margaret lässt sie stets spüren, dass sie nicht in diese Welt des Reichtums und des Privilegs gehörte, manchmal tut sogar Roly das. Jonny hingegen gibt ihr das Gefühl, von Bedeutung zu sein.

Bei einer von Jonnys Dinnerpartys hat sie der vermissten Scarlett zugelächelt. Vielleicht geht Isobel ihr Verschwinden deshalb so nahe – weil sie geheimes Wissen über einen Unternehmer hat, der sein Geld mit schmutzigen Geschäften verdient, von denen alle vorgeben nichts zu wissen. Ob eines dieser schmutzigen Geschäfte darin besteht, Frauen verschwinden zu lassen?

Roly steckt sein Handy zurück in die Hosentasche, und

Isobel schiebt die Gedanken an Jonny beiseite. Es ist besser, nicht zu wissen, was er vorhat. Wichtig ist nur, dass sie Lola zurückbekommen. Sie erhascht einen Blick auf die Wanduhr und stellt überrascht fest, dass es erst halb elf ist. Nicht mal Zeit fürs Mittagessen, dabei hat sie das Gefühl, es wäre bereits Mitternacht. Als hätten sie in den letzten paar Stunden einen ganzen Tag ausgehalten.

»Ich glaube, ich lege mich mal kurz hin«, sagt Roly nach einer kurzen Stille. Es klingt, als wäre auch er von dem Gespräch mit den Detectives und der Sorge um Lola komplett ausgelaugt. »Ich habe letzte Nacht nicht gut geschlafen. Keine Ahnung, ob ich jetzt schlafen kann, aber klar denken kann ich auch nicht. Vielleicht solltest du auch ein Nickerchen machen. Du siehst –«

Sie schüttelt den Kopf. »Lass mich.«

»Ich wollte nur sagen, dass du erschöpft aussiehst. Ignorier Mutter einfach. Sie meint es nicht so, das habe ich dir doch schon oft gesagt.«

O doch, das tut sie, da ist Isobel sich sicher, aber sie entgegnet nichts. Erschöpfung beschreibt ihren aktuellen Zustand nicht mal im Ansatz. Sie überlegt kurz, ob sie sich neben Roly legen soll. Aber was für eine Mutter wäre sie dann? Sie kann doch nicht einfach ein Nickerchen machen, während ihre Tochter vermisst wird.

»Ich glaube, ich gehe lieber eine Runde in den Park. Ich brauche frische Luft.«

»Alles klar.« Roly gibt ihr einen Kuss auf die Wange. »Wir kriegen sie wieder, Iz.«

Sie ringt sich ein knappes Lächeln ab und wünschte, sie wäre da genauso sicher wie er. Aber in seinem Leben lief ja auch immer alles nach Plan. Er war auf der richtigen Uni, hat den richtigen Familiennamen und die richtigen Beziehungen. Geld war nie ein Problem. Was soll da schon schiefgehen?

Sie sieht zu, wie er ins Schlafzimmer verschwindet, und

wird von ihren Schuldgefühlen überwältigt. Wegen Lola, aber auch wegen der anderen Geheimnisse, die sie hat. Isobel legt eine Hand auf ihren Bauch. Er fühlt sich nicht mehr straff an, sondern eher weich. Wenn sie die Augen schließt, kann sie das federleichte Gewicht ihrer Tochter in ihren Armen spüren. Als man sie ihr das erste Mal als blutiges, sich windendes Etwas auf die Brust gelegt hat, ist sie in Tränen ausgebrochen und hat das daunenweiche Haar auf Lolas Kopf geküsst.

Es war nicht einfach. Monate der Angst – die ständige Sorge, dass etwas nicht klappen könnte. Und die meiste Zeit über war sie ans Haus gefesselt. Und davor gab es so viele Enttäuschungen. Sie weiß, was die Leute dachten: Dass sie sich mit der Liebe und der Familiengründung zu viel Zeit gelassen habe. Schließlich hat sie Roly erst kennengelernt, als sie über dreißig war und bereits Karriere gemacht hatte. Aber die Leute hatten unrecht. Das haben sie doch immer, oder? Es war nicht so, dass sie nicht versucht hätte, den sogenannten »Richtigen« zu finden. Sie war auf Dates, aber bis Roly an diesem schicksalhaften Tag mit seinem blonden Haar und dem leicht neckischen Grinsen in ihr Büro gestürzt ist, dachte sie, niemand könne sie lieben und dass auch sie vielleicht nicht fähig sei, zu lieben.

Ihre Beziehung begann als wilde Affäre, die schnell zu der Hochzeit in der kleinen Kapelle auf dem Anwesen der Huntingtons und den anschließenden Flitterwochen auf einer Privatinsel in der Karibik führte. Roly wünschte sich genauso sehr ein Kind wie sie. Einen Huntington-Erben, wie Margaret zu sagen pflegte. Sie haben es versucht und versucht. Am Anfang machte es noch Spaß, doch im Lauf der Monate wurde es immer schwerer. Roly tat so, als wäre alles in Ordnung, aber er verstand nicht, dass die Natur sich nicht seinem Willen unterordnet. Das stellte seine Geduld ganz schön auf die Probe. Und mit Versagen kam er gar nicht gut zurecht.

»Es ist sehr unwahrscheinlich, dass Sie jemals schwanger

werden«, hat ein Arzt zu ihr gesagt, nachdem sie es zum wiederholten Male mit künstlicher Befruchtung versucht hatten. Zum fünften Mal, um genau zu sein. Ihr Körper war mittlerweile aufgedunsen und mit Hormonen vollgepumpt. Er fühlte sich nicht mehr an, als gehörte er zu ihr.

Doch dann geschah ein Wunder. Sie bekamen das wertvollste Geschenk überhaupt – ihre Tochter. Es hätte die glücklichste Zeit ihres Lebens sein sollen. Doch all die Monate, in denen sie allein zu Hause war, nachdem sie ihren Job in der Stadt gekündigt hatte, und nur noch für Jonny arbeitete, waren alles andere als glücklich. Jonny konnte sie nicht abgeben. Er vertraute ihr, und sie wusste nicht, wie sie ihm hätte beibringen sollen, dass sie nicht mehr konnte. Außerdem stand sie nun in seiner Schuld. Er war die ganze Zeit über an ihrer Seite gewesen, während sie versucht hatten, ihre perfekte Familie zu erschaffen.

Sie fühlte sich so einsam. Ständig hatte sie Angst, dass irgendetwas passieren könnte. Und irgendwann ließ diese Angst sie gar nicht mehr los, sie fraß sich tief in sie hinein und sorgte dafür, dass sie ständig angespannt war. Sie versuchte, sie zu ignorieren und sich einzureden, dass nach der Geburt alles einfacher werden würde. Aber das wurde es nicht. Als ihre Tochter da war, wurde alles nur noch schlimmer. Ihr Bedürfnis, sie zu beschützen, war überwältigend. Und ihre Anspannung wuchs, nun da sie ihre perfekte kleine Familie nach all den Anstrengungen endlich hatte und alles Mögliche schiefgehen konnte. Ständig lebte sie mit einer bangen Ahnung, die manchmal so schlimm wurde, dass sie das Haus nicht verlassen konnte.

Als sie in Richtung Treppe geht, berührt Isobel nun noch einmal ihren Bauch. Diesmal wird alles ganz anders. Wenn sie es schafft, Lola sicher nach Hause zu holen, dann wird sie ein anderer Mensch, das schwört sie sich.

VIERZEHN

ISOBEL

In der Küche stößt Isobel auf Margaret, die eine Tasse heißer Zitrone trinkt. Vor ihr liegen ein Terminkalender mit Ledereinband und ein iPad, auf dem irgendeine Tabelle geöffnet ist. Als Isobel hereinkommt, murmelt sie gerade: »Da stimmt doch etwas nicht.«

»Ist alles in Ordnung?«, fragt sie. »Soll ich mal draufschauen?«

Margaret klappt das Tablet mit einer schnellen Handbewegung zu und schließt den Kalender, bevor Isobel auch nur einen weiteren Schritt machen kann. »Oh, das würde dir gefallen, nicht wahr? Nein. So leicht kommst du nicht an mein Geld.«

»Ich wollte doch gar nicht ...«, beginnt sie. »Ich wollte nur helfen. Vergiss es einfach.«

Isobel nimmt sich ein Glas und füllt es mit Wasser. »Wegen Zeen: Ich habe versucht, sie anzurufen, aber sie geht nicht ran. Hast du sie über eine Agentur gefunden? Vielleicht haben die ja noch eine andere Nummer von ihr. Es sieht ihr überhaupt nicht ähnlich, einfach nicht zur Arbeit zu kommen.«

»Das weiß ich doch jetzt nicht mehr. Im Haus habe ich vielleicht irgendwelche Dokumente, aber die werden lange überholt sein, nehme ich mal an. Wie lange arbeitet sie nun schon hier? Seit drei Jahren?«

»Seit fast vier Jahren.«

»Und du weißt nichts über sie?«

Margaret dreht ihr den Rücken zu. Wieder mal ist sie auf einen der klassischen Schachzüge ihrer Schwiegermutter hereingefallen. Zeen war schon immer schweigsam. Ja, was weiß sie eigentlich über die Frau, die in ihrem Haus fast täglich ein und aus geht, seit Lola zwei Monate alt ist? Nichts. »Ich habe sie ja auch nicht eingestellt«, erwidert sie trotzig.

»Halte dich da raus, Isobel. Wenn die Polizei glaubt, dass Zeen etwas damit zu tun hat, dann werden sie sie finden. Es ist nicht deine Aufgabe, dich durch Dinge zu wühlen, die dich nichts angehen.«

Dinge, die sie nichts angehen? Zeen ist immerhin ihre Haushälterin. Und Lola ihre Tochter. Isobel verkneift sich eine weitere patzige Antwort. Es ist sinnlos, sich mit dieser Frau zu streiten. Stattdessen trinkt sie einen Schluck Wasser. Es ist kalt und frisch, und sie fühlt sich plötzlich wacher, als sie sich den ganzen Morgen gefühlt hat. Dann dreht sie sich wieder zu Margaret um, die sie gerade aus zusammengekniffenen Augen mit ihrem typischen Blick anstarrt.

Sie hebt den Zeigefinger und tippt dann damit auf die Arbeitsfläche. Das macht Isobel jedes Mal wahnsinnig. »Du verschweigst mir doch was«, sagt sie.

Isobel bleibt wie angewurzelt stehen, und ihr Herz macht einen schockierten Sprung. Margaret könnte auf alles Mögliche anspielen. Vermutet sie, dass sie beide etwas vor ihr verheimlichen? Sie hat Roly doch gesagt, dass das passieren würde. Diese Frau ist nicht dumm, und falls sie auch nur die kleinste Spur dessen wittert, was sie vor all den Jahren getan haben, dann wird sie anfangen zu graben. Bis sie die Wahrheit findet. »Ich ... weiß nicht, was du meinst«, lügt sie und fragt sich, ob Margaret die Wahrheit nicht sowieso erraten wird.

Oder versucht sie von der Unterhaltung über Zeen abzulenken?

Ihre Schwiegermutter legt ihre Brille ab und fixiert sie mit ihrem eiskalten Blick. »Deine Probleme. Sind sie wieder da?«

Isobel lacht fast auf. Die Wortwahl dieser Frau! Unfassbar, dass sie ihre Angstzustände und die unerträgliche Zeit, in der sie deswegen ans Haus gefesselt war, als Lola klein war, als ihre »Probleme« bezeichnet. Die Panikattacken damals haben sie körperlich so krank gemacht, dass Margaret eingeschritten ist und auf einer Nanny bestand, die ihr helfen sollte. Das hat alles natürlich nur noch schlimmer gemacht. Aber wenigstens ist sie gerade nicht auf der richtigen Fährte.

»Ich habe Angst um Lola. Das ist ja wohl nachvollziehbar«, antwortet Isobel.

»Ich habe dich im Bad gehört.«

Sie wird rot. »Ja, das war eine kleine Panikattacke«, lügt sie. »Aber es war nicht so wie damals.« Isobel ist einfach nur erleichtert, dass Margaret falsche Schlüsse gezogen hat. Kein Wunder. Nach all den Jahren des Scheiterns und dem anschließenden Wunder würde Margaret wohl nie auf die Idee kommen, dass Isobel schwanger sein könnte, vor allem da sie mittlerweile vierundvierzig ist. Sie konnte es ja am Anfang selbst kaum glauben. Aber eigentlich will sie auch nicht, dass Margaret glaubt, dass sie wieder an Panikattacken leide. Falls Rolys Mutter denkt, sie komme mit der Situation nicht zurecht, wird sie das nur noch mehr gegen sie ausspielen.

»Und ich gehe jetzt raus, um frische Luft zu schnappen.« Isobel dreht sich schnell um und eilt zum Schrank, um ihre Sneakers herauszuholen. Dann öffnet sie die Haustür. Von der Schwangerschaft wird sie Roly und Margaret erzählen, sobald sie dazu bereit ist. Gerade kann sie nur an die Gegenwart und an Lola denken.

Draußen versucht sich die Sonne durch das Wolkenmeer zu kämpfen. Die Grünfläche des Parks ist wie ausgestorben.

Isobel entscheidet sich für den baumgesäumten Pfad, der mitten über die Wiese führt. Ohne Buggy oder eine kleine Hand, die sie halten kann, fühlt sie sich hier fehl am Patz. Ist sie hier überhaupt schon mal ohne Lola entlanggelaufen?

»Können wir heute Enten füttern, Mummy?«

Wieder steigen ihr Tränen in die Augen.

Sie läuft bis ans andere Ende des Parks und erreicht eine Straße mit Häusern, die genauso herrschaftlich aussehen wie ihr eigenes, bevor sie abbiegt und den Rückweg entlang des Parkrands über den Teich einschlägt. Die frische Luft hilft. Hier draußen fühlt sie sich wacher, und während sie einen Fuß vor den anderen setzt, ist ihr nicht mehr ganz so schlecht.

Sie passiert eine Frau mit einem großen Sonnenhut und einem schwanzwedelnden Pudelmix. Lola würde jetzt stehen bleiben und den Hund streicheln.

»Darf ich, Mummy? Darf ich Hallo sagen? Können wir auch einen Hund? Bitte, bitte, bitte.«

Auch sie bleibt jetzt ganz plötzlich stehen, als sie eine Welle des Schmerzes durchfährt. Sie vermisst Lola so sehr, dass sie kaum atmen kann.

»Entschuldigen Sie.«

Isobel zuckt zusammen und sieht die Frau mit dem Hut vor sich.

»Tut mir leid«, sagt diese nun. »Ich wollte Sie nicht erschrecken. Ich wollte nur fragen, ob alles in Ordnung ist.«

Isobel wird klar, was für einen Anblick sie abgeben muss, so derangiert und blass wie sie aussieht. Und dann weint sie auch noch. Sie zwingt sich zu nicken. »Ja, danke. Alles in Ordnung. Bei mir ist alles in Ordnung.« Sie senkt den Kopf und geht weiter. Sie kann es jetzt kaum noch erwarten, wieder zu Hause zu sein. Vielleicht hat DCI Watkins ja in der Zwischenzeit mit Neuigkeiten angerufen und sie hat es verpasst.

Als sie zurückkehrt, herrscht Stille im Haus. Keine Spur von

Margaret in der Küche. Ob ihre Schwiegermutter wohl rausgegangen ist, um irgendetwas zu erledigen, oder ob sie sich hingelegt hat, so wie Roly? Die Huntingtons schätzen ihre Nickerchen.

Isobel wandert von Raum zu Raum. Sie kann einfach nicht still sitzen. Sie kommt sich vor wie ein Geist, der ein Haus heimsucht, das einmal ein Zuhause war. Wie Geier kreisen die Fragen durch ihren Kopf. Wo ist Lola gerade? Warum haben die Detectives noch nicht angerufen? Was ist ihrer Tochter zugestoßen?

Sie muss wieder an Rolys Erwägung denken, dass es sich um eine Entführung mit Lösegeldforderung handeln könnte. Glaubt er wirklich, dass gleich jemand anrufen und Geld fordern wird? Margaret hätte sich mit ihren eigenen Befindlichkeiten nicht einmischen dürfen, was die Presse angeht. Sie will ihren Namen aus der Öffentlichkeit halten. Isobel muss daran denken, wie sie ihr Tablet zugeknallt hat, als sie in die Küche kam, und ihr schnippische Antworten auf die Fragen bezüglich Zeen gegeben hat. Irgendetwas geht hier vor sich – da ist Isobel sich sicher.

Es kommt ihr falsch vor, dass nicht die ganze Welt nach ihrer Tochter sucht. Sie weiß, dass es riskant wäre, aber vielleicht können sie ihre Geheimnisse ja bewahren, selbst wenn Lolas Gesicht in allen Zeitungen des Landes abgedruckt wird. Sobald Roly wach ist und DCI Watkins anruft, wird sie das Ganze forcieren. So geht das nicht weiter.

Nur um irgendetwas zu tun, bereitet Isobel sich einen koffeinfreien Kaffee zu, auf den sie gar keine Lust hat. Und dann steht sie auf einmal in Lolas Spielzimmer mit den zart fliederfarbenen und dunkelblaugrünen Wänden, die sich mit dem rot gestreiften Teppich und den bunten Kisten voller Spielzeug in dem Regal unter dem Fenster beißen.

»In diesem Zimmer bekomme ich Kopfschmerzen. Ich kann mich hier nicht aufhalten«, hat Margaret gesagt, als sie gesehen

hat, wie es umgestaltet wurde. Auch deshalb ist es Isobels liebstes Zimmer im ganzen Haus.

Sie rollt sich auf dem Sofa des Spielzimmers zusammen und schaltet den Fernseher ein, einfach nur um Stimmen zu hören, die nicht in ihrem Kopf sind. Sie wechselt zu einem Nachrichtensender und fragt sich einen dämlichen Moment lang, ob die Detectives Margarets Forderung nach Privatsphäre vielleicht einfach ignoriert haben. Das könnte die Polizei doch, oder? Das werden sie nicht machen, davon ist sie überzeugt, aber sie denkt trotzdem weiter darüber nach, und sie wird sich der unangenehmen Tatsache bewusst, dass sie nicht alles tun, was in ihrer Macht steht, um Lola zu finden und zurück nach Hause zu bringen.

»Und nun zu den weiteren Meldungen«, sagt der Sprecher gerade mit ernster Stimme. »Auf der Suche nach der Leiche der vermissten Scarlett Peters aus Islington, London, die seit dem ersten April dieses Jahres nicht mehr gesehen wurde, als sie das Haus verließ, um sich in Westlondon mit Freunden zu treffen, hat die Polizei heute die Wälder rund um Chingford in Essex durchkämmt.«

Isobel richtet sich so ruckartig auf, dass etwas Kaffee auf ihre Bluse spritzt. Wieder erscheint das Foto von der Titelseite der Zeitung von gestern vor ihrem inneren Auge. Ob sie wohl endlich etwas gefunden haben? Sie verabscheut sich selbst dafür, dass sie das überhaupt interessiert, wo doch ihr eigenes Kind ebenfalls vermisst wird, aber die Geschichte lässt sie einfach seit Monaten nicht los. Wenn man die betroffene Person schon mal gesehen hat – wenn auch nur einmal und sehr kurz –, fühlt sich so etwas einfach anders an.

»Nach Polizeiangaben hat ein anonymer Hinweis die Durchsuchung der Wälder veranlasst.«

Auf dem Bildschirm erscheint ein anderes Foto von Scarlett. Darauf sieht sie aus wie Mitte bis Ende zwanzig und trägt ein enges schwarzes Band um den Hals und ein Oberteil mit silbernen Pailletten. Doch Isobel starrt vor allem auf ihr Haar – lang und dunkelrot ist es, so wie bei Julia Roberts in *Pretty Woman*. So auffällig. So einprägsam. Bei dem Gedanken bekommt sie Gänsehaut.

Wieder muss sie an diesen einen Blick denken, den sie sich durch den Raum hinweg auf Jonnys Dinnerparty zugeworfen haben. Roly hatte zu viel getrunken – ein weiteres gebrochenes Versprechen. Es war kurz nach dem letzten gescheiterten künstlichen Befruchtungsversuch. Das weiß sie so genau, weil sich ihre Klamotten zu eng anfühlten, so aufgedunsen war ihr Körper noch von den Hormonen, und weil sie total durch den Wind war. Sie hatte Roly angeboten zu fahren, da sie wusste, dass Alkohol bei ihr sowieso nur dazu führen würde, dass sie düsteren Herzschmerz bekam und an nichts anderes mehr dachte als ihre fehlgeschlagenen Versuche, schwanger zu werden.

Im Lauf des Abends schlug Rolys liebenswerte angeheiterte Art ins Peinliche um. Und je lauter er wurde, desto leiser wurde sie. Irgendwann saß sie einfach nur noch da, beobachtete die anderen Gäste und zählte die Stunden, bis sie endlich fahren würden.

In der Hoffnung, dass irgendjemand aufstehen würde, um sich zu verabschieden, blickte sie sich am Tisch um. Dann hätten sie sich nämlich unauffällig anschließen können, ohne die Ersten zu sein, die gingen, und Jonny damit möglicherweise zu verärgern. In genau diesem Moment haben sie und Scarlett sich angesehen. Scarlett lächelte sie mit ihren tiefroten Lippen an, die sich mit ihrer Haarfarbe hätten beißen sollen, was aber seltsamerweise nicht der Fall war. Ihr Lächeln schien zu sagen: »Ich hänge hier genauso fest.« Und als Isobel zu dem Mann neben Scarlett hinübersah, fiel ihr auf, dass er genauso betrunken war wie Roly. Zehn Minuten später sind sie und Roly gegangen. Auf seinem torkelnden Weg zum Auto sagte er ihr immer wieder, wie sehr er sie liebe.

Isobel hätte diesen belanglosen Augenblick, in dem sie sich mit Scarlett verbunden fühlte, wohl vergessen, wenn er seit dem Bekanntwerden ihres Verschwindens nicht seit Monaten in Dauerschleife in ihrem Kopf ablaufen würde. Und egal wie oft sie sich auch sagt, dass das Ganze nichts mit ihnen und den Ereignissen zu tun hat, die sie nachts nicht schlafen lassen – mit den schlimmen Dingen, die sie getan haben, die Roly gern verdrängt –, so fragt sie sich doch immer wieder, ob Scarletts Verschwinden nicht doch etwas mit Jonny zu tun haben könnte und durch ihn auch mit ihnen.

Gedanken an ihre Vergangenheit und den Albtraum der Gegenwart wirbeln durch ihren Kopf. Isobel schnappt sich die Fernbedienung und bringt den Raum mit einer Bewegung ihrer zitternden Hand wieder zum Schweigen. Dicke und heiße Tränen steigen ihr in die Augen und laufen ihr über die Wangen. Sie sollten mehr tun, um Lola zu finden. Die Schuld zieht sie runter wie ein schweres Gewicht, das immer an ihr hängt. Falls Lola wegen Isobels Entscheidungen irgendetwas zustoßen sollte, wird sie sich das nie verzeihen. Denn ohne Lola kann sie nicht leben.

»Wir kriegen sie wieder, Iz.«

Roly ist so überzeugt davon. Sie wünschte, sie wäre das auch. Doch ihre Schultern sacken nach unten. Sie fühlt sich geschlagen, komplett entkräftet. In ihrer Kehle bildet sich ein Kloß und ihr entfährt ein lautes, qualvolles Schluchzen.

Bitte, bitte, bitte, lass es Lola gut gehen.

FÜNFZEHN

EMMA

Was soll sie denn jetzt nur machen ohne Auto? Emma kann an nichts anderes denken als an diese Frage. Doch eine Antwort fällt ihr nicht ein. Was um Himmels willen sollen sie jetzt machen?

Sie schaut hinab zu Lola. Das blonde Haar ihres kleinen Mädchens ist von ihrer Flucht eben noch ganz zerzaust, und auf ihren Wangen sieht man die Spuren getrockneter Tränen. Den ganzen Morgen schon, und den ganzen gestrigen Tag lang, hat Emma versucht, ihre Tochter bei Laune zu halten, indem sie ihr Süßigkeiten und Sicherheit und Abenteuer versprochen hat. Und jetzt stehen sie hier. Alles ist schiefgegangen. Sie lässt Lola schon wieder im Stich. Fast vier Jahre lang konnte sie diese Leute nicht davon abhalten, sich als ihre Eltern auszugeben, und nun, da sie es endlich geschafft hat, etwas deswegen zu unternehmen, gelingt es ihr nicht, Lola in Sicherheit zu bringen.

Die Panik und die Angst in ihrer Brust wachsen immer weiter an. Sie schafft das nicht. Nicht allein. Emma zieht das Handy hervor und starrt auf den leeren Bildschirm. Sie will so dringend Hilfe rufen.

»Präg dir meine Nummer ein. Schreib sie nirgendwo auf. Speicher sie nicht in dem neuen Handy ein. Nichts darf uns miteinander verbinden, melde dich also nicht bei mir.«

»Warum sollte ich mir deine Nummer einprägen, wenn ich mich nicht bei dir melden darf?«, hat Emma aus Überforderung gefragt. Der Plan klang so einfach, solange er nur in der Theorie existierte. Doch als sie die ersten vorsichtigen Schritte gemacht hatten, als sie den Wohnwagen gebucht und sich das Auto von Haz' Bruder ausgeliehen hatten, erschien alles plötzlich nicht mehr so leicht. Es erschien ihr vielmehr unmöglich. Doch sie hat ihre Unsicherheit ignoriert und in eine dunkle Ecke ihres Kopfes verbannt, um sich einreden zu können, dass der Plan funktionieren würde. Sie hatte doch endlich die Chance auf ein neues Leben zusammen mit ihrer Tochter.

»Nur für den Fall. Melde dich nicht bei mir, bevor Lola sicher ist. Außer es handelt sich um einen absoluten Notfall. Nur wenn es um Leben oder Tod geht. Und dann schreib. Ruf nicht an.«

»Du glaubst also, es wird schiefgehen«, hat Emma gesagt. Sie war sich nicht sicher, ob das eine Frage oder eine Feststellung war.

»Natürlich nicht. Ich habe alle Eventualitäten bedacht. Aber ich kann erst helfen, wenn ihr das Land verlassen habt. Solange ihr auf der Flucht seid, kann ich nichts tun.«

»Ich weiß«, hat sie geantwortet und klang dabei zuversichtlicher, als sie sich fühlte. *»Ich schaffe das alleine.«*

Leben oder Tod.

Emma fragt sich, ob es darum gerade geht oder nicht. Noch hat niemand sie gefunden. Trotz ihres Verdachts von vorhin gibt es nicht mal Anzeichen dafür, dass ihnen jemand folgt. Aber der Plan scheint auf einmal so weit weg und völlig unmöglich. Was soll sie nur ohne Auto machen? Sie dachte, sie wären auf alles vorbereitet, aber schon jetzt ist alles kaputt.

Die Fähre fährt heute Abend um halb elf ab, und bis zum

Hafen liegen noch Hunderte Kilometer vor ihnen. Ohne ein Auto kriegen sie das niemals hin. Heute Abend werden sie es also auf keinen Fall schaffen, das Land zu verlassen. Und ... wenn sie das nicht schaffen, dann ... Emmas Gedanken überschlagen sich. Und angesichts dieser neuen Realität rast ihr Herz so schnell wie die Gedanken in ihrem Kopf. Die Polizei wird Maliks Auto in der kleinen Nebenstraße finden; vielleicht hat sie das sogar bereits. Und sie wird ihre Bewegungen bis zum Campingplatz nachverfolgen, und dann über die Buslinie bis hierher. Und dann ist da noch Jonny. Auch er wird nach ihr suchen. Ohne ein Auto schafft sie es definitiv nicht quer durchs Land bis zum Fährhafen, aber sie werden auch keinen weiteren Tag auf der Flucht aushalten, ohne geschnappt zu werden.

»Emma, wo ist das Auto?« Lolas Stimme holt sie zurück in die Realität.

»Es ist nicht hier«, antwortet sie, obwohl sie weiß, dass sie am richtigen Ort sind. Aber das Auto ist nicht da. Trotzdem geht Emma noch ein Stück weiter und hofft, dass sie sich vielleicht doch irrt.

Mitten auf der Straße, vor den orangefarbenen Schranken, steht ein großes Schild mit der Aufschrift »Straße gesperrt«. Einen kurzen, schrecklichen Moment lang fürchtet sie, dass Jonny dafür verantwortlich sein könnte. Hat er irgendwie von ihrem Plan erfahren und ist ihr zuvorgekommen? Hat er das hier alles aufstellen lassen? Damit sie blind in die Falle tappt, so wie beim letzten Mal.

Nein. Jonny und seine Freunde agieren aus dem Hinterhalt. Sie sitzen in schwarzen SUVs mit getönten Scheiben und fahren langsam neben ihr vor. Sie schnappen sie mit ihren starken Armen. Alles im Bruchteil einer Sekunde. Er manipuliert. Überredet sie, ohne dass sie es merkt. Er hat es sogar geschafft, sie davon zu überzeugen, dass es ihre Idee war, ihr Leben zu zerstören und ihre Träume aufzugeben.

»Ich werde dich beobachten, Emma. Denk dran. Ich beobachte dich immer.«

Aber hier ist es laut und geschäftig. Neben dem Fahrmischer laufen Straßenarbeiter in orangener Schutzkleidung hin und her. Lola entzieht Emma ihre Hand und hält sich die Ohren zu, als das Geräusch eines Presslufthammers ertönt. Emma würde es ihr am liebsten gleichtun und muss an die Händetrockner auf den Toiletten der Raststätte denken. War das wirklich erst gestern?

Sie stehen jetzt vor der Absperrung, hinter der Emma den Presslufthammer und aufgebrochenen Asphalt sehen kann. Das alles kann sie sehen. Nur einen kleinen burgunderroten Ford, der hier auf sie hätte warten sollen, den sieht sie nicht.

»Komm am Montag in die Vale Road im Norden von Crawley. Da stelle ich das Auto für dich ab. Das ist ein Wohngebiet mit vielen geparkten Autos, eins mehr oder weniger fällt also nicht auf.«

»Kannst du das Auto nicht zum Campingplatz bringen?«

»Das ist zu riskant. Wir müssen vorsichtig sein, denk dran. Die sind nicht blöd. Die Autos stehen ja eigentlich immer neben dem entsprechenden Wohnwagen. Wenn ich es also irgendwo da in der Gegend abstelle, könnte das verdächtig wirken. Vielleicht würde es jemand für ein besitzerloses Fahrzeug halten und die Polizei rufen. Außerdem wissen wir ja nicht, wie schnell sie das andere Auto finden werden. Wenn sie deine Spur bis zum Campingplatz zurückverfolgen können, dann erinnert sich vielleicht jemand an das Kennzeichen, und schwupp, innerhalb von ein paar Minuten erfasst dich irgendeine Verkehrskamera. Aber in Crawley gibt es keine Verbindung zu dir, oder? Falls das Auto dort doch jemandem auffallen sollte, wird derjenige wahrscheinlich davon ausgehen, dass irgendein Nachbar Besuch hat. Und vom Campingplatz aus könnt ihr morgens direkt mit dem Bus nach Crawley fahren. Dann schafft ihr es noch am selben Abend außer Landes.«

»Und was ist mit dir?«

»Mach dir um mich keine Sorgen, Em. Wir treffen uns in Belfast, das habe ich dir doch gesagt.«

Sie umklammert den nutzlosen Autoschlüssel in ihrer Hosentasche.

»Alles in Ordnung, Miss?«

Emma schreckt auf und greift ein bisschen zu schnell und zu fest nach Lolas Hand, als sie sich zu der Stimme umdreht. Es ist einer der Arbeiter. Er hat einen langen, krausen Bart und zotteliges rotbraunes Haar. Darunter verbirgt sich jedoch ein junges Gesicht mit freundlichen Augen. Er kann nicht viel älter sein als sie selbst.

»Mein Auto«, sagt sie über den Lärm hinweg. Ihre Kehle ist vor Verzweiflung ganz trocken.

»O nein«, sagt er und klingt ehrlich bestürzt. »Stand es heute Morgen noch hier in der Straße?«

Sie nickt und kämpft mit den Tränen.

»Es tut mir leid, Miss. Die Ankündigungen hängen hier schon seit Wochen. Alle Autos, die heute früh um fünf Uhr noch hier standen, sind abgeschleppt worden. In der ganzen Gegend werden neue Wasserrohre verlegt. Das ist schon seit Monaten geplant.«

Sie beißt sich auf die Unterlippe und versucht, die Fassung zu bewahren, aber das ist alles zu viel für sie. Tränen steigen ihr in die Augen. Gerade wünscht sie sich nichts sehnlicher, als den ganzen Plan zurücknehmen zu können, so wie bei den Kreuzstichmustern, die jedes Jahr in ihrem Weihnachtsstrumpf steckten, bei denen man den Faden einfach wieder herausziehen und von vorn anfangen konnte, wenn man einen Fehler gemacht hat.

»Aber, aber«, sagt der Straßenarbeiter und lächelt Lola aufmunternd an, bevor er wieder zu Emma schaut. »Es dürfte nicht allzu schwer sein, Ihr Auto wiederzubekommen. Das sollte auf dem Abschlepphof stehen. Sie müssen nur Ihren

Führerschein vorzeigen, dann finden die Ihr Auto.« Er hält inne und verzieht das Gesicht. »Es kann aber sein, dass Sie eine Strafe zahlen müssen.«

»Danke«, flüstert sie. »Das mache ich.« Das wird sie natürlich nicht. Das kann sie gar nicht. Ihr Name und ihr Führerschein haben keine Verbindung zu dem Auto. Das ist ja gerade der Clou.

Sie dreht sich um und zieht Lola an der Hand mit sich die Straße entlang zurück in Richtung Stadt.

»Ich bin müde«, jammert Lola.

»Ich bin auch müde. Es tut mir so leid, Lola. Das Auto ist weg.«

»Mein Geschenk?«

Sie nickt. »Das war im Auto. Sorry, Lola. Du bekommst ein neues Geschenk.«

Lola sagt nichts mehr, aber Emma spürt das Gewicht der Traurigkeit ihrer Tochter auf ihren eigenen Schultern. Zusammen mit dem Rucksack, den sie schon den ganzen Morgen lang schleppt, zieht es sie runter. Als sie den Lärm hinter der nächsten Kurve hinter sich lassen und außer Sichtweite sind, sackt Emma auf der Bürgersteigkante zusammen und klopft dann auf den Asphalt neben sich. Lola lässt sich geräuschvoll fallen und nimmt ihren Rucksack ab, um Ducky den Kopf zu streicheln.

»Wir machen kurz Pause und essen was«, sagt Emma und öffnet den Reißverschluss der Vordertasche ihres Rucksacks. Wenn sie doch nur die Müsliriegel und Süßigkeiten und Essensvorräte aus dem Kofferraum des Autos hätten, genau wie all die anderen Dinge, die sie brauchen – mehr Kleidung, Toilettenartikel, Geld. Bei sich hat sie nur einen warmen, geschmolzenen Schokoriegel.

Die Schokolade hat die Konsistenz von klebriger Soße, aber der Zucker hilft. Emma atmet für fünf Takte ein und lässt die Luft dann langsam entweichen. Solange Lola auf sie angewiesen ist, darf sie nicht zusammenbrechen. Aber ihre Gedanken rasen immer noch. So viele Fragen. Wie nah ist ihnen die Polizei? Steht Jonny kurz davor, sie zu finden? An ihn darf sie gar nicht denken. Er darf sich nicht wieder in ihrem Kopf einnisten, sonst wird sie in Panik verfallen und Fehler machen. Und genau das will er ja. Plötzlich hört sie wie aus dem Nichts sein Gelächter in ihrem Kopf. Diesen herzlosen Laut, den er von sich gegeben hat, als sie ihm sagte, sie habe gedacht, es sei Liebe gewesen.

»Du bist ja noch dümmer, als ich dachte.«

Sie würgt den Gedanken ab. Nein! Sie lässt ihn jetzt nicht rein. Seit Jahren versucht sie, ihn aus ihrem Kopf zu verbannen. Sie hat nichts aus ihrem Leben gemacht und sich extra unauffällig verhalten, damit er nicht zurückkommt. Er darf jetzt nicht gewinnen. Sie ist Lolas Mutter. Nur sie kann sie beide retten.

Mit den Augen sucht sie die leere Straße ab, und wieder fragt sie sich, ob ihre Gesichter schon auf den Titelseiten aller Zeitungen des Landes abgedruckt sind. Wenn sie noch nicht herausgefunden haben, wer sie ist, dann kann es nicht mehr lange dauern.

»Was wir jetzt brauchen«, sagt sie und drückt ihrer Tochter einen Kuss auf den Scheitel, »ist ein neuer Plan.«

»So wie Papa Wutz, als er seinen Autoschlüssel verliert.«

»Ganz genau.«

»Frau Mümmel hat ihn mit ihrem Hubschrauber zur Arbeit gebracht.«

Emma ringt sich ein Lächeln ab und gibt Lola das letzte bisschen Schokolade. Sie weiß nur so viel: Sie müssen ganz dringend das Land verlassen. Erst dann sind sie sicher. Und das bedeutet, dass sie zum Fährhafen in der Nähe von Liverpool müssen. Der ist über dreihundert Kilometer entfernt, und dann ist auch noch ein Monster hinter ihnen her, das sie beide umbringen will und wird – das kann die Polizei höchstens hinauszögern.

Tief einatmen. Langsam ausatmen.

Sie müssen denen immer einen Schritt voraus sein. Und sie müssen sich versteckt halten, was bedeutet, dass sie größere Orte und Städte sowie Videoüberwachung, so gut es geht, meiden werden. Sie werden sich also langsamer fortbewegen. Es ist schon Vormittag. Bis nach Liverpool werden sie es heute nicht schaffen.

Aber vielleicht morgen.

»Atmen, Em. Vergiss nicht zu atmen.«

Sie brauchen Verpflegung – all die Dinge, die sich im Kofferraum des Autos befinden, an die sie jetzt nicht rankommen. Essen, Kleidung und besonders Geld. Sie überlegt, wie viel Geld sie noch im Portemonnaie hat. Fünfzig Pfund. Damit können sie heute Abend nirgendwo übernachten. Außerdem brauchen sie Geld für die Reise, für Essen und für Wasser. Und für die Fährtickets. Immerhin hat sie die Reisepässe im Rucksack.

Ihr Puls rast schon wieder. Das ist doch alles Wahnsinn!

Sie muss ihre Bankkarte benutzen, die sich nur für den absoluten Notfall in einer versteckten Tasche ihres Rucksacks befindet. Das ist gefährlich. Falls sie schon herausgefunden haben, wer sie ist, werden sie alles überwachen. Sobald sie die Karte in einen Geldautomaten steckt, werden sie eine Benachrichtigung erhalten. Und dann wissen sie ganz genau, wo sie ist, können sie mit Überwachungskameras verfolgen und jede ihrer Bewegungen nachvollziehen. Innerhalb von Minuten werden sie sie schnappen. Mit Sirenen und Straßensperren. Ihr Puls beschleunigt sich.

Sie muss daran denken, wie sie eben, als sie aus dem Bus gestiegen sind, dachte, der E-Zigaretten-Typ hätte sie verfolgt. Und wie sie mit ihren Rucksäcken und Lolas kurzen Beinchen versucht haben zu fliehen. Sie können niemanden abhängen, erst recht nicht die Polizei. Mit einem Mal fühlt sie sich schrecklich einsam, und ganz leer. Dieses überwältigende

Gefühl ist ihr auf widerliche Weise bekannt. Wenn doch nur Haz jetzt neben ihr säße, ihre Hand nähme und ihr sagen würde, dass alles gut wird.

Sie holt das Handy heraus, und bevor sie auch nur darüber nachdenken kann, ruft sie ihn wieder an. Das Klingeln erfüllt ihre Ohren. Sie wartet auf das Klicken der Mailbox und die Aufnahme seiner Stimme, aber stattdessen hört es auf zu klingeln. »Hallo?«

Keuchend lässt sie das Handy fast fallen, so eilig hat sie es, aufzulegen. Haz ist ihr bester Freund. Ihr einziger Freund. Aber sie hat ihn in der Erwartung angerufen, dass die Mailbox rangehen und sie die beruhigende Aufnahme hören würde. Als sie dieses »Hallo« hört, wird ihr klar, dass sie nicht wirklich mit ihm sprechen kann. Haz weiß besser als jeder andere, dass nur sie ihre Tochter retten kann, aber wie soll sie nur erklären, was sie hier gerade macht? Wie soll er bitte verstehen, wie weit sie gegangen ist?

Wieder muss sie an ihre Familie denken. An ihre Eltern und ihre Brüder mit ihren engstirnigen Leben. Sie haben ihre Träume nie verstanden, und was sie gerade tut, würden sie erst recht nicht verstehen. Als sie in der Klinik war und wieder klar denken konnte, als die Wirkung der Medikamente nachgelassen hatte, hat sie sie angerufen. Am nächsten Tag kamen sie vorbei und starrten sie aus großen Augen an, während sie sich aneinander festklammerten. Sie hat ihnen alles erzählt – die Wahrheit darüber, wo sie gewesen war, als sie ihnen gesagt hatte, sie würde mit ihren Freunden nach Thailand fliegen. Über Lola. Über Jonny. Über Roly und Isobel. Die Worte waren zwischen wütenden Schluchzern und schweren Atemzügen nur so aus ihr herausgesprudelt.

Ihre Eltern waren entsetzt. Doch dann hat das Personal sich mit ihnen allein unterhalten und Wörter wie »Wahnvorstellungen« und »Zusammenbruch« in den Raum geworfen, sodass sich das Entsetzen ihrer Eltern in Mitleid und Misstrauen verwandelte. Sie glaubten ihr nicht, natürlich nicht, und irgendwann hat sie aufgehört, sie anzurufen.

Schließlich wurde sie entlassen – nach vier Monaten täglicher Therapiesitzungen, in denen sie als Lügnerin hingestellt worden war; Monaten der Zwangsmedikamentierung in abgeschlossenen Räumen. Als sie endlich gehen durfte, dachte sie, sie wäre frei, aber als sie aus der Klinik trat, wartete Jonny bereits auf sie, lässig gegen eine Wand gelehnt.

»Na, hast du deine Lektion gelernt?«

Sie nickte und brachte keinen Ton heraus, so gelähmt war sie vor Angst. Wenn doch nur einer der dämlichen Ärzte da oben sehen könnte, was hier unten passiert, dachte sie, als sie an dem Klinikgebäude emporblickte. *»Monster gibt es wohl, und eins steht hier direkt vor mir«*, wollte sie schreien.

»Gut, denn das hier ist meine einzige und letzte Warnung.« Er lehnte sich so nah zu ihr hinüber, dass sie seinen heißen Atem an ihrem Ohr spüren konnte. *»Wenn du noch mal aus der Reihe tanzt, wenn du versuchst, mich zu kontaktieren, oder Lola oder irgendwen, der mit ihr in Verbindung steht, dann bringe ich dich um. Und alle, die du liebst, inklusive Lola. Und niemand wird dich vermissen. Halt dich also von ihr fern, und von mir. Ich werde dich beobachten, Emma. Denk dran. Ich beobachte dich immer.«*

Daraufhin ist sie den ganzen Weg bis zur U-Bahn-Station gerannt und hat während der gesamten Fahrt in der Northern Line aus Selbsthass geweint. Wie hatte sie nur so dämlich sein können? Wie hatte sie nur auf seine Geschenke und seinen Charme hereinfallen können? Wie hatte sie ihm nur so leicht vertrauen können? Sie hasste nicht nur sich selbst, sondern auch Jonny. Und Isobel und Roly. Diese Leute. Sie bezeichnen sich als Lolas Eltern, dabei sind sie keinen Deut besser als Jonny. Sie sind allesamt Monster.

Sie wollte nicht zurück zu ihren Eltern, aber sie hatte sonst niemanden. Also legte sie sich dort in ihr altes Einzelbett und versuchte, die Welt auszublenden. Jeden Nachmittag brachte ihre Mutter ihr einen Kakao, den sie auf den Nachttisch neben dem Bett stellte. Nur ein einziges Mal setzte sie sich zu ihr und tätschelte Emma das Bein. »*Ich fürchte, das passiert, wenn man zu hoch hinauswill, Liebes. Du bist ausgebrannt. Das weißt du mittlerweile sicher selbst. Aber du kannst trotzdem ein schönes Leben haben. Schau uns an. Wir sind auch nicht unglücklich mit dem, was wir haben.*« Und obwohl Emma zu diesem Zeitpunkt glaubte, gar nichts mehr fühlen zu können, spürte sie, wie eine Leere in ihren Kokon eindrang und die letzten Reste ihrer Träume verschlang.

Nach einem Monat zu Hause besorgte ihr Vater ihr über einen seiner Kunden, dessen Lieferwagen er reparierte, einen Job im Blumenladen auf der Hauptstraße, wo sie nun samstags arbeitete. Anfangs quälte sie sich noch aus dem Bett und schaffte es kaum, einen Fuß vor den anderen zu setzen. Doch die Arbeit half ihr, die Ruhe, die die Blumen ausstrahlten – dieser süße, erdige Geruch –, und als man ihr mehr Stunden angeboten hat, war sie dankbar darum.

Die Kündigung letzten Monat fiel ihr schwerer als gedacht, am letzten Tag weinte sie sogar. Ihren Eltern hat sie aber nichts gesagt. Letzte Woche hat sie einen Zettel auf den Küchentisch gelegt, auf dem stand, dass sie gehe, sie sich aber keine Sorgen machen müssten. Und dann ist sie noch vor der Dämmerung aus dem Haus geschlichen. Sie wollte sich keine Lügengeschichten ausdenken wie beim letzten Mal, als sie erzählt hatte, sie würde um die Welt reisen, dabei hatte sie sich nur ein paar Kilometer entfernt in einem anderen Teil Londons befunden.

Plötzlich fühlt Emma sich schuldig. Sobald sie herausgefunden haben werden, dass sie es ist, die Lola entführt hat, wird die Polizei bei ihren Eltern vorbeischauen. Dass sie dann eine Befragung über sich ergehen lassen werden müssen, gefällt Emma gar nicht. Fragen über Fragen wird man ihnen stellen, aber sie hatte ja keine Wahl. Sie weiß nicht mal, ob sie ihre

Mum und ihren Dad je wiedersehen wird. Der Gedanke beunruhigt sie, auch wenn sie ihrer Familie noch nie besonders nahestand. Sie spürt ein Ziehen in der Brust. Dann schaut sie auf Lola hinab. Ihre Finger und ihre Lippen sind mit geschmolzener Schokolade beschmiert. Emma lächelt und holt ein Feuchttuch heraus. Nur das, nur ihre Liebe zu ihrer kleinen Tochter zählt. Und sie ist dafür zuständig, sie zu beschützen.

Emma steht auf und klopft sich die Leggings zusammen mit der Enttäuschung ab und setzt stattdessen ein breites Lächeln auf. »Komm, wir machen uns auf die Socken«, sagt sie.

»Wohin?«, fragt Lola. Zum Glück klingt ihre Stimme eher neugierig als traurig.

»Nun, das ist eine gute Frage. Und die Antwort ist – ich weiß es nicht.« Das bringt Lola zum Kichern, und Emma stimmt mit ein. »Dabei sollten Erwachsene doch immer alles wissen, nicht wahr?«

Ihr kleines Mädchen nickt zur Zustimmung eifrig. »Mein Daddy weiß alles.«

Rolys breite Schultern tauchen vor ihrem inneren Auge auf. Und sie hört seine Stimme – zu hochgestochen und lächerlich, um aufgesetzt zu sein.

»Wir sind ihre Eltern, nicht du. Du bist niemand für sie.«

Sie ignoriert die Stimme. Diese Erinnerungen darf sie jetzt nicht zulassen.

Sie ist Lolas Mutter. Das weiß sie.

»Ich glaube, er tut nur so. Das können Erwachsene gut. Zwei Dinge weiß ich aber, und zwar, dass wir beide immer noch auf unserem Abenteuer sind und dass ich dich beschützen werde.«

»Vor dem Monster?«, fragt Lola, ihre Stimme diesmal leicht zittrig.

»Genau«, antwortet sie und fühlt sich schon wieder schuldig – der Knoten in ihrem Magen ist zurück. »Wir müssen schlau sein, und ganz vorsichtig, damit die uns nicht kriegen.

Aber das schaffen wir zwei, oder? Wir sind tapfere Kriegerinnen.«

»So wie Mulan? Die war eine Kriegerin.«

»Ja, wie Mulan«, bestätigt Emma und muss grinsen, als sie an die wild entschlossene Disney-Figur denkt.

Lola schultert ihren Rucksack und hält Emma ihre Hand hin. »Ich mag Mulan. Wir können jetzt gehen.«

Emma beugt sich hinab und küsst Lola auf die Stirn. Wenn sie doch nur halb so mutig wäre wie sie!

Sie gehen weiter, kommen aber nur langsam voran. Emma braucht Zeit zum Nachdenken. Sie brauchen Geld, also muss sie ihre Bankkarte benutzen. Und dann müssen sie verschwinden, denn falls die Polizei ihren Namen schon kennt, würden sie sie innerhalb von Minuten finden. Ihnen steht eine weitere Flucht bevor, die genauso wild wird wie die Flucht gestern von der Raststätte, nur dass sie diesmal nicht auf den Überraschungseffekt setzen kann, diesmal bekommt sie keinen Vorsprung. Die werden schon auf sie warten.

SECHZEHN

ISOBEL

Irgendetwas hat sie geweckt. Der Gedanke formt sich nur ganz langsam in Isobels Kopf. Sie streckt sich. Als sie sich bewegt, merkt sie, wie steif ihr Nacken ist. Mit einer Hand stößt sie gegen die Sofakissen. Ein langes Gähnen entfährt ihr, und sie spürt, wie die Leere des Schlafs sie wieder umhüllt und zurück in die Tiefe ihres Traums zieht, in dem Scarlett Peters vorkam. Sie waren auf einer Party bei Jonny. Es war total viel los, und Lola war auch da, aber sie hat sie immer wieder aus den Augen verloren. Sie bahnte sich ihren Weg durch die Menge und rief nach ihr. Immer wieder erhaschte sie Blicke auf ihre Tochter, bevor diese wieder verschwand.

Isobel ist so müde, aber sie liegt nicht in ihrem Bett. Allein der Gedanke ist so seltsam, dass er sie irgendwie wachhält. Der Traum war zwar kein Albtraum, aber trotzdem unangenehm. Sie will ihn nicht weiterträumen.

Da hört sie ein Geräusch, ein läutendes Dingdong. Die Klingel. Davon ist sie aufgewacht. Ihre Schläfrigkeit verschwindet endgültig, und sie reißt die Augen auf. Die Realität trifft sie wie die Wucht einer explodierenden Bombe. Lola. Lola ist weg.

Wie lange hat sie geschlafen? Was geht hier vor sich? Während die Fragen in rasanter Geschwindigkeit auf sie einhageln, setzt sie sich so schnell auf, dass ihr schwindelig wird. Gerade als sie Zeen Bescheid sagen will, dass sie aufmachen gehen soll, fällt ihr ein, dass ihre Haushälterin ja gar nicht da ist. Sie muss noch mal versuchen, sie anzurufen. Isobel hofft so sehr, dass es eine ganz einfache Erklärung für Zeens Abwesenheit gibt, aber je mehr Zeit vergeht, desto seltsamer erscheint es ihr, dass sie nicht hier ist.

Sie greift nach ihrem Handy, um auf die Uhr zu schauen. Es ist erst ein Uhr mittags. Sie hat also kaum eine Stunde geschlafen. Die Zeit vergeht so unfassbar langsam, und gleichzeitig nimmt das Gefühl, dass ihr Herz in einem Schraubstock steckt, mit jeder Stunde zu. Sie muss mit Roly noch mal wegen der Presse sprechen. Außerhalb dieses Hauses dreht sich die Welt einfach weiter, die Leute haben keine Ahnung, dass ihre Tochter weg ist.

Plötzlich verspürt sie den Drang, Jonny auch selbst noch mal anzurufen. Ihn anzuflehen und anzubetteln, ihn anzuschreien, dass seine Anstrengungen nicht reichen, dass er mehr tun muss. Es ist genauso sehr seine Schuld, dass Lola weg ist wie Rolys und Isobels. Oder besser gesagt Isobels.

Seit man ihnen Lola an der Raststätte gestohlen hat, sind fast vierundzwanzig Stunden vergangen. Wenn es um Lösegeld ginge, hätten sie doch mittlerweile etwas gehört, oder? Nein. Hier geht es um etwas anderes. Düstere Szenarien gehen ihr durch den Kopf. Dinge, die eigentlich unvorstellbar sein sollten, aber viel zu oft in schockierenden Nachrichtenmeldungen auftauchen. So etwas darf Lola nicht zustoßen. Nicht ihrer kostbaren Tochter. Dem Sinn und Zweck ihrer Existenz. Sie verbietet sich, darüber nachzudenken, denn sie muss sich jetzt komplett darauf konzentrieren, dass Lola sicher zurück nach Hause kommt.

»Iz?« Von irgendwo im Haus ruft Roly nach ihr. Schnell

verdrängt sie die Gedanken an Zeen und den Anruf an Jonny. Über ihr quietschen die Dielen. »Kannst du aufmachen?«

»Schon dabei«, ruft sie zurück und eilt durch den Flur, wobei sie erst ihr Haar, dann ihre Ohrringe und schließlich ihre Bluse richtet.

Neben der schweren Holzeingangstür befinden sich zu beiden Seiten schmale Fenster, aber sie schaut nicht raus, um zu sehen, wer vor der Tür steht, sondern reißt an der Klinke, sodass die Tür regelrecht auffliegt. Der Name ihrer Tochter liegt ihr schon auf der Zunge, und sie schaut zu der Stelle unter sich, wo Lola mit Barnaby im Arm und freudestrahlendem Gesicht stehen könnte.

Doch diese Stelle ist leer. Isobels Blick wandert zu dem Pfad dahinter und schließlich zu DCI Watkins, der allein auf der Türschwelle steht. Bei seinem Anblick setzt ihr Herz einen Schlag aus, und sie droht von Angst und Traurigkeit überwältigt zu werden.

»DCI Watkins«, sagt sie. »Kommen Sie rein.«

Bitte mit guten Nachrichten! Sie wiederholt diese Worte noch zweimal in ihrem Kopf, während der Detective ins Haus tritt. Roly kommt die Treppe hinuntergestürzt.

»Was ist los?«, platzt er heraus und legt den Arm um Isobels Taille. An den Seiten ist sein Haar noch feucht, und er riecht nach der Seife, die er eben beim Duschen benutzt haben muss. Mit wackeligen Beinen lehnt sie sich an ihn, um seine Wärme zu spüren und um nicht komplett zusammenzubrechen.

Bitte, lass es Lola gut gehen.

»Haben Sie sie gefunden?«, fragt sie mit viel zu schriller Stimme.

»Nein, aber ich habe Neuigkeiten.«

»Und zwar?«, fragt sie in genau dem Moment, als Margarets Stimme von der Küchentür ertönt.

»Steht da doch nicht so rum. Setzen wir uns doch hin, wie zivilisierte Menschen.«

In Isobels Kehle formt sich schon wieder ein Schrei. Sie will jetzt nicht zivilisiert sein. Sie will kreischen und heulen und diesen Polizisten anflehen, ihre Tochter zu finden. Aber Roly führt DCI Watkins bereits den Flur entlang. Isobel schließt die Haustür und folgt ihnen dann in die Küche. Margaret setzt sich zurück an den Tresen und bedeutet ihnen allen, sich ebenfalls um die große Kücheninsel herum zu platzieren.

»Ich hoffe, du fühlst dich nach deinem Nickerchen besser, Isobel«, sagt sie und zieht eine Augenbraue hoch, als könnte sie genauso wenig wie Isobel selbst glauben, dass sie schlafen konnte, während ihre Tochter vermisst wird.

»Ja«, erwidert sie. Mehr fällt ihr nicht ein. Wenn der Detective nicht da wäre, hätte sie vielleicht erwähnt, dass Roly ebenfalls geschlafen hat. Und er ist immerhin Lolas Vater. Und ihr Sohn. Warum wird sein Nickerchen nicht kommentiert, ihres hingegen schon?

»Du siehst zumindest besser aus.« Sie fixiert Isobel, als wollte sie schon wieder sagen: *»Du verbirgst doch etwas vor mir.«* Isobel wendet sich ab und setzt sich neben Roly.

DCI Watkins wirkt zwar, als würde er lieber stehen bleiben, zieht dann aber doch einen Hocker hervor. Wie oft er wohl schon an Türen klopfen musste, um Familien Neuigkeiten zu ihren Angehörigen zu überbringen? Schrien und weinten diese Familien? Versprach er ihnen, dass man das Familienmitglied sicher zurückbringen würde?

»Wir werden Lola finden.«

Wie oft wurde ein solches Versprechen wohl schon gebrochen?

»Es gibt mehrere Dinge, die ich Ihnen sagen kann«, beginnt DCI Watkins und stützt die Unterarme auf dem Tresen ab. Er sieht konzentriert aus, und als habe er alles im Griff – so wie ein Detective aussehen sollte. Sein Blick schweift von Isobel zu Roly und dann zu Margaret. »Seit unserem Gespräch heute Morgen sind unsere Ermittlungen vorangeschritten.«

»Inwiefern?«, fragt Isobel. Warum spricht er nicht schneller? Er ist so ruhig, jedes seiner Worte so wohlüberlegt. Sie hingegen würde am liebsten aufspringen, ihn bei den Schultern nehmen und alle Informationen aus ihm herausschütteln.

»Wir konnten einen der Namen, die Roly uns heute Morgen gegeben hat, mit Malik Kahn in Verbindung bringen, auf den das Auto zugelassen ist, in dem Lola entführt wurde. Vor einer Stunde haben wir Malik erreicht. Er ist heute von einer Geschäftsreise nach Dubai zurückgekehrt und war gerade gelandet. Als er unsere Nachrichten gesehen hat, hat er sich sofort gemeldet. Er hat bestätigt, dass es sein Auto ist, meinte aber, dass er es einer Freundin seines Bruders ausgeliehen hat. Sein Bruder heißt Hussain Kahn, wird aber Haz genannt. Sagt der Name Ihnen etwas?«

Sie schütteln die Köpfe.

»Malik hat bestätigt, dass es sich bei der Freundin um eine Person von unserer Liste handelt.«

»Spielen wir hier ›Wer ist es?‹ oder was?«, faucht Margaret ihn plötzlich an. »Wollen Sie uns vielleicht verraten, wer genau meine Enkeltochter entführt hat?«

Für eine Sekunde glaubt Isobel zu sehen, wie sich der Kiefer des Detectives anspannt, aber als er antwortet, klingt seine Stimme immer noch genauso ruhig wie vorher. »Wir glauben, dass es sich bei der Frau, die Lola gestern an der Raststätte entführt hat, um Emma Jacobs handelt.«

»Nein.« Das Wort hallt laut und klar durch die Küche. Erst nach einem Moment merkt Isobel, dass sie selbst es gesagt hat. »Nach all den Jahren ... Ich dachte ... Ich dachte, sie hätte das hinter sich gelassen.«

Sie sieht Roly an, der sie mit ungläubig aufgerissenen Augen anstarrt. Genauso sieht sie vermutlich auch aus. Sie hält die Tränen zurück, aber eine einzelne entkommt und läuft ihr in einer geraden Linie die Wange hinab, bevor sie sie wegwischt.

»Würde mir vielleicht mal jemand erklären, wer diese Emma Jacobs ist und was sie mit Lola zu schaffen hat? Roly?«, fragt Margaret entgeistert.

In der Küche herrscht Stille. DCI Watkins runzelt die Stirn, so als würde er sich diese Frage ebenfalls stellen. Als Roly dem Detective heute Morgen die Namen aller Menschen aufgezählt hat, die etwas mit ihnen zu tun haben, war sie in der Küche, um Kaffee zu kochen. Dass er Emmas Namen genannt hat, überrascht sie. Er hat sich immer geweigert, über das zu sprechen, was damals passiert ist.

»Roland?« Margaret klingt jetzt so streng, dass er zusammenzuckt.

»Mutter«, sagt er beim Ausatmen und klingt dadurch etwas atemlos. Panisch fast. Er schaut von ihr zum Detective. »Emma ist ...« Er hält inne und hat sichtliche Schwierigkeiten, die richtigen Worte zu finden. Schnell wirft er Isobel einen Blick zu, aber sie kann ihm auch nicht helfen. Wie sollen sie nur beschreiben, was damals passiert ist?

»Sie ist ...«, versucht Roly es erneut. »Also, sie war ... unsere ... unsere Nanny«, bringt er schließlich hervor. »Sie war hier bei uns, als Lola gerade geboren war.«

Langsam klingt Roly souveräner. Als er weiterspricht, wird Isobel klar, dass er diese Zeit ganz und gar nicht vergessen hat.

»Am Anfang war alles super. Sie hat das gemacht, was wir gebraucht haben. Sie war eine gute Unterstützung, während Isobel sich erholt hat und wieder auf die Beine gekommen ist. Aber mit der Zeit wurde sie irgendwie immer ... besessener von Lola, das beschreibt es wahrscheinlich am besten, und wir mussten ihr kündigen. Danach hat sie uns noch einiges an Ärger gemacht. Ein paarmal kam sie hier vorbei, und irgendwann haben wir die Polizei gerufen. Dann haben wir nichts mehr von ihr gehört. Wir haben sie seit Jahren nicht gesehen. Das ist so lange her, dass ich sie heute Morgen eigentlich gar nicht erwähnen wollte.«

DCI Watkins schiebt sein Handy über den Tisch. »Mithilfe der Aufnahmen aus der Nummernschildüberwachung, auf denen die Aufenthaltsorte des Autos in Cornwall aufgezeichnet wurden, haben wir auch diese Videoaufnahmen gefunden.«

Sie lehnen sich alle drei nach vorn und schauen sich das Video an. Isobel, Roly und Lola sind darauf zu sehen, die über die idyllische schmale Hauptstraße von St Ives schlendern. Sie halten Lola, die gerade über etwas lacht, das Roly gesagt hat, zwischen sich an den Händen.

Man kann sie so klar und perfekt erkennen, dass Isobel ein keuchendes Geräusch entfährt. Sie laufen an der Kamera vorbei, und ein paar Sekunden später taucht eine weitere Person auf. Es handelt sich um eine junge Frau mit langem braunem Haar, das ihr unter einer schwarzen Kappe über die Schultern fällt. Als Isobel sie erkennt, hat sie das Gefühl, als hätte ihr jemand in die Brust geschossen. Der Kloß in ihrem Hals wird riesig. Sie bekommt keine Luft.

»Ja, das ist Emma«, bestätigt sie und hält sich die Hände vor den Mund.

Ihr kommt die Galle hoch. Wenn sie irgendetwas im Magen hätte, dann würde sie es jetzt keuchend hochwürgen.

Emma hat ihr Kind.

Das ist furchtbar. Schrecklich.

»Warum um alles in der Welt würde diese Frau so etwas tun?«, fragt Margaret. »Für wen hält sie sich?«

»Keine Ahnung«, murmelt Roly.

Isobel lässt die Hände sinken und wirft ihm einen Blick zu. »Ist das nicht offensichtlich?«

»Sie glaubt doch wohl nicht immer noch ...« Roly verstummt. »Sie ist doch nicht immer noch davon überzeugt ...«

»Natürlich«, schreit Isobel fast. Sie kann es nicht mehr ertragen, wie lange Roly braucht, um die Dinge beim Namen zu nennen. Erst schaut sie zu DCI Watkins, dann zu Margaret, während sie durch den kantigen Kloß in ihrem Hals atmet und dann schluckt. »Du wolltest, dass wir Emma Jacobs einstellen, Margaret, weißt du noch? Als Lola gerade geboren war und du dachtest, ich käme nicht zurecht.«

Die Worte sind nur so aus ihr hervorgesprudelt, und Margaret keucht geräuschlos. Sie guckt, als hätte Isobel ihr eine Ohrfeige verpasst.

»Emma ist komplett wahnsinnig und glaubt, dass sie Lolas Mutter ist.«

SIEBZEHN

ISOBEL

Isobel starrt Roly an und wartet ab, ob er noch etwas darüber hinzufügen wird, wie es war, als Emma für sie gearbeitet hat. Und wenn ja: Wie will er das anstellen, ohne Jonny und die Dinge, die sie getan haben, zu erwähnen? Margarets Gesicht spiegelt ihren Schock wider, sodass der stets gefasst und unerschütterlich wirkende Ausdruck, den Isobel von ihr gewöhnt ist, zu einer verzerrten Grimasse verkommt. In diesem Moment sieht sie einfach nur alt aus, und ein bisschen gebrechlich.

Roly hat schon mehr gesagt, als sie erwartet hat – er hat die giftige Büchse der Pandora geöffnet. Emma war ihre Nanny, und sie haben sie damals eingestellt, weil Margaret darauf bestanden hat, dass sie Hilfe bräuchten. Sie war wirklich besessen von Lola, aber das ist bei Weitem nicht die ganze Geschichte.

»Mir ist völlig schleierhaft, warum ich das erst jetzt erfahre«, ereifert sich Margaret. Sie hat eindeutig ihre Fassung wiedergewonnen, denn sie spricht jetzt erneut in dem knappen Ton, den sie normalerweise bei den Bediensteten von Huntington Hall anschlägt. »Falls sich meine Enkeltochter in Gefahr befand, hätte ich informiert werden sollen.«

Natürlich. Jetzt geht es wieder um sie. Isobel versucht Roly mit der Kraft ihrer Gedanken dazu zu bringen, seine Mutter in die Schranken zu weisen. Das tut er fast nie. Das Bedürfnis, es dieser Frau recht zu machen, ist quasi Teil seiner DNA, und je mehr Zeit er mit ihr verbringt, desto stärker wird dieses Bedürfnis. Sie ist sich sicher, dass Margaret das ebenfalls weiß und aus genau diesem Grund so oft bei ihnen vorbeikommt und immer länger bleibt als gewünscht. Isobel versucht, die heiße Wut, die ihr durch die Adern schießt, zu dämpfen. So geht das nicht weiter.

»Wir wollten nicht, dass du dir Sorgen machst«, lügt Roly seine Mutter mit ruhiger Stimme an.

»Nun, das ist ja schön und gut, aber ihr wisst doch wohl ganz genau, dass ich es immer vorziehe, im Bilde zu sein. Und darf ich hinzufügen, dass wir uns nicht in dieser Situation befinden würden, wenn Lola auf St Martin's gegangen wäre, wo ich selbst und die Schule sie genau im Auge hätten behalten können?«

»Margaret!«, ruft Isobel frustriert. Ihre Schwiegermutter greift sie an, sie ist wütend, vielleicht sogar verletzt, dass sie als Letzte davon erfährt, aber das ist Isobel gerade egal. Margarets Worte haben sie getroffen. Sie hat es geschafft, ihr gleichzeitig vorzuwerfen, keine gute Mutter zu sein, und anzudeuten, dass es einem dreijährigen Kind in einem Internat besser gehen würde als zu Hause bei seinen Eltern.

»Mutter, bitte«, seufzt Roly und reibt sich den Nacken. »Ich habe dir doch schon gesagt, dass Isobel und ich über St Martin's sprechen werden, sobald Lola vier ist. Können wir dieses Gespräch also bitte verschieben?«

Vier?

Isobel entfährt ein ganz leises keuchendes Geräusch, das niemand hört, während Roly und Margaret sich weiter über Lolas Ausbildung zanken. Isobel ignoriert sie. Das letzte bisschen Farbe, das sie noch in den Wangen hatte, weicht vermutlich gerade. Rolys Worte kommen erst jetzt richtig bei ihr an. Er denkt doch nicht ernsthaft darüber nach, Lola wegzuschicken? Niemals! Nach allem, was sie durchgemacht haben, um sie zu bekommen? Besonders nach diesem Albtraum? Sie ist doch noch so jung. Und sie ist so kostbar. Sie braucht ihre Mutter. Sie braucht Isobel.

»Lola wird in ein paar Wochen vier«, sagt Isobel jetzt mit leiser Stimme. Das ist doch Wahnsinn! Warum streiten sie sich hier über Schulen, wo Lola doch womöglich gar nicht mehr zurück nach Hause kommen wird? »Sie hat ihren Schulplatz für September. Es gibt nichts mehr zu besprechen.«

»Ich will doch noch nur sagen –«, meldet sich Margaret wieder zu Wort.

»Du willst doch nur sagen ...«, unterbricht Isobel sie mit einer Stimme, die vor leiser Wut zittert, einer Wut, die sich gleichermaßen gegen ihren Ehemann und seine Mutter richtet.

Sie liebt Roly über alles. Warum würde sie auch sonst die Augen vor all den Geheimnissen verschließen, die er vor ihr hat? Vor all den Frauen. Den Geschäften. Nicht zu vergessen seiner Schwäche vor Margaret. Aber jetzt ist Lola ihre Priorität. Wenn sie sicher nach Hause zurückkommt, wird Isobel auf gar keinen Fall zulassen, dass man sie wegschickt.

Falls du sie überhaupt je wiedersiehst, flüstert eine höhnische Stimme in ihrem Kopf. Doch sie ignoriert sie.

»... dass du findest, dass ich eine schlechte Mutter bin«, beendet Isobel ihren Satz. »Margaret, hast du jemals darüber nachgedacht, dass meine panische Angst, dass Lola etwas zustoßen könnte, dass meine ›Probleme‹, wie du es so gern nennst, alle daher rühren, dass Emma bei uns gearbeitet hat? Wozu es wiederum nie gekommen wäre, wenn du nicht darauf bestanden hättest, dass wir eine Nanny einstellen.«

Das ist zwar nur die halbe Wahrheit – Isobels Angstzustände begannen, als sie Probleme hatte, schwanger zu werden –, aber sie will, dass ihre Schwiegermutter sich auch schuldig fühlt.

»Schatz«, sagt Roly und drückt ihre Hand, womit er sie ziemlich sicher dazu bringen will, ruhig zu sein. Es ist nicht als tröstende Beruhigung gedacht. »Lass uns später darüber sprechen.« Er schaut den Detective an. »Entschuldigen Sie, DCI Watkins. Fahren Sie doch bitte fort.«

Er nickt knapp. »Wie lange war Emma Ihre Nanny?«

»Nur ein paar Wochen lang.«

»Für zwei Monate«, korrigiert Isobel ihn. Wieder überkommt sie eine Welle der Übelkeit, die sich als gallige Bitterkeit an ihrer Kehle bemerkbar macht. An diese Zeit wird sie sich für immer mit allen Einzelheiten erinnern.

Sie war so aufgeregt nach der Geburt – endlich hatten sie ein Baby. Und sie hatte Angst. Welche frisch gebackene Mutter, die das Gleiche durchgemacht hat wie sie, hätte das nicht? Aber sie kam klar. Bis Margaret sich eingemischt hat.

»*Natürlich braucht ihr Unterstützung*«, hat sie zu Roly gesagt. »*Meine Enkeltochter ist eine Huntington, ihr gebührt also nur das Beste. Kümmer dich bitte darum, Roland.*«

Und so stellten sie Emma ein. Sie war jung, aber kompetent, und hat sich so gut um Lola gekümmert. Sie war mehr als eine Nanny, die Lola die Windeln gewechselt oder sie nachts gefüttert hat; sie hat Isobel auch Gesellschaft geleistet, wenn Roly unterwegs war, um seine Kunden zu jeder Tages- und Nachtzeit zu bespaßen.

In diesen ersten Wochen haben Isobel und Emma Lola jeden Nachmittag in den Kinderwagen gelegt und sind im Park spazieren gegangen, um das zusätzliche Gewicht loszuwerden und sich nach einer Nacht ohne Schlaf weniger umnachtet zu fühlen. Trotz ihrer Unterschiede und ihrer Unbeholfenheit angesichts ihrer Beziehung als Arbeitgeberin und Angestellte, die sie beide zu ignorieren versuchten, betrachtete Isobel Emma als eine Freundin – bis zu dem Zeitpunkt, als sie Emma eines Nachts mit der damals zwei Monate alten Lola belauscht hat.

Sie war mit Roly bei einer geschäftlichen Veranstaltung gewesen – einem Event mit Dresscode, für das sie sich richtig herausgeputzt hatte. Endlich konnte sie mal wieder eines ihrer Lieblingskleider tragen. Doch der Abend hatte sich gezogen und war gähnend langweilig gewesen. Vom Wein hatte sie statt guter Laune Kopfschmerzen bekommen. Als Lola am frühen Morgen hungrig aufwachte und schrie, war Isobel bereits wach und konnte es sich nicht verkneifen, sich aus dem Bett und durch den dunklen Flur zu schleichen, um ihr Baby zu sehen, obwohl Emma angeboten hatte, sich um die Nachtschichten zu kümmern. Im Schein der kleinen Lampe sah sie Emma, die bereits im Babyzimmer war und Lola in den Armen hielt. Sie sprach so leise mit ihr, dass Isobel sie fast nicht verstand. Fast.

»Psst, meine kleine Maus. Mummy ist doch hier. Ich lasse nicht zu, dass dir etwas zustößt.«

Die Worte taten weh, wie Salz in einer offenen Wunde. Am liebsten hätte sie geschrien und sich auf Emma gestürzt, um ihr ihre Tochter aus den Armen zu reißen, doch eine imaginäre Hand legte sich ihr auf den Mund und hielt sie zurück. Sie ging also einfach nur zurück ins Bett und lag wach da, während Emmas Worte ihr durch den Kopf wirbelten.

Am Morgen ließ der Schock etwas nach und Isobel erzählte Roly von dem, was sie gesehen hatte. Er schickte sie mit Lola raus in den Park. Als sie wiederkam, war Emma weg. Bis heute weiß sie nicht, was Roly zu ihr gesagt hat oder was er zu seiner Mutter über die Nanny gesagt hat, zu der diese sie gezwungen hatte. In der folgenden Woche schickte ihre Schwiegermutter ihnen Zeen – eine Haushälterin statt einer Nanny –, und Isobel verbannte jeden Gedanken an Emma in die hinterste Ecke ihres Kopfes. Sie war sich sicher, dass sie das Mädchen nie wiedersehen würde.

Doch ein paar Monate später fing der Ärger an.

»Wann haben Sie sie zuletzt gesehen?« Die Frage des Detectives reißt Isobel aus ihren Gedanken. Sie schaut zu Roly, der aber nur mit den Achseln zuckt.

»Als wir gemerkt haben, dass sie Lola gegenüber so starke Gefühle hatte, mussten wir sie gehen lassen. Ein paar Monate später, im Januar, habe ich sie wiedergesehen. Sie hat mir im Park aufgelauert.«

»Sie hat doch versucht, dich anzugreifen, oder?«, fügte Roly hinzu. »Und dir Lola abzunehmen.«

DCI Watkins fixiert Isobel, die nickt. »Emma ist gefährlich«, sagt sie, während ihre Wahrnehmung verschwimmt. Mit ihrer zitternden Hand wischt sie sich über die Augen. »Sie glaubt, dass sie Lolas Mutter ist. Und sie glaubt, dass sie die Einzige ist, die Lola vor irgendeiner Art Monster retten kann, das nur sie sieht. An diesem Tag im Park, da war sie komplett außer sich, sie hat nur wirres Zeug geredet. Und sie meinte … sie meinte, sie würde eher sterben wollen und auch eher wollen, dass Lola stirbt, als dass das Monster sie holt.« Ein Schauer durchfährt Isobels Körper. Bei der Erinnerung stellen sich ihr die Nackenhaare auf.

»Das ist so lange her, Iz. Es kann doch nicht sein, dass sie immer noch von Lola besessen ist.«

»Du hast sie an dem Tag nicht gesehen«, erwidert Isobel. »Du hast nicht gesehen, wie verzweifelt sie war.«

»O Mann«, stöhnt Roly. »Ich habe Angst, dass sie versuchen könnte, Lola wehzutun. Wenn sie nach all den Jahren immer noch so von unserer Tochter besessen ist, dann wird sie das Ganze wohl niemals auf sich beruhen lassen. Wenn sie Lola nicht haben kann, dann … dann ist sie womöglich zu allem fähig.«

Frische Tränen laufen Isobel über die Wangen. Sie drückt Rolys Hand und wünschte, sie könnte irgendetwas Beruhigendes sagen. Aber ihr fällt nichts ein.

Als Roly den Arm um sie legt und sich ihr alter mit dem

neuen Schmerz vermischt, vergräbt sie das Gesicht an seiner Schulter.

»Wissen Sie irgendetwas darüber, wie lange sie das schon geplant hat?«, fragt Roly.

»Noch nicht«, antwortet DCI Watkins. »Aber sobald wir sie in Gewahrsam nehmen, wird das eine unserer ersten Fragen sein.«

Sobald. Nicht falls. Wie sicher er sich ist. Ihr Herz hüpft kurz und kann sich dann nicht mehr beruhigen. Sie stellt sich vor, wie Lola gestern Abend ohne Gutenachtkuss und Extraumarmung einschlafen musste.

»Noch einmal drücken, Mummy. Drücki, bitte.«

»Okay, einmal noch, weil du so lieb Bitte gesagt hast«, antwortet Isobel darauf immer, drückt ihre Tochter noch ein weiteres Mal fest und atmet dabei den Geruch des Erdbeerschaumbads und des Kokoskämmsprays in Lolas Haar ein.

Die Erinnerungen und die Realität brechen gleichzeitig über sie herein und lösen ein Ziehen in ihrer Brust und in ihrem ganzen Körper aus, sodass ihr das Atmen schwer fällt, ihre Atemzüge werden immer flacher. Lola bedeutet ihr die Welt. Wenn ihr irgendetwas zustößt ... Isobel verdrängt den Gedanken, denn er droht, sie zu zerstören.

»Wir gehen die Aufzeichnungen der Kennzeichenüberwachungssysteme und der öffentlichen Verkehrsmittel von der Raststätte und deren Umgebung durch«, berichtet DCI Watkins weiter. »Seien Sie versichert, dass es mit den modernen Technologien, die wir heute haben, kaum noch möglich ist, komplett unterzutauchen. Sie wird einen Fehler machen, und dann finden wir sie.«

Die Verzweiflung kratzt mit ihren scharfen Krallen an Isobels Haut, und sie muss sich beherrschen, nicht aufzuspringen, den Flur entlangzuhasten und aus der Tür zu stürzen, um über die Bürgersteige zu stolpern und so lange weiterzurennen, bis sie Lola wieder in ihren Armen hält.

»Was ist mit der Presse?« Lola schaut von dem Detective zu Roly und dann wieder zu dem Detective. »Heute Morgen meinten Sie, dass wir in ein paar Stunden noch mal darüber sprechen sollten. Und wir wissen ja jetzt, dass es nicht um Lösegeld geht, oder? Emma will kein Geld. Sie will unsere Tochter.«

»Und wofür?«, fragt Margaret ungläubig. »Was will sie mit ihr machen?«

»Sie ist verrückt«, antwortet Roly schlicht. »Wie Isobel gesagt hat. Sie hat sich vermutlich in den Kopf gesetzt, dass sie mit Lola durchbrennen kann. Ich habe Angst davor, was passiert, wenn sie sich in die Enge getrieben fühlt. Ich kann mir nicht vorstellen, dass sie Lola einfach gehen lassen wird.«

»Und genau deshalb müssen wir sie sofort finden«, sagt Isobel. »Wir müssen uns an die Presse wenden.«

Der Detective nickt. »Das sehe ich auch so. Wir dürfen nicht länger warten. Wir werden eine Pressemitteilung und ein Foto von –« Der schrille Klingelton seines Handys unterbricht ihn. Er geht ran. »DCI Watkins.« Er dreht sich auf dem Hocker um, sodass er mit dem Rücken zu ihnen sitzt und hinaus in den Garten schauen kann. Die Wolken haben gewonnen, und der Himmel sieht jetzt aus wie eine weißgraue Decke.

»Alles klar ... gute Arbeit. Schicken Sie mir die Aufnahme.« Er legt auf, dreht sich aber nicht wieder zu ihnen um.

»Was ist los?«, fragt Margaret ungeduldig, doch der Detective hält sich schon wieder sein Handy ans Ohr.

»Frank«, sagt er. »Wir haben einen Aufenthaltsort.«

Bei den Worten spürt Isobel einen heftigen Schlag in ihrem Inneren – fast wie ein Blitz, elektrisch aufgeladen. Sie wissen, wo Lola sich genau jetzt aufhält. Roly sieht ihr in die Augen. Er schenkt ihr sein schiefes Lächeln, seine Augen strahlen hoffnungsvoll.

»Alles wird gut«, flüstert er und küsst sie auf den Scheitel.

DCI Watkins schweigt einen Moment und sagt dann: »Vor

zwei Minuten hat sie Geld abgehoben ... Ich habe dir die Adresse geschickt ... Ja ... Ja ... Ruf mich an, sobald ihr da seid.«

Schließlich dreht sich der Detective zu ihnen um und lächelt breit. »Seit einer Stunde überwachen wir Emmas Social-Media-Accounts, ihre E-Mail-Adresse, ihr Handy und ihre Bankkarte. Und wir hatten Glück. Unser Cyberteam hat mir gerade mitgeteilt, dass sie zweihundertfünfzig Pfund an einer Tankstelle in Crawley abgehoben hat. Wir bekommen jetzt die Videoaufnahmen von dem Geldautomaten. Eine Einheit der lokalen Polizei ist unterwegs, und DI Gardner und sein Team sind ebenfalls auf dem Weg dorthin.«

»Eine Einheit?« Roly sieht für eine Sekunde fassungslos aus. »Nur eine?«, ergänzt er und drückt Isobels Hand erneut, als wollte er sie daran erinnern, dass sie diesen Albtraum gemeinsam durchstehen.

»DI Gardner ist ebenfalls auf dem Weg«, wiederholt DCI Watkins. »Und das Cyberteam kann ihre Bewegungen über die Videoüberwachung der Gegend nachvollziehen.«

Isobels Herz setzt schon wieder einen Schlag aus. Sie haben sie gefunden. Sie haben ihre Tochter gefunden. *Bitte, bitte, lass es ihr gut gehen.*

Doch noch während sie betet, suchen sie die Erinnerungen an diesen kalten Morgen in Park heim. Emma war so verzweifelt und benahm sich so merkwürdig. Sie war nur noch ein Schatten der jungen Frau, die bei ihnen zu Hause gewohnt hatte. Wie weit wird sie gehen, um Lola für sich zu haben? Isobel ist sich bei der Antwort nicht sicher, aber sie weiß mit hundertprozentiger Sicherheit, dass Lola bei Emma nicht gut aufgehoben ist.

ACHTZEHN

EMMA

Emma entreißt dem Geldautomaten ihre Bankkarte und steckt sie in ihre Gesäßtasche. Ihr Herz hämmert so heftig, dass sie fürchtet, ihre Rippen würden brechen. »Komm schon«, flüstert sie und starrt auf den Geldausgabeschlitz.

Wurde die Transaktion abgebrochen?

Wie sollen sie ohne dieses Geld überleben?

Wissen die schon, wo sie ist? Hat sie jetzt ihren Aufenthaltsort verraten?

Die Fragen kreisen wie wild in ihrem Kopf, während die Sekunden ganz langsam verstreichen. Sie spürt die Linse der Kamera auf sich und stellt sich vor, wie die Polizei sie beobachtet. Beamte, die zu ihren Einsatzfahrzeugen rennen. Motoren starten. Dann die Sirenen und die Gaspedale.

Ob Isobel und Roly das Video auch sehen werden? Die Frage trifft sie aus dem Nichts und ist aufgeladen mit Jahren des bitteren Schmerzes, der ihr wie ein spitzer Stein im Magen umherhüpft.

»Komm, Lola.« Sie winkt ihre Tochter zu sich. Ihr kleines Mädchen drückt sich daumenlutschend an sie. Barnaby ist nicht mehr in ihren Armen. Sie haben ihn vorsichtig in Emmas

Rucksack gesteckt. Wieder spürt sie dessen Gewicht schmerzhaft auf ihren Schultern. Sie hat auch Lolas Rucksack genommen, damit diese im Notfall schneller rennen kann.

Seit Stunden laufen sie jetzt schon herum. Nachdem sie herausgefunden hatten, dass das Auto nicht mehr da ist, haben sie sich auf den Weg zurück ins Zentrum gemacht. Emma hat die Geldautomaten am Bahnhof in Betracht gezogen. Sie hätte Geld abheben und dann mit Lola in einen Schnellzug nach London springen können. Von dort hätten sie gen Norden wieder raus aus der Stadt fahren können. Die Schnelligkeit der Idee hat ihr gefallen. Mit dem Zug hätten sie am Abend in Liverpool sein können. Aber Züge haben geschlossene Türen, durch die man nicht entkommen kann. Falls man sie über ihre Bankkarte trackt, dann wäre es ein Leichtes, herauszufinden, in welchem Zug sie sitzt. Am nächsten Bahnhof hätte man sie abgefangen. Eine Erinnerung steigt in ihr auf, und sie erschaudert. Diese Arme, die sie schnappen.

»Jonny schickt uns. Er will dich sprechen.«

Sie darf nicht zulassen, dass diese Arme sie wieder kriegen. Dass man sie von der Flucht und der Freiheit abhält. Und ihr Lola wegnimmt.

Die Geldautomaten auf der Hauptstraße kamen auch nicht infrage. Zu viele Kameras. Zu leicht hätte man sie erkennen können. Aber dieser Geldautomat hier ist am Stadtrand. Hier gibt es weniger Kameras, weniger Möglichkeiten, sie zu überwachen. Hinter der Tankstelle und der viel befahrenen Straße erstreckt sich ein Golfplatz. Eine riesige grüne Fläche mit achtzehn Löchern, auf der Bäume stehen. Viele Bäume. Wenn sie es schafft, die Straße und den Golfplatz zu überqueren, bevor die Polizei ankommt, dann werden sie nicht wissen, wohin sie gegangen ist.

Straßensperrungen fallen ihr ein, die sie wie ein Netz umschließen, aber sie haben keine andere Wahl. Hätte doch nur das Auto, wie geplant, heute Morgen dort gestanden. Verdammt, wäre sie doch bloß gestern Abend direkt hierhergefahren, um es zu holen, bevor es abgeschleppt wurde. Aber es bringt ja nichts, sich mit diesen Gedanken aufzuhalten. Sie muss sich auf die Gegenwart konzentrieren. Ob ihr Aufenthaltsort dadurch nun enthüllt worden ist oder nicht, sie musste die Karte benutzen. Sie brauchen Geld, um nach Liverpool und zum Hafen in Birkenhead zu kommen und die Fähre zu bezahlen, die sie außer Landes bringen soll, wo sie Unterstützung und ihr neues Leben erwarten. Wenn sie das Geldabheben noch länger hinausgezögert hätte, wäre die Wahrscheinlichkeit, bis dahin entlarvt zu werden, nur noch höher gewesen. Dann hätte man sie erst recht abgefangen. Sie muss sich wieder vorstellen, dass ihnen die Polizei auf den Fersen ist – die haben bereits ein Lasso ausgeworfen, das sich bald um ihren Hals schlingen wird. Aber wenn sie jetzt schnell sind, wenn sie clever ist, dann können sie vielleicht entkommen. Sie muss es versuchen.

Ihr Puls hämmert so schnell in ihren Ohren, dass sie die einzelnen Schläge kaum auseinanderhalten kann.

Komm schon! Erneut betet sie, dass das Geld endlich kommen möge. Ihre Hand schwebt bereits vor dem Schlitz, um direkt danach zu greifen.

Sie hat das nicht gewollt.

Nichts davon.

Sie wollte Lola nicht ihrer Familie wegnehmen und ihr so viel Schmerz und Angst bereiten. Aber Jonny ist ein Monster. Er ist ein Mörder – dessen ist sie sich sicher. Er hat ihr keine andere Wahl gelassen, als Lola zu entführen. Sonst wäre sie nicht sicher und würde niemals Teil ihres Lebens sein und nicht von ihr beschützt werden können.

Um genau das jetzt zu tun, legt sie ihrer Tochter den Arm um die Schultern. *Ihrer Tochter.* Sollen ihre sogenannten Eltern doch blöd aus der Wäsche schauen. Sollen sie doch den gleichen zerreißenden Schmerz spüren, den sie all die Jahre gespürt hat.

Eine weitere Sekunde vergeht, und als sie gerade kurz davor ist, vor Verzweiflung zu schreien, öffnet sich der Schlitz endlich und gibt den Blick auf ein Bündel Scheine frei. Sie schnappt es sich und versteckt es schnell in der Seitentasche ihres Rucksacks.

Rennen!

»Also, Lola. Weißt du noch, worüber wir gesprochen haben?«, fragt Emma mit schriller, drängender Stimme.

Lola zieht den Daumen aus dem Mund und nickt. »Wir gehen da lang.« Sie zeigt hinter die Tankstelle. »Und dann überqueren wir die Straße und rennen.«

»Genau. Und zwar so schnell wie wir können.« Panik steigt in Emma auf, und sie muss sich zwingen, sich normal zu verhalten und sich in gemäßigtem Tempo von der Kamera zu entfernen, auf der sie noch immer zu sehen ist, die noch immer jeden ihrer Schritte aufnimmt, während sie und Lola sich der Rückseite der Tankstelle in Richtung Stadt nähern.

Sie schaut auf die Uhr. Die Zeit läuft ihnen davon. Sie müssen sich beeilen. Das Taxi wird schon auf sie warten. Vor einer Stunde hat sie es mit ihrem Wegwerfhandy bestellt. Sie hat die Nummer eines Unternehmens von außerhalb ausfindig gemacht. Die Polizei wird hoffentlich länger brauchen, um darauf zu kommen.

Beeilung!

Noch zehn Minuten, bis das Taxi kommt. Sie dürfen nicht zu spät kommen und riskieren, dass der Fahrer wieder fährt. In der Ferne ertönt plötzlich eine Sirene. Sie zuckt zusammen und schaut sich wie wild um. Sie wissen Bescheid! Die Polizei hat sie irgendwie mit Lola in Verbindung gebracht. Durch das Auto von Haz' Bruder womöglich. Oder vielleicht haben Roly und Isobel sie trotz ihrer Tarnung erkannt. Es ist schon Jahre her, dass sie bei ihnen gewohnt hat. Sie fragt sich, ob sie überhaupt jemals an sie denken.

»Schnell«, zischt sie und greift nach Lolas Hand, als sie die viel befahrene vierspurige Straße erreichen, die um Crawley herumführt. Sie haben jetzt keine Zeit, um nach links, nach rechts und wieder nach links zu schauen. Sie können nicht auf eine Lücke oder einen verständnisvollen Autofahrer warten.

Emma nimmt Lola auf den Arm. Zusammen mit den Rucksäcken bricht sie unter ihrem Gewicht fast zusammen, aber die Angst treibt sie an. Sie bringt ihrer beider Leben in Gefahr, aber alles ist besser, als hierzubleiben. Das Echo der Sirenen erfüllt die Luft. Sie kommen näher. Im Augenwinkel sieht sie das Blaulicht aufblitzen. Sie sprintet auf die Fahrbahn. Jemand hupt, aber sie bleibt nicht stehen, bis sie die Metallplanke erreicht hat, die die beiden Straßenseiten voneinander trennt.

Als sie für eine Sekunde innehält, fühlt sie sich plötzlich wie Frogger aus dem Videospiel, das ihre Brüder früher immer gespielt haben. Wie ein winziger grüner Frosch, der eine riesige Straße überqueren muss. Emma versucht nicht daran zu denken, wie oft der Frosch bei seinen Versuchen gescheitert ist, und stürzt auf die Fahrbahn auf der anderen Seite.

Wieder wird gehupt; das Quietschen der Bremsen geht im Geheul der Sirenen unter. In ihrem Kopf verschmelzen alle Geräusche zu einem einzigen großen Getöse. Aber sie schaffen es irgendwie auf die andere Seite und stolpern auf den grünen Rasen des Golfplatzes. Fünfhundert Meter, zwei Löcher und eine Baumgruppe weiter befindet sich eine kleine Straße mit Häusern, auf die Emma vorhin gestoßen ist. Dort müsste jeden Moment ihr Taxi ankommen.

»Gut gemacht, Lola«, sagt Emma und schnappt sich wieder ihre Hand. »Wettrennen zu den Bäumen da hinten.« Sie deutet auf die Baumgruppe: Hundert oder zweihundert Meter vor ihnen steht eine Reihe von Eichen mit breiten Stämmen und dichtem Blattwerk. Ein perfektes Versteck – falls sie es bis dort schaffen.

Sie riskiert einen Blick über die Schulter. Da hinten teilt sich der Verkehr, um dem Polizeiauto Platz zu machen. Die heulenden Sirenen übertönen die brummenden Motoren und ihren zittrigen Atem.

Und dann sieht sie etwas hinter dem Polizeiauto. Der Boden scheint unter ihren Füßen nachzugeben und sie hört auf zu atmen, zu denken – zu existieren.

Die Stimme in ihrem Kopf schreit, dass sie rennen solle, aber sie steht wie angewurzelt da und kann den Blick nicht von dem schwarzen SUV mit den getönten Scheiben abwenden, der sich seinen Weg durch den Verkehr bahnt.

Jonny!

Er hat sie gefunden. Sie wusste es! Nie wieder geht sie zurück in diese Klinik. Niemals, nie! Eher würde sie sterben. Sie wird alles tun, um sich und Lola zu beschützen.

»Emma.« Lola zieht an ihrem Ärmel und sie wacht aus ihrer Trance auf. Mit Schreck wird ihr bewusst, dass sie immer noch gegenüber von der Tankstelle stehen. So nah. So exponiert.

»Schnell«, ruft sie, es klingt aber mehr wie ein Schluchzen. Es muss sich furchtbar angehört haben, denn Lola schreit, ja sie jault beinahe, und für einen Moment rennt sie so schnell, dass nicht mehr Emma Lola hinter sich herzieht, sondern andersherum.

Die offene Rasenfläche scheint unendlich, die Bäume kommen überhaupt nicht näher. Aber sie rennen weiter. Der Rucksack hüpft auf ihrem Rücken auf und ab und reißt bei jedem Schritt an ihren Schultermuskeln. Ihre Achseln sind schweißnass, und ihr Haar löst sich aus dem Zopf. Ehe sie sich's versieht, hat sie sich noch einmal umgedreht. Das Polizeiauto steht jetzt vor der Tankstelle. Die Sirene ist verstummt, aber das Blaulicht ist noch an. Von dem schwarzen SUV ist nichts zu sehen, aber er war da. Sie hat ihn gesehen. Oder nicht?

»*Emma, Monster gibt es nicht. Das wissen Sie doch*«, hört sie eine monotone, leicht gelangweilt klingende Stimme sagen. Wie der Arzt aussah, weiß sie nicht mehr, aber an seine Stimme und seinen unerschütterlichen Glauben an sich selbst und seinesgleichen, an sein Schwarz-Weiß-Denken, daran erinnert sie sich.

Emma schaut wieder nach vorne und legt noch einen Zahn zu. Endlich sind sie an den Bäumen angekommen, panisch und um Atem ringend. Lolas kleine Brust hebt und senkt sich mit hoher Geschwindigkeit. In der Erwartung, jemanden auf sie zustürzen zu sehen, lässt Emma den Blick über den Rasen schweifen, über den sie gerade gespurtet sind. Doch da ist niemand.

»Okay«, keucht sie. »Wir sind fast da. Wir müssen uns immer noch beeilen, aber nicht mehr ganz so doll.«

Lola nickt. Zwei Tränen kullern ihr aus den Augen. Von der Welle der Schuld, die sie zu überrollen droht, wird Emma fast schlecht. Wie gern sie ihre Tochter trösten würde, aber dafür ist jetzt keine Zeit.

Sie setzen sich wieder in Bewegung, halten sich aber hinter der Baumreihe, um von der Tankstelle aus nicht sichtbar zu sein. Vor sich sieht sie den Rand des Golfplatzes und die Straße mit den Häusern. Am Straßenrand steht ein silberner Wagen mit einem gelben Logo auf der Seite. Die Erleichterung strömt wie ein Luftzug durch ihren Körper. Es ist da. Das Taxi ist da.

Nicht wegfahren, betet sie und beginnt mit Lola an der Hand wieder zu rennen. Die Vorstellung, so nah dran zu sein und die Chance zu verpassen, würde zu sehr wehtun. Ihr Mund ist ganz trocken, während ihr Inneres sich anfühlt, als würde es aus einer Flüssigkeit bestehen, die sinnlos hin und her schwappt.

Die Fahrerin dreht sich in ihrem Sitz um und schaut zu

ihnen. Emma ruft »Hey!« und winkt ihr hektisch zu. Und dann stehen sie auf einmal vor der Autotür und lassen sich komplett außer Atem auf den Rücksitz fallen.

»Uiuiui«, schmunzelt die Frau. »Wozu die Eile, Kinder?« Sie sieht Emma im Rückspiegel an und lächelt.

»Ach, keine Eile, wir wollten Sie nur nicht verpassen.«

»Na gut, wohin soll's denn gehen?«

Sie nennt den Namen eines Dorfs, das sie eben auf der Kartenapp entdeckt hat. Zwar will sie möglichst schnell möglichst weit weg kommen, aber gleichzeitig muss sie auch aufs Geld achten, und natürlich müssen sie weiter untergetaucht bleiben.

Emma schnallt Lola an, legt ihr einen Arm eng um die Schultern und drückt ihr einen Kuss auf den Scheitel. Ihr Haar ist ganz zerzaust und wirr. Genau wie Emmas Haar – und ihr Inneres. Sie starrt aus dem Fenster und sucht die Straße vor ihnen nach Polizeiautos oder Sperren ab. Die Fahrerin fährt los, und Emma lässt sich in den Sitz sinken. Langsam fällt der Stress der Flucht von ihren Schultern ab. Trotzdem kann sie nicht anders, als immer wieder aus dem Heckfenster in Richtung der immer kleiner werdenden Tankstelle zu spähen. Wann werden sie darauf kommen, dass sie über den Golfplatz entkommen ist? Wie lange wird es noch dauern, bis sie geschnappt wird?

»Haben wir es geschafft?«, fragt Lola und fährt dann in einem besonders leisen Flüsterton fort, während sie in sich zusammensackt: »Haben wir das Monster abgehängt?«

»Für den Moment ja«, sagt Emma, obwohl sie sich nicht sicher ist, ob das stimmt. »Wir sind in Sicherheit.«

Aber wie lange noch? Die Reise, die ihnen bevorsteht, kommt ihr unmachbar vor.

NEUNZEHN

EMMA

»Wir haben es geschafft, Lola.« Der Zug fährt ab, und Emma gibt ihr einen Kuss auf die Stirn. Sie öffnet die Verpackung des Käsebrots, das sie in dem kleinen Bahnhofsladen gekauft haben, und gibt es Lola, bevor sie einen Strohhalm in ein Trinkpäckchen mit Johannisbeersaft steckt. Auf dem Sitz neben ihr liegen außerdem zwei Tütchen Chips und ein KitKat.

»Mein Daddy nennt die immer DigDogs«, hat Lola im Laden gesagt und die Verkäuferin damit zum Lächeln gebracht. Auch Emma musste lächeln – nicht wegen Roly, sondern weil es ihrer Tochter gut geht. Die hektische Flucht, die Angst. Lola scheint das alles gut verkraftet zu haben. Doch jetzt ist sie ganz still. Sie nimmt einen Bissen von dem Brot und kaut langsam, den Blick in die Ferne gerichtet.

»Alles gut bei uns«, sagt Emma, vielleicht mehr zu sich selbst als zu Lola.

Doch das Gefühl der Erleichterung ist trügerisch und könnte sich jeden Moment wieder wie ein Wurm davonwinden. Im Augenblick vermischt es sich mit der Verzweiflung, die ihr Herz andauernd zum Rasen bringt, seit sie das Auto heute Morgen nicht gefunden haben. Diese ganze Chose ist so vertrackt. Ein Teil von ihr will seufzen und jubeln und bis über beide Ohren grinsen, doch dem anderen Teil ist eher danach zumute, sich einzuigeln und zu weinen oder Lola wieder auf den Arm zu nehmen und mit ihr, so schnell sie kann, so weit wegzurennen, bis ihre Beine nachgeben.

Lola schluckt und sieht aus, als würde sie noch einen Bissen nehmen wollen, doch dann hält sie inne. »Ich bin müde«, sagt sie mit ganz matter Stimme.

»Schon okay. Iss nur so viel, wie du willst. Den Rest bewahren wir für später auf.«

Lola nimmt noch einen letzten Bissen, dann gibt sie Emma das Brot und lehnt den Kopf gegen den Sitz.

Auch Emma spürt, wie die Erschöpfung sich in ihr ausbreitet. Es kommt ihr vor, als wäre eine Woche vergangen, seit sie vom Campingplatz zu ihrem »Abenteuer« aufgebrochen sind. Ihre Flucht mit fröhlicher Stimme munter als solches zu bezeichnen, würde sie im Augenblick nicht mal fertigbringen. Sie hat es gerade noch so geschafft, den Bahnhof zu erreichen, etwas zu Essen und Tickets für den ersten Zug, der kam, zu kaufen, auch wenn das bedeutet, dass sie nun in die falsche Richtung fahren.

Der Gedanke trübt Emmas Erleichterung. Sie müssen nach Liverpool im Norden, doch jetzt reisen sie in Richtung Brighton an der Südküste. Von einem Plan ist nichts mehr zu erkennen. Jetzt kann sie keine Schritte mehr befolgen, nichts gibt ihr mehr Sicherheit. Sie ist allein, und sie muss improvisieren. Fünfzehn Minuten später wäre ein weiterer Zug gefahren, und zwar in die richtige Richtung. Aber der wäre über Crawley gefahren. Dort hätten sie in einen Zug nach London umsteigen müssen. Das wäre zu riskant gewesen. Sie hätte es nicht ausgehalten, auf dem Bahnsteig zu stehen und zu lauschen, ob sie Sirenen hören kann. Und in die Stadt selbst hätte sie schon gar nicht mehr gehen können.

Heute Morgen wollte sie noch unbedingt wissen, wie dicht

ihnen die Polizei und Jonny auf den Fersen sind. Jetzt weiß sie es. Am Geldautomaten hat es sich nur um Minuten gehandelt. Vermutlich warten sie gerade am Bahnhof von Crawley auf sie.

Entsprechend ist es die schlauste Idee, jetzt nach Süden zu fahren, auch wenn sie sich sehr unwohl dabei fühlt. Aber nur so haben sie eine Chance, zu entkommen und für heute in Sicherheit zu sein.

»Darf ich jetzt Mummy und Daddy sehen?«, murmelt Lola schlaftrunken.

Emma wünschte, Lolas Stimme würde bei dieser Frage nicht so hoffnungsvoll klingen. Sie wünschte, sie müsste diese Hoffnung jetzt nicht zerstören. »Noch nicht«, sagt sie. »Ich muss dich beschützen, weißt du nicht mehr?«

Bei der Erwähnung von Isobel und Roly taucht eine Erinnerung auf. Lola war so klein, so hilflos. Und sie erkannten nicht, in welcher Gefahr sie schwebte. Als Emma Lola das erste Mal im Arm hielt, wusste sie sofort, wie kostbar sie ist, wie dringend man sie beschützen muss. Darum blieb Emma immer in ihrer Nähe und vernachlässigte ihr Jurastudium und ihre eigene Zukunft, als sie die Nanny der Familie wurde.

Sie zog bei ihnen ein. Sie kümmerte sich um den Haushalt, lächelte und gab vor, nichts von den Streitereien mitzubekommen. Und all das nur, um bei Lola zu sein und sie in Sicherheit zu wissen. Bis zu dem Tag, an dem Roly sie in die Küche rief und sie bat, sich zu setzen.

»Es tut mir leid, Emma, aber das funktioniert nicht. Wir haben uns entschieden, dass wir keine Nanny mehr brauchen.«

»*Oh*«, war alles, was sie hervorbrachte. Das Gefühl des Verlusts war niederschmetternd. »*Verstehe*«, log sie, um das Bild der perfekten Nanny einer perfekten Familie aufrechtzuerhalten. *»Ich kann gern noch bis Ende des Monats bleiben.«*

»Ehrlich gesagt, gehst du am besten sofort.«

»Sofort?«

»Ja, jetzt sofort. Ich habe deine Koffer schon gepackt. Sie

stehen neben der Tür. Ich brauche nur den Schlüssel, bitte.« Er schob ihr einen Umschlag mit Geld zu. »*Dein Gehalt für diese Woche.*«

Sie starrte das Geld an. Sie wollte es nicht. Es ging ihr nicht um Geld. Von Anfang an nicht. »*Ich … ich verstehe das nicht. Warum?*«

Er seufzte und massierte sich den Nasenrücken, bevor er sie ansah. »*Du brauchst professionelle Hilfe, Emma. Isobel hat dich gehört. Wir sind ihre Eltern, nicht du. Du bist niemand für sie.*«

»*Aber ich liebe sie*«, stotterte sie, als ihr klar wurde, dass sie einen Fehler gemacht haben musste. Dass sie sich irgendwie verraten hatte.

»*Ja, und genau deshalb musst du gehen. Du bist nicht ihre Mutter.*« Er stand auf und deutete auf die Tür. All die Dinge, die sie gern gesagt hätte, all die Warnungen, die sie aussprechen wollte, die Ängste und die Liebe, die sie zum Ausdruck bringen wollte – all das blieb ihr im Hals stecken.

Und jetzt spürt Emma, wie ihr die Tränen in die Augen steigen. Die Gedanken an diese Zeit und an alles, was danach passierte, sind schmerzhaft. Sie schaut zu ihrer Tochter hinab und wird von ihrer Liebe für sie überwältigt. Lola schaut durch das Zugfenster auf die vorbeirauschende Landschaft. Um die verschwommenen goldenen Getreidefelder stehen grüne Büsche und Bäume. In der Ferne erhebt sich ein Kirchturm, da ist eine schmale Straße, auf der sich ein kleiner Stau hinter einem Radfahrer gebildet hat.

Emma wendet die Augen ab und sieht sich im Zug um. Das letzte bisschen Erleichterung geht in einer neuen Welle der Angst unter. Was, wenn jemand im Zug sie erkennt? Die Polizei ist ihr ganz sicher auf der Spur. Damit sind also nicht mehr nur die Polizei und Jonny und seine Männer hinter ihr her, sondern das ganze Land. So fühlt es sich zumindest an. Wie lange wird es noch dauern, bis ihr Gesicht überall bekannt ist? Vielleicht ist das bereits der Fall.

Sie steckt eine Hand in ihren Rucksack und holt die Kappe heraus. Während sie sie aufsetzt und tief in die Stirn zieht, schaut sie sich erneut um. Sie sitzen in einem kurzen Lokalzug mit nur drei Waggons, die über die Gleise quietschen und scheppern. Fast niemand ist an Bord. Im Waggon vor ihnen sitzt eine Gruppe Jungs, in dem Waggon hinter ihnen eine lärmende Familie mit tobenden Kindern, die von Sitz zu Sitz springen. Emma und Lola sitzen alleine im mittleren Waggon. Sie wünschte, sie könnte die Fahrt nutzen, um ihre Nerven zu beruhigen, aber sie sind hier nicht sicher, nicht mal ansatzweise.

»Emma?« Lola zupft am Ärmel ihres T-Shirts. Emma schaut zu ihr hinab und bemerkt, dass sie nicht mehr aus dem Fenster schaut, sondern hoch zu ihr. »Wo fahren wir hin?«

»Wir …« Ihr fällt keine Antwort ein. »Wir sind auf einem Abenteuer. Schon vergessen?«

»Aber wo? Wann kann ich Mummy und Daddy sehen?«

»Mummy und Daddy können sich gerade nicht um dich kümmern. Aber ich passe auf dich auf.«

»Und wenn das Monster sie kriegt? Können sie nicht mit uns kommen?«

Emma schüttelt den Kopf und wird dabei von ihren Schuldgefühlen zerfressen. »Nein, Lola, das geht nicht. Aber ihnen geht es gut, versprochen.«

Ich bin deine Mutter. Wieder liegen ihr die Worte auf der Zunge, aber sie behält sie für sich. Lola ist erst drei. Ihr Leben besteht daraus, mit ihren Kuscheltieren Kaffeekränzchen zu spielen, *Peppa Wutz* zu schauen und Disney-Lieder mitzusingen. Emma hat ihre Welt schon genug auf den Kopf gestellt; sie wird es bestimmt nicht noch schwerer für sie machen, indem sie alles zerstört, woran Lola glaubt.

Sie muss wieder an die Zukunft und das Haus mit dem weißen Lattenzaun und die Filmabende denken. All das kommt ihr plötzlich nicht mehr wie ein Plan vor, sondern wie ein ferner Traum.

»Geld wird kein Problem sein.«

»Aber woher soll es kommen?«, hat sie gefragt.

»Mach dir darüber für den Moment keine Gedanken. Bring Lola einfach nur aus dem Land. Du schaffst das! Das weiß ich.«

Vielleicht hätte sie mehr Fragen stellen sollen. Doch wenn sie ehrlich ist, weiß Emma nicht, ob sie die Antworten wissen will. Tief in ihrem Inneren wusste sie vielleicht schon immer, wie unmöglich die ganze Sache ist.

Ihr fällt Haz' Lieblingsausdruck ein. *»Blindes Vertrauen, Em. So kommen wir da durch. Blindes Vertrauen. Und wir müssen die Hosen anhaben. Ich, aber du auch. Okay?«*

Darüber musste sie immer lachen. *»Alles klar. Blindes Vertrauen und Hosen anhaben.«*

Jeden Morgen hat er das nach dem Frühstück gesagt, wenn sie gerade Cornflakes mit Milch gegessen hatten, die kurz davorstand, schlecht zu werden, oder billiges Brot, das nicht ausreichend getoastet war. Danach hat er sich bei ihr eingehakt, und wie zwei viktorianische Adlige, die eine Promenade entlangflanieren, schritten sie zum Tagesraum.

Der Aufenthalt in der Klinik kam ihr ewig lang vor. Ein Monat verging, dann ein zweiter. Immer wieder fragte sie, ob sie gehen könne. Manchmal blieb sie dabei ruhig und legte sachlich ihre Argumente dar, manchmal schrie und brüllte sie aber auch, allerdings nicht häufig. Das machte jedoch alles nur noch schlimmer. Dann bekam sie noch mehr Beruhigungsmittel und stand komplett neben sich, war zu nichts zu gebrauchen.

»Wir können Sie erst gehen lassen, wenn wir uns sicher sind, dass Sie keine Gefahr mehr für sich selbst darstellen, Emma. Oder für irgendwen anders. Als Sie eingeliefert wurden, ging es Ihnen sehr schlecht.«

»Weil jemand mich unter Drogen gesetzt hat.«

»Ich weiß, dass Sie überzeugt sind, dass dem so war, aber alles deutet darauf hin, dass Sie eine Überdosis genommen

haben. Das haben Sie in der Notaufnahme selbst gesagt, als Sie eingeliefert wurden.«

Hat sie das wirklich gesagt? Oder hat Jonny jemandem unter vier Augen Geld zugesteckt, damit diese Person das behauptete? Am Ende war es auch egal. Je mehr sie über ihn sprach und davon erzählte, was für ein Monster er sei, desto weniger schien man ihr zu glauben. Irgendwann hörte sie deshalb auf, über Lola und Isobel und Roly und auch über Jonny zu sprechen. Sie erzählte nicht mehr, wie sie im Januar, einen Tag nachdem sie Isobel im Park vor deren Haus gesehen hatte, von Jonnys Männern von der Straße gezerrt worden war. Dabei hatte sie doch nur ihre Tochter sehen und Isobel warnen wollen, dass Lola nicht sicher war.

Nach vier Monaten in der Klinik wurde sie endlich entlassen. An ihrem letzten Tag hat Haz sie ganz fest umarmt.

»*Ich will dich hier nicht allein lassen*«, hat sie gesagt.

»*Red keinen Müll. Morgen bin ich hier raus. Ich habe nur auf dich gewartet.*«

Sie lachte, aber als er eine Woche darauf mit Pralinen und Klatschzeitschriften bei ihren Eltern auftauchte, wurde ihr klar, dass er vielleicht die Wahrheit gesagt hatte. Obwohl sie sich so viele Stunden lang unterhalten hatten, wusste sie kaum etwas darüber, warum er in der Klinik gewesen war. Die Narben an seinen Handgelenken erzählten einen Teil der Geschichte. Von einem weiteren erzählte sein düsterer Gesichtsausdruck, wenn sein Bruder erwähnt wurde.

»*Ich kann einfach nicht darüber reden*«, sagte er immer wieder. »*Das ist alles ein einziges Klischee – ich würde sterben vor Scham.*«

Erst als sie Malik irgendwann kennenlernte, wurde ihr das wahre Ausmaß von Haz' Leid bewusst, der im Schatten seines perfekten Bruders aufwachsen musste. Und dazu ist Malik auch noch ein richtiges Arschloch. Unter seiner gespielt charmanten und netten Art versteckt sich ein homophober Fiesling, dessen ist sie sich sicher. Und darum hat sie auch kein schlechtes Gewissen, sein Auto einfach irgendwo abgestellt zu haben.

Ob es wohl bereits gefunden wurde? Haben sie schon mit Malik gesprochen? Was hat er wohl über sie gesagt? Wissen sie von ihrer Freundschaft mit Haz? Und werden ihre Eltern gerade von Polizeibeamten ins Kreuzverhör genommen? Ihr fällt etwas ein, das ihr Angst macht. Die Polizei mag viele Ressourcen haben, aber sie hält sich an das Gesetz. Das gilt jedoch nicht für Jonny. Sie hat peinlich genau darauf geachtet, dass niemand aus ihrer Familie und ihrem Umkreis auch nur die leiseste Ahnung von ihrem Vorhaben bekommt. Aber Jonnys Spielregeln sind andere, und seine Chancen, sie zu finden, stehen genauso gut wie die der Polizei, wenn nicht sogar besser.

Sie schiebt diesen Gedanken beiseite und konzentriert sich auf ihre Atmung und die Frage, was sie machen sollen, sobald der Zug an der Endstation in Brighton ankommt. Der Tag entgleitet ihr, und sie weiß nicht einmal, wo sie heute Abend schlafen sollen und ob sie morgen früh noch in Sicherheit sein werden.

ZWANZIG

ISOBEL

Die Zeit zieht sich wie Kaugummi. Der Geruch von Verzweiflung hängt stinkend in der Luft, an ihrer Kleidung und ihrer Haut. Wie viele Minuten sind vergangen, seit DCI Watkins eben diesen Anruf entgegengenommen hat? Zehn? Zwanzig? Sein Handy bleibt nervenzerreißend still.

Was passiert gerade? Wie geht es ihrer Tochter?

Emotionen wallen in ihr auf, und sie weiß nicht, ob sie schreien oder weinen soll. Aber sie kann auf keinen Fall weiter hier rumsitzen. Am liebsten würde sie ihre Haut Schicht für Schicht aufreißen, um die Emotionen darunter rauszulassen. Doch ihre Gefühle bleiben in ihr eingeschlossen. Dann steigt so plötzlich Übelkeit in ihr auf, dass sie von ihrem Hocker aufspringen muss. Als die Hockerbeine über die Fliesen kratzen, verdreht Margaret kopfschüttelnd die Augen.

»Alles okay?« Roly wirft ihr einen besorgten Blick zu.

Sie nickt, schluckt und zwingt sich, etwas zu sagen. »Aber ich ... Ich kann hier nicht einfach so rumsitzen. Ich ...« Sie überlegt kurz und dann fällt ihr etwas ein, das sie tun sollte. »Ich versuche jetzt noch mal, Zeen anzurufen. Eben ist sie nicht rangegangen. Ich verstehe einfach nicht, warum sie heute nicht hier ist.« Ihre Wangeninnenseiten schmerzen, so sehr muss sie den ihr mittlerweile bekannten Würgereiz unterdrücken, doch sie wendet sich noch kurz an den Detective und fragt: »Ist das in Ordnung?«

Er nickt. »Ja, gute Idee. Uns ist es bisher nicht gelungen, Ihre Haushälterin zu erreichen. Falls sie rangeht, dann sagen Sie ihr bitte, dass sie uns zurückrufen soll. Wir würden gern ausschließen, dass sie irgendetwas mit Lolas Entführung zu tun hat.«

»Was soll sie denn damit zu tun haben? Wir wissen doch, dass es Emma ist«, entgegnet Isobel entgeistert.

»Wir können nicht ausschließen, dass es Komplizen gibt. Und wenn Zeen unschuldig ist, dann hat sie vielleicht im Vorfeld Ihres Urlaubs etwas beobachtet, das bei den Ermittlungen helfen könnte.«

»Wie zum Beispiel?«, schaltet Margaret sich ein.

Isobel wartet nicht mehr auf seine Antwort. Ihre Magenkrämpfe sind jetzt so schlimm, dass sie nur noch nach ihrem Handy greifen und aus dem Zimmer stürzen kann. Sie schafft es gerade noch rechtzeitig zur Toilette im Obergeschoss, doch als sie über der Kloschüssel hängt, kann sie nur trocken würgen. Ihr Magen ist leer geblieben, seit sie sich das letzte Mal erbrochen hat. Sie sollte dringend etwas essen und trinken. In ihrem Kopf ist gerade überhaupt kein Platz für Selbstfürsorge, nicht so lange Lola irgendwo da draußen ist, doch es geht jetzt nicht mehr nur um sie. Sie ist in der zehnten Woche schwanger. Und solange sie nicht bereit ist, ihr Geheimnis mit Roly und Margaret zu teilen, muss sie sich mehr Mühe geben, es zu verstecken. Ein Anfang wäre es, richtig zu essen. Dann wird sie zumindest wieder mehr Energie haben, selbst wenn die Übelkeit anhält.

Als der Würgereiz nachgelassen hat, putzt sie sich die

Zähne und spritzt sich etwas kaltes Wasser auf ihr brennendes Gesicht. Dann ruft sie Zeen an. Es klingelt fünfmal, dann hört sie ein Klicken, bevor es weiterklingelt, so als ob der Anruf ins Ausland weitergeleitet wird. Als sie gerade auflegen will, nimmt jemand ab. Sie hört Verkehrslärm und Geschrei im Hintergrund.

»Hallo? Zeen?«

»Iso–« Die Verbindung wird unterbrochen.

»Alles in Ordnung?« Sie spricht so laut, dass die Worte von den Badezimmerfliesen widerzuhallen scheinen.

»Tut mir leid.« Es knistert in der Leitung, und wieder bricht die Verbindung ab.

»Zeen? Was tut dir leid? Wo bist du?«

»Lola –«

»Was ist mit ihr?«

Es kommt keine Antwort, dann ein Motorengeräusch.

»Zeen?«

Die Verbindung bricht endgültig ab. Isobel starrt kurz auf das Display ihres Handys, dann versucht sie es erneut. Diesmal klingelt es erst gar nicht. Die automatische Ansage der Mailbox meldet sich direkt und fordert sie auf, eine Nachricht zu hinterlassen. Sie fleht Zeen in vielen Worten an, sie zurückzurufen. Und dann, bevor sie ein letztes Mal um Rückruf bittet, fragt sie noch: »Was wolltest du mir über Lola sagen?«

Isobel steckt das Handy in ihre Gesäßtasche und starrt die ängstlich aussehende Frau mit den weit aufgerissenen Augen im Spiegel über dem Waschbecken an. Ihr Gesicht sieht so gequält aus wie Emmas an dem Tag im Park. Sie muss immer wieder an diese Begegnung denken.

Der Januar damals war beißend kalt; das Gras glitzerte weiß. Es war ein Dienstag, und die buttergelbe Sonne ließ sich blicken. Die ersten Narzissen steckten ihre Köpfe aus dem harten Boden. Lola war fast fünf Monate alt und zahnte. Am

Nachmittag war ihrer beider Laune so schlecht gewesen, dass Isobel Lola in ihren weißen gefütterten Schneeanzug gepackt und in den Kinderwagen gesteckt und sich selbst ihren Wintermantel angezogen hatte, um für einen Spaziergang raus in den Park zu gehen.

Sie weiß noch, wie einsam sie sich damals fühlte. Eigentlich hätte sie mit Lola jede Woche zu einer Babymassagegruppe im Gemeindehaus um die Ecke gehen und sich mit anderen Müttern anfreunden sollen, so wie sie es sich immer vorgestellt hatte. Doch jedes Mal, wenn sie kurz davorstand, das Haus zu verlassen, wurde sie von einer brodelnden Panik erfasst, von der altbekannten Angst, dass Lola etwas zustoßen könnte. Und noch etwas steckte dahinter: Sie wurde das Gefühl einfach nicht los, dass die anderen Mütter die Frau hinter den vom nächtlichen Füttern müden Augen erkennen würden. Eine Frau, die so verzweifelt ein Kind gewollt hatte, aber keines verdiente.

Ohne Roly traute sie sich in den Monaten nach Emmas Weggang höchstens in Sichtweite ihres Hauses in den Park. Mit Blick auf ihr Zuhause und eine Tür, die man abschließen konnte, fühlte sie sich beinahe sicher. An jenem Tag ging Isobel bis zum Ententeich. Da entdeckte sie Emma, die wie aus dem Nichts erschien, sich vor den Kinderwagen stellte und Isobel den Weg versperrte. Sie brauchte einen Moment, um die Frau zu erkennen, die einige Wochen bei ihnen gelebt hatte. Sie sah so erschöpft und ausgemergelt aus, ihr verknotetes Haar hing schlaff herab.

»*Emma? Was machst du denn hier?*« Sie fühlte sich sofort unwohl. Ihr Herzschlag beschleunigte sich, und sie wechselte schnell ihre Position und stellte sich vor den Kinderwagen.

»*Ich muss sie nur sehen*«, antwortete Emma mit tränenerstickter Stimme.

»*Das geht nicht. Sie ist nicht deine Tochter.*« Isobel warf einen Blick auf den Pfad hinter Emma, doch der Park schien auf einmal wie ausgestorben und ihre Tochter so verletzlich.

»*Bitte*«, schluchzte Emma. »*Bitte.*«

In Emmas Bewegungen lag etwas Fahriges, etwas Seltsames. Sie warf immer wieder Blicke über ihre Schulter und zuckte bei jedem vorbeifahrenden Auto und jedem Jogger auf dem parallel verlaufenden Pfad zusammen.

»*Wie geht es ihr?*«, fragte Emma.

»*Ihr geht es gut. Sehr gut.*«

Isobel hatte das Gefühl, die Welt wäre in sich zusammengeschrumpft und bestünde nur noch aus ihr, Emma und Lola.

»*Ich …*« Isobels Stimme brach und sie begann zu weinen. »*Wir … lieben sie. Sie ist* unsere *Tochter, Emma.*«

Emma sah sie mit versteinerter Miene an, bis in ihren Augen erst Wut und dann eine unberechenbare Wildheit auftauchten. Isobel trat einen Schritt zurück. Genau in dem Moment durchbrach Lola die Stille mit einem Schrei.

Emmas Blick fiel auf den Kinderwagen. »*Ich habe nichts mehr*«, sagte sie. »*Nur noch Lola.*«

»*Sie gehört dir nicht, Emma. Versteh das doch bitte. Du bist noch jung. Dein ganzes Leben liegt vor dir. Lass das alles hinter dir.*«

»*Das geht nicht.*« Sie kam einen Schritt näher. »*Du verstehst das nicht. Sie ist nicht in Sicherheit. Er wird sie sich holen. Ich muss sie beschützen.*«

»*Wovon redest du? Bei uns ist sie in Sicherheit.*«

»*NEIN! Nur ich kann sie vor diesem Monster beschützen. Besser sterben wir beide, als dass er sie kriegt.*«

»*Sei still*«, rief Isobel. »*Sag so was nicht.*«

Emma stürzte plötzlich nach vorn, und weil Isobel sich nicht sicher war, ob sie sich nur vorlehnen wollte, um Lola zu sehen, ob sie ihr Baby klauen oder sie angreifen wollte, stieß sie einen panischen Schrei aus und wich zurück. Da kam eine

Gruppe von Menschen mit Hunden um die Ecke. Isobel atmete erleichtert aus. Sie war nicht mehr allein.

»Geh bitte«, sagte sie. *»Lola ist unsere Tochter. Wir haben DNA-Tests, um das zu beweisen.«*

Zu Isobels Überraschung nickte Emma mit geschlagener Miene.

EINUNDZWANZIG

ISOBEL

Isobel verdrängt die Erinnerungen und eilt zurück in die Küche. Emma darf ihr nicht wieder so unter die Haut gehen. Sie hat schon zu viele Monate und Jahre ihres Lebens damit verbracht, über diese Frau nachzudenken und über das, was sie vorhatte.

Sie hat ja nicht nur als Nanny oder damals im Park Grenzen überschritten, dazwischen ist auch einiges passiert. Nachdem sie sie rausgeschmissen hatten, als Lola zwei Monate alt war, nahm sich Emma einen Anwalt und forderte DNA-Tests für sie und Lola und Isobel und Roly. Sie ließen sich darauf ein, um diesem Wahnsinn ein Ende zu bereiten. Doch selbst das half nicht. Die Begegnung mit Emma im Park an diesem Tag im Januar brachte das Fass zum Überlaufen. Roly rief Jonny an, und danach war Ruhe. Isobel redete sich ein, dass Emma endlich zur Vernunft gekommen sei. Dabei hat sie anscheinend die ganze Zeit nur auf den richtigen Zeitpunkt gewartet. Weder die DNA-Tests noch professionelle Hilfe haben Emma von der Überzeugung abgebracht, dass Lola ihre Tochter ist.

Isobel spürt erneut die bodenlose Furcht, die sie auch

gestern an der Raststätte schon heimgesucht hat. Emma hat fast vier Jahre gewartet, um Lola zu entführen. Wie weit wird sie gehen, um sie behalten zu können? Der Gedanke spukt ihr durch den Kopf, als sie die Küche betritt, wo Margaret immer noch den Detective darüber ausfragt, was er tue, um Lola zu finden. Isobel will es gar nicht hören. Nur eine Armee aus einer Million Soldaten, die an jede Tür klopfen, jede Straße sperren und jeden Winkel dieses Planeten absuchen, wäre angemessen.

Ihr wird klar, dass sie wirklich mehr tun müssen. Sie müssten eigentlich alles in ihrer Macht Stehende tun, um Emma aufzuhalten. Soll sie die Presse noch mal erwähnen? Lola wird jetzt schon seit fast vierundzwanzig Stunden vermisst. Wie lange sollen sie denn noch so weitermachen?

Roly sitzt nicht mehr an der Kücheninsel, sondern steht vor dem offenen Kühlschrank. Ein Schneidebrett und ein Laib Brot liegen bereit.

»Ich mache dir jetzt ein Sandwich, Iz«, sagt Roly, als sie hereingekommen ist.

»Danke.«

Er sieht sie stirnrunzelnd an. Ganz kurz fragt sie sich, ob er wohl erraten hat, dass sie schwanger ist, und deshalb will, dass sie etwas isst. Sie lässt den Gedanken fallen. Roly hat viele gute Eigenschaften. Er ist lustig und großzügig – ständig kauft er ihr die neuesten Designerhandtaschen und -klamotten und sagt ihr, sie solle sich etwas gönnen –, und er ist clever. Unter der Fassade des charmanten Entertainers, der seinen Kunden Honig ums Maul schmiert, ist er ein knallharter Geschäftsmann, der immer die Aktienkurse im Blick hat und nach Möglichkeiten sucht, seinen Reichtum zu vermehren. Aber was Beziehungen angeht, besitzt er nicht besonders viel Intuition. Er nimmt alles für bare Münze. Darum versteht er auch nicht, wie sehr Margaret sie mit ihren spitzen Bemerkungen untergräbt.

»Mutter?«, fragt Roly. »Möchtest du auch ein Sandwich?«

»Nein, danke, mein Liebling. Ich habe gegessen, während Isobel geschlafen hat.«

Da sieht man's mal wieder, denkt Isobel, ignoriert Margarets Seitenhieb aber und stellt sich neben Roly, der schnell sein Handy in die Hosentasche schiebt. Mit wem er sich wohl schreibt? Sie muss an gestern denken, als er seinen Chef angerufen hat, und fragt sich, wie er in diesem Albtraum nur an irgendwen oder irgendetwas anderes denken kann.

»Wie geht's dir?«, fragt sie leise und legt eine Hand auf seinen Rücken. Sie will seine tröstende Wärme spüren, ihm aber genauso Mut zusprechen.

Doch er schneidet einfach nur weiter den Käse und schaut nicht auf. Seine Haltung ist steif, vielleicht ist er sauer. Er ist aufgebracht wegen Lola, natürlich, aber trotzdem wird sie unsicher. Eine Frage nagt an ihr: Hat sie etwas falsch gemacht und ihn verärgert?

Früher war sie nie unsicher, doch im Lauf der Zeit ist ihr Selbstvertrauen geschrumpft. Vielleicht ist es auch eine Nebenwirkung der Angstzustände, unter denen sie seit Jahren leidet, der ständigen Sorge, dass Lola etwas zustoßen könnte. Dieses Jahr ist ihre Unsicherheit noch schlimmer geworden. Seit der düsteren Phase im Frühjahr, als Roly sich von ihrem geliebten Ehemann, von Lolas Vater, in einen Fremden im eigenen Haus verwandelte, geht es bergab.

Noch immer weiß sie nicht, warum er sich damals so verändert hat, aber sie weiß noch, wann es anfing, denn in derselben Woche war Scarlett Peters' Gesicht überall in den Nachrichten zu sehen. In derselben Woche verließ die junge Frau ihr Zuhause in Islington, um sich mit jemandem zu treffen, kam aber nie an.

»*Roly, guck mal*«, hat Isobel ihm an einem Abend in dieser Woche zugerufen, als er eine Stunde später als angekündigt durch die Haustür kam.

Schweigen schlug ihr entgegen.

»*Roly*«, wiederholte sie.

»*Was denn?*«, fuhr er sie an, doch sie war angesichts der Nachrichten zu aufgeregt, um seine schnippische Art zu bemerken. Er erschien mit verrutschter Krawatte und angestrengtem Gesichtsausdruck in der Tür zum Wohnzimmer.

»*Hast du das gesehen?*« Sie deutete auf den Fernseher. »*In Nordlondon wird eine Frau vermisst. Ich bin mir ziemlich sicher, dass wir sie kennen. Die war doch bei –*«

»*Du verbringst zu viel Zeit allein zu Hause*«, erwiderte er, ohne auch nur richtig hinzusehen. Er klang wie seine Mutter. »*Ich habe sie noch nie gesehen.*«

»*Doch. Wir haben sie schon mal gesehen. Weißt du noch? Das war –*«

»*Mach dich nicht lächerlich. Hör jetzt auf damit, Iz*«, schrie er so laut, dass Lola wach wurde. Ihre kleine Tochter kam barfuß aus ihrem Zimmer. Sie drückte Barnaby an sich und fragte, ob es Morgen sei.

Isobel war angesichts seines Ausbruchs gleichermaßen überrascht wie verletzt. Erst letzte Woche hatte er sich genauso benommen und sie ohne Grund angeblafft. Er beschwerte sich darüber, dass kein Abendessen mehr für ihn da war, dabei hatte er selbst gesagt, dass er nicht zu Hause sein würde.

Roly ist eigentlich kein launischer Typ, und im Nachhinein hat er sich jedes Mal entschuldigt und alles auf die Arbeit und seine Müdigkeit geschoben. Danach war er immer besonders lieb zu ihr und führte sie und Lola am Wochenende zum Mittagessen aus oder schickte ihr Blumen, während er arbeitete.

Doch dann veränderte er sich wieder. Er war nicht mehr schnippisch und dann liebevoll, sondern zog sich langsam komplett in sich zurück. Oft sprach er kaum mit ihr und kam erst mitten in der Nacht nach Hause. Am Wochenende schloss er sich in seinem Büro im obersten Stock ein.

»*Was ist los?*«, fragte sie ihn andauernd. »*Habe ich dir irgendwas getan?*«

»*Alles gut, das habe ich dir doch gesagt*«, antwortete er jedes Mal und erfand irgendeine Ausrede, um den Raum zu verlassen.

Natürlich hat sie direkt befürchtet, dass er eine Affäre haben könnte. Sie kann sich noch sehr genau an diese Zeit erinnern. Sie schnüffelte an seinen Hemden, um herauszufinden, ob sie nach dem Parfum einer anderen Frau rochen. Durchsuchte seine Hosentaschen nach Quittungen und versuchte irgendwie nachzuvollziehen, was in seinem Kopf vor sich gehen mochte. Vielleicht hatte Roly auch recht, vielleicht verbrachte sie wirklich zu viel Zeit zu Hause.

Die Wochen vergingen, und die Nachrichten über die vermisste Frau gerieten in den Hintergrund. Als es nichts mehr zu berichten gab, widmeten die Zeitungen sich wieder anderen Themen. Irgendwann kam der alte Roly zurück. Sie redete sich ein, dass seine Stimmungsschwankungen von einer depressiven Phase oder einer Art Midlife-Crisis hergerührt haben mussten.

Jetzt liegt ihr die Frage, ob er sauer auf sie sei, erneut auf der Zunge. Er schließt den Kühlschrank. *Habe ich etwas falsch gemacht?* Doch sie hält sich zurück. Roly ist verzweifelt wegen Lola, das ist alles.

Er reicht ihr einen Teller mit einem Sandwich und Apfelschnitzen.

»Vielen Dank«, sagt sie. Als sie die Apfelschnitze sieht, kämpft sie mit den Tränen. Er hat den Apfel in dünne Scheiben geschnitten, so wie Lola es mag, nicht in dicke Stücke. Ob ihm das überhaupt aufgefallen ist? Als sie sich zurück an die Kücheninsel setzen, stellt Margaret eine weitere Frage.

»Was genau wisst ihr über den geistigen Zustand dieser Emma? Wie gefährlich ist sie?«

»Sie glaubt, dass sie Lolas Mutter ist«, seufzt Roly. »Und sie hat gedroht, Lola etwas anzutun, falls sie es nicht schafft, sie vor dieser eingebildeten Gefahr zu beschützen, die sie angeblich bedroht. Was musst du denn sonst noch wissen, Mutter?«

»Emma hat mehrere Monate in einer geschlossenen Anstalt verbracht«, informiert DCI Watkins sie mit deutlich ruhigerer Stimme als Roly. »Das ist ein paar Jahre her. Und wenn ich das mit den Informationen zusammenbringe, die Sie uns gegeben haben, dann scheint es, als wäre das kurz nach ihrer Zeit als Lolas Nanny gewesen. Heute werden ihre Eltern befragt. Wir hoffen, dass sie von ihren Plänen wissen.«

Roly fährt sich mit der Hand über sein Gesicht. »Aber Sie haben sie doch, richtig? Sie meinten, die Polizei und DI Gardner wären an der Tankstelle. Sie kann doch nicht abhauen, oder?«

»Das ist unwahrscheinlich. Wir haben die Videoüberwachung und erfahrene Beamte vor Ort. Sie ist eine aufgewühlte Frau mit Problemen, die nicht klar denken kann. Auf der Flucht zu sein ist sehr anstrengend. Emma hat vermutlich extrem viel Angst. Und Lola bremst sie aus.«

Es herrscht wieder Schweigen. Isobel zwingt sich, etwas zu essen, und ist dankbar, dass ihr Körper die Nahrung annimmt.

»Das ist doch langsam lächerlich«, echauffiert Margaret sich plötzlich. »Vielleicht sollten Sie diesen DI Gardner mal anrufen.«

DCI Watkins will ihr gerade etwas entgegnen, da klingelt endlich sein Handy. Roly nimmt Isobels Hand und hält sie fest.

»Wie ist der Stand?«, fragt der Detective, ohne Hallo zu sagen.

Kurz ist es still.

»Überprüf noch mal alles«, bellt er, bevor er auflegt.

»Sie haben ... sie verloren, oder?« Ihre Stimme zittert, aber sie muss die Frage stellen.

»Wir suchen noch«, antwortet der Detective stöhnend, doch sein Ton verrät ihr, dass sie recht hat. »Wir haben gehofft, auf den Videoaufnahmen der Tankstelle sehen zu können, wo

Emma und Lola hin sind, aber sie sind verschwunden. Das Cyberteam weitet die Suche aus. Wir haben Einheiten am Bahnhof und am Busbahnhof von Crawley. Vielleicht hält sie gerade auch nur die Füße still, aber irgendwann muss sie sich rauswagen.«

Ein eiskalter Schauer läuft ihr über den Rücken. Lola ist weg. Sie versucht zu schlucken, zu atmen, nicht vor Schmerz aufzuschreien, aber sie schafft es nicht. Ihr entfährt ein eigentümliches Geräusch, woraufhin sich alle zu ihr umdrehen.

»Iz, geht's dir gut?«, fragt Roly.

Sie schüttelt den Kopf. »Natürlich nicht. Unsere Tochter ist weg, und wir dachten, die Polizei hätte sie gefunden, aber das hat sie anscheinend doch nicht. Sie ist endgültig verschwunden, oder? Wir finden sie nie wieder. Was, wenn Emma ihre Bankkarte nicht mehr benutzt? Was, wenn sie auf keiner Kamera mehr auftaucht? Was dann?«

»Wir finden sie«, sagt Roly, doch seine Worte sind nur leere Hülsen.

»Wir müssen mehr tun.« Sie schaut von Roly zu Margaret und schließlich zu dem Detective. »Sie müssen mehr tun. Wir müssen uns jetzt an die Presse wenden.«

Diesmal schüttelt Roly nicht den Kopf. Stattdessen schaut er zu DCI Watkins. Der Detective nickt. »Innerhalb der nächsten Stunde veröffentlichen wir die Informationen. Und wir starten eine Kampagne in den sozialen Medien. Damit hatten wir in letzter Zeit oft Erfolg.«

»Und unser Name – muss der da wirklich mit reingezogen werden?«, fragt Margaret.

»Margaret, bitte«, zischt Isobel. »Hier geht es um Lola.«

»Ich denke doch nur an die Zukunft. Aber wenn ihr meint, das sei das beste Vorgehen, dann werde ich dem nicht im Wege stehen.« Sie schnieft. »Ich persönlich würde ja gern wissen, wohin diese Emma meine Enkeltochter bringt.«

»Das versuchen wir gerade herauszufinden«, antwortet

DCI Watkins. »Wir nehmen an, dass sie Lola außer Landes bringen will.«

»Aber das sollte doch wohl unmöglich sein«, erwidert Margaret ungläubig. »Sie hat ja nicht mal einen Pass für Lola. Vor fünf Minuten haben Sie noch behauptet, die Frau habe psychische Probleme, und jetzt heißt es auf einmal, sie habe Möglichkeiten, Lola außer Landes zu bringen?«

»Das habe ich nicht behauptet«, widerspricht er. »Emma könnte das versuchen, was aber noch lange nicht heißt, dass es ihr auch gelingen wird. Hat Lola denn einen Pass?«

Isobel nickt. »Ja, der ist oben.«

»Sicher?«, fragt DCI Watkins nach.

»Ja. Also, ich nehme es an. Ich habe ihn nicht angerührt.«

»Wie dem auch sei«, fährt Margaret fort. »Man würde sie aufhalten, ja? Sie können nach ihrem Pass fahnden lassen und alle Grenzkontrollstellen benachrichtigen und so weiter, nicht wahr?«

Kurz sagt niemand etwas. Der Detective wirft Isobel und Roly einen Blick zu und wendet sich dann wieder an Margaret. »Ja, natürlich. Es sei denn –«

»Was?«, unterbricht Isobel ihn. Auf einmal fällt es ihr schwer zu atmen. Was meint er? Was wird er jetzt sagen?

Er seufzt. »Nicht überall muss man einen Pass vorzeigen, wenn man das Land verlässt. Bei Reisen in andere Teile des Vereinigten Königreichs reicht ein Lichtbildausweis. Wir können die Grenzkontrollstellen zwar alarmieren, aber falls Emma Lolas Pass hat, könnte sie sie außer Landes bringen, auch wenn es unwahrscheinlich ist.«

Isobels Herz klopft so schnell, dass sie ihren Puls in ihrem ganzen Körper spüren kann. Sie haben sie gefunden, sie hatten sie, aber irgendwie ist Emma mit Lola wieder geflohen. Wird sie ihre Tochter je wiedersehen? Wenn Emma wirklich versucht, das Land zu verlassen, es ihr aber misslingt, was wird sie dann mit Lola machen?

»Besser sterben wir beide, als dass er sie kriegt.«

Auch Roly scheint sich dieser Realität gerade bewusst zu werden. Das sieht sie seinem Gesicht an. Er springt auf und geht in großen Schritten in Richtung Flur. »Ich schaue jetzt sofort nach ihrem Pass.«

Alle möglichen Emotionen kommen in ihr hoch. Die Sehnsucht, Lola im Arm zu halten, ist kaum noch auszuhalten. Sie waren so kurz davor, sie zu finden – diese Tatsache versetzt ihrem Herz einen schmerzhaften Stich. Sie geht zur Spüle. Sie braucht jetzt dringend ein Glas Wasser und einen Moment Zeit, um die Tränen zurückzuhalten, die sich gerade wieder ankündigen. Dazu kommen die Schuldgefühle, die wie ein Wirbelsturm durch sie fegen und nichts als Leere hinterlassen. Das ist alles ihre Schuld. Sie hätte mehr tun sollen, als Emma bei ihnen gelebt hat. Sie hat Lola gestern allein die Toilette benutzen lassen. Sie selbst saß einen Moment zu lange in ihrer Kabine und hing an ihrem Handy, obwohl sie sich hätte beeilen sollen, um als Erste fertig zu werden und an den Waschbecken auf Lola zu warten.

Sie wollte so unbedingt eine Familie haben, dass sie unaussprechliche Dinge dafür getan hat. Sie trägt an allem die Schuld. Emma mag verrückt sein, aber wenn dem so ist, dann ist es Isobels Schuld.

ZWEIUNDZWANZIG

EMMA

Mit hochrotem Kopf schaut Lola wütend zu Emma hoch, deren eigener Körper vor Frustration geradezu dröhnt. Unter den grauen Wolken wandert die Sonne langsam hinter den Häuserzeilen um sie herum weiter gen Westen. Emma schaut auf die Uhr. Es ist sieben, und sie haben sich in Brighton verlaufen.

Die Angst in ihrem Magen flattert mal heftiger, mal weniger heftig. Und auch wenn sie nicht so schlimm ist wie die hektische Panik und Paranoia der letzten vierundzwanzig Stunden, so ist sie doch stark genug.

»Bitte, Lola«, fleht sie. Ihr heiterer Tonfall ist komplett verschwunden, sie bettelt Lola einfach nur noch verzweifelt an. »Nur noch ein Stückchen.«

»Müde«, heult Lola, während weitere Tränen auf ihre bereits feuchten Wangen fallen. »Ich will nach Hause«, ruft sie mit so lauter Stimme, dass Emma zusammenzuckt und sich nervös umschaut. Auf der anderen Straßenseite bleibt eine Frau mit ihrem Hund stehen und starrt einen Moment zu lang in ihre Richtung. Erkennt sie sie? Ihre Gesichter sind mittlerweile wahrscheinlich veröffentlicht worden – da ist Emma sich sicher.

Sie richtet die Kappe auf ihrem Kopf und kniet sich hin, um auf Augenhöhe mit Lola zu sein. Gerade will sie ihrer Tochter noch mal erklären, dass sie weitermüssen, doch dann sieht sie den Ausdruck in den blauen Augen des kleinen Mädchens, die sie todmüde und hungrig anstarren. Das reicht, um ihre Panik zu stillen. Sie hat das Gefühl, ins Auge des Sturms getreten zu sein, und sie weiß jetzt, dass es reicht für heute.

»Okay«, lenkt Emma ein. »Dann schauen wir mal, wo wir schlafen.« Sie streicht Lola sanft mit den Fingerspitzen über die Wangen und wischt ihr die Tränen weg, bevor sie wieder auf die Straße schaut. Sie windet sich vom Strand und den Häusern mit Meerblick weg bergauf. Zu beiden Seiten befinden sich große frei stehende Häuser. Zwischen den älteren viktorianischen Gebäuden stehen auch neuere Häuser mit grauen Dächern und großen asymmetrisch angeordneten Glasfenstern, die vollkommen willkürlich wirken.

Seit mindestens einer Stunde laufen sie schon herum, vielleicht auch seit zwei. Vom Bahnhof in Brighton aus hat Emma einfach irgendeine Richtung eingeschlagen und ist losgegangen, bis sie irgendwann am Meer angekommen sind. Am Strand haben Familien gespielt und trotz des kalten peitschenden Winds im Wasser herumgetobt. Am späten Nachmittag hat sich auf der Promenade alles kurz ganz normal angefühlt. Sie hat für sich und Lola Softeis mit Streuseln gekauft, das sie auf dem Sand sitzend beim Touristenbeobachten gegessen haben. Sie sind einfach in der Menge untergegangen, ohne sich zu verstecken.

Doch dann hat Emma zwei Polizisten in schwarzer Uniform auf der Promenade entdeckt und zu den Laternenpfählen hoch über ihnen hinaufgeschaut, die sie und Lola heimlich beobachteten. Und plötzlich fühlte sie sich gar nicht mehr sicher, sondern total exponiert. Dass sie vom Bahnhof zum Strand gelaufen waren, war so offensichtlich. Und an den Läden und Straßenecken und Laternenpfählen hängen überall

Kameras, die ihre Route aufgenommen haben. Niemals wird sie verstehen, warum es den Leuten so egal ist, dass sie unter ständiger Beobachtung stehen – auf der Straße, im Auto und natürlich online, egal ob auf Social Media, in ihren E-Mail-Programmen, beim Nachrichtenverschicken oder beim Bezahlen mit Karte. Nichts ist mehr privat. Die Leute glauben, die Kameras würden sie beschützen. Auch sie war einmal dumm genug, um das zu glauben – bis die Gesellschaft und die Gesetze, die sie eigentlich beschützen sollten, sich gegen sie wandten und die Kameras nicht mehr für Sicherheit standen, sondern für Gefahr.

Sie hat Lolas Hand genommen und sie vom Strand weggezogen. Durch Seitenstraßen und Gassen sind sie davongeeilt und immer wieder ziellos abgebogen. Jetzt haben sie die Kameras hinter sich gelassen – niemand kann ihre Schritte mehr aus dem dunklen Hinterzimmer eines Polizeireviers nachverfolgen –, doch damit haben sie auch den Lärm und andere Menschen hinter sich gelassen, sodass Lolas Geschrei auf der ruhigen Straße plötzlich auffällt. Das kleine Mädchen ist genauso müde wie Emma, die die Erschöpfung in jedem Muskel ihres Körpers spürt.

Was sollen sie nur tun?

Die Stimme in ihrem Kopf drängt sie – *beeilt euch, los!* –, aber wohin? Wenn doch nur heute Morgen das Auto da gewesen wäre. Dann wäre jetzt alles anders.

»Vertrau mir. Ich helfe dir mit all meinen Möglichkeiten. Du bist jetzt nicht mehr allein.«

»Ich bin allein«, würde sie am liebsten schreien. Sie will stampfen und jammern, so wie Lola. Aber das geht nicht. Die Polizei ist ihnen auf den Fersen. Und ... dieser schwarze SUV, den hat sie doch auch an der Tankstelle gesehen. Oder? Den hat sie sich nicht eingebildet. Nein.

Ein Geräusch unterbricht ihre Gedanken. Aus ihrem Rucksack dringt ein brummendes Geräusch. Sie erschreckt sich und nimmt dann schnell den Rucksack ab und holt das Handy heraus. Sie hat gar nicht bemerkt, dass sie es angelassen hat.

Mit offenem Mund starrt sie auf das Display. Es ist Haz. Beim Anblick seiner Nummer rollt eine Welle widersprüchlicher Gefühle über sie hinweg. Warum ruft er sie an? Das Verlangen, mit ihrem besten Freund zu sprechen, ist so stark, dass es fast wehtut. Sie kann sich vorstellen, was er zu ihr sagen würde. »*Vertrau auf dich, Emma. Sobald du anfängst, infrage zu stellen, was du für die Wahrheit hältst, drehst du doch nur durch.*«

Aber sie kann nicht rangehen. All die Gründe dafür schwirren ihr durch den Kopf. Die Polizei könnte die Nummer überwachen. Vielleicht ist sie schon auf dem Weg. Sie hätte ihn nie mit diesem Handy anrufen sollen, allerdings ... ist Haz' Handy auch nicht registriert. Sie können es also nur aufspüren, wenn jemand sie verrät. Und das würde Haz nicht tun. Niemals.

Sie kann trotzdem nicht mit ihm sprechen und ihm erzählen, was passiert ist, und es bringt sie fast um, seine Nummer auf dem Display zu sehen.

Schnell und unregelmäßig atmend drückt sie ihn weg und schaltet das Handy aus. So gern sie auch glauben würde, dass ihr Hilfe zur Verfügung steht, so weiß sie doch, dass sie jetzt gerade auf sich allein gestellt ist. Nur sie weiß, in welcher Gefahr ihre Tochter schwebt.

»Emma, ich habe Hunger.« Lola hält sich den Bauch. »Und ich muss aufs Klo.«

Emma verdrängt ihre Gedanken und Ängste. Jetzt muss sie sich darauf konzentrieren, eine Unterkunft für sie zu suchen. Und etwas zu essen und eine Toilette.

»Okay, warte kurz.« Mit den Augen sucht sie erneut die Straße ab. Ganz hinten erkennt sie ein kleines schwarzes Schild, das aussieht wie ein Zu-verkaufen-Schild und an einem Haken baumelt, doch darauf steht: »Zimmer frei«. Eine Jugendherberge oder ein billiges Hotel mit einem gelangweilten Rezeptionisten, der ihnen gar keine Beachtung schenkt, wäre ihr lieber. Aber sie sind jetzt zu weit außerhalb. Hier gibt es keine andere Option. Diese Pension ist ihre Rettung in der Not. Da drin können sie sich vor neugierigen Blicken und Passanten verstecken, Lola kann etwas essen und schlafen, während Emma Zeit hat, um zu überlegen, wie zur Hölle sie es morgen nach Liverpool schaffen sollen.

»Guck mal.« Emma zeigt auf das Schild. »Siehst du das? Da können wir übernachten.«

»Ich will nach Hause«, erwidert Lola, diesmal jedoch mit leiserer Stimme, und als Emma sie in Richtung der Pension steuert, protestiert sie nicht.

Bitte, bitte, lass es eine alte Dame sein, die schlecht sieht. Eine liebenswürdige Omi, die sie aufnimmt und sich um sie kümmert. Noch während Emma diesen Gedanken hat, macht sich Unbehagen in ihr breit. Und als sie Lola hochhebt, damit diese die Türklingel betätigen kann, rasen ihr Herz und ihr Atem.

Die Tür fliegt auf. Vor ihr steht keine Frau, erst recht keine liebenswürdige Omi, sondern ein Mann um die sechzig mit einer großen Brille mit dickem Gestell. Er schaut sie seltsam amüsiert an, als ob er sich nicht entscheiden kann, ob er ihr eine Frage stellen oder eine Bemerkung machen soll. Dieser Blick – dieses Gesicht –, kommt er ihr bekannt vor? Sie ist sich sicher, ihn schon mal gesehen zu haben.

Ihr Unbehagen verwandelt sich in ein Grauen, das droht, sie zu verschlucken. Sie kennt diesen Mann. Es ist einer von ihnen.

DREIUNDZWANZIG

EMMA

Ihre Vergangenheit verfolgt sie. Genau wie die Polizei. Genau wie Jonny. Aber ihre Erinnerungen kann sie nicht abhängen. Sie kramt eine Erinnerung aus der hintersten Ecke ihres Gedächtnisses hervor: ihre erste Begegnung mit Jonny. Sie weiß noch, wie die Musik gedröhnt hat, wie eng es zwischen all den anderen Körpern war und wie süß und klebrig ihr Cocktail schmeckte. Vom Alkohol drehte sich bereits alles, Damiens Hand fühlte sich verschwitzt an. Er wollte gehen, doch sie weigerte sich. Jahre später wünschte sie, sie hätte das nicht getan.

Die Party war nicht wie die erste, zu der Damien sie eingeladen hatte, als er nur mit seinen Kumpels in dieser verrauchten Wohnung Bier getrunken hatte. Es war eine richtige Party in einer richtigen Villa in Belsize Park, wo die Northern Line beginnt. Häuser wie dieses kannte sie nur aus Filmen. Sie stellte sich immer vor, dass Profifußballer in solchen Villen lebten. Sie hätten gar nicht dort sein sollen, aber Damien musste seinen Lohn bei seinem Chef abholen, einem Mann, den er in den zwei Jahren ihrer Beziehung nur selten erwähnt hatte.

»*Wir schauen da nur kurz vorbei*«, hatte er zu ihr gesagt, als er sie abgeholt hatte. Sein Plan war es, das Geld zu holen und dann zurück zu seiner Stammkneipe zu fahren, um sich mit Freunden zu treffen. Ihr Plan war es, ihm im Lauf des Abends zu stecken, dass sie Schluss machen wollte. Sie wollte es auf ihr Jurastudium schieben, das nehme einfach zu viel Zeit in Anspruch. Und das stimmte auch, aber es ging auch um ihn als Person. Dass er immer so rummeckerte, sie nicht häufig genug zu sehen, dann aber zu den seltsamsten Zeiten Pakete ausliefern musste. Und dass ihm sein begrenztes, engstirniges Leben ausreichte – er war genau wie ihre Familie.

Als sie in der Villa ankamen, fiel Emma die Kinnlade herunter. Sie hatte mit einer Lagerhalle oder einem kleinen Arbeiterhaus gerechnet, Damien war schließlich Paketauslieferer und kein Chauffeur. Als er seinen Ford Transit vor dem riesigen umzäunten Grundstück parkte, auf dessen Einfahrt Dutzende Sportwagen und drei Stretchlimousinen standen, fragte sie sich zum ersten Mal, was für Pakete Damien eigentlich auslieferte.

Als sie zur offenen Haustür hereinkamen, war die Party bereits in vollem Gange. Ein Kellner reichte ihnen zwei leuchtend grün-rote Cocktails, ohne sich zu erkundigen, wer sie seien. Emma war froh, das tief ausgeschnittene schwarze Kleid zu tragen, das Damien ihr im Sommer zum Geburtstag geschenkt hatte, weil er genervt davon gewesen war, dass sie jedes Mal dieselbe Jeans getragen hatte, wenn sie sich sahen. Sie streifte ihren Cardigan ab und löste ihr Haar aus dem Dutt, sodass es ihr in dichten Wellen um das Gesicht und über die Schultern fiel. Sie hatte nicht das Gefühl, hierherzugehören, aber völlig fehl am Platz fühlte sie sich auch nicht.

»*Jonny, das ist meine Freundin Emma*«, stellte Damien sie seinem Chef vor. Sie hatte ihn sich immer als übergewichtigen Typ Mitte sechzig vorgestellt, aber Jonny war ein gut aussehender Mann mit einem charmanten Lächeln, der nicht mal fünfzig war und eine Autorität ausstrahlte, als gehörte ihm die Welt.

»*Was macht denn eine Schönheit wie du mit einem Penner wie dem hier?*«, fragte Jonny augenzwinkernd und klopfte Damien auf die Schulter, während er ihm einen Umschlag reichte.

»*Das habe ich mich auch schon gefragt*«, scherzte sie. Und als Jonny sie beide einlud, auf einen Drink zu bleiben, willigte sie ein.

Im Haus war es warm und alles sah so prächtig aus. Emma hatte so etwas noch nie gesehen – und würde es vermutlich auch nie wieder sehen –, die eleganten Canapés, die Champagnerflöten. Irgendwann wurde Damien von jemandem, den er kannte, in ein Gespräch verwickelt, und Emma plauderte mit Jonny und einer Gruppe seiner Freunde. Sie waren witzig und flirteten so schamlos mit ihr, dass sie sich lächerlich wichtig vorkam, nicht wie die arme, überarbeitete Studentin, die sie eigentlich war.

Später fragte sie sich, ob sie sich an diesem Abend verliebt hatte – in das Haus und das Geld und dieses Leben voller Internatsanekdoten und Privatflugzeuge. Um Jonny ging es ihr dabei nicht, auch wenn er das immer gern geglaubt hat.

So dumm!

Mit einem Cocktail in der Hand ist sie lächelnd und ahnungslos in die Höhle des Monsters getänzelt. Eine Gefahr sah sie nicht. Warum hat sie Damiens Job nie angezweifelt? Warum hat der Umschlag mit Geld, den Jonny ihm gab, nicht sämtliche Alarmglocken bei ihr schrillen lassen? Am nächsten Tag machte sie mit Damien Schluss. Eine Woche später rief Jonny sie an.

»*Woher hast du meine Nummer?*«, fragte sie.

»*Ich habe da so meine Methoden*«, antwortete er. Sie konnte hören, dass er lächelte. »*Ich wollte dich zu einer weiteren Party einladen, die ich schmeiße. Du hast es mir und meinen Freunden ganz schön angetan, Emma. Kommst du?«*

»Gerne. Aber ich habe nichts zum Anziehen. Ich werde noch –«

»Ich lasse dir etwas schicken.«

Noch bevor sie ihm ihre Adresse oder Kleidergröße geben oder ihn fragen konnte, was er ihr denn schicken wollte, legte er auf. Am nächsten Tag kam ein wunderschönes knallrotes rückenfreies Kleid bei ihr an. Sie ließ sich die Haare und die Nägel machen.

Es wurde ein perfekter Abend. Jonny war so aufmerksam. Seine Freunde waren so witzig und liebenswert. Nach ein paar Wochen war sie Hals über Kopf verliebt. Als sie es ihm erzählte, lachte Jonny. *»Na, da hast du dir ja was eingebrockt.«*

In den ersten Wochen voller Partys und geheimer Dates in anonymen Restaurants und teuren Hotels lief noch alles gut. Die schlimmen Dinge passierten erst später. Aber wenn sie jetzt an diese Männer auf der allerersten Party und ihre lächelnden Gesichter denkt, dann fragt sie sich, ob nicht einer davon ausgesehen hat wie der Besitzer der Pension, der gerade ihr derangiertes Erscheinungsbild und das tränennasse Gesicht ihrer Tochter in Augenschein nimmt.

»Hallihallo«, sagt er mit einer ausladenden Handbewegung, als würde er sie in einem prachtvollen Schloss willkommen heißen. Sein Blick verweilt einen Moment zu lange auf Lola, sodass Emma sie mit zitternder Hand näher an sich heranzieht. »Wie kann ich den beiden Damen behilflich sein?«

Emma beginnt zurückzuweichen, denn sie nimmt eine Gefahr wahr, die sie nicht benennen kann. Sie hat das Gefühl, lieber noch tausend Meilen zu gehen, als einen Schritt nach vorn zu machen. Doch noch während sie überlegt, wieder zu gehen, wird der Gesichtsausdruck des Mannes sanfter, und das Gefühl, ihn zu kennen, lässt nach. Plötzlich ist sie sich nicht mehr sicher, ob sie ihn schon mal gesehen hat, ob er einer von ihnen ist, oder ob die Angst und Erschöpfung in ihrem Kopf sie einfach nur paranoid machen. Erneut studiert sie sein Gesicht auf der Suche nach irgendeinem Anzeichen dafür, dass sie sich bereits begegnet sind. Sie entdeckt nichts. Trotzdem würde sie Lola am liebsten auf den Arm nehmen und weglaufen.

Aber wohin? Lola ist hungrig und schläft fast im Stehen ein.

»H-Hi«, bringt sie stotternd hervor, als die Stille unangenehm lang wird. »Ich habe mich gefragt, ob …« Sie kann den Satz nicht beenden. Was soll sie tun? Sie ist sich so unsicher. Ist es sicher hier? Wie weit weg ist die Polizei noch? Was hat Jonny vor? Es nagt an ihrem Selbstbewusstsein, nicht Bescheid zu wissen.

»Ich hab Hunger«, jammert Lola neben ihr. Der Mann öffnet die Tür ein Stück weiter. Lola entzieht Emma ihre Hand und geht hinein. Damit ist die Entscheidung getroffen. Ihr bleibt keine andere Wahl, als Lola widerwillig zu folgen.

»Sie wollen ein Zimmer«, sagt er und nimmt ein burgunderrotes Notizbuch aus Leder in die Hand. »Für eine Nacht?«

Emma nickt. »Ja, genau.«

»Eine Nacht mit Frühstück kostet fünfundsiebzig Pfund. Für die Kleine ist das Essen natürlich kostenlos.«

Sie denkt an das Geld in ihrem Rucksack, für das sie heute so viel riskiert hat. Das Taxi musste sie davon bezahlen, dann die Zugtickets, und jetzt die Pension. So viel ist schon weg. Sie muss genug für die Fähre aufheben.

»Ich habe noch Rindereintopf mit Klößchen, den ich aufwärmen kann. Haben Sie Lust?«, fragt er. Liegt in seinem Blick etwas Anzügliches? Sie darf niemandem vertrauen, sie vertraut ja im Moment nicht mal ihrem eigenen Verstand.

Lolas Gesicht verzieht sich zu einem langen Gähnen, aber sie nickt im selben Augenblick wie Emma. Emma hat das Gefühl, sie würde gerade selbst zu rohem Rosenkohl Ja sagen.

»Danke«, sagt Emma.

»Kommen Sie mit. Ich bin übrigens Teddy.«

»Freut mich, Sie kennenzulernen«, erwidert sie, ohne darauf einzugehen, dass er sie in der Erwartung ansieht, ihre Namen zu erfahren. Sie könnte lügen, aber Lola ist bei ihr, und sie hat nicht daran gedacht, ihr im Vorhinein zu sagen, dass sie nicht ihre echten Namen nennen sollen. Sie kann nicht darauf vertrauen, dass Lola nicht aufstampfen und diesem Mann mit lauter und deutlicher Stimme sagen würde, dass ihr Name Lola Huntington und diese Frau nicht ihre Mutter sei. Da erscheint Emma lieber unhöflich.

Das Haus ist groß und altbacken. Der Flur und das Wohnzimmer sind mit dunklen Holzmöbeln vollgestellt, sodass die Räume kleiner wirken, als sie sind. Plötzlich strahlt Lola und stürzt zu dem cremefarbenen Sofa am Fenster. Emma glaubt erst, sie wolle sich hinsetzen, aber dann bewegt sich etwas auf dem Sofa. Es ist ein kleiner weißer Hund, der sich jetzt streckt und gähnt.

»Sei vorsichtig«, sagt Emma. Mit einem Satz ist sie bei Lola.

»Oh, keine Angst. Das ist nur Luna. Luna Wolfston. Sie gehörte meiner Tante, aber die ist gestorben, und seitdem ist Luna ... nun, seitdem ist sie eben hier. Sie tut keiner Fliege was zuleide, aber sie besteht auf ausgiebiges Bauchkraulen.«

Der kleine Hund öffnet die Augen und mustert Emma und Lola verschlafen, dann rollt sie sich auf den Rücken. Lola beginnt sofort, Luna den Bauch zu streicheln. »Ich liebe sie«, sagt sie. Auf ihrem müden Gesicht erscheint ein Lächeln.

»Wollen Sie sofort bezahlen?«, fragt Teddy. Er vertraut Emma anscheinend in etwa so sehr wie sie ihm.

»Klar. Ist Bargeld in Ordnung?«

»Oh.« Er hält inne. »Es tut mir leid, bei mir ist nur noch Kartenzahlung möglich. Ich habe umgestellt, nachdem es in der Gegend ein paar Einbrüche gab.« Seine Worte treffen sie mitten ins Herz. Noch vor einer Minute hätten sie keine zehn Pferde in dieses Haus gebracht, und jetzt würde sie bei dem

Gedanken daran, es wieder zu verlassen, am liebsten weinend auf die Knie fallen.

Es folgt eine Pause, und sie stellt sich vor, wie Lola aufheulen würde, wenn sie ihr jetzt sagen müsste, dass sie wieder gehen. Wie sie auf dem Rückweg in die Stadt und während der Suche nach einer Unterkunft, in der sie bar zahlen kann, weinen würde. Die Verzweiflung nagt an ihr – mit scharfen und spitzen Zähnen.

»Ist das ein Problem?«, fragt Teddy.

Emma schluckt ihre Emotionen herunter und zwingt sich, sich normal zu verhalten. »Nein, aber meine Karte funktioniert nicht mehr. Ich habe sie heute ins Meer fallen lassen. So nervig.« Sie will freundlich die Augen verdrehen, aber der Versuch strengt sie zu sehr an. »Können Sie vielleicht nur dieses eine Mal eine Ausnahme machen? Ich habe Bargeld.«

Er schaut sie nachdenklich an. Wieder fragt sie sich, ob ihre Gesichter bereits in den Nachrichten gezeigt worden sind. Welche Lügen erzählen sie wohl über sie? Hat Teddy sie erkannt? Ihr Blick wandert zu dem Fernseher in der Ecke des Raums. Mit Erleichterung stellt sie fest, dass er alt aussieht und von einer feinen Staubschicht überzogen ist. Teddy mustert sie von oben bis unten, bevor sein Blick zu Lola schweift. Ihr kleines Mädchen sitzt mit Luna auf dem Schoß auf dem Sofa.

Teddy nickt. »Na gut, ich kann eine Ausnahme machen, wenn Sie den Betrag passend haben.«

»Danke«, sagt sie und atmet tief aus. »Vielen Dank.« Sie dreht sich um und zieht die Scheine hervor, spürt dabei aber seine Augen auf ihrem Rucksack und ihrem Geld.

Als sie ihm die Scheine reicht, berühren sich ihre Finger kurz und sie muss sich zurückhalten, um nicht zurückzuzucken.

»Ich gebe Ihnen Zimmer drei. Es hat ein Doppel- und ein Einzelbett und eine große Dusche. Lassen Sie das Wasser ein paar Minuten laufen, bevor Sie duschen, es dauert ein bisschen, bis es warm wird.«

Der Gedanke an eine Dusche, an Sauberkeit und an ein Bett überwältigt sie fast. Teddy geht in Richtung Tür, wendet sich aber nicht ab. Er starrt sie wortlos an, neugierig und abwägend. Die Angst kehrt zurück. Er weiß Bescheid. Er hat sie erkannt, er weiß, was sie getan hat. Er wird die Polizei rufen. Er wird Jonny rufen. Es ist aus.

Er lächelt auf eine Art und Weise, die Emma eine Gänsehaut bereitet. Hat sie Lola geradewegs in die Höhle eines anderen Monsters gezerrt, anstatt sie zu beschützen?

Flucht!

Wenn sie jetzt gehen, wenn sie Lola von dem Hund wegreißt und sie zur Tür rennen, dann schaffen sie es vielleicht hinaus. Und dann? Wo sollen sie schlafen? Was sollen sie essen? Da draußen sind sie nicht sicher.

Aber hier drinnen auch nicht.

Noch bevor Emma eine Entscheidung treffen kann, kehrt Teddy mit zwei Tellern mit dunklem Eintopf und schaumigen Klößchen zurück. Ihr Magen knurrt heftig. Zu spät. Jetzt müssen sie bleiben. Sie wird keine Sekunde schlafen können und die ganze Nacht lauschen, ob er kommt. Das ist alles so viel schwerer, als sie sich je hat vorstellen können. Lola bedeutet ihr die Welt. Aber die Verantwortung, sie zu beschützen, erscheint ihr auf einmal zu groß für sie allein.

Für eine Sekunde schließt sie die Augen und malt sich aus, was für eine Befreiung es wäre, wenn sie und Lola dieser Welt einfach entschweben könnten und nie wieder Angst haben müssten. Ihr steigen die Tränen in die Augen, und sie kramt in ihrem Rucksack nach dem Handy. Geht es gerade um Leben oder Tod? Soll sie Hilfe rufen?

TAG DREI:
9.21 UHR, DIENSTAG, 1. AUGUST

VIERUNDZWANZIG

ISOBEL

»Jetzt komm schon«, zischt Isobel, als sie versucht, eine der Schubladen von Rolys antikem Mahagonischreibtisch im Büro in der obersten Etage aufzuzerren. »Wo ist das Ding?«

Ganz langsam öffnet sich die Schublade ein Stück, das Holz schrammt über die alten Schienen. Den Schreibtisch hat sie Roly zur Hochzeit geschenkt. Sie hat ihn in einem Antiquitätengeschäft in Richmond gefunden und ihn nach Hause liefern und die beiden Geschosse hinauftransportieren lassen, während er eines Sonntags kurz nach ihrem Einzug Golf spielen war. Damals hat sie zum ersten Mal die Kreditkarte benutzt, die er ihr gegeben hat.

»*Was ist das Limit?*«, hat sie ihn eine Woche vorher gefragt, woraufhin er lachte, als wäre ihre Frage ein Scherz.

»*Es gibt keins.*«

Sie wusste nicht, wie sie darauf reagieren sollte. Eine Kreditkarte ohne Limit? Isobel kommt selbst aus recht gutem Hause. Ihre Eltern waren liebevoll und haben sie immer unterstützt. Sie waren beide Ärzte, in den Ferien sind sie in exotische Länder gereist, und Isobel ging auf eine Privatschule in der Nähe. Bei einigen ihrer Klassenkameraden hat sie gesehen, was extremer Reichtum bedeutet, dennoch war sie selbstbewusst und glaubte an sich und ihre Fähigkeiten. Darum hatte sie auch nie ein Problem damit, für eine Vermögensverwaltung zu arbeiten, bei der es ständig um unvorstellbaren Reichtum ging. Sie mochte ihren Job und war gut darin. Sehr gut sogar. Aber sie hätte niemals gedacht, dass sie mal in diese Welt einheiraten würde – und daran erinnert Margaret sie auch gern und häufig. Für ihre Schwiegermutter ist Isobel nicht gut genug – eine Außenstehende. In ihren Adern fließt kein blaues Blut, was in Margarets altmodischer Sichtweise bedeuten würde, dass Isobel selbst dann nicht gut genug wäre, wenn man sie zur Königin von England krönen würde.

Trotzdem hat Isobel immer versucht, sich Rolys Welt anzupassen und eine gute Ehefrau zu sein. Und darum hat sie auch versucht, Geld im Unverstand auszugeben, darum hat sie ihm diesen überteuerten antiken Schreibtisch mit einem dazu passenden Stuhl gekauft. Als sie die Kreditkarte benutzt hat, musste sie sich zwingen, das Gesicht nicht vor Schmerz zu verziehen.

»*Der ist toll, Iz. Danke dir.*« Roly fuhr mit der Hand über das dunkle rötliche Holz, bevor er sie in seine Arme schloss, sie zu sich drehte und ihr die Kleider vom Leib riss, um wilden, lauten Sex auf der grünen Lederoberfläche mit ihr zu haben.

»*Jetzt wissen wir zumindest, dass er stabil ist*«, hat er danach lachend gesagt.

Die Erinnerung erscheint ihr surreal. Das waren zwei fremde Menschen. Nicht sie. Nicht sie beide. Und nicht dasselbe Universum, in dem sie und Roly ebendiesen Schreibtisch auf den Knien nach Lolas Pass durchsuchen. Er sollte hier sein, doch sie finden ihn nicht. Das ist doch sinnlos. Nachdem Emma gestern der Polizei entwischt war, hat Roly danach gesucht, aber nichts gefunden. Dann hat sie selbst noch mal gesucht, denn Männer finden ja eigentlich nie etwas. Aber auch sie hat ihn nicht finden können. Zusammen haben sie jede

Schublade, jeden Schrank und jede noch so selten genutzte Tasche im ganzen Haus durchsucht.

Sie hat eine weitere schlaflose Nacht verbracht, und jetzt ist der nächste Tag angebrochen, ein weiterer Tag ohne Lola. Der Himmel draußen ist klar und hellblau, aber die Sonne ist noch nicht besonders warm. Als sie heute früh aufgehört hat, sich schlafend zu stellen, und die Vorhänge aufgezogen hat, glitzerte das Gras im Park mit Tau. Neben der Bank stand dieselbe Joggerin in rosa Laufkleidung und dehnte sich.

Am Fenster gab Isobel sich der Fantasie hin, dass Lola zu Hause wäre und in ihrem gelben Schlafanzug mit den Figuren aus *Hey Duggee* in ihr Schlafzimmer getapst käme. Mit Anlauf würde sie aufs Bett springen, sich zwischen sie und Roly kuscheln und Barnaby in die Höhe halten, damit sie ihm beide einen Gutenmorgenkuss geben könnten.

»Können wir heute in den Park, Mummy? Und können wir Cupcakes machen?«

Fast konnte sie das Lachen ihrer Tochter hören. Es ist so leicht, sie zum Lachen zu bringen. Wird sie immer noch so glücklich sein und so viel lächeln, wenn das hier vorbei ist? *Falls*, korrigierte sie sich. *Falls* das hier jemals vorbei sein wird.

Endlich öffnet sich die Schublade mit dem scheppernden Geräusch des verzierten Metallgriffs, der gegen das Holz schlägt. Isobel blättert durch einen Stapel Papiere; Kontoauszüge, Unterlagen von Rolys Treuhandfonds und Dokumente zu den Unternehmen, in die er im Lauf der Jahre investiert hat.

»Und? Hast du was?«, fragt Roly, ebenfalls auf den Knien. Er durchsucht eine andere Schublade. Ob er wirklich sucht? Vielleicht weiß er, dass das hier alles sinnlos ist und sie nur die Tatsache verdrängen wollen, dass Lolas Pass weg ist.

Als sie gestern Abend aufgegeben haben, danach zu suchen, ist sie in lautes Schluchzen ausgebrochen. Zitternd und weinend lag sie in Rolys Armen und konnte all ihre Fragen nicht mehr zurückhalten. Was, wenn Emma den Pass hat? Was, wenn sie sich weiter verstecken? Was, wenn sie das Land verlassen?

Jetzt schüttelt sie den Kopf und setzt sich auf den Teppich. Ihre hoch sitzende Jeans drückt unangenehm gegen ihren wachsenden Bauch. »Er ist nicht da, oder?«

Er hört auf zu suchen und sieht sie an. Heute Morgen sieht er besser aus als sie. Das kräftige Rot ist aus seinen Wangen gewichen, das ihn sonst immer aussehen lässt wie einen Schuljungen, der gerade draußen in der Kälte Rugby gespielt hat. Als sie sich kennenlernten, brachte sein Teint sie immer zum Lächeln.

»*Das geht nie weg*«, sagte er bei ihrem dritten Date, nachdem sie ihn darauf angesprochen hatte. »*Ich bin fürs Leben gezeichnet, weil ich während meiner Schulzeit immer draußen in der eisigen Kälte stehen musste. Damit bin ich nicht allein. Es gibt Selbsthilfegruppen für uns. Wusstet du das?*«, scherzte er.

Ja, er sieht tatsächlich etwas blass aus, aber nicht so gräulich und blutleer wie sie. Er hat ja auch geschlafen, während sie die ganze Nacht wach lag und seinem Atem gelauscht hat. Sie war zu müde und niedergeschlagen, um aufzustehen und irgendetwas zu machen, aber gleichzeitig zu verzweifelt und besorgt, um zu schlafen.

Einen kurzen wahnsinnigen Moment lang kocht die Wut in ihr hoch. Warum kann er einfach so schlafen? Warum sieht er so normal aus? Warum kommt er nicht um vor Angst, dass Lola etwas zustoßen könnte? Doch die Wut verraucht so schnell wie sie sich entzündet hat. Roly Vorwürfe zu machen, weil er sich nicht genauso viele Sorgen macht wie sie, bringt sie genauso wenig weiter, wie ihm vorzuhalten, dass er nicht elend genug aussieht. Roly kennt nur eine Welt voller Privilegien, in der alles immer nach seiner Nase geht, oder zumindest nach den Nasen von seinesgleichen. Das Konzept des Scheiterns ist ihm unbekannt. Dass er Lola liebt, ist unbestreitbar, aber es geht einfach nicht in seinen Kopf, dass sie vielleicht nie mehr zu ihnen zurückkehren wird.

»Ich verstehe das nicht«, seufzt Roly und reibt sich den Nacken. »Wir haben unsere Pässe doch immer alle zusammen aufbewahrt. Es fehlt ja nicht nur Lolas Pass, unsere sind auch weg. Darum glaube ich, dass sie hier irgendwo sein müssen. Die sind normalerweise bei den Urkunden und so.«

»Bei den Urkunden?« Isobel keucht erschrocken auf und fällt wieder auf die Knie, um die Schubladen noch mal zu kontrollieren.

»Was ist denn, Iz?«

»Die Klarsichthülle mit den Urkunden, mit unserer Eheurkunde und unseren Pässen und … und Lolas Geburtsurkunde und den Ergebnissen der DNA-Tests, die ist auch weg.«

Roly kommt zu ihr und hilft ihr, erneut alles zu durchsuchen. Pässe sind leicht zu übersehen. Vielleicht haben sie sie in der Seitentasche von einem Koffer vergessen oder aus Versehen in einer Tüte weggeworfen. Sie öffnet den Mund und versucht den Gedanken auszusprechen, der ihr gerade gekommen ist. Normalerweise tasten sie diese Urkunden und Dokumente nicht an. Warum auch?

Sie keucht erneut und beginnt fast zu hyperventilieren, aber es reicht nicht. Sie bekommt einfach keine Luft. »Alles«, schnauft sie, mehr bekommt sie nicht heraus.

»Iz, ganz ruhig. Komm schon. Alles gut. Sprich mit mir.«

Sie nickt und verdrängt die aufsteigende Panik, so gut sie kann. Als sie schließlich wieder ein Wort über die Lippen bringt, sprudeln die anderen nur so hervor: »Alles, was beweist, dass Lola unsere Tochter ist, ist weg. Jemand hat das alles gestohlen. Nicht nur die Pässe.«

»Scheiße«, murmelt er und nimmt sie fest in den Arm. »Du hast recht.«

Einen Moment lang schweigen sie beide. Fassungslos. Es gibt nur einen Menschen, der Lolas Geburtsurkunde und die

DNA-Testergebnisse klauen würde, die beweisen, dass Isobel und Roly Lolas leibliche Eltern sind.

»Das muss Emma gewesen sein«, spricht Roly ihren Gedanken laut aus. »Und ich verstehe ja, warum sie den Pass braucht, wenn sie ins Ausland möchte. Aber warum hat sie die Urkunden mitgenommen?«

Hinter Isobels Stirn beginnt es zu pochen. Sie schluckt, doch ihr Hals ist ganz trocken. Immerhin ist die Übelkeit heute schnell verfolgen. »Weil sie nicht will, dass wir sie haben. Sie will nicht, dass wir Beweise haben.«

»Aber die können wir uns doch wieder holen.«

»Darum geht es nicht.«

»Sondern?«

In der Stille, die folgt, hört Isobel, wie leise es im Haus ist. Nur aus der Küche, in der Margaret sitzt, dringt ein entferntes Porzellanklirren. Trotzdem senkt sie die Stimme, als sie spricht: »Es geht darum, dass wir Emmas Leben zerstört haben, weil wir unbedingt ein Kind wollten.«

»Lola ist unsere Tochter. Wir haben doch die DNA-Tests, die das beweisen.«

»Nein, haben wir nicht. Aber das ist jetzt gerade auch egal. Ich weiß, du willst darüber nicht reden, aber die Tatsache, dass wir gute Eltern sind, heißt nicht, dass wir nicht etwas Furchtbares getan haben. Wir haben Emma zu dem getrieben, was sie gerade tut.«

»So dürfen wir nicht denken.«

»Nein, was wir nicht mehr tun dürfen, ist Folgendes: Wir dürfen nicht mehr so tun, als wäre das hier eine ganz normale Kindesentführung. So bekommen wir Lola nicht zurück. Du musst Jonny noch mal anrufen und herausfinden, was er vorhat. Nur er kann uns helfen, wenn wir Lola wiederhaben wollen, das weißt du genauso gut wie ich.«

»Er hat mir heute Morgen geschrieben.«

»Was hat er geschrieben? Warum hast du mir das denn nicht erzählt?«

Roly holt sein Handy raus und zeigt ihr die Nachricht.

Ich schicke jetzt noch ein paar Freunde an die Südküste! Heute kriegen wir sie!

Sie stöhnt. Soll sie jetzt erleichtert oder entsetzt sein? Oder beides? Nichts in der Welt will sie mehr, als dass Lola wieder sicher bei ihnen zu Hause ist, aber was wird passieren, wenn Jonnys Freunde Emma und Lola finden? Emma wird nicht kampflos aufgeben. Was, wenn Lola zwischen die Fronten gerät? Die niederschmetternde Verzweiflung ist wieder da. Mit jeder Faser ihres Körpers wünscht Isobel sich, Lola jetzt im Arm halten zu können. Sie braucht doch ihre Mutter.

FÜNFUNDZWANZIG

ISOBEL

Als sie in wirklich jedem Winkel nach Lolas Pass gesucht haben, müssen sie sich ihre Niederlage eingestehen. Roly geht duschen, und Isobel drückt sich vom Teppich hoch und macht sich auf den Weg in Richtung Küche. Sie hat sich die Haare gemacht und ein bisschen Make-up aufgelegt, das wahrscheinlich bereits verschmiert ist, aber eine Huntington zeigt sich immer von ihrer besten Seite. Margaret wird nie müde, sie daran zu erinnern, und heute hat Isobel das Gefühl, dass sie eine Rüstung braucht.

»Guten Morgen«, sagt sie zu Margaret, die auf ihrem Stammplatz an der Kücheninsel sitzt. In der Mitte steht Kaffee in einer großen French Press, daneben ein silberner Toastständer mit bereits geschnittenem Brot. Isobel isst ihren Toast am liebsten glühend heiß direkt aus dem Toaster, ohne Teller, aber mit viel Butter, doch sie sagt nichts. So wird Toast auf Huntington Hall serviert. So pflegen die Huntingtons ihren Toast zu essen.

Margaret hebt den Kopf einen Zentimeter an und schenkt Isobel einen Blick, den man fast als anerkennend beschreiben könnte. »Deine Ohrringe«, sagt sie.

Isobel befühlt schnell die runden Perlen und fragt sich, ob sie noch gut sitzen. »Was ist damit?«

»Sie sind neu. Ich kann mich nicht daran erinnern, dass Roly erzählt hätte, dir Perlen gekauft zu haben.«

»Ich habe sie mir selbst gekauft«, lügt sie und lässt die Hand sinken. Dann nimmt sie sich eine Scheibe Toast und tut so, als würde sie nicht gerade aus Angst vor weiteren Fragen den Atem anhalten.

Überrascht hebt Margaret eine Augenbraue. »Ach so.« Sie richtet den Blick wieder auf ihren Kalender und ihr Frühstück. Sie essen schweigend. Als Isobel gerade nach der Marmelade greifen will, zögert sie plötzlich. Ihr Körper reagiert, noch bevor ihr Kopf weiß, was los ist. Dann fällt es ihr ein: Es ist Erdbeermarmelade, Lolas Lieblingssorte.

»*Kann ich an meinem Geburtstag einen Marmeladenkuchen haben, Mummy?*«

Isobel musste lachen. »*Meint du eine Biskuittorte mit Marmelade?*«

Lola schüttelte den Kopf und grinste. »*Kein Biskuit. Nur Marmelade.*«

»*Das klingt aber eher nach einer Schüssel Marmelade als nach einem Marmeladenkuchen. Da gehen doch die Kerzen drin unter.*«

»*Mir egal. Hauptsache es ist –*«

»*Erdbeermarmelade*«, sagten sie wie aus einem Munde.

Isobel schließt die Augen. Die Tränen kommen schon wieder. Heute ist der erste August. In elf Tagen hat Lola Geburtstag. Wird ihre Tochter bis dahin wieder bei ihnen sein?

Die Türklingel vertreibt ihre Gedanken. Dankbar springt sie auf. Ablenkung kann sie gebrauchen. Heute überrascht es sie weniger, DCI Watkins allein auf der Türschwelle vorzufinden. Er trägt einen dunkelblauen Anzug und wirkt alarmiert. Während sie ihn in die Küche führt, spürt sie, welche Energie von ihm ausgeht und dass sein Gehirn auf Hochtouren arbeitet.

»Was ist passiert?«, fragt Roly, der hinter ihnen im Türrahmen auftaucht. Margaret schenkt dem Detective eine Tasse Kaffee ein.

»Ich habe Neuigkeiten«, sagt er und nickt Margaret zum Dank zu.

Roly schnaubt. »Wenn Sie uns sagen wollen, wie nah dran Sie sind, dann sparen Sie sich die Mühe. Nach den Ereignissen von gestern –«

»Roly«, unterbricht Isobel ihn. »Lass ihn doch ausreden. Bitte.«

Er zögert und nickt schließlich. »Tut mir leid. Ich bin heute nicht besonders gut drauf. Haben Sie neue Spuren? Konnte die Presse helfen?«

Isobel beißt sich auf die Lippe. Sie war diejenige, die darauf gedrängt hat, der Welt mitzuteilen, dass ihre Tochter vermisst wird, und doch konnte sie es nicht über sich bringen, die Nachrichten zu gucken oder im Internet nachzuschauen. Dadurch würde dieser Albtraum erst recht real, und Isobel ist zu sehr damit beschäftigt, den Tag zu überstehen. Wie lange soll sie das noch aushalten?

»Noch nicht«, antwortet der Detective. »Wir haben ein Foto von Emma und eine Hotline auf Social Media veröffentlicht. Wir rechnen heute mit den ersten Hinweisen.«

Und was, wenn die nicht kommen?, würde Isobel am liebsten zischen, verkneift es sich aber. Sie muss an Scarlett Peters denken. Für vier Monate war ihr Foto im ganzen Land in der Presse, und trotzdem wurde sie bisher nicht gefunden. Wälder werden abgesucht. Nach einer Leiche vermutlich. Sie glauben, dass sie tot ist. Der Gedanke schmerzt mehr, als er sollte. Was ist mit Scarletts Familie? Wie muss es wohl sein, auf solche Neuigkeiten zu warten?

»Wir haben mit Emmas Eltern gesprochen. Anscheinend hat sie ihnen einen Zettel hinterlassen, auf dem steht, dass sie weggeht und sie sich keine Sorgen machen sollen. Sie behaupten, keine Ahnung zu haben, wo sie ist, und ich glaube ihnen. Außerdem haben wir Emmas Handy gefunden und verfolgen all ihre Kontakte nach. Falls sie sich bei irgendwem davon meldet, dann haben wir ihren Standort. Darüber hinaus konnten wir ihren Browserverlauf einsehen«, berichtet der Detective. »Es sieht so aus, als hätte sie diese Entführung seit Anfang April geplant.«

»Mein Gott«, murmelt Roly.

»Ist damals irgendetwas Bestimmtes passiert? Hatten Sie zum Beispiel das Gefühl, beobachtet zu werden?«

Roly schüttelt den Kopf. Isobel braucht einen Moment, um darüber nachzudenken. Emma hat also Anfang April angefangen, das Ganze zu planen. Was war damals los? Was hat sie gemacht? Lola war damals von Himmel und Hölle besessen und sie haben das Hüpfspiel stundenlang im Garten oder bei Regen in ihrem Spielzimmer gespielt. Einmal sind sie sogar den ganzen Weg von der Kita bis nach Hause gehüpft. Die Erinnerung ist jetzt schmerzhaft, und sie schiebt sie beiseite.

Was ist im April sonst noch passiert? Scarlett ist verschwunden, fällt ihr plötzlich ein. Und Roly hat zu ungefähr dieser Zeit angefangen, sich zurückzuziehen. Aber das hat ja nichts mit Emma und ihrer Entführung von Lola zu tun.

»Warum im April?«, denkt sie laut. »All die Jahre ist nichts passiert. Warum ausgerechnet jetzt?«

»Das wissen wir nicht«, erwidert DCI Watkins. »Wir gehen davon aus, dass Emma einen Komplizen oder eine Komplizin hat.«

»Und zwar wen?«, fragt Margaret.

»Da Lolas Pass weg ist, gehen wir davon aus, dass es sich um Ihre Haushälterin Zeen Garcia handeln könnte. Wir haben sie immer noch nicht finden oder erreichen können. Darf ich fragen, wo Sie sie gefunden haben?«

»Ich habe sie engagiert«, antwortet Margaret. »Sie hat bei einer befreundeten Familie gearbeitet, die sie uneingeschränkt weiterempfohlen hat. Und –« Sie stockt und wirft Isobel einen schnellen Blick zu, bevor sie weiterspricht. »Ich habe vor der Einstellung einen Privatdetektiv darauf angesetzt, sie gründlich zu überprüfen.«

Isobel schreckt auf. Einen Privatdetektiv für eine Haushälterin? Als sie Margaret gestern zu Zeen befragt hat, hat sie davon nichts gesagt. Eigentlich sollte Isobel nicht überrascht davon sein, was Margaret zu tun bereit ist, wenn es um ihre Familie geht. Diese Frau fliegt immerhin alle zwei Wochen einen Logopäden aus Newcastle ein, um Lola zu therapieren, weil er der beste im ganzen Land ist.

»*Alles und jeder ist käuflich, wenn man den richtigen Preis zahlt*«, hat Roly mal zu Isobel gesagt, als sie es gewagt hat, zu überlegen, ob dieser Mann wohl Lust hat, alle zwei Wochen durchs ganze Land zu fliegen, nur um Lola Therapiestunden zu geben. Diese Worte sind ihr im Kopf geblieben, wie ein spitzer Splitter, der in der Haut stecken bleibt. Sie muss ständig daran denken.

»Sie sollte ja schließlich mit meiner Familie, mit meiner Enkeltochter, in meinem Haus leben«, erklärt Margaret, als würde sie Isobels Überraschung spüren. »Natürlich war ich da gründlich.«

DCI Watkins schaut auf sein Handy. »Dann wissen Sie also auch, dass Zeens Bruder in Manila im Gefängnis sitzt?«

»Nein, das weiß ich mit Sicherheit nicht«, entfährt es Margaret.

»Wissen Sie, ob Zeen und Emma sich kennen?«

Roly schüttelt den Kopf. »Nein. Zeen hat eine Woche nach Emma angefangen. Sie waren nie zur selben Zeit hier im Haus.«

Er stellt weitere Fragen. Margaret und Roly beantworten sie und richten im Gegenzug eigene Fragen an den Detective, doch Isobel hört ihnen kaum zu. Dass Zeen ausgerechnet diese Woche verschwunden ist, nachdem sie sich über drei Jahre lang tadellos und liebevoll um alles gekümmert hat, erscheint ihr einfach zu seltsam. Sie muss an den Anruf gestern denken. Die abgehackten Worte. Zeens Entschuldigung. Ihre Erwähnung von Lola. Was wollte sie Isobel mitteilen?

Aber der Detective ist im Unrecht. Zeen kann damit nichts zu tun haben. Sie kennt Emma nicht. Aber eine andere Person hat etwas damit zu tun – Scarlett. Vielleicht ist der Zeitpunkt doch kein Zufall. Emma hat Anfang April angefangen, Lolas Entführung zu planen. Zur selben Zeit ist Scarlett verschwunden.

Isobel hat Scarlett auf einer Dinnerparty von Jonny getroffen und ihr vom anderen Ende des Raums aus zugelächelt. Scarlett war eins von Jonnys Mädchen. Intelligent und hübsch. Das war sein Typ. Genau wie Emma. Wenn Scarlett und Emma beide mit Jonny in Verbindung gebracht werden können, dann kennen sie sich vielleicht. Vielleicht waren sie Freundinnen.

Sie bekommt eine Gänsehaut, zwingt sich aber, DCI Watkins zuzuhören und sich darauf zu konzentrieren, was er fragt. In ihrem Inneren schreit sie, dass nicht Zeen Emmas Komplizin ist.

Sie will Scarlett erwähnen. Aber sie kann ja nicht einfach so mit der Tür ins Haus fallen. Denn wenn sie über Scarletts Verbindung zu Emma spricht, dann muss sie auch über Jonnys Verbindung zu Emma und Scarlett sprechen.

Und über ihre eigene Verbindung zu all diesen Menschen.

SECHSUNDZWANZIG

EMMA

Emma lässt sich in die Rückbank des Taxis sinken. Lola sitzt neben ihr und schaut unaufhörlich aus dem Fenster. Sie überqueren gerade eine Brücke, die über einen Fluss mit sandigen Ufern führt, der sich vom Meer in Richtung Landesinneren windet. Darüber fliegt ein Flugzeug, das Brighton genau wie sie verlässt und dabei an Höhe gewinnt. Lola folgt der Flugbahn mit weit aufgerissenen Augen, und Emma fragt sich, ob sie gerade genauso gern wie sie selbst in diesem Flugzeug säße.

Sie reibt sich die Stirn. Die Stimme, die sie dazu drängt, sich zu beeilen, ist heute noch lauter. Sie hat das Gefühl, ein schweres Gewicht läge auf ihrer Brust. Als sie zehn oder elf Jahre alt war, hat sie mit ihrer Klasse mal einen Schulausflug zum Hampton Court Palace gemacht, wo man ihnen von Heinrich dem Achten und seinen vielen Ehefrauen erzählte. An den Palast oder die geschichtlichen Informationen erinnert sie sich nicht mehr, aber sie weiß noch ganz genau, wie sie in dem riesigen Labyrinth in den Gärten unterwegs waren. Sie mochte die Gruppe nicht, in die sie eingeteilt worden war: zwei andere Mädchen und ein Junge. Der Vater oder die Mutter von jemandem führte sie durch das Labyrinth, und alle Kinder waren ganz albern und hatten Angst, sich zu verlaufen. Emma nicht.

Sie hatte Lust, das Labyrinth allein zu erkunden, darum blieb sie zurück und bog links ab, als die anderen nach rechts gingen. Am Anfang machte es richtig Spaß – die hohen Hecken, die Sackgassen. Aber irgendwann nicht mehr. Sie hat sich verlaufen. Der Bus, der sie nach Hause bringen sollte, würde abfahren, und sie spürte die gleiche Angst, die sie auch zu Hause oft überkam. Würde irgendwem auffallen, wenn sie nicht da wäre? Sie rannte durch einen Gang nach dem anderen und versuchte herauszufinden, wo sie falsch abgebogen war und wo sie stattdessen abbiegen musste, um wieder in Sicherheit zu sein. Irgendwann glaubte sie, ihr laufe die Zeit davon und sie würde niemals entkommen.

Genau diese Art von Verzweiflung spürt sie auch jetzt.

»Wohin sind Sie denn unterwegs?«, fragt der Fahrer.

Emma wirft einen Blick in den Rückspiegel und versucht zu lächeln, als er ihr in die Augen schaut. So um die fünfzig wird er sein, denkt sie, sein graues Haar wird dünner, er hat tief liegende Augen und trägt ein formloses schwarzes T-Shirt. Er grinst breit und offenbart eine Zahnlücke.

»Nur zu einem Ausflug«, sagt sie und wendet sich dann ab, um aus dem Fenster zu schauen. Hoffentlich versteht er den Wink mit dem Zaunpfahl. Die Straße ist nun vierspurig und voll. Sie hat das Gefühl, dass die Bungalows, die hier am Rand von Brighton zu beiden Seiten der Straße stehen, viel zu nah am Verkehr sind.

Sie ist so müde. Ihre Lider liegen schwer auf ihren verklebten Augen. Das letzte Mal hat sie sich nach Lolas Geburt so gefühlt, als sie sich in schlaflosen Nächten um das schreiende Baby gekümmert hat. Ihr Körper kam ihr damals so fremd vor, sehnte sich aber danach, ihr Kind zu halten. Und wenn sie Lola dann in den Arm nahm, fühlte sie sich auf einmal ganz leicht. Es war Emma auch damals schon egal, was die

DNA-Tests ergeben haben. Sie ist Lolas Mutter, und sie hätte auch damals schon alles getan, um ihre Tochter zu beschützen.

Letzte Nacht ist sie zwischen kurzen Schlafphasen und hellwachen Episoden hin- und hergedriftet. Jedes Knarren und Knarzen hat sie aufschrecken lassen, ständig war sie überzeugt, dass Teddy vor der Tür stand und nur darauf wartete, sich hereinzuschleichen und ihnen etwas anzutun. Oder dass es jeden Moment unter »Polizei!«-Rufen an die Haustür hämmern würde, dass alles vorbei und umsonst wäre.

Und dann? Wird Jonny sie wieder einweisen lassen, ihr ihr ganzes Leben, ihre ganze Persönlichkeit stehlen? Oder wird er sie einfach umbringen, so wie er es angekündigt hat? Es ist ihr egal. Mit ihr können sie machen, was sie wollen. Aber mit Lola? Nein. Man wird sie zurück zu Isobel und Roly bringen, zurück in eine Welt, in der Jonny unbescholten sein charmantes Lächeln lächeln kann und ihm die Tür weit aufgehalten wird, ohne dass jemand ahnt, was für ein Monster in ihm steckt.

Genau deshalb musste sie Lola jetzt holen. Jahrelang hat sie sich ruhig verhalten. Nichts gesagt. Nichts getan. Sie hat sich nicht mal in die Nähe von Richmond oder irgendeinem anderen Ort in London getraut, wo sie Lola, Isobel oder Roly hätte sehen können, egal wie stark das Verlangen nach ihrer Tochter auch war.

Hätte sie auch nur den Hauch einer Wahl gehabt, hätte sie ihre Versuche niemals aufgegeben, Lola zu sehen, ein Teil ihres Lebens zu sein, sie zurückzubekommen. Selbst nach den Horrormonaten in der Klinik, nachdem Jonny sie nach ihrem gescheiterten Versuch, mit Isobel zu sprechen, auf der Straße aufgegriffen hatte, galt ihr erster Gedanke, als sie aus der Drehtür der Klinik trat und die Wärme der Sonne auf ihrem Gesicht spürte, Lola.

Doch nach nur zehn Schritten endete ihre Freiheit, denn Jonny wartete an der nächsten Ecke auf sie.

»Wenn du noch mal aus der Reihe tanzt … dann bringe ich

dich um. Und alle, die du liebst, inklusive Lola. Und niemand wird dich vermissen. Halt dich also von ihr fern, und von mir. Ich werde dich beobachten, Emma. Denk dran. Ich beobachte dich immer.«

Ihr war klar, dass sie sich wirklich fernhalten und ihr Leben ganz klein machen musste, damit Lola in Sicherheit war, damit Lola am Leben blieb. Und genau das tat sie. Außer um im Blumenladen zu arbeiten, hat sie kaum das Haus verlassen. Aus Angst, Jonnys Zorn zu erregen, hat sie ihr Leben kaum gelebt. Sie hätte für immer so weitermachen können, ihr beschränktes neues Leben akzeptieren können, genau wie ihre Eltern. Für Lola hätte sie das getan. Wenn sie gewusst hätte, dass ihre Tochter in Sicherheit ist, auch wenn sie sie nicht jeden Tag sehen, nicht mit ihr sprechen und sie nicht mit mütterlicher Liebe überschütten konnte.

Aber dann kam jemand in den Blumenladen. Und alles veränderte sich. Sie war gerade allein und fertigte einen Trauerkranz an, als die Klingel über der Ladentür läutete und einen Kunden ankündigte. Sie verließ ihren Arbeitsplatz im Hinterraum.

»*Emma?*«

Ihren Namen zu hören, während sie ganz allein im Laden war, ließ ihr kurz vor Angst das Blut in den Adern gefrieren. An dem Tag wurde ihr klar, dass sie niemals sicher leben würde, egal wie unbedeutend und unauffällig ihr Dasein auch war, und Lola genauso wenig. Sie beide waren ein ungelöstes Problem, das noch geklärt werden musste. Dieser Gedanke mischt sich nun mit all den anderen Sorgen in ihrem Kopf.

Ihr Blick huscht zum Taxameter: Es zeigt schon beinahe zehn Pfund an, und sie sind nicht mal fünf Kilometer außerhalb von Brighton. Während die roten Ziffern kontinuierlich steigen, steigt noch mehr Angst in ihr auf. Aber was hätte sie tun sollen? Die Alternative wäre gewesen, Brighton zu Fuß zu verlassen, und dabei hätten sie von Kameras gesichtet werden können, ihre Beine wären müde geworden und es hätte wieder Tränen gegeben.

Sie hat das Gefühl, dass sie wieder näher kommen – hinter jeder Ecke lauern. Busse und Bahnen erschienen ihr heute Morgen zu riskant. Die großen Bahnhöfe der Gegend werden bestimmt noch überwacht. In ihren letzten wachen Momenten hat sie noch in der Nacht einen Plan gefasst – um etwas zu haben, an das sie sich klammern kann, das ihr die Richtung weist. Mit dem Taxi fahren sie gen Westen bis Arundel, wo sie abseits von größeren Städten in den Bus nach Southampton steigen und dann nach Newbury und Birmingham weiterfahren würden, um London und die Gegenden, wo sie bereits waren, zu meiden. Wenn sie doch nur die Südküste hinter sich lassen könnten, dann würde sie sich bestimmt beruhigen und sich nicht mehr so eingekreist und in die Enge getrieben fühlen.

Von Birmingham ist man in wenigen Stunden in Liverpool. In zwölf Stunden legt die Fähre von Birkenhead nach Belfast ab. Das kommt ihr wie eine Ewigkeit vor, gleichzeitig hat sie das Gefühl, nicht annähernd genug Zeit zu haben. Aber sie muss sich an dem Glauben festhalten, dass sie es schaffen können. Irgendwann mitten in der Nacht hat sie eine Nachricht an die Nummer geschickt, die sie nicht eingespeichert, sondern auswendig gelernt hat, um von den Straßenarbeiten, dem abgeschleppten Auto und der Verfolgungsjagd an die Südküste zu berichten. So lange sie sich getraut hat, starrte sie auf den Bildschirm, aber es kam keine Antwort. Schließlich schaltete sie das Handy aus, für den Fall, dass Haz' Nummer erneut darauf erscheinen würde. Sie vermisst ihn so sehr, aber sie muss das hier ohne ihn durchziehen.

Lola rutscht auf ihrem Sitz hin und her. Sie hält Barnaby und Ducky so hoch, dass sie aus dem Fenster schauen können. »Sehen wir Mummy heute?«, fragt sie.

Emma erstarrt. Hält den Atem an. Die Worte ihrer Tochter haben das Schweigen im Taxi gebrochen. Hat der Fahrer sie gehört? Ihr Blick huscht zum Spiegel, während ihr die Hitze ins Gesicht steigt. Als er sie anschaut, kennt sie die Antwort. Die Stille wird unerträglich lang. Sie gerät ins Straucheln und weiß nicht, was sie sagen soll, bis sie so lange gewartet hat, dass sie keine einfache Erklärung mehr geben kann.

»Wo ist denn deine Mummy?«, fragt der Fahrer mit Babystimme. Diese Stimme benutzen Erwachsene, um Kindern zu vermitteln, dass man ihnen vertrauen kann. Mit genau dieser Stimme hat Emma Lola aus den Toiletten an der Raststätte gelockt.

»Sie ist im Urlaub«, antwortet Emma rasch in dem gleichen aufgesetzten Singsangton, bevor Lola etwas erwidern kann. »Nicht wahr?« Sie drückt Lolas Hand, damit sie weiß, dass alles gut ist. Lola vergräbt den Kopf in Barnabys Fell und kneift die Augen zu. Erneut überkommen Emma Schuldgefühle angesichts dessen, was dieses kleine Mädchen gerade durchmachen muss.

Der Taxifahrer hebt eine Braue und konzentriert sich dann wieder auf die Straße. Doch die Atmosphäre hat sich verändert – es liegt jetzt eine stille Spannung in der Luft, die vorher nicht da war. Sie merkt, dass er sie im Rückspiegel beobachtet, und als sie an einer T-Kreuzung mit Ampel halten und er sein Handy in die Hand nimmt und auf den Bildschirm tippt, beschleunigt sich Emmas Puls zu einem galoppierenden Takt, an den sie sich in den letzten Tagen schon fast gewöhnt hat.

Sei nicht paranoid, ermahnt sie sich, als sie an Teddy aus der Pension denkt. Sie war sich so sicher, dass er etwas Böses im Schilde führte, und hat deswegen kaum geschlafen. Doch dann hat er sie am Morgen nach einem Frühstück, bestehend aus Eiern, Schinken und Würstchen und zwei Toasts mit Marmelade, zur Seite genommen.

»Sie befinden sich eindeutig in Schwierigkeiten. Bitte nehmen Sie Ihr Geld zurück. Ich habe das Gefühl, dass Sie es dringender brauchen als ich.« Er hielt ihr einen Umschlag hin,

den sie gern genommen hätte. Doch sie hat den Kopf geschüttelt.

»Ich … Nein … Das kann ich nicht annehmen. Wir müssen doch bezahlen.«

»Nein, müssen Sie nicht.« Er legte den Umschlag auf den Tisch im Flur und trat einen Schritt zurück. *»Meine Schwester leitet ein Frauenhaus in Romford im Osten von London. In dem Umschlag finden Sie auch eine Telefonnummer.«* Daraufhin hat er sich zurückgezogen und den Frühstückstisch abgeräumt. Mit einem geflüsterten Dankeschön, das er hoffentlich gehört hat, nahm sie das Geld.

Bei ihm waren sie sicher, und doch war sie von ihren Ängsten so eingenommen, dass sie nicht mehr zwischen Gefahr und Sicherheit unterscheiden konnte und zugelassen hat, dass ihre Fantasie in der Nacht so sehr mit ihr durchging, dass sie kaum ein Auge zugetan hat, auch wenn sie den Schlaf so dringend benötigt hätte. Doch nach alldem, was ihr zugestoßen ist, wird sie nie wieder jemandem komplett vertrauen können. Das heißt aber noch lange nicht, dass es da draußen nur böse Menschen gibt, die hinter ihr her sind.

»Seltsames Wetter, oder?«, sagt sie, um die Stille zu füllen und normal zu wirken. »Aber ich habe gehört, dass es heute Nachmittag endlich warm werden soll und dass es dann für den Rest der Woche schön bleibt.«

Sie wartet auf seine Antwort, auf einen »Wird aber auch Zeit«-Kommentar, der nicht kommt. Die Ampel schaltet auf Grün, aber sie fahren nicht los. Er schaut immer noch auf sein Handy. Hinter ihnen hupt jemand ungeduldig, doch anstatt einen Gang einzulegen und aufs Gas zu drücken, dreht er sich in seinem Sitz um und schaut sie an – erst Lola, und dann Emma. Dann wandert sein Blick zurück zu seinem Handy.

Ihr Mund wird ganz trocken. »Ist … alles in Ordnung?«, zwingt sie sich zu fragen, während sie ihren Rucksack auf den Schoß nimmt.

Er nickt, sagt aber immer noch nichts. Eine weitere Hupe ertönt, und ein Auto fährt an ihnen vorbei.

Auf der Suche nach einem Ausweg blickt sie sich hektisch um. Sie überlegt, einfach die Tür zu öffnen, Lola an der Hand zu nehmen und auszusteigen, wegzurennen, aber überall um sie herum sind Autos, die in beide Richtungen fahren. Zu gefährlich. Und außerdem ist der Fahrer jetzt losgefahren.

»Könnten Sie da vorne anhalten?« Sie deutet auf eine Reihe Läden. »Mir ist ein bisschen übel vom Autofahren.«

Wortlos betätigt er den Blinker und biegt in eine Haltebucht ein. In ihre panische Angst mischt sich ein zögerliches Gefühl der Erleichterung.

»Danke«, sagt sie und öffnet den Reißverschluss der kleinen Tasche ihres Rucksacks. Sie ist voll und ganz darauf konzentriert, den richtigen Geldbetrag herauszuholen, und merkt daher nicht sofort, dass er den Motor ausstellt und die Fahrertür öffnet.

Noch bevor sie reagieren kann, ist er ausgestiegen und hat die Tür zugemacht. Als ihr klar wird, was geschieht, will sie Nein schreien, doch alles passiert so schnell und langsam gleichzeitig. Sie greift nach dem Türgriff und redet sich ein, dass sie falschliegt, auch wenn sie weiß, dass es nicht so ist.

Und dann hört sie es. Das leise Klicken der Zentralverriegelung. Sie rüttelt an dem Griff, ungläubig, doch die Tür öffnet sich nicht.

»Nein«, schreit sie und hämmert gegen die Scheibe.

»Was ist los?«, flüstert Lola.

»Alles gut«, sagt Emma schnell und nimmt ihre Hand.

»Will der Taximann uns wehtun?«

Was soll sie darauf antworten? »Alles wird gut, Lola. Ich liebe dich. Vergiss das nicht, okay? Ich wollte dich doch nur beschützen.«

Der Fahrer tritt an ihr Fenster heran und hält sein Handy hoch, sodass sie den Bildschirm sehen kann. Die Facebook-App ist geöffnet und zeigt ein Plakat mit einem blauen Streifen am oberen Rand. »Die Polizei bittet um Ihre Mithilfe« steht da in weißer Schrift. Direkt darunter befindet sich ein dickerer roter Streifen, auf dem nur ein Wort prangt: »Gesucht«. Darunter sieht man ein Bild ihres Gesichts.

Das Foto wurde in der Klinik aufgenommen, vermutlich als sie eingewiesen wurde, denn sie kann sich nicht daran erinnern. Sie trägt ein grün-weißes Patientenhemd, ihr Haar ist ungekämmt und fettig. Mittlerweile ist ihr Gesicht wieder fülliger, ihre Wangenknochen treten nicht mehr so stark hervor. Aber man kann sie erkennen.

»Ich rufe da jetzt an«, schreit er und deutet auf den unteren Teil des Displays.

»Bitte.« Sie hämmert erneut gegen die Scheibe. »Tun Sie das nicht. Ich kann Ihnen alles erklären.«

Er schaut sie mit einer Mischung aus Mitleid und Ekel an und entfernt sich.

Emma rüttelt noch mal an den Türgriffen – erst an ihrem, dann an Lolas, dann an den beiden Vordertüren. Es ist zwecklos. Er hat sie eingesperrt. Sie wirft sich in den Sitz zurück und realisiert mit Schrecken, was hier gerade vor sich geht.

Die Polizei wird sie schnappen. Und Jonny und seine Freunde auch.

Es gibt keinen Ausweg.

Emma ist gescheitert. All ihre Pläne, all die Verzweiflung und all das Gehetze der letzten Tage – es war umsonst. Sie wollte ihre Tochter beschützen, doch damit hat sie nur erreicht, dass Lola sich jetzt in größerer Gefahr als je zuvor befindet.

SIEBENUNDZWANZIG

EMMA

Wortlos sitzt Emma da und weint. Wieder und wieder rüttelt sie an der Tür. »Nein, nein, nein«, schluchzt sie gequält.

»Bitte«, ruft sie. »Sie wissen nicht, was Sie da anrichten. Sie können uns hier nicht einschließen. Wir werden verfolgt.«

Der Taxifahrer klopft mit dem Zeigefinger gegen das Beifahrerfenster und während er sie mit einem Blick anschaut, der süffisant und genervt zugleich wirkt, wackelt er mit dem Finger und schüttelt den Kopf. Ihre Panik hat sich zu einem wilden, monströsen Biest ausgewachsen. Sie müssen hier raus. Sie kann nicht zurück. Sie weigert sich. So muss es sich anfühlen, wenn man ertrinkt, denkt sie. Wenn man unter Wasser eingeschlossen ist, keine Luft mehr bekommt, keinen Atemzug mehr tun kann und keinen Ausweg mehr hat. Sie glaubt fast, ihre Lunge röcheln zu hören, so verzweifelt sehnt sie sich danach, zu überleben.

Lola neben ihr wimmert und drückt ihr Gesicht in Emmas Schoß. Sie fühlt die Tränen, die ihre Leggings durchnässen, und die Hitze, die von Lolas Haut ausgeht.

»Alles gut, Lola«, murmelt sie, auch wenn das natürlich nicht stimmt, das wissen sie beide.

»Ist das das Monster?«, fiept sie.

»Nein, ist es nicht«, antwortet Emma. Wie gern sie Lola diese Angst ersparen würde. Sie hätte ihr nie etwas von einem Monster erzählen dürfen, aber Lola musste ja verstehen, warum sie das alles hier tun.

Erneut rüttelt Emma an dem Griff, da taucht das Gesicht des Fahrers am Fenster auf. Diesmal wirkt er gar nicht mehr amüsiert, nur noch wütend.

»Ich habe schon angerufen. Die Polizei ist jeden Moment hier«, sagt er mit übertriebenen Lippenbewegungen. »Die wird sich darum kümmern.«

Nein, das wird sie nicht!

Soll sie weiter flehen und betteln? Nein, es ist sinnlos. Sie verdreht den Rücken, um aus dem Heckfenster zu schauen. Wie lange sitzen sie hier schon in der Falle? Wie lange wird es noch dauern, bis der schwarze SUV mit den getönten Scheiben kommt? Die Haltebucht befindet sich direkt hinter der viel befahrenen T-Kreuzung mit der Ampel und insgesamt sechs Spuren, zwei in jede Richtung, auf denen ständig Autos bremsen und losfahren. Linker Hand befindet sich eine Häuserzeile mit Geschäften: einem Friseur, einem Supermarkt und einem Metzger. Emma beobachtet, wie ein Paar den Supermarkt verlässt. Sie müssen beide etwa Mitte dreißig sein. Die Frau ist schwanger, ihr Babybauch dehnt den Stoff ihres weißen T-Shirts. Der Mann ist groß und gut aussehend. Er hat braune Haare und einen kurzen Bart. Sie sehen aus wie ein glückliches Bilderbuchpaar.

Emma lehnt sich hinüber auf die andere Autoseite und hämmert gegen die Scheibe. »Hilfe«, schreit sie ihnen zu. »Bitte helfen Sie uns.«

Erschrocken schauen sie zu ihr hinüber. Sie pocht noch mal gegen das Fenster. »Hilfe. Er hat uns hier eingesperrt. Er lässt uns nicht raus.«

Für den Bruchteil einer Sekunde sieht es so aus, als würden

sie einfach weitergehen, sich abwenden und so tun, als hätten sie nichts gesehen, doch dann schaut die Frau ihr in die Augen. Sie kommt näher und ruft dem Fahrer etwas zu. Hoffnung keimt in Emma auf. *Bitte, lass ihn zur Vernunft kommen.* Der Fahrer läuft dem Paar entgegen und wechselt ein paar Worte mit den beiden, die Emma nicht hören kann. Er zeigt auf den Bildschirm seines Handys, das er in der Hand hält. Der Mann nickt, aber die Frau schüttelt den Kopf und deutet auf das Auto. Beide Männer scheinen jetzt auf die Frau einzureden, die eine Hand hebt und weiterhin den Kopf schüttelt. Dann holt sie ihr Handy heraus und drückt es sich ans Ohr. Sie ignoriert die protestierenden Männer und den empörten Blick des Taxifahrers, lässt die beiden stehen und nähert sich dem Taxi.

»Ich rufe den Notruf«, sagt sie und bückt sich ein wenig, um Emma sehen zu können. »Keine Ahnung, was hier vor sich geht, aber er sollte Sie nicht in einem Auto einsperren. Halten Sie durch.«

Heiße Tränen laufen Emma über die Wangen. Sie weiß, dass ihr die Zeit davonrennt. Jeden Moment werden sie hier sein. Das weiß sie. Sie muss aus diesem Auto raus. Sie muss fliehen.

»Bitte«, versucht Emma es erneut, als die Frau aufgelegt hat. »Bringen Sie ihn dazu, das Auto aufzusperren.«

»Ich versuch's. Eine Streife ist in der Nähe unterwegs, die Polizei ist also gleich da.« Sie geht zurück zu den Männern. Der Taxifahrer schüttelt den Kopf, sieht aber unsicherer aus als eben noch. Und dann holt er seinen Schlüssel raus und dreht sich in Richtung Auto. Eine Welle der Erleichterung durchflutet sie. Wenn sie nicht bereits sitzen würde, dann würde die Wucht dieses Gefühls sie wahrscheinlich umreißen. Doch dann hält er mit erhobener Hand inne. Er drückt nicht auf den Knopf, die Türen werden nicht entriegelt, und im Augenwinkel sieht Emma etwas Blaues aufblitzen.

Es ist zu spät – die Polizei ist da.

Das Gefühl, zu ertrinken, kehrt zurück, Tränen strömen ihr übers Gesicht. Auch Lola hat nicht aufgehört zu weinen, das Gesicht vergräbt sie noch immer in ihrem Schoß. Emma muss unentwegt an die Handynummer denken, die sie auswendig gelernt hat.

»*Melde dich nicht bei mir, bevor Lola sicher ist. Außer es handelt sich um einen absoluten Notfall. Nur wenn es um Leben oder Tod geht.*«

Das ist ein absoluter Notfall.

Genau jetzt und hier.

Aber sie hat nicht genug Zeit, um das Handy aus dem Rucksack zu holen und es einzuschalten. Und selbst wenn: Wie soll irgendwer jetzt noch verhindern können, was ihr bevorsteht? Der Streifenwagen hält am Straßenrand und parkt vor dem Taxi. Zwei Polizeibeamte steigen aus. Es sind zwei Frauen, die ihr Haar zu ordentlichen Dutts im Nacken hochgesteckt haben. Die eine ist über dreißig, die andere sieht unfassbar jung aus, kaum wie achtzehn. Beide wirken selbstbewusst. Sie scheinen felsenfest davon überzeugt zu sein, dass sie mit dem, was sie erwartet, umgehen können. Oh, sie irren sich, denkt Emma. Die Realität fühlt sich an wie ein Schlag in die Magengrube.

Die Beamtinnen teilen sich auf. Eine geht zu dem Taxifahrer und dem Paar, die andere kommt zum Auto und zu Emma. Es ist die jüngere Frau. Sie geht in die Hocke und betrachtet sie auf der Rückbank.

»Hi«, sagt sie. Trotz der Scheibe zwischen ihnen klingt ihre Stimme ganz deutlich. »Ich bin PC Ravi Krishna. Können Sie mir sagen, was hier vor sich geht?«

Emma nickt und wischt sich die Tränen mit dem Ärmel weg. »Der Taxifahrer, er … Er hat mich und meine kleine Tochter hier eingesperrt und lässt uns nicht raus«, sagt sie. »Bitte lassen Sie uns raus.«

Ihnen bleibt keine Zeit mehr. Sie dreht sich auf dem Sitz

um und sucht die Straße ab. Sie werden jeden Moment hier sein.

»Hat er einen Grund dafür genannt?«, fragt PC Krishna. »Können Sie die Fahrt nicht bezahlen?«

Emma schüttelt den Kopf. »Nein, das ist es nicht.« Sie überlegt, ob sie lügen soll. Dass es sich hier um eine Verwechslung handle, dass der Taxifahrer sich vertan habe und sich nicht die Frau sei, nach der gefahndet werde. Doch noch während sie darüber nachdenkt, verwirft sie die Idee wieder. Ja, ihr Gesicht hat sich verändert; sie sieht nicht mehr aus wie das hohlwangige Mädchen, das im umnebelten Zustand fotografiert wurde, aber die Frau auf dem Foto ist eindeutig sie – die großen braunen Augen, das lange Haar –, und wenn sie jetzt beim Lügen erwischt wird, dann kommt sie auch nicht aus diesem Auto raus.

In wenigen Momenten werden sie wissen, dass sie eine gesuchte Flüchtige ist. Trotzdem bringt sie es nicht über sich, der Beamtin selbst die Wahrheit zu sagen. Alle haben sie für verrückt gehalten. Die Ärzte, ihre Familie, der Anwalt, den sie beauftragt hatte – einfach alle. Als sie erzählt hat, was ihr widerfahren ist, dachten sie, sie würde sich das alles nur ausdenken. Wenn sie jetzt versucht, PC Krishna zu erklären, was Jonny und Roly und Isobel ihr angetan haben, dann wird ihr das auch nicht helfen. »Bitte ...«, sagt sie deshalb nur. »Lassen Sie uns raus. Meine Tochter ist ganz verängstigt.«

PC Krishna lächelt ihnen beruhigend zu. »Wie heißen Sie?«

»Ich bin Emma Jacobs, und das ist Lola.«

Die Polizeibeamtin winkt und lächelt breit, als Lola den Kopf aus Emmas Schoß hebt. »Wie alt bist du denn, Süße?«

»Drei. Ich will nach Hause«, sagt sie und drückt ihr Gesicht dann wieder in Emmas Körper. Und auch wenn der Gedanke unerfreulich ist, muss Emma sich eingestehen, dass sie erleichtert ist, dass Lola so viel Angst hat, dass sie PC Krishna nicht erzählen wird, dass Emma nicht ihre Mutter ist und sie nicht nach Hause bringen wird.

»Bald sind wir zu Hause«, lügt Emma und streicht Lola über den Rücken. Sie wirft der Polizistin einen weiteren flehenden Blick zu.

Als sie einen Schrei hören, schauen sie alle zu der anderen Gruppe hinüber. Das Paar macht einen Schritt zurück. Sie halten sich nicht mehr an den Händen. Die Frau schaut zu Emma und formt mit dem Mund die Worte: »Tut mir leid.«

»Hören sie«, schreit der Taxifahrer und tippt aggressiv mit dem Finger auf sein Handy. »Ich habe mich verhalten wie ein guter Bürger.«

Emma schließt kurz die Augen. Ihre letzte Chance ist vertan. Die Polizistinnen haben die Fahndung gesehen. Sie ist jetzt keine Frau mehr, die Hilfe braucht, sondern eine Geisteskranke, die weggesperrt werden muss. Eine verzweifelte, gefährliche Person, der man nicht trauen kann.

Emma hört nicht, was die andere Beamtin erwidert. Sie spricht leise, beruhigt den Taxifahrer, der aussieht, als würde er einen Grunzlaut ausstoßen. Dann greift er in seine Hosentasche und zieht den Schlüssel wieder hervor. Eine Sekunde darauf ertönt ein Klickgeräusch. Emma stürzt sich auf den Griff und reißt die Tür auf. »Schau, Lola«, sagt sie und umarmt das kleine Mädchen. »Die liebe Polizistin hat die Tür aufgeschlossen. Jetzt können wir raus.«

Lola hebt den Kopf und schaut erschöpft in Richtung PC Krishna, die sie freundlich anlächelt. Emma spürt, dass ihre Tochter zögert. In einem Auto eingesperrt zu sein, ist unheimlich, aber da draußen in einer Welt zu sein, in der es Monster gibt, ist deutlich schlimmer. Sie hat jedes Recht, misstrauisch zu sein.

»Jetzt ist es sicher«, sagt Emma. Hoffentlich stimmt das auch, denkt sie und steigt aus, sucht dabei aber wieder die Straßen mit den Augen ab. Ein Bild taucht vor ihrem inneren

Auge auf. Hände, die sie festhalten wie ein Schraubstock, sie hochheben und in die Klinik zerren.

»Vielen Dank«, sagt sie zu der Polizistin. Ihre Beine sind vor Erleichterung, an der frischen Luft zu sein, ganz wackelig.

»Nun, ich bitte Sie nur ungern, sich wieder in ein Auto zu begeben, aber würden Sie sich für einen Moment in unseren Streifenwagen setzen, während wir mit dem Taxifahrer sprechen und Ihrer beider Aussagen aufnehmen?«

Emmas Füße drohen nachzugeben, und sie umklammert Lolas Hand noch ein bisschen fester. *Renn weg! Los!* »Ich will keine Anzeige erstatten«, platzt es aus ihr heraus. »Wir können gehen. Wir sind sowieso schon spät dran …«

Die Polizistin lächelt sie verständnisvoll an. »Keine Sorge, es wird nicht lange dauern, und ich schließe Sie auch nicht ein. Wir lassen die Tür auf. Wir wollen nur, dass Sie und Ihre Tochter hier warten, während wir alles klären.«

Emma nickt. Was bleibt ihr auch anderes übrig? Sie können diese Polizistin sowieso nicht abhängen, und wenn sie jetzt versucht wegzulaufen, steckt sie nur in noch größeren Schwierigkeiten. Sie gehen zum Streifenwagen. Lola steigt als Erste ein und rutscht über den Ledersitz. PC Krishnas Anwesenheit scheint sie zu beruhigen. Sie dreht sich in ihrem Sitz um und beginnt, mit Barnaby zu spielen. Sie legt ihm einen Gurt um und schnallt ihn an. »Barnaby, du warst ein frecher Bär. Du kommst ins Gefängnis.«

PC Krishna lächelt und geht dann zu ihrer Kollegin. Als sie wiederkommt, hat sie eine Falte zwischen den Augenbrauen und schüttelt leicht den Kopf.

»Nun«, sagt sie und winkt Emma zu sich, um sich außerhalb von Lolas Hörweite mit ihr unterhalten zu können. »Der Taxifahrer hat uns einen Social-Media-Post mit einer Fahndung nach Ihnen gezeigt.«

Emma hat das Gefühl, dass ihr der Boden unter den Füßen weggerissen wird. Sie ist zwar nicht mehr in einem Auto eingesperrt, aber sie sitzt trotzdem in der Falle. Jetzt werden sie gleich herausfinden, dass sie ein kleines Mädchen entführt hat. Wie soll sie das nur alles erklären? Dass sie sich selbst immer und immer wieder einredet, Lolas Mutter zu sein, wird nicht reichen.

»Ich ...«, beginnt sie, doch PC Krishna ist noch nicht fertig.

»Aber die Sache ist die – und dieser Sache müssen wir auf den Grund gehen ...« – sie hält eine Sekunde inne und mustert Emmas Gesicht – »... der Post sieht echt aus. Selbst wir haben ihn erst für echt gehalten, aber in der Polizeidatenbank findet sich keine entsprechende Meldung. Der Taxifahrer hat eine gefälschte Fahndungsmeldung gesehen. Weder werden Sie polizeilich gesucht noch sind Sie eine Person von besonderem Interesse in einer Ermittlung.«

Die Tränen fallen nur so auf Emmas Wangen. Sie ist keine Flüchtige. Die Polizei sucht nicht nach ihr. Sie war sich nicht sicher, ob Roly und Isobel die Polizei rufen würden. Sie hat es angenommen, hat vermutet, dass ihre Liebe zu Lola größer sein würde als das Bedürfnis, die Polizei aus jeglichen Ermittlungen rauszuhalten, die das kleine Mädchen betreffen, das angeblich ihre Tochter ist. Doch wirklich erleichtert ist Emma nicht.

Macht das überhaupt einen Unterschied? Sie wird trotzdem gejagt. Lola ist trotzdem in Gefahr.

Es gibt so viele Dinge, die sie dieser Polizistin gern sagen würde, aber wo soll sie anfangen? Alles fing auf einer von Jonnys Partys an, und dann verliebte Emma sich so Hals über Kopf, dass sie die Gefahr, in der sie schwebte, erst erkannte, als es zu spät war. »Die Leute, die dafür verantwortlich sind ... die sind böse. Sie glauben, dass ich etwas über diese Frau weiß, die verschwunden ist – Scarlett Peters.«

PC Krishnas Augen weiten sich kaum merklich, und sie ermuntert Emma nickend, weiterzusprechen.

»Sie haben viel Geld und viele Ressourcen, und sie haben

gedroht, meiner Tochter etwas anzutun, darum bin ich weggelaufen und versuche, mich vor ihnen zu verstecken, aber –«

Aus dem Augenwinkel sieht sie etwas Schwarzes aufblitzen. Sie dreht sich um. Da ist er – der schwarze SUV. Er parkt neben dem Taxi. Jonny ist da.

Die Welt hört auf, sich zu drehen. Sie hört nur das dumpf wummernde Geräusch ihres Herzens. Und sie hat nur noch einen Gedanken.

Sie ist so gut wie tot.

ACHTUNDZWANZIG

ISOBEL

An Isobels Schläfen kündigt sich ein pochender Kopfschmerz an. Sie sehnt sich nach Koffein, will aber keinen Kaffee mehr trinken. Von ihrer ersten Tasse hat sie nur zwei Schlücke getrunken, um die umnebelnde Erschöpfung zu bekämpfen, aber gleichzeitig dem Baby nicht zu schaden.

Seit einer Stunde sitzen sie jetzt mit DCI Watkins in der Küche und stellen und beantworten Fragen zu ihrem Leben, zu Emma, zu Zeen und zu einem Dutzend anderer Dinge, die ziemlich sicher irrelevant sind. Selbst Margaret schweigt nun. Gerade haben sie sich die Videoaufnahme von gestern angesehen, in der Emma Geld abhebt. Als sie sah, wie Lola ihr tränennasses Gesicht an Emmas Körper drückte, um von einer Frau getröstet zu werden, die nicht Isobel ist, sind auch die letzten unversehrten Stücke ihres Herzens zerbrochen.

»*Ich bin ihre Mutter*«, hätte sie am liebsten geschrien. Und wenn Margaret nicht da gewesen wäre, hätte sie das wohl auch getan. Wie lange sollen sie denn noch so tun, als ob das hier eine ganze normale Entführung ist – falls es so etwas überhaupt gibt?

Nicht nur sie ist frustriert. Roly reibt sich andauernd den

Nacken und wirft ihr Blicke zu, mit denen sie nichts anfangen kann, bevor er sich wieder seinem Handy widmet, als würde er darin Antworten finden. *Sie ist deine Mutter*, will Isobel ihm sagen. *Du solltest sie doch loswerden.*

Schließlich bricht Margaret das Schweigen, indem sie mit einem Finger auf den Tresen trommelt, den Detective fixiert und sagt: »Ohne Ihnen zu nahe treten zu wollen, DCI Watkins, aber wäre es nicht besser, wenn Sie bei Ihrem Team wären und die Suche vom Revier aus koordinieren würden? Ich glaube, wir brauchen Sie hier nicht mehr.«

»Mutter«, sagt Roly, während Isobel sich fragt, wie man auf so einen Kommentar bloß antworten soll.

»Es tut mir leid, Liebling, aber mittlerweile sind zwei Tage vergangen. Das ist doch lächerlich. Ich sollte den Chef dieses Mannes informieren«, erwidert Margaret, die sich nicht bewusst ist, was für eine Bombe sie da legt. Sie wird jeden Moment hochgehen.

Isobel wirft DCI Watkins einen Blick zu. Sein Gesicht verrät nichts, aber es liegt eindeutig eine Spannung in der Luft.

»Mutter«, wiederholt Roly. Seine Stimme ist jetzt laut. So barsch hat sie ihn noch nie mit ihr sprechen hören. »Hör bitte auf.«

Margaret schürzt die Lippen, und als sie ihren Sohn ansieht, glitzert etwas Feuchtes in ihren Augen. »Ich mache mir Sorgen um mein einziges Enkelkind. Ich versuche doch nur zu helfen.«

»Das weiß ich doch«, seufzt Roly, der schon wieder einen sanfteren Ton angeschlagen hat. »Warum legst du dich nicht ein wenig hin? Wenn es Neuigkeiten gibt, sage ich dir Bescheid.«

Isobel traut sich nicht, ihre Schwiegermutter anzuschauen. Sie traut sich nicht mal zu atmen, damit diese Frau bloß nicht die Worte hört, die ihr durch den Kopf gehen: *Bitte geh!*

Es folgt eine unerträglich lange Pause, bis Margaret schließlich nachgibt und nickt. »Ja, das ist eine gute Idee. Weckst du mich, falls es Entwicklungen geben sollte?«

Roly nickt. Die Erleichterung ist seinem Gesicht anzusehen. Niemand spricht, während Margaret aufsteht und aus dem Raum rauscht. Schweigend warten sie, bis sie die Treppe hinaufgestiegen und mit einem leisen Klicken die Tür ihres Zimmers hinter sich geschlossen hat. Dann steht Isobel auf und macht die Küchentür zu.

Sie wendet sich den beiden Männern zu. Roly fährt sich mit den Händen übers Gesicht. Als sie zu ihrem Hocker zurückkehrt, schaut er zu ihr hoch. »Es tut mir leid«, sagt er, doch sie ist sich nicht sicher, ob die Entschuldigung ihr gilt. »Und danke für alles, Owen«, fügt er hinzu.

»Ich bin immer auf deiner Seite, Mann, und du weißt, dass ich wirklich gern helfe, aber damit das klar ist: Ich riskiere hier gerade meinen Job.«

»Ist es. Und dafür sind wir dir dankbar.«

Und da ist sie endlich. Die Wahrheit. Seit Margaret ihnen vor zwei Tagen die Tür zu ihrem eigenen Zuhause geöffnet und sie hineingescheucht hat, sehnt Isobel sich danach, sie zu erfahren. Diese Farce ist mittlerweile nur noch lächerlich. Sie hasst es, Theater zu spielen. Wie oft sie gedacht hat, dass sie das alles nicht mehr aushält, nicht mehr mit den Lügen leben kann ... doch nun kommt ihr die Wahrheit genauso unmöglich vor. Vielleicht hat ein Teil von ihr an die Geschichte glauben wollen, die sie für Margaret ersonnen haben, und sich vorgestellt, dass eine ganze Polizeistaffel da draußen unterwegs ist und nach ihrem kleinen Mädchen sucht.

Eine Erinnerung kehrt zu ihr zurück. An der Raststätte hat sie Roly angeschrien, die Polizei zu rufen, worauf er geantwortet hat: *»Ich bin schon dabei. Setz dich kurz, Iz, während ich telefoniere. Ich rufe Owen an. Der wird wissen, was zu tun ist.«*

Nicht den Notruf hat er angerufen – es gibt kein Blaulicht, keine Sirenen oder Helikopter oder Straßensperren –, sondern seinen Jugendfreund Owen Watkins. Er ist Polizist, ein Detective Chief Inspector bei Scotland Yard. Das zumindest stimmt. Aber er ist nicht in offizieller Funktion bei ihnen. Als ob sie jemals den Notruf gerufen und ihre Tochter als vermisst gemeldet hätten! Das hätte doch nur Aufmerksamkeit auf sie und alle, die mit ihnen in Verbindung stehen, gelenkt – unter anderem auf Jonny.

Aber er spielt natürlich mit. Als alter Freund von Roly. Er schuldet ihm was. Und nicht nur das: Er steckt genauso in der Sache mit drin wie sie alle.

Er schenkt sich Kaffee nach. »Gute Idee, eine mögliche Lösegeldforderung vorzuschieben, um die Presse aus der Sache rauszuhalten, Rols. Aber du hättest mich gestern wirklich nicht so bedrängen müssen, Isobel. Ich musste Margaret deshalb bezüglich der Pressemitteilung ins Gesicht lügen. Dadurch habe ich meinen Job noch mehr gefährdet.«

»Es ... es tut mir leid. Ich will doch einfach nur Lola finden.« Sie spürt ein schmerzhaftes Stechen im Brustkorb. Es gibt gar keine Fahndungsmeldung. Keine Fotos auf Titelseiten. Keine Pressekonferenz. Sie wusste, dass das alles unmöglich wäre, aber sie hat es trotzdem eingefordert. Weil sie verzweifelt ist wahrscheinlich. Aus genau diesem Grund hat sie heute Morgen auch nicht die Nachrichten geschaut. Es hätte nichts zu sehen gegeben, und diese Wahrheit ist kaum auszuhalten.

»Iz hat doch nur für Mutter den Schein gewahrt. Nicht wahr, Schatz? Wir wissen, dass du nicht mit der Presse sprechen kannst.«

»Nun, das Spiel wäre aus gewesen, wenn Margaret eine öffentliche Erklärung verlangt hätte.«

Seine schnippische Antwort versetzt ihr einen weiteren Stich. *Das hier ist doch kein Spiel*, will sie schreien. Es geht nicht darum, irgendwelche Schülerstreiche zu vertuschen. Lola ist wirklich von einer Wahnsinnigen entführt worden. Sie schluckt ihren Konter hinunter, behält ihn für sich. Andere

Leute hätten die Polizei gerufen. Sie hätten ein Team aus Beamten in ihrem Haus, die Presse hätte vor ihrer Tür ihr Lager aufgeschlagen. Sie würden an die Öffentlichkeit appellieren und Fotos von ihrem Kind teilen.

Aber sie sind eben nicht »andere Leute«. Sie sind die Huntingtons, eine der ältesten Familien Englands. Sie stammen von Eduard dem Sechsten ab. Und dass sie immer noch so einflussreich sind, liegt auch daran, dass sie unter dem Radar fliegen. Das ist natürlich nicht der wahre Grund, aus dem Roly am Sonntag DCI Watkins und nicht die Notrufnummer angerufen hat. Der wahre Grund ist viel komplizierter. Isobel versucht immer noch, ihn richtig zu verstehen. Was auch immer sie angesichts der Geschehnisse empfinden mag, dieser Mann hier in ihrer Küche ist einer der wenigen Menschen, der überhaupt weiß, dass Lola vermisst wird.

»Zum Glück war davon auszugehen, dass Mutter den Namen Huntington aus der Presse würde raushalten wollen.«

»Ja, und zum Glück wollte sie auch keinen Opferschutzbeamten im Haus«, sagt der Detective. »Das wäre schwer umzusetzen gewesen.« Er lächelt verschmitzt. »Obwohl ich mich daran gewöhnen könnte, dass du mich DCI Watkins nennst.«

»Was geht hier wirklich vor sich, Owen?«, platzt Isobel heraus. Sie kann seinen lässigen Ton nicht mehr ertragen. Und trotz allem fühlt es sich nach all der Zeit seltsam an, ihn so zu nennen. »Und was machst du wirklich, um Lola zu finden?«

Er dreht sich zu ihr und schaut sie an. Unwillkürlich hebt sie die Hand und fasst sich an den Ohrring. Ihr steigt die Röte in die Wangen, während er sie beobachtet.

»Mach dir da mal keine Sorgen drum«, antwortet er. »Alles, was ich sage, während Margaret dabei ist, passiert gerade wirklich. Außer dass wir Informationen an die Presse weitergegeben haben. Es finden eben keine offiziellen Ermittlungen statt.«

»Aber wie geht das?«, fragt sie. »Warum hast du Zugriff auf die Überwachungskameras? Wer kümmert sich darum?«

»Das war gar nicht so schwer, von ein paar unbedeutenden Problemchen mal abgesehen. Ich habe mein Fortbildungsbudget genutzt und ein Team zusammengestellt, das glaubt, gerade eine Übung durchzuführen. Sie glauben, dass Emma eine verdeckte Ermittlerin ist, die ebenfalls gerade in der Ausbildung ist und mit ihrer eigenen Tochter eine realistische Entführung nachspielt. Das Team hat eine Social-Media-Kampagne gestartet und nutzt ein Foto von Emma aus der Klinik, um nach ihr zu fahnden. Wir suchen also tatsächlich öffentlich nach Emma. Und wie ihr wisst, ist Frank auch ein guter Freund.« Er nickt Roly zu. »Er hat sich ein paar Tage Urlaub genommen und fungiert als unser Ermittler vor Ort mit einem anderen ... sagen wir mal, Partner. Wir müssen uns nicht mit Bürokratie rumschlagen. Die Chancen, Emma und Lola zu finden, stehen also nicht schlechter als bei einer echten Ermittlung. Und niemand kommt uns in die Quere. Ihre Familie war sehr kooperativ. Ich glaube, dass sie wirklich keine Ahnung haben, wo Emma ist.«

Isobel will sich an seine Beteuerungen klammern.

»Als Emma gestern an der Tankstelle Geld abgehoben hat, hatten wir Schwierigkeiten«, erzählt er. »Frank war nicht nah genug dran. Zum Glück habe ich einen Bekannten, der bei der Polizei von Crawley arbeitet und mir noch einen Gefallen schuldig war. Er hat einen Streifenwagen hingeschickt, um Emma und Lola so lange aufzuhalten, bis Frank kommt. Offensichtlich haben wir Emma gestern unterschätzt, aber das wird nicht wieder vorkommen. Frank bleibt jetzt dort in der Gegend und wartet auf die nächste Meldung.«

»Oje, und ich hätte gestern fast was gesagt, als du meintest, die Polizei wäre unterwegs«, stöhnt Roly. »Ich hätte wissen müssen, dass das alles Teil des Plans war.«

»Ja, hättest du. Ich fordere hier wirklich jeden Gefallen ein, den mir irgendwer schuldig ist. Und ich sage es noch einmal:

Ich riskiere meinen Job, um euch zu helfen, überlegt euch also bitte gut, was ihr sagt, wenn Margaret dabei ist.«

»Natürlich. Machen wir, nicht wahr, Iz? Danke, Owen.«

Sie nickt. »Du glaubst also nicht, dass Emma mit Lola bereits außer Landes geflohen ist?«

»Das ist sehr unwahrscheinlich.«

Die beiden Männer spekulieren weiter darüber, was Emma vorhaben könnte, wohin sie unterwegs sein mag. Isobel hört ihnen nur noch mit halbem Ohr zu. Eine dunkle Vorahnung erfüllt sie, und eine wohlbekannte innere Stimme erinnert sie daran, dass sie es nicht anders verdient hat. Doch jetzt fühlt sich alles noch schlimmer an. Margaret ist nicht mehr im Raum und sie haben die Masken abgelegt. Nichts schützt Isobel mehr vor der Wahrheit, und sie spürt die Schuldgefühle in jeder Faser ihres Körpers. Wie ein Feuer brennen sie in ihrem Inneren.

Was für Eltern rufen bitte einen Freund statt der Polizei an, wenn ihr Kind entführt wird?

Was für eine Mutter tut bitte nicht alles, was in ihrer Macht steht, damit die ganze Welt nach ihrer Tochter sucht? Jedes Mal, wenn sie in den Spiegel schaut, starrt die Antwort auf diese Frage sie an.

Das dringliche Vibrieren eines Handys reißt Isobel aus ihren panischen Ängsten und holt sie zurück in die Küche.

»Ja?« Seine Stimme klingt jetzt wieder ganz dienstbeflissen. Er hört zu und sie sieht, wie sich sein Gesichtsausdruck verändert. Seine Augen werden groß, dann nickt er und richtet sich auf. Sie hält den Atem an, und als er auflegt, grinst er breit.

»Wir haben sie. Wir haben Lola.«

NEUNUNDZWANZIG

ISOBEL

Die Emotionen stürzen wie eine Flutwelle über sie herein und reißen sie förmlich um. Sie haben sie. Dass sie Lola bald wieder in den Armen halten wird, erleichtert sie so sehr, dass sie fast hyperventiliert, aber die Freude hält nur kurz an, denn die Schuldgefühle sind noch immer da, wie ein scharfes, gnadenloses Messer, das ihr an die Kehle gehalten wird.

Isobel versucht sich vorzustellen, wie sie Morgen aufwacht und Lola »*Mummy*« schreien hört. Wie das Spielzeug im ganzen Spielzimmer verteilt wird und die ihr wohlbekannte Titelmelodie von *Peppa Wutz* das Haus erfüllt. Die Welt wird wieder ganz normal sein, und sie werden wieder die Menschen sein, die sie noch vor ein paar Tagen waren.

Nein. Die Auswirkungen dieser albtraumhaften Zeit gehen zu tief, als dass sie je wieder so sein könnten wie vorher. Diese Menschen haben sich etwas vorgemacht, die Wahrheit verdrängt und in einer Scheinwelt gelebt, die viel weitergeht als die Scheinermittlungen, die Margaret zuliebe durchgeführt werden. Was bedeutet das für sie? Sie weiß es nicht, aber sie ist sich sicher, dass sie nie wieder die perfekte Familie sein werden, die sie so lange gespielt haben.

»Gott sei Dank«, ruft Roly und springt auf. Er gibt ihr einen Kuss, seine Freude wirkt so simpel und unkompliziert.

»Diesmal wirklich?«, fragt sie, denn sie kann den Gedanken daran, Lola in den Armen zu halten, nicht ertragen, wenn auch nur die kleinste Chance besteht, dass Emma doch wieder entkommt. »Ist sie auf dem Weg hierher?«

»Bald«, antwortet der Detective.

»Was –«, beginnt Isobel, aber Roly kommt ihr zuvor.

»Was soll das heißen? Entweder habt ihr sie und sie ist auf dem Weg oder ihr habt sie nicht.«

»Hey, reg dich nicht auf. Alles gut. Wir haben Lola, und wir werden das Ganze überstehen, ohne enttarnt zu werden. Dann können wir unser Leben weiterleben. Wir müssen diesen Scheiß nur noch ein klein bisschen länger durchstehen.« Er betont »Scheiß«, als bezöge er sich auf irgendetwas ganz Normales – ein stupides Meeting oder ein langweiliges Familienessen – und nicht auf die Entführung ihrer Tochter, die ihre Welt in sich hat zusammenkrachen lassen.

Roly schaut ihn zerknirscht an. »Du hast ja recht. Tut mir leid, Owen. Ich bin einfach nur so krass erleichtert, dass es fast vorbei ist. Was passiert jetzt?«

»Das Cyberteam hat vor einer halben Stunde einen Anruf auf der Nummer erhalten, die wir in der Social-Media-Kampagne zu Emmas Fahndung benutzen. Die Meldung sieht genauso aus wie eine Polizeimeldung, die Hotline führt aber direkt zu unserem Team. Es war ein Taxifahrer, der berichtet hat, dass an einem Taxistand in Brighton eine Frau und ein kleines Mädchen bei ihm eingestiegen sind. Er ist sich hundertprozentig sicher, dass es Emma ist. Er hat angehalten und sperrt sie so lange in sein Auto, bis wir dort ankommen.«

»Er hat sie in sein Auto gesperrt?«, fragt Isobel nach.

Der Detective spricht weiter, ohne auf das Entsetzen in ihrer Stimme einzugehen. »Er hat in einer Haltebucht an der A27 geparkt, die in Richtung Westen aus Brighton herausführt.

Wir haben ihm gesagt, er soll dableiben, die Polizei wäre unterwegs. Frank wird jeden Moment dort eintreffen.«

Sie haben Lola also wirklich. Sie vergegenwärtigt sich diesen Gedanken, um das Bild ihrer Tochter zu verdrängen, die gerade vermutlich verängstigt auf der Rückbank eines Taxis eingesperrt ist. Isobel stellt sich den Detective aus Manchester vor, der noch gestern Morgen in seiner Lederbikerjacke bei ihnen im Wohnzimmer stand. Sie hat ihn schon ein gutes Dutzend Mal bei irgendwelchen Abendessen oder Partys gesehen. Auch er ist ein Freund von Jonny, sah aber immer so aus, als sei es ihm unangenehm, am Tisch zu sitzen, vorzügliches Essen serviert zu bekommen und Small Talk zu führen. Anders als die meisten Männer dort hat er nie eine Ehefrau oder Freundin mitgebracht, sondern ist immer lieber im Raum herumgetigert oder stand in einer Ecke und hat die anderen beobachtet. Plötzlich läuft ihr ein kalter Schauer den Rücken herunter. Irgendetwas an Frank war ihr schon immer suspekt. Irgendwie vertraut sie ihm nicht, auch wenn sie nicht zu sagen vermag, woran das liegt.

Sie kann sich sehr gut vorstellen, wie Frank an der Haltebucht ankommt, aus einem Auto steigt und seinen Dienstausweis vorzeigt. Niemand würde ihn infrage stellen. Ein Taxifahrer hat auf Social Media einen Post gesehen, den er für eine Polizeimeldung hält. Er glaubt also, offiziell die Polizei gerufen zu haben, und wartet jetzt auf sie. Er wird nur das sehen, was er sehen will, sein Auto aufschließen und Emma und Lola, ohne groß darüber nachzudenken, an Frank übergeben.

»Frank müsste jeden Moment anrufen.«

»Wunderbar«, sagt Roly. »Dann sollte Lola ja in ein paar Stunden wieder bei uns sein.« Er lächelt breit, und um seine Augen erscheinen Lachfältchen.

Auch Isobel lächelt, aber es fühlt sich so falsch an wie alles andere, was sie diese Woche getan haben. Sie muss an Emma denken. Wenn Lola wieder zu Hause ist und sie mit ihrem Leben weitermachen, was wird dann aus Emma? Die Entscheidung wird Jonny treffen, und diese Tatsache weckt erneut die Erinnerung an Scarlett. Wo mag sie nur sein? Ist sie geflohen? Lebt sie noch? Oder wird die nächste Nachrichtenmeldung von ihrer vergrabenen Leiche und ihren trauernden Eltern handeln?

Sie warten. Ihre Ungeduld ist förmlich spürbar und macht die Luft so stickig wie Margarets Parfum, dieser schwere, beinahe maskuline Duft, den ihre Schwiegermutter liebt.

Die Minuten vergehen so langsam, als wären es Stunden. Dann klingelt endlich das Handy. Isobel hält die Luft an und erwartet, dass er jetzt sagt, dass Lola bei seinem Team ist. Doch seine Miene verfinstert sich. »Verdammt.«

»Was ist?«, erkundigt sich Roly sofort.

»Frank ist vor Ort«, erklärt der Detective. »Sie behalten Lola und Emma im Auge, aber anscheinend hat eine Passantin die Polizei gerufen, und zwei Beamtinnen sind ebenfalls dort.«

Als er die Polizei – die richtige Polizei – erwähnt, dreht sich Isobel fast der Magen um. Stecken sie jetzt in großen Schwierigkeiten? Wie sollen sie der Polizei bloß erklären, dass sie sich nicht gemeldet haben, als Emma Lola entführt hat? Darauf gibt es keine sinnvolle Antwort. Sie sind schreckliche Eltern.

Emma ist eine verzweifelte Frau, die wirklich tief und fest glaubt, Lolas Mutter zu sein. Isobel will sich gar nicht vorstellen, wozu Emma fähig ist, wenn sie sich in der Falle wähnt und keinen Ausweg mehr sieht. Dieser Gedanke macht ihr mehr Angst als alles andere. Mehr noch, als dass sie sich vor der Polizei werden rechtfertigen müssen oder das Leben verlieren könnten, das sie sich aufgebaut haben. Mehr sogar noch als Jonny.

»Und was heißt das jetzt?«, fragt Isobel entsetzt. »Kann Frank seinen Dienstausweis vorzeigen und Lola mitnehmen?«

»Das wäre zu riskant. Ich bezweifle stark, dass Emma

irgendetwas zu ihnen gesagt hat. Wahrscheinlich kennen sie bisher nur ihren Namen. Das dürfte auch Frank bewusst sein. Er will bestimmt nicht, dass jetzt irgendwelche Dokumente erstellt werden, die man zu ihm und schließlich auch zu uns nachverfolgen kann. Am besten warten wir ab. Die Polizei wird Emma und Lola gehen lassen. Die Beamtinnen haben ja keinen Grund, sie festzuhalten; sie werden wissen, dass die Social-Media-Meldung ein Fake ist. Wenn sie gewissenhaft sind, werden sie den Post melden, aber das wird keine Konsequenzen nach sich ziehen.«

»Wir tun also gar nichts?«, fragt Isobel ungläubig.

»Was, wenn Emma den Beamtinnen doch etwas erzählt?«, fragt Roly. »Und ihnen verrät, was hier wirklich gespielt wird?«

DCI Watkins hebt eine Augenbraue. »Was soll sie denn schon erzählen? Dass sie ein kleines Mädchen von ihren liebevollen Eltern gestohlen hat, weil sie glaubt, die Mutter des Kindes zu sein?«

Isobel wird von den Anstrengungen der letzten Tage überwältigt. Sie hat das Gefühl, dass ihr der Boden unter den Füßen weggezogen wurde und sie stürzt und sich nirgendwo festhalten kann. Ihr ganzes Leben ist aus den Fugen geraten und bricht vor ihren Augen auseinander.

Sie ist Lolas Mutter. Ihre leibliche Mutter. Das beweist sogar ein DNA-Test. An diesen Gedanken klammert Isobel sich, auch wenn die Unterlagen nicht auffindbar sind und sie nicht weiß, was als Nächstes passieren wird. Aber wenn Emma auspackt und eine eifrige Beamtin anfängt, an der Oberfläche von Isobels und Rolys Leben zu kratzen, dann dürfte sie schon bald entdecken, dass es ganz und gar nicht so schön und glänzend ist, wie es von außen scheint.

DREISSIG

EMMA

Neben dem Taxi sieht der SUV aus wie ein Panzer, wie ein riesiger bedrohlicher Schatten. Emma konnte all die Ärzte, die klinischen Psychologen, die Psychiater und die Therapeuten, nie wirklich auseinanderhalten. Sie wusste nur, dass sie alle falschlagen. »*Emma, Monster gibt es nicht.*«

»*Doch, wegen eines Monsters bin ich hier.*«

Sie hielten sie für verrückt, und darum ordneten sie auch alles, was sie sagte, als verrückt ein. Nie hat sie ihnen klarmachen können, dass sie mit Monstern keine Albtraumgestalten, Kobolde oder mythischen Wesen meinte, sondern etwas Böses und Unnatürliches, das in scheinbar ganz normalen Menschen steckte. Wie den beiden Männern, die jetzt aus dem SUV steigen. Sie sind gekommen, um Lola nach Hause zu holen, und dann ... dann wird Jonny sie kriegen. Aber wie soll sie das alles den beiden Polizistinnen erklären, wo sie doch so lange geschwiegen hat?

Dass sie nie ein Wort über das gesagt hat, was man ihr angetan hat, geschah nicht freiwillig. Zuerst hat man sie unter Drogen gesetzt und dann als krank hingestellt und in eine geschlossene Psychiatrie einweisen lassen. Seit diesem Zeitpunkt gilt sie als eine Frau, der man nicht trauen kann, dass sie die Wahrheit sagt. Sie wurde gleichermaßen zerstört und diskreditiert. Selbst wenn sie dazu bereit gewesen wäre, ihr Leben dafür zu riskieren, der Polizei von Jonny und seinen Machenschaften zu berichten – man hätte ihr sowieso keinen Glauben geschenkt. Und um ganz sicher zu sein, hat Jonny dann noch Lola ins Spiel gebracht und gedroht, dass er auch ihr kleines Mädchen umbringen würde, wenn sie nur ein Wort sagt. Wahrscheinlich gibt es auf dieser Welt nicht allzu viele Menschen, die damit drohen würden, ein Kind umzubringen – und das ernst zu meinen –, und noch weniger, die es auch in die Tat umsetzen würden. Aber Jonny ist so ein Mensch. Ja, sie mag ziemlich blind vor Liebe gewesen sein, als sie auf seinen Partys und Abendessen dabei war und ein Leben führte, das sie sich nie hätte träumen lassen, und doch war ihr klar gewesen, dass Jonnys Geschäfte das Wichtigste in seinem Leben waren. Niemand durfte da im Wege stehen – egal ob Erwachsener oder Kind.

So hat er also sichergestellt, dass Emma nicht aus ihrem beengten Leben ausbrach, sich nicht traute, auch nur daran zu denken, nach mehr zu streben, und stattdessen brav im Blumenladen arbeitete und in dem Einzelbett in ihrem alten Kinderzimmer schlief. Doch dann kam Scarlett vor ein paar Monaten zu ihr. Sie steckte in Schwierigkeiten und bat Emma um Hilfe.

Doch die Zeit war zu knapp. Sie haben es nicht geschafft, einen Plan zu schmieden. Und dann ist Scarlett verschwunden und alles hat sich verändert. Emmas Wissen über Jonnys Geschäfte und um seine Verbindung zu Scarlett war auf einmal gefährlich für sie. Sie könnte die verschwundene Frau, deren Bild auf den Titelseiten aller Zeitungen prangte, mit ihm in Verbindung bringen.

Die Polizei hätte sie vielleicht ausgelacht oder ignoriert, wenn sie ihnen von einem skrupellosen Geschäftsmann erzählt hätte, der ihr Leben zerstört hat, aber wenn sie Scarlett erwähnt hätte, hätte man ihr zugehört.

Jonny hat einen engen Kreis Vertrauter. Manche sind ihm was schuldig, andere stecken zu tief in seinen Geschäften mit drin, um zu riskieren, ihn zu verärgern. Aber Emma gehört nicht mehr zu diesem Kreis. Und entsprechend ist sie zu einer Gefahr geworden. Als sie die Meldung zu Scarlett gesehen hat, wusste sie sofort, dass Jonny das auch so sehen würde. Jonny ist nicht nur skrupellos, sondern auch sehr vorsichtig und sorgfältig. Er mag weder offene Rechnungen noch Dinge, die ihn bedrohen – und Lola und sie sind sowohl als auch.

»Kenn Sie diese Männer?«, fragt PC Krishna und deutet auf den SUV, während sie Emma zurück zu dem Streifenwagen führt.

Sie schüttelt den Kopf. Ihr steigt die Hitze ins Gesicht, ihre Achseln sind schweißnass. Sie will Ja sagen. Sie will dieser freundlichen Polizistin alles sagen, was ihr zugestoßen ist, und sie warnen, den Männern nicht zu vertrauen, die gerade auf den Taxifahrer und die andere Beamtin zugehen, doch alle möglichen Erinnerungen prasseln auf sie ein, bis sie nur noch daran denken kann, was das letzte Mal passiert ist, als ein schwarzer SUV neben ihr angehalten hat. Wie diese Arme sie geschnappt haben.

Im Januar, als Lola fünf Monate alt war, haben sie Emma geschnappt. Emma hatte Lola seit drei Monaten nicht mehr gesehen, der Anwalt hatte ihr vor Kurzem die DNA-Tests gezeigt und gesagt, er könne nichts mehr für sie tun, und sie hatte sich Isobel im Park genähert und sie in der Hoffnung, dass sie sich gütig zeigen würde, angebettelt, ihre Tochter sehen zu dürfen, sie gewarnt, dass Lola in Gefahr sei. Emma war so unglücklich, so verloren und so einsam. Das Verlangen, bei Lola zu sein, zehrte an ihr. Das Gespräch im Park war ein Fehler. Isobel war nicht gütig. Und sie ist wohl auch nicht auf die Idee gekommen, dieses Gespräch aus weiblicher Solidarität geheim zu halten.

Emma fiel der SUV erst gar nicht auf. Ihre Gedanken waren so laut und sie war so wütend, dass sie die Welt um sich herum gar nicht richtig wahrnahm. Sie dachte sich also nichts dabei, als ein Auto aus einer Parklücke fuhr, nachdem sie gerade das Haus verlassen hatte, um eine Schicht im Supermarkt anzutreten – demselben Supermarkt, in dem sie auch zuvor gearbeitet hatte, nur dass sie sich die langen Schichten nun nicht mehr damit vertreiben konnte, von einer strahlenden Zukunft zu träumen, und die Arbeit deshalb weitaus unerträglicher war.

Mit gegen die Kälte gesenktem Kopf lief sie los und registrierte die langsame Geschwindigkeit des Fahrzeugs kaum, das neben ihr herfuhr. Dann knallte eine Autotür zu, und sie hörte Schritte auf dem Asphalt.

»*Emma? Emma Jacobs?*«

Die Stimme klang freundlich, als gehörte sie zu einem alten Schulfreund, der überrascht war, sie zu sehen. Sie wirbelte zu der Gestalt herum und erblickte einen riesenhaften Mann, der sich auf sie stürzte, bevor sie auch nur reagieren konnte. Eine weitere Autotür knallte zu. Ein Motor wurde gestartet. Der Fahrer eilte zur Hilfe, und starke Arme schnappten sie und hoben sie vom Bürgersteig hoch, als wäre sie so leicht wie Lola. Noch bevor sie wieder zu Atem kam, protestieren oder sich überlegen konnte, was sie schreien sollte, hat man sie in den Fußraum vor der Rückbank gestopft. Der Fahrer fuhr los, und die starken Hände drückten sie nach unten.

»*Wenn du dich bewegst, drehe ich dir den Hals um. Jonny schickt uns. Er will dich sprechen.*«

Jonny drehte sich vom Beifahrersitz zu ihr um und lächelte sie an. »*Du hast Unruhe gestiftet, Emma.*« Er warnte sie, sich Roly und Isobel nie wieder zu nähern, und sie versprach es. Doch er wollte sicherstellen, dass sie seine Nachricht auch wirklich verstanden hatte, darum gab er ihr ein so starkes Beruhigungsmittel und noch irgendetwas anderes, dass sie sich gleichzeitig berauscht und wie tot gefühlt hat, als sie sie in die Klinik gezerrt haben. Sie erzählten dem Arzt, es handele sich um einen Suizidversuch, und man sperrte sie in die geschlossene Psychiatrie. Erst viel später erzählte ihr ein Arzt in einer der vielen langen und sinnlosen Therapiestunden, dass sie beinahe an Organversagen durch eine Überdosis gestorben sei. Ob das wohl der eigentliche Plan gewesen war, fragte sie sich.

Jetzt blinzelt Emma und sieht sich um. Ihr Herz klopft ihr bis zum Halse. Ihr Körper ist ganz steif, ganz angespannt. Sie muss sich konzentrieren, präsent bleiben. Sie darf nicht zulassen, dass die Erinnerungen sie ablenken. Nur ihre Zukunft zählt. Und die von Lola – ihrer Tochter, ihrem Ein und Alles. Sie müssen für immer zusammenbleiben. Der Ausdruck auf PC Krishnas Gesicht, die besorgt die Stirn runzelt, bringt Emma fast dazu, auf ihre Frage hin, ob sie diese Männer kenne, doch zu nicken – aber sie kann das nicht.

»Kann ich kurz dort rüber gehen und mit ihnen sprechen?«, fragt sie.

Emma nickt. »Ja, natürlich. Danke.«

Noch immer klopft ihr Herz wie wild, doch plötzlich spürt sie einen Adrenalinschub, für den nicht ihre Angst verantwortlich ist, sondern das winzige Zeitfenster, das sich ihr bietet. Wenn sie sich beeilt, können sie vielleicht doch noch entkommen.

»Lola, komm auf meinen Schoß«, sagt Emma leise.

Ihr kleines Mädchen rutscht ein Stück von Barnaby weg, der angeschnallt ist und darauf wartet, in Lolas Fantasiegefängnis gebracht zu werden. Sie klettert auf Emmas Schoß. Ihr kleiner Körper ist warm und fest – nichts sonst zählt auf der Welt.

»Ich habe Angst«, flüstert Lola.

»Ich auch. Aber wir haben ja uns. Ich werde alles tun, um dich zu beschützen.«

»Wo ist die Polizeifrau?«, fragt Lola. »Die mag ich.«

»Ja, ich auch.« Emma ist überrascht, dass sie fast ein schlechtes Gewissen angesichts dessen bekommt, was sie vorhat. Mit dem Blick folgt sie der Beamtin, die auf ihre Kollegin, den Taxifahrer und die beiden Männer zugeht.

»Du siehst ja die Leute da, oder?«, beginnt Emma und deutet auf einen schlaksigen Mann in Lederjacke und den kahl rasierten Mann mit den hervortretenden Muskeln, der neben ihm steht.

Lola nickt kaum merklich, duckt sich dann aber schnell weg und hält sich an Emma fest.

»Die wollen dich mitnehmen.«

»Nein«, wimmert sie.

Emma fühlt sich so schuldig, dass ihr fast schlecht wird, aber Lola muss einfach verstehen, was auf dem Spiel steht. »Keine Angst. Ich lasse das nicht zu.« *Ich bin deine Mutter. Ich würde niemals zulassen, dass dir etwas zustößt*, fügt sie in ihrem Kopf hinzu. Sie drückt ihre Tochter an sich. Sie weiß nämlich ganz genau, was auf dem Spiel steht. Wenn das jetzt nicht klappt, wird sie nie wieder eine Chance bekommen. Dieser Gedanke wirkt auf die sowieso schon brennende Angst, die ihren Körper versengt, wie Benzin.

»Mach dich bereit«, flüstert sie Lola ins Ohr.

»Okay«, erwidert Lola mit angsterfüllter Stimme.

Emma zieht die Schnallen ihres Rucksacks fest und setzt ihrer Tochter den kleinen rosafarbenen Rucksack auf. Wenn sie hierbleiben, haben sie keine Chance. Entweder nehmen Jonnys Freunde sie jetzt mit – oder die Polizei. Und auch wenn die zweite Option besser klingt als die erste, würde sie auch damit das Unvermeidliche nur hinauszögern. Sie kann ihnen nicht sagen, dass sie Lola entführt hat, und entsprechend wird es keinen Grund geben, sie auf der Wache zu behalten. Sie werden sie also gehen lassen, und dann werden die Männer auf sie warten. Sie drückt Lola noch fester an sich und rutscht auf ihrem Sitz zur Seite, bis ihre Füße aus dem Auto ragen. So hockt sie da und beobachtet die Gruppe, die kaum zehn Meter entfernt steht.

Emma kann nicht hören, was gesagt wird, aber sie sieht, wie die Männer lächeln, als würden sie sagen: »Wir sind hier, um zu helfen.« Sie sehen freundlich aus, ehrlich, als hätten sie nichts zu verstecken. Die ältere Polizistin lächelt jetzt auch. Das war's. Einer der Männer – der ältere in der Lederjacke, den sie meint aus einem anderen Leben zu kennen – zieht sein Handy hervor und zeigt der Polizistin und dem Taxifahrer etwas auf dem Bildschirm. Sie fragt sich, was für ein Foto er ihnen wohl zeigt. Ist es das Bild von ihr in dem Patientenhemd oder ist es das Foto von Isobel, Roly und Lola aus dem silbernen Rahmen in ihrem Wohnzimmer, auf dem sie die perfekte Familie mimen? Mutter, Vater, Kind – das kleine Mädchen so blond wie seine Eltern.

Nein. Das lässt sie nicht noch einmal zu. Sie dürfen die Welt nicht schon wieder davon überzeugen, dass sie verrückt ist, dass Lola nicht ihre Tochter ist. Der Kloß in Emmas Hals ist riesig, und ihre Atmung ist vor Panik ganz heiser. Jetzt wird es nur noch eine Sekunde, einen Moment dauern, bis die Polizistin diesen Männern erlauben wird, sie und Lola mitzunehmen. Wieder suchen Erinnerungen an die Klinik sie heim.

»Ihre Brüder haben Sie hergebracht, Emma. Erinnern Sie sich nicht? Sie haben die Papiere unterschrieben.«

»Nein. Das waren nicht meine Brüder. Das stimmt alles nicht. Das sind böse Männer. Monster. Sie müssen mir glauben. Ich muss zu meinem Baby.«

»Das waren keine bösen Männer. Nicht alle sind böse. Sie haben kein Baby, Emma. Darüber haben wir doch gesprochen. Wissen Sie noch? Sie waren nie schwanger. Sie haben nie ein Kind zur Welt gebracht.«

»Doch, war ich. Doch, habe ich. Bitte! Sie müssen mir glauben.«

Emma hält Lolas Körper fest. Das kleine Mädchen stößt ein Wimmern aus, das ihre eigene Angst widerspiegelt.

Der Taxifahrer wirft die Arme in die Luft, und seine Stimme dringt bis zu ihnen vor: »Ich verliere gerade Geld«, ruft er. »Was mache ich überhaupt noch hier?«

Die Antwort der Polizistin ist wieder zu leise, um sie zu hören.

»Ich habe sie nicht entführt«, schreit der Taxifahrer jetzt.

Einer der Männer macht einen Schritt auf den Fahrer zu, doch PC Krishna stellt sich zwischen sie und fordert sie mit einer Geste dazu auf, sich zu beruhigen, doch es ertönt noch mehr Geschrei. Emma hört nicht mehr zu, sondern konzentriert sich auf die Straße und die viel befahrene T-Kreuzung. Vor ihnen hält ein Bus an einer Haltestelle. Wie weit mag die weg sein? Zwanzig Meter? Dreißig?

Beeilung!

Los!

Das ist ihre Chance. Ihre einzige Chance. Sie schaut noch mal in Richtung der Gruppe. Sie schauen gerade alle den Taxifahrer an, doch einer der Männer könnte jeden Moment entscheiden, seine Chance zu ergreifen, genau wie Emma, und sich entfernen und zum Polizeiauto gerannt kommen.

Jetzt oder nie.

»Komm, Lola. Halt dich gut an meinem Hals fest.«

Und dann steht sie auf und steigt aus dem Streifenwagen. Ihre Beine bewegen sich wie von selbst. Sie rennt und rennt. Lola ist schwer, aber ihr Gewicht ist nichts im Vergleich zu der Angst, die sie verfolgt. Sie wagt es nicht, sich umzudrehen, um zu schauen, ob ihre Flucht in die Freiheit bemerkt wurde.

Fünfzehn Meter. Zehn Meter. Die Passagiere sind alle in den Bus gestiegen, und die Türen beginnen sich zu schließen. Fünf Meter.

Der Schmerz in Emmas Schultern und Beinen ist kaum auszuhalten. Lola ist so schwer. Ihr geht die Luft aus. Sie kann nicht mehr richtig atmen.

Weiter, weiter!

Wenn sie es nicht in diesen Bus schafft, dann ist alles verloren. Zu Fuß kann sie die beiden Männer auf keinen Fall abhängen. Der Bus ist als Fluchtfahrzeug natürlich nicht perfekt. Sobald die beiden Männer merken, dass sie weg ist, werden sie einen Anruf in irgendein dunkles Hinterzimmer tätigen und sie auf den Aufnahmen der Überwachungskameras entdecken. Sie werden sehen, wo sie aussteigt, und ihr auf den Fersen sein. Aber dieser winzige Vorsprung ist alles, was sie hat.

Die Bustüren zischen und sind mit einem dumpfen Geräusch komplett zu. Sie ist immer noch ein paar Meter entfernt. Sie will etwas rufen, ist aber so atemlos, dass kaum ein Ton rauskommt. Ihr steigen die Tränen in die Augen. Jetzt ist wirklich alles vorbei.

Der Bus setzt sich mit einem Ruck in Bewegung. Was soll sie jetzt nur machen? Auf keinen Fall kann sie zu dem Polizeiauto zurückgehen. Aber weiterrennen kann sie auch nicht. Da erhebt sich eine Frau im Bus von ihrem Sitz und zeigt auf Emma und Lola. Der Busfahrer hält an und schenkt ihr ein Lächeln. Dann öffnen sich die Türen wieder, und sie steigt ein. Ihre Beine fühlen sich an wie Pudding, und sie ist ganz schwach vor Anstrengung und Erleichterung.

In ihren Armen weint Lola, aber das macht nichts. »Wir haben es geschafft«, sagt sie, bevor sie dem Busfahrer und der Frau, die sie bemerkt hat, ein atemloses Dankeschön zuruft.

Ungeschickt holt sie die Münzen hervor, um zu bezahlen, und lässt sie in die Schale neben dem Fahrer fallen. Dann sackt sie auf einem Sitz zusammen. Sie zittert am ganzen Körper und atmet röchelnd ein. Als der Bus sich wieder in Bewegung setzt, riskiert sie einen Blick über die Schulter. Ihr bleibt fast die Luft weg. Sie traut ihren Augen nicht: Sie stehen immer noch alle neben dem Taxi. Selbst aus der Entfernung kann Emma erkennen, wie wütend der Taxifahrer ist. Sie ist so dankbar, dass er sie hat entkommen lassen, obwohl er derjenige war, der diesen Anruf getätigt und sie in sein Auto gesperrt hat. Sie haben nicht bemerkt, dass sie und Lola weg sind.

Sie lässt sich in ihren Sitz sinken, wischt Lola die Tränen weg und umarmt sie, um ihre lautlosen Schluchzer zu stillen. Dann streicht sie ihr das weiche blonde Haar aus dem Gesicht und küsst ihre feuchte Wange. »Wir haben es geschafft, Lola. Alles ist gut. Wir sind entkommen.«

Lola schüttelt den Kopf an Emmas Brust und heult so laut auf, dass der ältere Herr, der vor ihnen sitzt, sich überrascht zu ihnen umdreht.

»Barnaby«, würgt Lola beinahe hervor. Emmas Herz bleibt fast stehen. Lolas Bär. Er ist hier, er muss hier sein. Den hätten sie doch nicht zurückgelassen. Sie weiß, wie wichtig er Lola ist. Sie hat ja sogar riskiert, sich über den Parkplatz der Raststätte zu schleichen, um ihn vom Rücksitz des Autos zu klauen, als Isobel mit Lola an der Hand ohne den Bär in Richtung der Toiletten gegangen ist. Emma klopft auf den Sitz neben sich und sucht dabei den Boden vor ihr und den Gang mit den Augen ab. Sie reißt Lolas Rucksack auf. Da ist Ducky, aber nicht Barnaby. Als Nächstes durchwühlt sie ihren eigenen Rucksack, doch sie kennt die Antwort bereits. Barnaby ist nicht hier. Er sitzt noch immer angeschnallt auf dem Rücksitz des Streifenwagens.

»Zurück«, schreit Lola und wirft sich schluchzend gegen sie.

»Es geht um ihren Teddy«, erklärt Emma den anderen Passagieren, die sie besorgt beäugen. Sie kann gerade wirklich darauf verzichten, dass der ganze Bus sie anstarrt und sie womöglich jemand von der gefälschten Fahndungsmeldung erkennt, so wie der Taxifahrer. »Wir haben ihn zu Hause vergessen, das ist alles. Es tut mir so leid, Lola.« Emma kämpft nun selbst mit den Tränen und ihrer Verzweiflung.

»Zurück?«, wiederholt Lola leiser und schaut aus tränenfeuchten Augen zu ihr auf.

»Es tut mir leid, das geht nicht. Es tut mir so leid.«

Lola verzieht das Gesicht; ihre Unterlippe zittert. Ein weiterer Schluchzer erschüttert ihren kleinen Körper.

»Die Polizei wird sich um Barnaby kümmern«, versucht Emma sie zu beruhigen. »Die nette Polizistin – PC Krishna. Sie wird sich um ihn kümmern, bis wir ihn holen können.«

Lola weint weiter an Emmas Brust, die jetzt auch ihren eigenen Tränen freien Lauf lässt. Sie sind entkommen. Aber sie sind auch komplett zerstört und erschöpft – zwei zitternde Häuflein Elend. Was sollen sie denn noch alles durchstehen? Wie viel kann sie Lola noch zumuten? Und vor allem, und diese Frage macht ihr am meisten Angst: Werden sie je in Sicherheit sein?

EINUNDDREISSIG

ISOBEL

Fragen und Zweifel nagen so lange an Isobel, bis ihr übel und schwindelig ist. Was passiert gerade? Geht es Lola gut? Als sie ihren rasenden Puls bemerkt, muss sie daran denken, wie sie sich immer gefühlt hat, als sie in diesem Haus hier von so heftigen Panikattacken heimgesucht worden ist, dass sie nicht rausgehen konnte, nicht mehr darauf vertraute, dass die Welt ein sicherer Ort war. Nach der gescheiterten künstlichen Befruchtung fingen die Attacken an. Auch vorher war ihr Leben nicht so leicht gewesen wie Rolys, ihr hatten nicht immer alle Türen offengestanden, aber sie hatte gelernt, dass harte Arbeit sich auszahlt. Sie bekam gute Noten, machte einen guten Abschluss. Sie wusste, dass sie hübsch und erfolgreich war; sie verdiente gut, verliebte sich, heiratete, war glücklich.

Doch als sie es nicht schafften, ihr lang ersehntes Kind zu bekommen, verstand Roly die Welt nicht mehr. Auch Isobel kämpfte damit. Aber aus einem anderen Grund: Sie war gescheitert. Durch Überstunden und Fleiß wurde sie auch nicht schwanger. Und das Gefühl, versagt zu haben, schmerzte sehr, auch weil es neu war und sie ihm nicht entkommen konnte. Zusammen mit den Hormonen, die ihr immer wieder gespritzt worden waren, tat dieses Gefühl sein Übriges. Es folgten negative Schwangerschaftstests, Ärzte, die sie finster und mitleidig ansahen, noch mehr Hormone und Margaret, die stets zur Stelle war, um Roly einzuflüstern, dass Isobel vielleicht nicht die geeignetste Ehefrau sei.

Kein Wunder also, dass sie von ihrer Panik wie gelähmt im Kopf war. Auf einmal war nichts mehr einfach. Sie schaffte es kaum, sich für die Arbeit fertig zu machen, Klamotten auszuwählen. Alles war so anstrengend, und sie entwickelte immer mehr Ängste darüber, was die Leute sagen würden, wie man sie anschauen würde. Ihr war ihr unerschütterliches Selbstvertrauen abhandengekommen. Stattdessen lebte sie mit der konstanten Angst, etwas falsch zu machen.

Doch sie behielt all diese Gefühle für sich und versteckte sie unter einer Schicht Make-up und einem aufgesetzten Lächeln, das Roly vermitteln sollte, dass alles in Ordnung war. Als Roly ihr auf Margarets Vorschlag hin nahelegte, ihren Job an den Nagel zu hängen, war sie erleichtert und ging davon aus, dass ein bisschen Ruhe und die Schwangerschaft ihr helfen würden, wieder gesund zu werden. Doch es sollte anders kommen.

Aber die Panik und Sorgen von damals sind nichts im Vergleich zu der wilden Angst, die jetzt durch ihre Adern rauscht. Lola ist entführt worden. Ihr kleines Mädchen ist in Gefahr. Und sie kann nichts tun. Die Männer sprechen leise über irgendein Business von Jonny, in das Roly investiert. Sie kann das nicht ertragen. Ihr dreht sich der Magen um: Wie können sie jetzt nur über so normale Dinge reden? Vor allem angesichts der Tatsache, dass Rolys Beziehung zu Jonny doch erst zu diesem Schlamassel geführt hat. Erst durch ihn sind sie in eine Welt abgerutscht, in der man nicht die Polizei rufen kann, wenn das eigene Kind entführt wird.

Scheiße, sie hätte Jonny nie als Kunden akzeptieren dürfen. Und sie hätte es nicht akzeptieren dürfen, als Roly ihr auf dem

Weg von der Raststätte nach Hause eingeredet hat, dass es besser für sie alle sei, die Polizei aus alldem rauszuhalten.

Ein Geräusch erschreckt sie. Die Küchentür geht auf, und Margaret kommt mit frisch gebürstetem Haar und glänzendem Lippenstift zurück in die Küche. Ihren beigen Kaschmirpullover hat sie gegen eine weiße Bluse ausgetauscht.

»Mutter«, sagt Roly, als er aufsteht. Er sieht aus wie ein kleiner Junge, der bei etwas Ungezogenem erwischt worden ist. »Wolltest du dich nicht hinlegen?«

»Doch, das wollte ich«, sagt sie und schaut zwischen ihnen hin und her. »Ich habe mich stattdessen ein wenig frisch gemacht. Das reicht auch. Gab es in der Zwischenzeit weitere Entwicklungen?«

Sie tauschen einen schnellen Blick aus, bevor Roly antwortet: »Es gab eine weitere Sichtung. Die Polizei ist zu einem Ort bei Brighton gerufen worden. Wir warten gerade auf weitere Informationen.« Diese schmutzige Lüge klingt so offensichtlich ausgedacht, dass Margaret doch merken muss, dass etwas nicht stimmt. Und tatsächlich kneift sie die Augen zusammen.

Doch dabei schaut sie nicht ihren geschätzten Sohn an, der sie gerade angelogen hat, sondern Isobel – die Frau, die nie gut genug sein wird.

»Du verheimlichst doch etwas.« Mit dem Kinn deutet sie auf Isobel. »Was verschweigst du uns?«

Isobel denkt daran, was sie ihr gerade wirklich verschweigen, und dann denkt sie an das Baby in ihrem Bauch. Margaret hat recht; sie verschweigt ihnen wirklich etwas, aber ihre Schwiegermutter kann gar nicht wissen, was das ist. Sie will ja auch nicht wirklich eine Antwort auf ihre Frage haben. Sie will Isobel wehtun, ihr Vorwürfe machen.

Doch irgendwie fühlt sich diese plötzliche Attacke seltsam an. Normalerweise geht Margaret subtiler vor, indem sie immer mal wieder eine beiläufige Bemerkung fallen lässt, um ihr Selbstbewusstsein und vermutlich auch Rolys Liebe zu ihr zu zerstören. Aber wenn sie so darüber nachdenkt, dann fällt ihr auf, dass Margaret ganz offen grausam zu ihr ist, seit sie am Sonntag von der Raststätte kamen. Bisher hat sie das Margarets Vorwurf zugeschrieben, dass Lola in Isobels Obhut entführt worden ist. Doch als sie jetzt ihren verkniffenen Mund und eine Spur von Angst in ihren Augen sieht, fragt Isobel sich, ob ihre Schwiegermutter sie aus einem anderen Grund so angeht.

Margaret und Roly haben sich ohne sie in der Küche unterhalten, und als sie hereinkam, sah Roly schuldbewusst aus. Angesichts der Ereignisse hat sie vergessen, ihn danach zu fragen. Und warum war Margaret so ausweichend, als sie nach Zeen gefragt hat? Warum war sie so schnell bei ihnen zu Hause, nachdem Lola entführt worden war?

Das Gefühl, dass Margaret ihrerseits etwas verschweigt, kehrt zu ihr zurück, aber wieder fragt Isobel sich, warum um alles in der Welt ihre Schwiegermutter ihnen Lola wegnehmen wollen würde.

»Margaret«, sagt Isobel kopfschüttelnd. »Ich verheimliche überhaupt nichts, weder vor dir noch vor Roly. Ich habe einfach nur Todesangst, dass Lola etwas zustößt. Das kannst du als Mutter doch bestimmt nachvollziehen.«

»Als Mutter«, spottet Margaret. »Was für eine Mutter bist du eigentlich? Du bist so egoistisch, Isobel. Immer stehen deine kleinen Problemchen an erster Stelle. Und eben deshalb ist St Martin's die beste Wahl für Lola. Das ist offensichtlich. Sie selbst hat mir gesagt, dass sie gern in der Nähe ihrer Großmutter leben würde.«

Der Stich, den ihr diese Worte versetzen, löst eine kribbelnde Wut in ihr aus. Als hätte sie sich in einen Hang voller Brennnesseln gesetzt. Sie kennt dieses Gefühl. Als sie den Mund aufmachen will, um etwas zu erwidern und ihre Verdächtigungen zu äußern, kommt Roly ihr zuvor.

»Mutter, das ist doch jetzt nicht hilfreich«, sagt er seufzend und nicht besonders überzeugend. Sein strenger Ton von vorhin ist wieder verschwunden.

»Wann hat Lola das gesagt?«, bringt Isobel hervor.

»Vor eurem Urlaub, meine Liebe. Ich war doch mit ihr einkaufen, während du beim Friseur warst. Sie hat mir gesagt, dass sie sehr gern in meiner Nähe leben würde.«

Isobel kann sich dieses Gespräch nur allzu gut vorstellen. Margaret hat ihre dreijährige Tochter ganz sicher mit Suggestivfragen zu einer Antwort verleitet, die angesichts der rosigen Farben, in denen sie ihr diese Aussicht geschildert hat, nur positiv ausfallen konnte.

»Sie ist drei, Margaret«, sagt Isobel und zwingt sich, unbekümmerter zu klingen, als sie sich fühlt. »Sie wünscht sich einen Panda zum Geburtstag.«

»Und einen Urlaub auf dem Mond«, fügt Roly hinzu und lacht leicht schnaufend, vermutlich um die Stimmung aufzulockern, was ihm aber nicht gelingt.

Margaret seufzt. »Ich sage ja nur, dass Lola verschwunden ist, während du auf sie aufpassen solltest. Das sollte vielleicht bei den Überlegungen bedacht werden.«

»Dessen bin ich mir mehr als bewusst«, fährt Isobel sie an. Wenn Roly sich doch nur etwas mehr für sie einsetzen würde, sich überhaupt mal für sie einsetzen würde. Mit dem bekannten Schmerz geht das unbestreitbare Wissen einher, dass Margaret für ihn immer an erster Stelle stehen wird. Dabei spielt es keine Rolle, wie lange sie verheiratet sind, wie viel Isobel für Roly tut oder dass sie jetzt Lolas Eltern sind. Und womöglich nicht nur Margaret. In dunklen Momenten vermutet Isobel, dass auch der Name Huntington und alles, was daran hängt, ihm wichtiger sind als sie und Lola. Denn obwohl Roly es immer abstreitet und ihr sagt, sie solle sich nicht lächerlich machen, glaubt sie tief in ihrem Inneren, dass auch ein Teil von ihm glaubt, dass sie keine von ihnen ist.

»Nun dann. Das kann man ja für die Zukunft im Kopf

behalten.« Margaret schwebt zu ihrem Stammhocker hinüber und legt triumphierend den Kopf schräg. »Kochst du bitte Kaffee, Roland, ja?«

»Natürlich«, sagt er. Vermutlich ist er einfach nur froh, dass der Stressmoment vorbei ist.

Isobel kämpft mit den Tränen und würde am liebsten weglaufen. Aber sie muss hierbleiben. Sie muss wissen, was vor sich geht. Der Detective hat sich während Margarets und Isobels Wortwechsel auf sein Handy konzentriert, wirft ihr jetzt aber einen mitfühlenden Blick aus seinen dunklen Augen zu. Ob er an Lola und die Ereignisse denkt oder an ihre Schwiegermutter, weiß sie nicht. Aber sie will sein Mitleid so oder so nicht; sie will einfach nur, dass es vorbei ist.

Da klingelt sein Handy. Das plötzliche Geräusch lässt sie zusammenzucken. Mit jedem Klingeln wachsen ihre Hoffnung, ihre Verzweiflung und ihre fast überwältigende Angst. DCI Watkins steht auf und verlässt den Raum.

ZWEIUNDDREISSIG
ISOBEL

Als DCI Watkins wiederkommt, sieht Isobel ihm sofort an, dass sie Lola schon wieder verloren haben. Sie waren doch so nah dran. Jedes Fünkchen Energie scheint aus ihrem Körper zu weichen. Das geht so schnell, dass sie fast einknickt. Und da kommen auch schon die Schuldgefühle zurück. Sie ist für all das verantwortlich.

»Ich fürchte, Emma und Lola sind uns schon wieder entkommen. Aber wir haben einen genauen Standort. Sie befinden sich in einer geschäftigen bebauten Gegend. Das Cyberteam kontrolliert jetzt auf meine Anweisung hin jede Überwachungskamera. Und die Polizei ist natürlich auch vor Ort.«

Sie muss daran denken, dass dort keine Armee von Polizisten die Straßen absucht, wie er Margaret glauben machen will, sondern Frank und ein anderer Freund, ebenfalls Polizist, die sich ein paar Tage freigenommen haben, um auszuhelfen. Der Geschmack bitterer Enttäuschung steigt ihr in die Kehle.

Plötzlich bekommt Isobel noch größere Angst – nicht nur, weil Lola weg ist, sondern auch angesichts dessen, was passieren könnte, wenn sie gefunden wird. All diese Männer stehen mit Jonny in Verbindung. Es geht hier nicht nur darum, Lola zu finden und zu ihnen zurückzubringen, sondern auch darum, Emma davon abzuhalten, der Polizei oder sonst irgendwem davon zu erzählen, was man ihr angetan hat. Und wenn es so weit käme, dass die Entscheidung getroffen werden müsste, Lola zu retten oder Emma aufzuhalten – wofür würden sie sich dann entscheiden?

»Ich bin mir ganz sicher, dass wir kurz davorstehen, Lola sicher nach Hause zu bringen«, sagt der Detective. »Aber jetzt wird mein Typ auf der Wache verlangt.« Er wendet sich an Margaret. »Mrs Huntington, bitte seien Sie versichert, dass wir alles in unserer Macht Stehende tun, um Lola sicher nach Hause zu bringen. Ich bin der leitende Ermittlungsbeamte in diesem Fall, aber wenn Sie mit meinem Chef sprechen wollen, dann kann ich gern den Kontakt zu ihm herstellen.«

Er steckt das Handy in die Tasche seines Sakkos. Sie alle warten auf Margarets Antwort. Er blufft natürlich, um sie zu besänftigen, und für den Moment scheint es zu funktionieren. Sie nickt. »Danke, DCI Watkins. Wir machen erst mal so weiter wie bisher, aber ich werde darüber nachdenken.«

Roly geht zur Haustür voran, Isobel folgt den Männern und wirft einen Blick über die Schulter, um sicherzugehen, dass Margaret nicht ebenfalls aufgestanden ist. Roly öffnet die Tür, und die beiden Männer treten hinaus. Sie bleibt im Türrahmen stehen, sodass sie hören kann, was gesagt wird, aber auch den momentan leeren Flur im Auge behalten kann.

»Was ist passiert?«, zischt Roly.

»Der Taxifahrer ist durchgedreht. Hat anscheinend eine ziemliche Szene gemacht. Frank hat versucht, ihn zu beruhigen, aber die beiden PCs sind eingeschritten, um die Situation zu deeskalieren. Emma hat die Gelegenheit genutzt, um mit Lola abzuhauen.«

Roly flucht, und in der kurzen Stille, die darauf folgt,

schluckt Isobel und bereitet sich auf das vor, was sie jetzt fragen muss.

»Und was«, beginnt sie und zwingt sich, die beiden Männer mit festem Blick anzusehen, »was, wenn wir die Polizei involvieren? Also wirklich. Wenn wir eine nationale Fahndungsmeldung rausgeben? Das ganze Land wird nach ihnen suchen.«

Noch bevor sie den Satz beendet hat, fängt der Detective an, den Kopf zu schütteln. »Das geht nicht, Isobel. Es tut mir leid. Ich weiß, wie schwer das für euch beide sein muss, aber wir sind schon zu weit gekommen. Was würdet ihr auch sagen? Wie würdet ihr erklären, dass eure Tochter seit zwei Tagen weg ist und ihr erst jetzt anruft?«

»Bitte«, krächzt sie. Tränen strömen ihr über die Wangen. »Wir müssen etwas tun.«

Unter seiner ruhigen Oberfläche nimmt sie einen plötzlichen Hauch von Wut wahr, aber sie musste das fragen; das wird er ja wohl verstehen. Sie muss alles tun, um ihre Tochter zurückzubekommen.

»Vergesst nicht, dass ich mich hier selbst in die Schusslinie begebe. Aus Freundschaft.« Er starrt Roly einen Augenblick lang an, dann wendet er sich wieder Isobel zu. »Wie sollte ich meine Rolle in dieser ganzen Angelegenheit erklären? Ganz abgesehen von der Übung, die das Team auf der Suche nach Emma und Lola glaubt durchzuführen. Ich würde meinen Job verlieren. Und trotz allem bin ich hier, weil ich weiß, vor welche Herausforderungen eure Vergangenheit euch stellt. Für uns alle steht zu viel auf dem Spiel, um jetzt den Kurs zu ändern.«

»Ich weiß, und dafür bin ich ja auch dankbar«, lenkt sie ein. »Ich habe nur Angst, weil alles so aus dem Ruder gelaufen ist. Wir müssen es melden. Roly?« Sie schaut ihn mit flehenden Augen an.

Er sagt nichts. Als hätte er sie nicht gehört. Sie kennt seinen abwesenden Blick. Genauso guckt er auch immer, wenn

Margaret davon spricht, dass sie gern noch ein Enkelkind haben würde – einen Jungen, als Erben. So ein Scheiß! Als würden sie im sechzehnten Jahrhundert leben.

»Überlegt doch mal, wie viel Presse diese vermisste Frau bekommt, diese Scarlett Peters«, versucht Isobel sie zu überzeugen, obwohl sie weiß, dass sie besser aufhören sollte. Aber sie muss es einfach versuchen.

Der Detective wirft ihr einen weiteren wütenden Blick zu, doch Roly ergreift das Wort.

»Isobel«, zischt er sie verärgert an.

»Lola könnte genauso viel Aufmerksamkeit bekommen. Das würde doch helfen, sie zu finden.« Isobel streicht sich das Haar aus dem Gesicht. Eine Strähne hat sich in ihrem Ohrring verfangen, doch sie zieht sie heraus. »Ich .. ich erinnere mich an Scarlett. Sie war auf den Partys. Bestimmt kennt sie Emma. Vielleicht hilft sie ihr ja? Du meintest doch, Emma würde das Ganze seit Anfang April planen. Um den Dreh rum ist Scarlett verschwunden, oder?«

»Du siehst Zusammenhänge, wo keine sind.« Owens leise Antwort klingt wie eine Warnung.

Roly räuspert sich. »Isobel, lass gut sein, ja? Mit Owen haben wir die besten Chancen, Lola zu finden.«

»*Nur* mit mir habt ihr Chancen, sie zu finden«, korrigiert dieser.

Isobel erwidert nichts. Was auch immer sie sich erhofft hat, sie hat es nicht erreicht.

»Iz, Schatz«, sagt Roly, »schau doch bitte nach Mutter. Ich komme sofort.«

Sie nickt. Die Realität legt sich auf sie wie eine feuchte Decke an einem Wintertag – schwer und eisig. Sie hat die Wahrheit über Jonnys Geschäfte immer ignoriert. Nie hat sie Fragen gestellt oder unerlaubterweise ein bisschen herumgeschnüffelt. Sie hat immer nur das Geld genommen und das Lob genossen, mit dem er sie überschüttet hat, wenn er dankbar war, dass sie mal wieder ein Schlupfloch für ihn gefunden hat, um Geld zu sparen. Durch Lug und Trug haben sie die Wahrheit vor den Behörden versteckt.

Ist ihr wunderschönes kleines Mädchen, ihr Ein und Alles, ihr entrissen worden, weil sie nie Fragen gestellt hat? Sie hat nie nach Jonnys Geschäften gefragt, und sie hat ihn auch nicht nach Emma gefragt, nachdem er sie ihnen vorgestellt hatte. Sie hat nicht danach gefragt, was mit Emma passiert ist, nachdem sie sie im Park getroffen und Roly Jonny um nur noch einen letzten Gefallen gebeten hatte.

In der Küche trinkt Margaret dampfheißen Kaffee aus einem Becher und starrt mit zusammengekniffenen Augen auf diese Tabelle auf ihrem Tablet. Sie hat die Fenstertüren geöffnet, um frische Luft und den Duft der Kletterrosen an den Gartenmauern hereinzulassen. Isobel sehnt sich auf einmal nach draußen, um ganz viel frische Luft einzuatmen. Sie könnte noch mal spazieren gehen. Um einen klaren Kopf zu bekommen. Doch dann taucht Roly hinter ihr im Türrahmen auf und legt ihr zur Beruhigung eine starke Hand auf die Schulter. Sie lehnt sich gegen ihn und wünschte, sie wären allein.

Als sie aufschaut, sieht Margaret sie mit glühender Wut in den Augen an. Ihr Blick wandert zwischen Roly und Isobel hin und her. »Es wird Zeit, dass mir einer von euch verrät, was hier wirklich vor sich geht, findet ihr nicht auch?«

DREIUNDDREISSIG

EMMA

Emma schaut sich auf dem Raststättenparkplatz um. Ihr fällt eine Frau mit riesiger Sonnenbrille in einem schwarzen Maxikleid auf, die in ihre Richtung kommt. Diesmal sind sie nicht an der Raststätte in Winchester, sondern in der Nähe von Portsmouth, aber hier sieht es genauso aus. Die Menschen sind in Eile, weil sie in den Urlaub oder nach Hause wollen, sodass sie an diesem warmen Augustnachmittag kaum jemand wahrnimmt. Die letzten beiden Tage wäre sie gern so unsichtbar gewesen, aber jetzt hat sich alles verändert, und es ist essenziell, dass jemand stehen bleibt und ihnen hilft.

Irgendwie haben sie es heute geschafft, von der Haltebucht, in der das Taxi angehalten hat, fast fünfundsechzig Kilometer zurückzulegen. Nach der Hetzjagd zum Bus sind sie weiter durch die Stadt geeilt und dann auf der Suche nach einer weiteren Bushaltestelle an der Straße entlanggelaufen, während Lola immer noch wegen Barnaby weinte. Emma war genauso traurig und wusste nicht, was sie als Nächstes tun sollte, wo sie hinsollte und wie sie sich und Lola in Sicherheit bringen sollte. Sie hat eine Nachricht an die auswendig gelernte Nummer geschrieben, aber keine Hilfe bekommen.

Alles geht schief. Du musst uns helfen.

Ich kann leider nichts machen. Es tut mir leid. Versucht es weiter!

Das ist leichter gesagt als getan. Emma wollte gerade antworten, als eine Frau, die über siebzig sein musste, schlecht gefärbtes rotes Haar hatte und eine Hornbrille trug, mit ihrem babyrosa Fiat anhielt und das Fenster herunterließ.

»Ihr beiden Damen seht aus, als bräuchtet ihr eine Mitfahrgelegenheit«, sagte sie breit lächelnd.

»Oh. Nein. Das ist sehr freundlich von Ihnen, aber bei uns ist alles gut«, platzte Emma heraus, bevor sie richtig nachdenken konnte, und zog Lola an sich, weil sie nicht mal in ihren Träumen in ein weiteres Auto gestiegen wäre.

»Das kann ich mir aber kaum vorstellen«, erwiderte die Frau. »Wenn ihr meine Tochter und Enkeltochter wärt, dann würde ich mir wünschen, dass jemand wie ich anhält und seine Hilfe anbietet. Kommt, steigt ein, zumindest für ein paar Minuten, ich nehme euch ein Stück mit.«

Emma zögerte, aber nicht sehr lange. Lola war erschöpft, und die Vorstellung, nicht mehr auf offener Straße unterwegs zu sein, war zu verlockend. »Vielen Dank«, sagte sie, öffnete die Tür und stieg mit Lola ein.

Die Frau hieß Octavia und war neunundsiebzig, aber laut eigener Aussage so fit wie eine Dreißigjährige. Sie absolviere immer noch Halbmarathons und sei gerade auf dem Weg zum Großhandel, um ihre »Vorräte aufzufüllen«. Es blieb unklar, um was für Vorräte es sich handelte und wo diese in dem winzigen Auto Platz finden sollten, aber es war Emma auch egal. Sie war einfach nur froh, bei ihr mitfahren zu können und freundlichen Small Talk zu führen.

Vor einer Stunde hat Octavia sie an der Raststätte rausgelassen. Emma hat sie angelogen und gesagt, sie würde eine Freundin anrufen, die sie abholen komme. Die Nettigkeit der alten Dame hatte ihre Laune gehoben, und nach dem Mittagessen, bestehend aus Chicken-Nuggets und Pommes, wurde ihr klar, dass Octavia ihnen eine alternative Transportmöglichkeit aufgezeigt hat. Sie kann es nicht fassen, dass sie nicht selbst darauf gekommen ist. Per Anhalter zu fahren ist kostenlos, und vor allem kann man ihre Spur nicht nachverfolgen. Keine Überwachungskameras und keine Kennzeichenerfassung. Jonny und seine Männer können sie dabei nicht finden. Sie muss nur darauf vertrauen, dass es auch gute Menschen gibt.

»*Das waren keine bösen Männer. Nicht alle sind böse.*« Sie erinnert sich an die Ärztin, die das gesagt hat, eine dünne Frau mit einem unscheinbaren Gesicht und strähnigem blondem Haar, das schlaff hinter ihren Ohren hing. Sie war nicht die schlimmste von allen, aber auch sie hat nicht zugehört, als Emma versucht hat, ihr die Wahrheit zu sagen.

»*Doch, alle sind böse*«, antwortete sie.

»*Sie sind seit Ihrem Zusammenbruch etwas paranoid. Die meisten Menschen sind gut.*«

Emma beißt sich auf die Lippe und macht einen Schritt nach vorn. »Entschuldigen Sie«, spricht sie die Frau in dem Kleid an. »Meine Tochter und ich suchen nach einer Mitfahrgelegenheit in Richtung Norden. Fahren Sie …« Doch sie bricht ab, weil die Frau den Kopf schüttelt, ohne sie auch nur anzusehen.

Sie ist schon die fünfte Person, die sie in den letzten zwanzig Minuten angesprochen hat. Jedes Mal rast ihr Herz. Sie hat Angst, dass jemand sie erkennt, so wie der Taxifahrer. Sie weiß jetzt, dass die Polizei nicht hinter ihr her ist, zumindest nicht offiziell. Doch der Gedanke beruhigt sie ganz und gar nicht. Ihre Schläfen pulsieren immer noch. Jonny hat überall seine Freunde, auch bei der Polizei – besonders bei der Polizei.

Dass sie gejagt wird, ist eine Tatsache, die sie nicht leugnen kann.

»Vielleicht kann ich helfen«, sagt ein Mann, der dem Akzent nach aus Dublin stammt.

Emma betrachtet den kleinen Mann mit dem breiten Lächeln und dem dichten schwarzen Haar, das unter einer Baseballmütze hervorquillt.

»Wo wollen Sie hin?«

Sie kann ihm nichts von der Fähre erzählen, die heute Abend von Birkenhead ablegt. Auf der anderen Flussseite liegt Liverpool. Sie darf nicht riskieren, dass er sie irgendwie mit dem Foto auf Social Media in Verbindung bringt, die Nummer in dem Post anruft und ihre Pläne ausplaudert. Und er darf nicht merken, wie viel Angst sie hat, wie verzweifelt sie ist, darum lächelt sie zurück. »Einfach nur nach Norden«, sagt sie und lacht gespielt locker, entspannt, lässig, als wäre sie einfach nur eine Person, die ohne Ziel herumreist, immer dahin, wohin der Wind sie trägt.

Doch in ihrem Inneren ist jede Faser angespannt – was flüssig sein sollte, fühlt sich an wie Zement. Sie will nicht trampen, mit einem Fremden per Anhalter fahren. Das ist so gefährlich. Sowohl für sie selbst als auch für Lola. Sie will ihre Tochter keinem Risiko aussetzen, aber hat sie denn eine Wahl? Sie müssen die Südküste endlich hinter sich lassen, und zwar schleunigst. Sie sind jetzt schon zweimal fast von Jonny und seinen Freunden erwischt worden. Erst am Geldautomaten und dann im Taxi. Ein drittes Mal schafft sie das nicht.

»Ich habe einen Lieferwagen und bringe einen Tisch und Stühle nach Edinburgh. Da ist noch viel Platz. Wenn Sie wollen, kann ich Sie bis ganz nach da oben mitnehmen.« In seinem Tonfall liegt etwas Zweideutiges, das sie versucht zu ignorieren. Er will nur nett sein, redet sie sich ein, obwohl ihr ein eisiger Schauer über den Rücken läuft.

»Haben Sie wirklich Platz für meine Tochter und mich?«, zwingt sie sich nachzufragen.

»Auf jeden Fall.«

Ihr Herz hämmert warnend in ihrem Brustkorb. Schnell und schmerzhaft. Aber er kann sie nach Norden mitnehmen. Sie schaut auf die Uhr. Früher Nachmittag. Vielleicht kriegen sie ja noch die Nachtfähre nach Belfast, die um halb elf heute Abend ablegt. Dann wären sie nur einen Tag später da als geplant. Hilfe erwartet sie. Sie werden nicht mehr allein sein. Lola wird in Sicherheit sein.

Oh, wenn es doch nur einen anderen Ausweg gäbe. Von einem Ort in der Nähe. Von Southampton legen natürlich auch Fähren ab, aber nicht nach Belfast. Und sie müssen nach Belfast. Sie müssen nach Nordirland. Um dort einzureisen, brauchen sie nur einen Lichtbildausweis, weil es ein Landesteil des Vereinigten Königreichs ist. Emma hat auch die Pässe, sowohl ihren als auch Lolas, aber Ausweise und Namen werden innerhalb des Vereinigten Königreichs viel seltener kontrolliert. So können sie das Land sicher verlassen, ohne dass jemand etwas mitbekommt. Auf der Nachtfähre wird nicht viel los sein, nur eine müde Crew und verschlafene Mitpassagiere. Damit können sie sich ungesehen aus dem Staub machen. Und von Belfast werden sie in die Republik Irland reisen und von dort – mit etwas Hilfe, den gefälschten Pässen, die sie ihn Belfast bekommen sollen, und etwas Geld – weiter in die Welt.

Sie kann den Gedanken kaum festhalten, er ist wie ein Hologramm, dem sie nicht vertraut. Sie schaut zu Lola, die mit einem etwa gleichaltrigen Jungen spielt. Sie rennen über den kleinen Spielplatz neben dem Eingang und spielen mit dem älteren Bruder des Jungen Fangen. Lola rast über eine Holzbrücke und tippt dem älteren Jungen auf den Rücken und schreit begeistert »Du bist!«, ohne gemerkt zu haben, dass er absichtlich langsamer geworden ist und sich von ihr hat fangen lassen. Er grinst und nimmt die Verfolgung seines Bruders auf. Als sie Lola lachen sieht, wird Emma ganz warm ums Herz.

Wie normal das alles aussieht. So simpel, so unschuldig. So etwas sollen Kinder machen, nicht mit Fremden in Lieferwagen steigen und durch das ganze Land vor Männern fliehen, die zu den schlimmsten Taten fähig sind.

»Okay.« Emma nickt dem Mann zu, auch wenn ihr gar nicht wohl bei der Sache ist. »Vielen Dank. Wir müssen nicht bis nach Edinburgh. Könnten Sie uns vielleicht in Birmingham absetzen?«

»Klar.« Er grinst erfreut, als hätte er überraschend einen Preis gewonnen. Dann zwinkert er ihr zu, und sie zwingt sich, zurückzulächeln.

»Geben Sie mir zehn Minuten. Wir treffen uns hier«, sagt er.

Er verschwindet in der Raststätte, und Emma hält sich die Hände vors Gesicht. Eine Stimme in ihrem Kopf schreit, dass sie das lassen solle. Aber der Drang, weiterzukommen, ist größer. Tief einatmen. Los. Sekunden zählen. Sie muss sich beruhigen. Lange ausatmen. Es funktioniert nicht. Sie kann ihre Panik nicht einfach wegzählen. Zwei Fragen kämpfen in ihrem Kopf miteinander: Soll sie das wirklich tun? Und: Hat sie eine Wahl? Sie hat das Gefühl, in einem Taxi eingesperrt zu sein, noch nicht ganz abgeschüttelt. Aber die Angst vor diesem Mann ist unbedeutend im Vergleich zu der Vorstellung, wie der schwarze SUV hier auf den Parkplatz fährt. Die beiden Männer ... sie darf ... sie darf nicht an sie denken. Nicht zum ersten Mal dankt sie PC Krishna und ihrer Kollegin im Stillen dafür, dass sie den Männern misstraut haben. Was wohl passiert wäre, wenn es männliche PCs gewesen wären?

»Emma«, ruft Lola und holt sie in die Gegenwart zurück. Zurück zur Raststätte, vor der ihre Tochter am Klettergerüst hängt. »Guck mal.«

»Super«, ruft sie und lächelt Lola klatschend zu. Sie ist so stolz auf sie, und sie hat schon so viele kleine Momente mit ihr verpasst. »Wir müssen gleich los, okay?«

Lola sagt nichts, ihre Freude verblasst zwar sichtbar, aber sie schreit nicht und weint auch nicht. Sie lässt sich auf den Boden fallen und rennt zurück zu den beiden Jungs. Emma ist dankbar, dass Lola durch den Spielplatz und die anderen Kinder abgelenkt wird. Bald wird sie nämlich wieder an Barnaby denken. Und die Tränen werden kurz darauf folgen. Emma kann immer noch nicht fassen, dass sie den Bär vergessen haben – ausgerechnet den Bär.

Sie lässt den Blick zu den Glastüren schweifen und hält nach dem Fahrer Ausschau. Sie entdeckt ihn in der Starbucks-Schlange. Als er sich umdreht und sie erblickt, fragt er sie mit einer Geste, ob sie auch einen Kaffee wolle. Sie schüttelt den Kopf und redet sich ein, dass er ein anständiger Mann sein muss, wenn er anbietet, ihr einen Kaffee zu kaufen. Aber so sehr sie auch versucht, an das Gute zu glauben, so lässt ihre Nervosität doch nicht nach. Immer noch wünschte sie, es gäbe eine Alternative. Dass sie und Lola schon woanders wären. Dass Haz da wäre.

Ohne richtig darüber nachzudenken, schaltet Emma das Handy ein. Er hat ihr nicht geantwortet. Die Häkchen sind immer noch grau. Sie wählt seine Nummer aus und ruft an. Während sie auf die Mailbox wartet, hält sie den Atem an. Doch wieder geht jemand ran.

»Emma, leg nicht auf«, sagt eine Stimme, als sie das Handy schon vom Ohr wegnimmt. »Emma?«

»Ja, ich bin's«, sagt sie.

»Warum rufst du auf Haz' Handy an?«, fragt Malik mit sanfter Stimme.

»Es ... es tut mir leid.«

»Was ist los, Emma? Wo ist mein Auto? Ein Typ von der Polizei hat mich nach dir gefragt. Er hat gesagt, du hättest mein

Auto für irgendwas Kriminelles benutzt und dann irgendwo stehen lassen.«

»War er wirklich von der Polizei? Hat er dir seinen Dienstausweis gezeigt?«

Malik schweigt einen Moment. »Das hat er jedenfalls gesagt, aber an einen Ausweis kann ich mich nicht erinnern. Alles okay bei dir?«

Nein, will sie sagen, aber was würde das bringen? »Ja, alles okay. Es tut mir leid, dass ich dein Auto genommen habe. Du bekommst es bald zurück. Ganz sicher.«

»Du weißt, dass mir das egal ist. Ich mache mir Sorgen, weil du auf Haz' Handy anrufst.«

»Es ist nichts. Ich wollte nur seine Stimme hören.«

Noch bevor sie seine Worte hört, weiß Emma, was Malik sagen wird. Plötzlich will sie nur noch auflegen, aber sie ist wie erstarrt. »Er ist tot, Emma.«

Die Worte drohen sie zu überwältigen, als würde die Welt untergehen. Genauso hat sie sich gefühlt, als sie diese Worte vor einem Jahr zum ersten Mal gehört hat. Haz ist tot. Das weiß sie. An manchen Tagen kann sie an nichts anderes denken. An anderen Tagen stellt sie sich vor, dass er noch lebt und irgendwo da draußen ist und es sich richtig gut gehen lässt. Aber das tut er nicht, und das wird er auch nie wieder können. Sie schaut zu Boden. Da müsste sich doch jetzt eigentlich ein riesiger Abgrund auftun, der sie verschluckt.

»Ich weiß«, flüstert sie. »Aber ich vermisse ihn.«

»Ich auch, aber ihn auf diesem Handy zu kontaktieren, macht es doch auch nicht besser.«

Sie schaut zu Lola hinüber, die immer noch auf der Brücke und der Rutsche spielt und wie wild herumrast. Dann muss sie an die Beerdigung letzten Sommer denken. Auf den Gesichtern seiner Familie zeigte sich die gleiche Verzweiflung wie auf ihrem eigenen. Beim Trauerkaffee kam Malik weinend zu ihr. Er fühle sich verantwortlich, sagte er. Er habe Haz doch immer so gedrängt, sein Leben in den Griff zu kriegen, zum Friseur zu gehen, sich einen festen Job zu suchen. Ihn angeherrscht, endlich normal zu sein und ihnen nichts mehr vorzuspielen. »*Das habe ich wirklich mal zu ihm gesagt. ›Sei doch mal normal‹, habe ich gesagt. Aber ich habe es nicht so gemeint, Emma. Ich will, dass er das weiß. Ich habe ihn geliebt. Er war mein kleiner Bruder. Ich wollte ihn doch nur beschützen.*«

Emma hat genickt und ihn getröstet, obwohl sie dafür gar keine Energie hatte. Sie durfte Malik nicht erzählen, wie oft Haz sich über ihn beschwert hatte. Und wie schwer Malik ihm das Leben ohne Grund gemacht hatte. Aber was weiß sie schon? Als sie Haz das letzte Mal gesehen hat, hat sie sich nur über ihr eigenes Leben, über ihre eigenen Probleme beklagt. Hätte sie ihn doch nur gefragt, wie es ihm gehe, dann hätte sie vielleicht verhindern können, dass er ihr diese finale Nachricht schickte.

Ich muss gehen. Ich gehöre nicht in diese Welt, Em. Aber du schon. Du bist eine Überlebende. Hör nicht auf für die Wahrheit zu kämpfen. Hab dich lieb!

Eine Stunde später sah sie die Nachricht, aber da war er schon in den Nachrichten. Jemand war von der London Bridge gesprungen. Ein sechsundzwanzigjähriger Mann, tot.

»Emma, bist du noch da?«, fragt Malik.

»Ja.«

»Ich muss los. Ein Meeting. Ich wollte dir nur sagen, dass wir Haz' Handyvertrag kündigen wollen. Das hätten wir schon vor Monaten machen sollen, aber ich weiß ja, dass du ihn angerufen und Nachrichten hinterlassen hast. Ich wollte es nicht noch schwerer für dich machen. Seine Mailboxnachrichten wurden alle an mich weitergeleitet, aber damit ist jetzt Schluss. Ich habe sein Handy heute nur angemacht, um dir Bescheid zu sagen.«

Das sollte sie nicht überraschen, aber trotzdem versetzt es ihr einen Stich. »Okay«, bringt sie hervor.

»Hör zu, ich weiß nicht, was bei dir los ist, aber Haz hatte dich sehr lieb. Und du hast ihm sehr geholfen, als er … als er an diesem Ort war. Wenn du Hilfe brauchst, dann ruf mich an.«

»Danke.«

Sie verabschieden sich, und Emma schaltet das Handy wieder aus. Malik kann sie genauso wenig um Hilfe bitten wie Haz. Auch wenn er jetzt versucht, es wiedergutzumachen, so kann sie ihm doch nicht verzeihen, welchen Anteil er an Haz' Tod trägt. Und sich selbst kann sie im Übrigen auch nicht verzeihen. Wenn sie doch nur aufmerksamer gewesen wäre und sich nicht so leicht hätte abschütteln lassen, wenn er ihre Sorgen abgetan hat. Sie würde alles geben, nur um ihm sagen zu können, wie leid es ihr tut, dass sie ihm nicht geholfen hat, als er sie brauchte. Es gibt auch noch andere Dinge, die sie ihm gern sagen würde. Zum Beispiel, dass sie ohne seinen Glauben an sie nicht überlebt hätte. Sie würde ihm gern sagen, wie viel seine Freundschaft ihr immer noch bedeutet. So viele Dinge würde sie ihm gern sagen, und dass sie das nicht mehr kann, tut unfassbar weh.

Malik hat recht. Sie muss aufhören, auf Haz' Handy anzurufen und Nachrichten dorthin zu schicken. Aber sie wird nie aufhören, in ihrem Kopf mit ihrem besten Freund zu reden und sich seine Antworten vorzustellen. Wenn er noch am Leben wäre und sie ihm von der Person erzählen könnte, die im April in den Laden gekommen ist und mit ihr einen Plan geschmiedet hat, um Lola zu entführen, dann hätte er sie gewarnt, dass sie niemandem vertrauen solle, der seine Hilfe anbiete. Und sie hätte gewusst, dass er recht hat.

Aber wie hätte sie Lola sonst vor Jonny beschützen sollen? Sie musste darauf vertrauen, dass Haz ebenfalls recht hatte, als er gesagt hat, sie sei schlau und fähig. Ohne ihn kann sie nur auf sich selbst und auf den Plan vertrauen.

»Ich habe alle Eventualitäten bedacht. Aber ich kann erst helfen, wenn ihr das Land verlassen habt. Solange ihr auf der Flucht seid, kann ich nichts tun … Mach dir um mich keine Sorgen, Em. Wir treffen uns in Belfast, das habe ich dir doch gesagt.«

Und dem Lieferwagenfahrer, der sie so zweideutig angelächelt hat, dem muss sie auch vertrauen, dass er sie in Richtung Liverpool bringt. Sie hat keine andere Wahl.

VIERUNDDREISSIG

EMMA

Emma steckt ihr Handy in die Hosentasche, bevor sie an das Geländer herantritt, das den Spielplatz umgibt. Hinter ihr knattert der Auspuff eines Autos, das seine Parklücke verlässt und in Richtung Ausfahrt fährt. Wieder überkommt sie das beengende Gefühl, das sie im Taxi hatte. Sie will hier auch weg. Sie sollte nicht zu lange am selben Ort bleiben, vor allem da sie ihr Handy benutzt hat. Dass Jonny Haz' Handy überwacht, hält sie für unwahrscheinlich. Jonny ist zwar schlau und skrupellos, aber er ist ganz bestimmt nicht sentimental. Niemals würde er auf die Idee kommen, dass jemand die Nummer eines Toten anrufen könnte, nur um dessen Stimme zu hören.

Mit den Augen sucht sie die Menschenmenge im Hauptgebäude nach dem Lieferwagenfahrer ab, der versprochen hat, sie bis nach Birmingham mitzunehmen.

»Hey.« Emma spürt eine Hand auf ihrem Arm. Sie zuckt zusammen und duckt sich bereits, fast schreit sie laut. Aber es ist weder Jonny oder einer seiner Männer noch die Polizei. Es ist eine Frau in einem ausgeblichenen grünen T-Shirt und Jeansshorts.

»Sorry«, sagt sie mit verwirrter Miene, beginnt dann aber zu lächeln. »Ich wollte Sie nicht erschrecken. Ich bin Jenny. Der kleine Junge, mit dem Ihre Tochter spielt, gehört zu mir. Er heißt Toby, und sein Bruder Josh.«

»Oh, hi«, erwidert Emma und lächelt unsicher, versucht jedoch sich ganz normal zu verhalten. Dass Mütter sich auf Spielplätzen einander annähern und vermutlich versuchen, eine Verbindung zu jemandem aufzubauen, der ebenfalls mit dem beschwerlichen Dasein als Mutter kämpft, ist ihr schon öfter aufgefallen. Wenn sie jetzt nicht freundlich ist, wird die Frau wahrscheinlich misstrauisch. »Ich bin Emma, und das ist Lola.«

»Hi«, grüßt Jenny sie erneut und winkt ihr zu, als würde sie nicht direkt neben ihr stehen. Dann scheint sie über sich selbst lachen zu müssen.

Sie stehen nebeneinander, und Emma überlegt fieberhaft, was sie jetzt sagen könnte. »Wie alt ist –«, beginnt sie, doch Jenny hat gleichzeitig angefangen zu sprechen.

»Es geht mich ja nichts an, aber – Oh, tut mir leid, Toby ist drei, bald vier.«

»Genau wie Lola«, sagt Emma und freut sich eine Sekunde lang auf eine Zukunft, in der sie Lolas Geburtstag an einem sicheren Ort feiern. Doch das Szenario kommt ihr vor wie ein Traum.

»Entschuldigen Sie, wenn ich mich einmische«, sagt Jenny jetzt. »Mein Mann meint immer, ich soll meine Nase nicht in die Angelegenheiten anderer Leute stecken, aber das fällt mir nun mal schwer. Also, ich habe eben mitbekommen, dass Sie eine Mitfahrgelegenheit nach Birmingham suchen, richtig?«

»Ich …« Emma senkt den Blick. Sie schafft es einfach nicht, mit der gleichen fröhlichen Nonchalance zu reagieren, während ihr die Scham die Röte in die Wangen treibt.

»Also, ich fahre mit meinen Jungs nach Bridgnorth, da

wohnen wir. Wir könnten Sie am Stadtrand von Birmingham rauslassen, wenn Sie wollen?«, schlägt sie vor.

Überrascht schaut Emma auf, und wie aus dem Nichts steigen ihr die Tränen in die Augen. Sie weiß nicht, ob der Lieferwagenfahrer gefährlich ist, und sie schafft es nicht mehr, die Welt um sich herum objektiv wahrzunehmen, aber selbst in ihrer Paranoia weiß sie, dass es sicherer wäre, mit Jenny zu fahren.

»Haben Sie wirklich Platz? Würden Sie das wirklich machen?«, fragt Emma.

»Ja, klar. Ich bin allein mit den Jungs unterwegs. Wir waren diese Woche bei meiner Mum und fahren jetzt zurück nach Hause. Es wäre schön, Gesellschaft in meinem Alter zu haben«, fügt sie hinzu, als würde Emma ihr den Gefallen tun, nicht andersherum. »Wir haben sogar einen Kindersitz für Lola. Josh ist für seinen mittlerweile zu groß, sodass Toby den mittlerweile benutzt. Tobys alten Sitz habe ich aber noch im Auto. Und –« Sie hält kurz inne und blickt in Richtung Raststätte. »Sie wollen doch nicht wirklich zu diesem Mann in den Lieferwagen steigen, oder?«

Emma schüttelt den Kopf und kann die Tränen nicht länger zurückhalten.

Jenny nimmt sie in den Arm und tätschelt ihr den Rücken. »Hey, nicht weinen. Kommen Sie mit uns. Ich kann Sie überall hinbringen.«

Emma muss an die Reise denken, die ihnen bevorsteht. Vor zehn Minuten dachte sie noch, sie könnten heute Abend das Land verlassen, aber die Idee kommt ihr jetzt dämlich vor. Lola wird müde und hungrig sein, wenn sie in Birmingham ankommen. Sie müssen eine Pause machen und sich ausruhen. So sehr sie auch fliehen will, Lolas Bedürfnisse stehen an erster Stelle. Und wenn sie nah genug dran sind, um morgen ablegen zu können, dann wird das drängende Gefühl in ihrer Brust doch bestimmt nachlassen.

Doch der Gedanke, auf der Suche nach einer Unterkunft durch die Straßen einer unbekannten Stadt zu irren oder schlimmstenfalls wieder trampen zu müssen, ist unerträglich. »Also ... also, ich kenne jemanden in Bridgnorth. Da könnten wir übernachten.«

»Haben Sie Familie da?«, fragt Jenny und lächelt sie an.

Emma zögert, nickt dann aber. Schon wieder eine Lüge. Außer Lola hat sie im Moment niemanden. Aber an die hübsche kleine Stadt westlich von Birmingham kann sie sich noch erinnern. Ein paar Sommer lang sind sie dorthin in den Urlaub gefahren, bis ihr Vater entschied, dass die Fahrt zu weit sei, und fragte, was denn »das Problem mit Southend-on-Sea« sei.

Diese Erinnerung scheint aus einem anderen Leben zu stammen. Als sie noch von anderen Menschen umgeben war – Menschen, die sie liebten. Als sie noch spielte, las, die Welt erkundete. Keine Verantwortung trug, vor nichts Angst hatte. All das wird jetzt nicht in Bridgnorth auf sie warten, aber immerhin ist es dort ruhiger als in der Großstadt, und sie werden dort eine Unterkunft finden, da ist sie sich sicher.

»Wir sind wohl füreinander bestimmt«, grinst Jenny und dreht sich zum Spielplatz. »Jungs«, ruft sie. »Wir fahren.«

»Wir auch, Lola«, ruft Emma. Die drei Kinder verlassen zusammen den Spielplatz. Emma geht in die Knie, drückt Lola Ducky in die Arme und schaut ihr in die Augen. »Diese nette Frau hier heißt Jenny. Wir können bei ihr und ihren Söhnen mitfahren.«

»Fahren wir nach Hause?«, fragt Lola. Ihr hoffnungsvoller Ton bricht Emma fast das Herz.

»Bald«, flüstert sie. Was für eine vage Antwort, aber sie bringt es nicht über sich, Lola schon wieder zu enttäuschen. Außerdem scheint Jenny zwar wirklich nett und liebenswürdig zu sein, aber sie ist auch eine Mutter, die ihre Kinder beschützen muss. Emma kennt dieses Gefühl besser als jeder andere. Falls sie den Verdacht hegen sollte, dass Emma in Schwierigkeiten steckt, weil sie von bösen Menschen gejagt wird, dann könnte sie ihre Meinung ändern.

Jenny berührt Emmas Oberarm. »Wollen wir los? Ich weiß nicht, wie es Ihnen geht, aber ich bin nicht allzu scharf drauf, diesen Typ noch mal zu sehen. Bei dem stellen sich mir die Nackenhaare auf.«

Emma schaut zurück zu den Glastüren. Der Lieferwagenfahrer ist jetzt ganz vorn in der Kaffeeschlange angekommen. In ein paar Minuten wird er zurückkommen, also nickt sie. »Ja, mir auch. Danke.«

»Nicht dafür. Ich muss Sie allerdings vorwarnen: Die Klimaanlage ist kaputt, es wird also warm.«

Während sie sich auf dem Weg zu einem staubigen silbernen Volvo durch die geparkten Autos schlängeln, schnürt sich Emmas Kehle zu. Die Hilfsbereitschaft dieser Frau lässt die Emotionen der letzten Tage in ihr hochkommen. Zum ersten Mal in ihrem Leben fühlt sie, wie sich Solidarität zwischen Müttern anfühlt, spürt ein Gemeinschaftsgefühl, das Roly und Isobel ihr genommen haben.

Fünf Minuten später sitzt sie in dem Auto, das ein wenig nach überreifen Bananen und Play-Doh riecht, und hört Jenny zu, die sie mittlerweile duzt und über ihre kleine Schmuckfirma und ihren Mann redet, der Hausarzt ist und sich deshalb nicht freinehmen konnte, um ihre Mutter zu besuchen.

In regelmäßigen Abständen dreht Emma sich zu Lola um, doch ihre Tochter ist auf dem Mittelsitz eingeschlafen. Sie hält Ducky im Arm, während ihre beiden neuen Freunde zu ihren Seiten etwas auf iPads schauen. Der Gedanke an Schlaf ist verlockend, aber sie kämpft dagegen an. Bei dieser lieben Mutter und ihren Kindern fühlt sie sich fast sicher.

Fast.

Nach zwei Tagen, in denen sie umhergeirrt und panisch

geflohen sind, lassen sie die Südküste endlich hinter sich und fahren in die richtige Richtung. Emma atmet so tief ein, dass ihr Brustkorb zittert.

»Alles in Ordnung, Emma?«, fragt Jenny, während sie die Straße und den zäh fließenden Verkehr im Blick behält. »Sag mir, wenn ich zu viel rede, ja?«

»Nein, überhaupt nicht. Es interessiert mich. Tut mir leid, ich bin nicht gerade die beste Gesellschaft ... Danke, dass du mich mitgenommen hast. Du weißt gar nicht, wie sehr du mir damit hilfst.«

»Doch, ich glaube schon«, sagt Jenny und verzieht das Gesicht. »Dieser Typ sah richtig creepy aus.«

»Du hast recht«, bestätigt sie und ist froh, ausnahmsweise mal nicht paranoid gewesen zu sein. »Ich ... wir sind ... äh«, stottert sie und verstummt dann, weil sie nicht weiß, wie sie es ausdrücken soll. *Verzweifelt. Allein. Auf der Flucht.* Soll sie diese Frau anlügen oder ihr die Halbwahrheit sagen? Wie soll sie bloß erklären, warum sie Lola und sich selbst einer solchen Gefahr ausgesetzt hätte und mit diesem Mann mitgefahren wäre?

»Du musst es mir nicht erzählen«, sagt Jenny. »Du steckst in Schwierigkeiten, das ist eindeutig, aber du wirkst wie eine Mutter, die ihre Tochter liebt, und mehr muss ich ehrlich gesagt nicht wissen.«

»Vielen Dank«, flüstert sie und wird schon wieder emotional.

»Aber eine Sache könntest du mir erzählen«, fährt Jenny fort. »Wohin fahrt ihr? Ich habe fast überall Familie. Vielleicht kann ich euch ja helfen, was Mitfahrgelegenheiten oder Übernachtungsmöglichkeiten angeht.«

Plötzlich macht sich Misstrauen in Emma breit – am liebsten würde sie sich jetzt zurückziehen. Doch sie versucht, das Gefühl zu verdrängen. »Wir fahren nach ...« Sie zögert, doch dann fällt ihr ein, wie nett diese Frau ist und dass sie es nur durch Vertrauen in Octavias Fiat aus Brighton herausgeschafft haben. Nur durch Vertrauen sind sie jetzt endlich auf dem Weg gen Norden. »Wir fahren nach Liverpool. Und dann mit der Fähre nach Belfast.« Als sie die Worte laut ausspricht, kommt ihr der Plan fast real vor. Seit sie in Crawley um die Ecke gekommen sind und feststellen mussten, dass das Auto abgeschleppt wurde, hat sie das erste Mal das Gefühl, dass sie es vielleicht doch schaffen könnten.

»Oh«, erwidert Jenny, die enttäuscht klingt. »Ich hatte gehofft, dass du Aberdeen oder Newcastle sagen würdest. Ausgerechnet in Liverpool kenne ich leider niemanden.«

»Kein Problem. Wir kriegen das schon hin.«

Dann herrscht Schweigen. Jenny fragt nicht nach, warum Emma unbedingt das Land verlassen will, aber die Frage hängt trotzdem in der Luft. In Wahrheit ist Emma sich gar nicht mehr sicher, ob es wirklich der beste Plan ist, außer Landes zu fliehen, auch wenn sie sich so lange an dieser Idee festgehalten hat.

Sie muss an die geheimen Treffen denken. Wie sie an sonnigen Frühlingstagen zusammengekauert und mit gesenkten Köpfen auf einer Parkbank in London saßen. *»Mal angenommen, ich zieh das durch und schnapp mir Lola. Wohin dann?«*, hat sie gefragt. *»Die finden mich doch. Das weiß ich.«*

»Wenn du im Land bleibst, dann ja. Aber außerhalb von England können sie dich nicht verfolgen. Das ist also die einzige Möglichkeit. Sobald du das Land verlassen hast, bin ich da, um dir zu helfen. Versprochen.«

Und so entstand der Plan. Sie würde eine Fähre nach Belfast nehmen, wo sie sich treffen und zusammen gen Süden reisen würden. In Dublin würden sie dann in einen Flieger in die weite Welt steigen. Das fühlt sich alles so unmöglich an – so weit weg –, aber in ein paar Tagen könnte sie um diese Uhrzeit schon irgendwo die Zehen in den warmen Sand stecken, während Lola im seichten Wasser spielt und Jonny und alle Gefahren und schwarzen SUVs ganz weit weg sind.

»Wie war euer Urlaub?«, fragt Emma, die auf einmal das Bedürfnis hat, die Stille zu füllen.

Jenny lacht. »Ereignisreich«, sagt sie und erzählt dann eine ausschweifende Geschichte über ihr schwieriges Verhältnis zu ihrer Mutter. Emma versucht, ihr zuzuhören, das ganze Drama nachzuvollziehen und an den richtigen Stellen zu lachen, wird aber immer wieder von der bevorstehenden Reise und den lauernden Gefahren abgelenkt.

Von Bridgnorth sind es nur noch ein paar Stunden nach Liverpool. Morgen werden sie es zum Fährhafen schaffen und dann nach Irland fliehen. Nur noch einen Tag, ohne geschnappt zu werden – mehr brauchen sie doch gar nicht. Sobald sie das Land verlassen haben, werden sie nicht mehr allein sein.

Und als hätte dieser Gedanke telepathische Kraft, vibriert plötzlich ihr Handy. Eine Nachricht ist eingetroffen.

Wo bist du? Alles okay?

Emma tippt schnell eine Antwort:

Alles okay. Die Fähre heute Abend kriegen wir nicht. Aber morgen! Kommst du uns abholen, wenn wir angekommen sind?

Eine Sekunde später trifft die Antwort ein:

Planänderung. Wir treffen uns am Hafen in Birkenhead.

Darauf folgt direkt noch eine Nachricht, aber die Worte verschwimmen vor Emmas Augen. Sie versucht, zu verarbeiten, was da steht, aber es gelingt ihr nicht. Der Plan, dem sie bisher blind gefolgt ist, kam ihr die ganze Zeit fast unmöglich vor. Doch der neue Plan ist einfach nur wahnsinnig, selbst wenn sie bedenkt, was sie schon alles gemacht hat. Ihr Ziel ist immer noch der Hafen in Birkenhead, aber alles andere hat sich geändert. Und das, was jetzt von ihr verlangt wird, kann sie auf keinen Fall durchziehen.

FÜNFUNDDREISSIG

ISOBEL

Isobel drückt Barnaby an sich, atmet den leicht muffigen Geruch seines Fells ein und küsst ihm den Kopf, so wie sie es schon Tausende Male gemacht hat.

»Barnaby will auch einen Nachtikuss.«

»Hat er schon Zähne geputzt?«

»Bären putzen sich nicht die Zähne. Sie mögen keine Zahnpasta.«

Und darauf hat Isobel den Bär immer geküsst und ihn dann theatralisch aufs Bett fallen lassen. »*Neeeein*«, hat sie jedes Mal gerufen.

Lola musste dann immer kichern. *»Mummy, was ist denn?«*

»Bären haben Mundgeruch. Scheußlich.«

»*Ach, Mummy*«, rügte Lola sie dann, gab Barnaby selbst einen Kuss und umarmte ihn fest, während sie ihm etwas in sein abgewetztes Ohr flüsterte, an dem sie immer mit dem Finger reibt, wenn sie müde ist. Dabei hält sie den Bär so nah an ihr Gesicht, dass sie gleichzeitig am Daumen lutschen kann. Barnaby ist für sie so viel mehr als ein Knäuel aus Polyester und Wolle. Ihre Tochter liebt diesen Bär so sehr, dass es sich fast anfühlt, als wäre er Teil der Familie.

Wie es ihr jetzt wohl ohne Barnaby geht? Isobel weiß, wie sehr Lola darunter leidet, wenn sie Barnaby vergessen hat, wie viel sie dann weint. Als sie ihn bei einem Marktbesuch im Auto gelassen haben, musste Roly zurückrennen und ihn holen, während Lola neben dem Stand mit dem Bio-Obst in Isobels Armen schluchzte. Und als Lola Barnaby mal in der Krippe vergessen hat und es ihr erst zur Schlafenszeit aufgefallen ist, da hat Isobel die Leiterin angerufen und sie angefleht zu kommen und ihr die Tür aufzuschließen, damit sie ihn holen konnte.

Und genau deswegen ist Isobel gerade so ergriffen davon, Barnaby an sich zu drücken. Es fühlt sich an, als wäre das Kuscheltier eine direkte Verbindung zu ihrer Tochter. Doch der Bär ist allein hier bei Isobel. Frank hat ihn sich aus einem Streifenwagen geschnappt und mit zurück nach London gebracht. Vor einer Stunde stand er dann mit dem Bär statt mit Lola vor der Tür, um ihn ihr zu übergeben.

»Hast du sie gesehen?«, hat sie ihn gefragt.

Doch er hat den Kopf geschüttelt. *»Sie saß auf der Rückbank von einem Streifenwagen. Und dann war sie weg.«*

»Fährst du nachher zurück nach Brighton? Was, wenn sie da wieder auftauchen?«

Erneut schüttelte er den Kopf. *»Wir haben sie auf den Videokameras nicht mehr gesichtet. Sie könnte mittlerweile ganz woanders sein. Wir müssen abwarten, wo sie als Nächstes auftaucht. Aber keine Sorge, irgendwo wird sie auftauchen. Das ist immer so.«*

Isobel schließt die Augen und versucht die Gedanken an Frank zu verdrängen. Nach dem heutigen Tag kann sie sich selbst keine Sekunde lang mehr vormachen, dass sie keine schrecklichen Eltern sind. Schlechte Menschen. Margaret hat recht: Sie ist egoistisch. Das sind sie alle.

Selbst Margaret, die meint, weit über den Dingen zu stehen, auch über ihrem geliebten Roly, denkt nur an sich selbst. An ihren ach so geschätzten Familiennamen. Als sie ihnen vorgeworfen hat, etwas vor ihr zu verstecken, hat Roly direkt erwidert: »*Wir überlegen, einen Aufruf mit einem Foto von Lola in der Presse zu veröffentlichen.*«

Die Lüge ist ihm so leicht und schnell über die Lippen gekommen, dass Isobel einen Moment lang überrascht war. Ihr Ehemann, den sie mit all seinen Stärken und Schwächen zu kennen glaubte, ist also dazu fähig, so gewieft zu täuschen – und dann auch noch seine Mutter, die er so verehrt. Und da kam ihr ein Gedanke, bei dem ihr ganz unbehaglich zumute wurde, und sie fragte sich, warum sie darauf bisher nie gekommen war. Sie lügen Margaret beide seit Jahren an. Doch als sie mit eigenen Augen beobachtete, wie mühelos Roly seine Mutter anlog, kam sie einfach nicht umhin, sich zu fragen, ob er sie genauso mühelos anlügen könnte.

Dieser Gedanke verfolgte sie noch bei ihrem Spaziergang im Park am Nachmittag. Wieder hat sie die Frau mit dem Hund gesehen. Sie haben sich gegrüßt und sind eine Weile in dieselbe Richtung gelaufen. Das lenkte Isobel für ein oder zwei Minuten ab, doch als ihre Gedanken zu Lola zurückkehrten, verabschiedete sie sich schnell und eilte nach Hause.

Jetzt tut ihr der ganze Körper weh, so sehr vermisst sie ihre Tochter. Der Schmerz ist so real wie bei einer physischen Verletzung – als hätte sie sich die Haut aufgeschlitzt oder einen Knochen gebrochen. Auch ihre Augen tun weh. Sie ist zu erschöpft und zermürbt, um irgendetwas Sinnvolles zu tun, darum deckt sie Barnaby zu, legt sich neben ihn und weint.

Die Zeit vergeht in kleinen Sprüngen, so wie sie es manchmal tut, wenn man sich nicht sicher ist, ob man geschlafen hat.

»Iz«, ruft Roly aus dem oberen Flur. »Wo bist du?«

Sie hebt den Kopf von dem nun feuchten Kissen und wischt sich die Tränen aus dem Gesicht. »In Lolas Zimmer.« Ihre Stimme klingt krächzend, ist kaum wiederzuerkennen.

Einen Moment später taucht er im Türrahmen auf. »Willst

du wirklich nichts zu Abend essen? Es ist noch jede Menge da«, sagt er. Doch sie schüttelt den Kopf. An Essen kann sie gerade nicht mal denken, obwohl es von ihrem Lieblingsthailänder in der Kew Road ist.

»Was hat Margaret über mich gesagt?«, fragt sie, bevor sie es sich anders überlegen kann.

»Nichts, das von Relevanz wäre.« Er schüttelt kaum merklich den Kopf. Doch sie glaubt ihm nicht.

Roly legt die Stirn in Falten, sodass diese aussehen wie ein Lächeln, das auf dem Kopf steht. Dann fragt er sie mit liebevoller Stimme: »Alles in Ordnung bei dir?«

Sie schüttelt den Kopf. Den gleichen sanften Ton schlägt er auch an, wenn Lola hier in diesem Bett liegt und nicht schlafen kann oder sich nicht gut fühlt. Wenn er von einem langen Tag voller Meetings nach Hause gekommen ist, die Schuhe ausgezogen hat und zwei Stufen auf einmal nehmend die Treppe hochgeeilt ist, hat er nicht selten die letzten paar Minuten, bevor sie eingeschlafen ist, bei ihr verbracht.

»*Prinzessin Lola, was kann ich tun, damit Sie sich besser fühlen?*«, fragt er sie immer, wenn sie krank ist, etwa wenn sie erkältet ist oder als sie sich in der Krippe ein Magen-Darm-Virus eingefangen hat und so bleich aussah, als wäre ihr speiübel.

»*Ein Eis würde helfen*«, hat sie bei diesem letzten Mal mit schwacher Stimme geantwortet und musste sich das Lachen verkneifen.

»*Ich glaube, Mummy wird sagen, dass es zu spät für Eis ist.*«

»*Dann eben ein Einhorn. Das würde auch helfen.*«

»*Ein Einhorn. Oje. Wo soll ich das nur herbekommen? Vielleicht schaffe ich es ja doch, ein Eis zu besorgen*«, sagte er nachgiebig, womit sie beide gerechnet hatten.

Jetzt tritt Roly ans Bett, legt sich neben sie und zieht sie an sich heran. Auf der kleinen Matratze müssen sie sich eng aneinanderschmiegen. Die Wärme seines Körpers entspannt sie. Sie atmet den Geruch des Weichspülers und den holzigen Duft seines Aftershaves von Clive Christian ein, das sie ihm jedes Jahr zum Geburtstag schenkt. Gott, wie sie diesen Mann liebt. Sie liebt ihn, selbst in diesem Augenblick und trotz allem, was gerade geschieht.

»Was machst du hier drin?«, fragt er.

»Ich ... ich fühle mich einfach so verloren ohne sie«, flüstert sie. Ihre Stimme bebt schon wieder.

»Ich auch.«

»So geht das nicht weiter«, sagt sie und merkt, wie Roly sich neben ihr versteift. Er will nicht über die Wahrheit sprechen, der sie gegenüberstehen. Er will ihr und sich selbst weiter einreden, dass das alles bald vorbei ist.

Sie will ihn nicht bedrängen, aber sie kann sich des Gefühls nicht erwehren, dass ihnen die Zeit davonläuft. Sie tun nicht genug. Sie tut nicht genug. Als sie darum gebeten hat, die Polizei einzuschalten, hat er ihr nicht den Rücken gestärkt, und irgendwie versteht sie ihn ja auch, aber sie sind jetzt nun mal auf sich allein gestellt.

»Roly, es sind schon über achtundvierzig Stunden vergangen. Was, wenn Emma nicht gefunden wird? Wie lange soll diese Suche denn noch anhalten? Irgendwann wird dieses Cyberteam sich doch wieder anderen Aufgaben widmen müssen. Diese Fake-Ermittlungen werden doch bald ein Ende haben, oder?« Ihr Pulsschlag erhöht sich, als sie ihre Ängste laut ausspricht, doch dadurch fühlt sie sich nur noch schlechter. »Und was machen wir dann?«

Roly schweigt, und seine Hand, die ihren Rücken gestreichelt hat, hält inne. Dann fährt er mit seinen Bewegungen fort und sagt: »Wenn es so weit kommen sollte und Owen uns nicht mehr länger helfen kann, dann engagieren wir einen Privatdetektiv.«

Isobel fällt ein, dass Margaret erwähnt hat, sie habe jemanden dafür bezahlt, Zeens Referenzen zu überprüfen, woraufhin sie wieder an ihre Haushälterin denken muss, die sich immer noch nicht wieder gemeldet hat. Isobel ist sich sicher, dass die Frau, die fast jeden Tag der letzten drei Jahre ihres Lebens in ihrem Haus verbracht hat, nichts mit Lolas Entführung zu tun hat, doch für das Telefonat, das sie mit ihr geführt hat, findet sie dennoch keine Erklärung. Was hat Zeen, die so weit weg klang, versucht ihr zu sagen? Sie wird später noch mal versuchen, sie anzurufen.

Sie setzt sich auf und starrt Roly an. Warum sieht er denn nicht, was für Schmerzen sie erleidet? Warum erkennt er die Realität nicht an? »Ein Privatdetektiv könnte dafür Wochen oder Monate brauchen. Lola muss jetzt zurückkommen ...«, sagt sie, ehe ihre Stimme bricht. Das letzte Wort ist nur noch ein Schluchzen.

»Du denkst doch nicht ernsthaft darüber nach, zur Polizei zu gehen?«, fragt er sie.

»Wäre das denn wirklich so schlimm?«

»Ja«, antwortet er schnell und bestimmt. »Wir haben das Gesetz deutlich mehr als einmal gebrochen, Iz. Das muss ich dir nicht erklären. Der Name Huntington kann uns nicht vor allem bewahren. Und selbst wenn wir es schaffen würden, einer Verurteilung zu entgehen, dann wäre der Ruf der Familie ruiniert. Das kann ich meiner Familie nicht antun. Und das weißt du.«

»Wir gehören auch zu deiner Familie«, ruft sie, während ihr Brustkorb zu platzen droht. Sie muss sich zurückhalten, ihn nicht anzuschreien. Was ist das alles wert? Ein Name, Geld, der gute Ruf – was ist irgendwas davon noch wert, wenn ihre Tochter nicht bei ihnen ist? Warum versteht er das denn nicht? »Und lass uns mal nicht so tun, als hätte die Tatsache, dass wir nicht zur Polizei gehen, obwohl unsere Tochter entführt worden ist, nicht genauso viel mit dem Ruf der Familie zu tun wie mit Jonny.«

»Ist doch egal, aus welchem Grund wir nicht zur Polizei

gehen. Wir können es nun mal nicht. Darum müssen wir optimistisch bleiben. Wir kriegen Lola zurück.«

»Hast du noch mal mit Jonny gesprochen?«

Er nickt. »Morgen machen sich ein paar Freunde von ihm auf den Weg, um zu helfen. Er selbst fährt auch mit.«

»Um was zu tun?«

»Er will nicht, dass sie ein drittes Mal entwischt. Sobald sie erneut gesichtet wird, ist er da.«

Ihr läuft es eiskalt den Rücken herunter – nicht nur weil Jonny sich eingeschaltet hat, sondern auch wegen der Erwähnung seiner »Freunde«. Dabei handelt es sich nicht um Freunde, sondern um Geschäftspartner, die Jonnys Aufträge ausführen. Und obwohl Isobel versucht, sich nicht auszumalen, was genau das bedeutet, so hat sie diese Männer doch bei Jonny ein und aus gehen sehen, wenn sie bei ihm zu Hause war. Diese Muskelpakete mit ihren wachsamen Augen. Sie sehen alle aus wie Frank, nur dass Frank immerhin Detective bei der Metropolitan Police ist. Irgendwelche ethischen Prinzipien muss er also haben. Dass das auch für die anderen Männer gilt, wagt sie allerdings zu bezweifeln.

Lolas fröhliche gelbe Zimmerwände scheinen auf einmal näher zu kommen, als Isobels Körper vor Panik erstarrt. Jonny und seine Machenschaften sind normalerweise so weit weg von dem perfekten, polierten Leben, das sie in diesem Haus mit all den schönen Dingen und der schönen Aussicht führen. Wie kann es sein, dass ihnen das gerade passiert?

Roly drückt sie fester an sich, als würde er ihre Ängste spüren. »Wir müssen darauf vertrauen, dass Owen es schafft. Er würde uns nicht enttäuschen.«

Sie nickt, obwohl ihr immer noch schmerzlich bewusst ist, wie fragil ihre Situation ist. Roly würde jeden Preis zahlen, um seinen Familiennamen zu schützen. Und Jonny würde alles tun, um seine Geschäfte zu schützen. Lola ist für niemanden die Priorität, nicht mal für sie selbst.

Sie schweigen einen Moment, aber sie hat noch mehr zu sagen. »Roly, kanntest du Scarlett Peters?« Sie hält den Atem an, während sie auf seine Antwort wartet.

Für einen winzigen Augenblick versteift er sich. »Ja. Sie war ein paarmal bei Jonnys Partys und Abendessen dabei.«

»Hast du je mit ihr geredet?«

»Ein- oder zweimal vielleicht«, sagt er nach einer kurzen Pause, doch sie merkt, dass seine Stimme plötzlich nervös klingt. Er spricht ganz abgehackt. »Warum fragst du?«

»Weil ... weil ich das Gefühl habe, dass uns hier was entgeht. Wer hilft Emma? Auf keinen Fall macht sie das alles allein. Sie hat genau zu dem Zeitpunkt angefangen, das Ganze zu planen, als eine andere von Jonnys ... Ich weiß nicht mal, wie ich sie nennen soll – Freundinnen? Egal, Scarlett kannte Jonny. Emma kennt Jonny. Emma fängt genau dann damit an, Lolas Entführung zu planen, als Scarlett vermisst gemeldet wird. Ist es möglich, dass Emma und Scarlett sich kennen? Und ...« Sie hält inne und zwingt sich selbst dazu, die Verbindung herzustellen, die sie lieber ignorieren würde. »Und gleichzeitig bist auch du verschwunden. Nicht physisch natürlich. Du warst körperlich anwesend, aber du warst so verschlossen und schlecht drauf –«

»Mach dich nicht lächerlich. Ich hatte einfach eine Phase, so was wie eine Midlife-Crisis, nachdem ich siebenundvierzig geworden bin. So alt war mein Dad, als er gestorben ist. Das hatte nichts mit Scarlett zu tun. Ich kannte sie kaum. Owen hat recht, du siehst Zusammenhänge, wo keine sind.«

Letzte Woche hätte sie ihm das vielleicht noch abgekauft. Aber seit sie gesehen hat, wie mühelos er seine Mutter angelogen hat, kann sie einfach nicht aufhören, darüber nachzudenken, wie gut sie Roly eigentlich kennt.

»Iz«, sagt Roly ganz nah an ihrem Ohr. »Wir holen uns Lola zurück. Alles wird gut, das verspreche ich dir.«

Sie zwingt sich zu einem Nicken. »Ich ... ich frage mich

einfach, ob wir das verdient haben.« Jetzt ist es raus. Endlich hat sie die Worte laut ausgesprochen, die ihr seit dem Stopp an der Raststätte durch den Kopf spuken.

»Bitte was?« Roly lehnt sich ein Stück zurück, um ihr Gesicht in Augenschein zu nehmen. Er sieht ungläubig aus. »Wovon redest du?«

»Wir haben nie darüber gesprochen, und ich verstehe, dass –«

»Ich will's nicht hören.« Er wendet sich ab. Die Stelle, an der sein Arm lag, fühlt sich ganz kalt an. Seine plötzliche Wut überrascht sie und versetzt sie zurück in die ersten Frühlingswochen, als Roly so unruhig, seine Stimmung so düster war. Ständig traf sie auf Mauern des Schweigens, auf unberechenbare Wut, und ging um ihn herum wie auf Eiern.

»Roly, bitte«, sagt sie, doch er steht auf und entfernt sich vom Bett. »Wir können jetzt nicht mehr ignorieren, was wir getan haben.«

»Wir haben nichts getan. Emma hingegen schon. Sie hat unsere Tochter entführt.«

Isobel schüttelt den Kopf. »Aber –«

»Nein. Hör auf, Isobel. Lola gehört uns. Sie ist eine Huntington.«

»Ich will doch nur –«

»Isobel.« In seinem Ton liegt jetzt eine Warnung, die sie aber erst recht antreibt. Die Schuldgefühle angesichts ihrer Taten verstopfen ihren Körper regelrecht, als wäre eine Arterie verschlossen – und das schon seit Jahren. Noch schlimmer aber wiegt die Schuld angesichts dessen, was sie gerade tun. Roly will glauben, dass sie gute Eltern sind. Und das waren sie auch. Aber gute Eltern rufen keinen Freund statt der Polizei an, wenn ihr Kind entführt wird.

»Wir sind dafür verantwortlich«, flüstert sie.

»Emma ist dafür verantwortlich.«

»Ja, Emma hat Lola entführt, aber doch nur, weil …« Ihr

schnürt sich die Kehle zu. Für eine Sekunde, dann für noch eine. Als sie an die Wahrheit denkt, die sie mit aller Kraft in eine winzige Ecke ihrer Seele verdrängt hat, bleiben ihr der Atem und die Worte weg.

Doch Roly kommt ihr sowieso zuvor. Während er auf die Tür zustürzt, sprudeln die Worte aus ihm hervor: »Weil sie krank ist und professionelle Hilfe braucht.«

Isobel kann sich nicht zurückhalten, auch wenn sie am ganzen Körper zittert. Sie ist ein schluchzendes Häuflein Elend, aber es muss raus. »Nein. Weil –«

Die Tür von Lolas Zimmer wird zugeschlagen, und sie hört, wie sich seine Schritte stampfend entfernen, darum muss sie die restlichen Worte schreien. Ihr ist egal, ob Margaret sie hört.

»– weil wir ihr Leben zerstört haben!«

SECHSUNDDREISSIG

EMMA

Bridgnorth sieht noch genauso aus wie in Emmas Erinnerung. Es ist ein idyllisches kleines Städtchen westlich von Birmingham, das sich zu beiden Seiten des Flusses Severn erstreckt, über den eine malerische alte Bogenbrücke aus großen Steinen führt.

Während sie durch die engen Straßen der alten Marktstadt kurven, die in frühabendliches Sonnenlicht getaucht wird, kommen Emma die Ladenfronten fast unecht vor, als wären sie selbst und das Auto, in dem sie sich befindet, geschrumpft und nur noch so groß wie die winzigen Borger aus dem Kinderbuch, das sie früher so gern gelesen hat, und als würden sie gerade durch eine von diesen Modellstädten fahren, deren Detailtreue Touristen immer so staunend bewundern.

Es liegt eine Art Trost darin, an einem Ort zu sein, der voller ausschließlich glücklicher Erinnerungen steckt. Sie stellt sich eine Welt vor, in der sie und Lola mit der viktorianischen Seilbahn hoch auf den Berg fahren würden, um die alte Burgruine zu erkunden. Im Souvenirladen würden sie überteuerte Papierwaren kaufen und dann in einer der vielen Teestuben Scones mit Marmelade und Sahne essen. Als Jenny vor einem kleinen Supermarkt mit marineblauen Markisen hält, verschwinden die Bilder. Sie sind hier nicht im Urlaub, ermahnt sie sich. Nicht eine Sekunde lang darf sie sich entspannen.

Jenny dreht sich zu ihr und lächelt ihr zu, doch ihre Augenbrauen heben sich bereits zu einer Frage. »Passt das wirklich? Ich kann euch auch woanders absetzen. Oder ihr kommt mit zu uns und schlaft auf dem Sofa.«

»Juhu«, schreit Toby vom Rücksitz. »Lola kann bei mir im Zimmer schlafen.«

Der Gedanke daran, mit Jenny nach Hause zu gehen und den Lärm und das Chaos einer Familie mitzuerleben, ist schrecklich verlockend, und doch zögert Emma. Sie ist sich nicht sicher, ob sie bloß immer noch misstrauisch ist oder ob sie sich wegen des schwarzen SUVs und dieser Männer zurückhält. Sie will Jenny und ihre Familie nicht in Gefahr bringen.

»Das ist so lieb von dir«, sagt sie. »Aber das passt wirklich. Du hast mir schon so sehr geholfen. Dafür kann ich dir gar nicht genug danken.«

Türen werden zugeschlagen und Rucksäcke aufgesetzt, als sie und Lola aus dem Auto gestiegen sind, die Beine ganz steif nach der langen Fahrt. Emma spürt die Wärme der Sommersonne, die noch in der Abendluft liegt, während sie sich streckt und dann ihren Rucksack richtet.

Jenny nimmt sie beide so fest in den Arm, dass Emma fast anfängt zu weinen. »Passt auf euch auf.«

»Vielen Dank«, sagt sie mit tränenerstickter Stimme. »Du hast uns das Leben gerettet.«

Erst als sich das Auto entfernt, schleicht sich die Angst so richtig zurück in ihren Körper, so als ob Jennys Auto bis dahin eine Art Schutzbunker war, in dem ihr nichts passieren konnte. Jetzt, da sie sich nicht mehr darin verstecken, sind sie wieder ungeschützt und in Gefahr. Panik steigt in ihr auf. Am liebsten würde sie losrennen, wild winken und Jenny anbetteln, sie doch mitzunehmen. Aber der Impuls kommt zu spät, das Auto biegt gerade um eine Ecke. Emma schließt die Augen und versucht die Panik, die aus ihrem tiefsten Inneren zu kommen scheint, herunterzuschlucken.

Nur noch einen Tag.

Als sie einatmet, nimmt sie den Geruch der Blumen, die in Blumenampeln vor dem Supermarkt hängen, und von frisch gemähtem Gras wahr. Sie zählt bis fünf, dann atmet sie aus und zählt dabei bis sechs. Erst nach zwei weiteren dieser tiefen Atemzüge nimmt sie Lolas Hand.

»Na komm«, sagt sie.

»Ich will zu Toby. Können wir zu ihm?«, bettelt Lola. »Er hat ein Dinospiel. Das darf ich mit ihm spielen.«

Emma weiß nicht, ob sie erleichtert darüber sein soll, dass Lola nicht nach ihrer Mummy, ihrem Daddy oder ihrem Zuhause fragt, oder ob sie traurig sein soll, dass Lola schon so weit von alldem weg ist, dass sie gar nicht mehr auf die Idee kommt, danach zu fragen. Jedenfalls erinnert diese Tatsache Emma erneut daran, dass sie ihrer Tochter Leid zufügt und dass diese Reise wahrscheinlich langfristige Schäden hinterlassen wird. Sie wird von einer Welle der Traurigkeit und Verzweiflung überrollt. Schnell geht sie in die Knie und umarmt Lola. Das kleine Mädchen hält zwar bereits Ducky in den Armen, lehnt sich aber gegen Emmas Schulter, was ihr irgendwie Trost spendet.

»Ich weiß, wie schwer das gerade alles ist«, sagt sie. »Und ich weiß, dass du Angst hast. Ich habe auch Angst. Aber ich verspreche dir, dass wir es bald geschafft haben. Morgen Abend sind wir in Sicherheit.«

Mit jeder Faser ihres Körpers hofft sie, dass das auch stimmt, dabei sind sie hier auf der Straße gerade so furchtbar allein. Jede Hilfe ist Millionen von Kilometern entfernt, einen sicheren Ort scheint es nicht zu geben. Ging es wirklich nicht anders? Je mehr Zeit vergangen ist und je mehr Risiken sie eingegangen ist, je mehr Gefahren sie Lola ausgesetzt hat, desto weniger glaubt sie das.

»Wo gehen wir jetzt hin?«, fragt Lola und gähnt ausführlich. Sie reibt ihr Gesicht an Duckys Fell, doch dann erstarrt sie. Ihre Unterlippe fängt an zu beben, die Frage ist vergessen. »Ich vermisse Barnaby«, schluchzt sie.

»Wie wär's, wenn wir was essen? Wir können ein Picknick machen«, schlägt Emma vor und hofft, dass ihr fröhlicher und optimistischer Tonfall wettmacht, dass sie weder Lolas Frage beantworten noch ihr den Trost spenden kann, den sie sich jetzt normalerweise von Barnaby holen würde.

Und tatsächlich weiß Emma nicht, wo sie jetzt hingehen sollen, und auch nicht, wo sie heute schlafen werden. Als Jenny Bridgnorth erwähnt hat, musste Emma sofort an das Ferienhäuschen denken, in dem sie immer mit ihrer Familie war; ein kleines Steincottage mit drei Schlafzimmern am Stadtrand. Sie hat sich vorgestellt, wie sie und Lola sich mit einer Decke am offenen Feuer einkuscheln würden. Aber jetzt, wo die Dunkelheit anbricht, wird ihr klar, dass diese Gedanken dämlich waren, dass es dämlich war, hierherzukommen. Kein leeres Ferienhaus wartet hier auf sie, nicht mal ein Wohnwagen ist für sie reserviert.

»Wir suchen uns eine Pension, so wie gestern Abend«, sagt sie und überlegt, ob sie im Supermarkt danach fragen soll. Es gibt bestimmt eine große Auswahl, da ist sie sich sicher. Aber ob es mitten im Sommer in diesem beliebten Touristädtchen auch freie Zimmer gibt? Dessen ist sie sich weniger sicher.

Tief einatmen. Ausatmen. Erst müssen sie etwas essen.

»Gibt's da auch einen Hund wie Luna?«, fragt Lola. »Ich liebe Luna. Ich will einen Hund. Ich frage Daddy, wenn ich zu Hause bin.« Die letzten Worte flüstert sie, so als wäre sie sich nicht sicher, ob sie jemals wieder zu Hause sein wird. Und wenn alles nach Plan läuft, dann wird Lola nach dem morgigen

Tag wirklich nie wieder einen Fuß in dieses Haus oder gar in dieses Land setzen.

Wenn alles nach Plan läuft.

Emma fällt die Nachricht ein, die sie im Auto erhalten hat. Alles hat sich geändert. Sie treffen sich morgen am Hafen von Birkenhead, nicht in Belfast. Und trotz des wahnsinnigen neuen Plans sehnt sie sich nach der Unterstützung.

Es ist schon so viel schiefgegangen. Emma hat zwar nicht mehr das Gefühl zu ertrinken, das sie hatte, als sie in dem Taxi eingesperrt waren, aber sie schwimmt immer noch gegen die stärkste Strömung an. Und jeden Moment wird sie wieder in die Tiefe gerissen werden.

Kann sie ihnen vertrauen? Emma hat sich immer nur auf Lola konzentriert. Ihr geht es nur darum, ihre Tochter in Sicherheit zu bringen. So langsam beginnt sie, den Verdacht zu hegen, dass vielleicht mehr vor sich geht, als man ihr sagt. Aber wenn das Endergebnis dasselbe ist – wenn sie mit ihrer Tochter ein neues Leben in Sicherheit anfangen kann –, dann ist das doch eigentlich egal, oder?

Sie verdrängt den Gedanken. »Komm, lass uns für unser Picknick einkaufen.«

»Picknick mit Marmeladentörtchen?«

»Aber klar. Mit Zitronen- und Himbeermarmelade«, sagt sie lächelnd, woraufhin Lola das Gesicht verzieht.

»Ih. Nein. Nur Erdbeere.«

Sie betreten den kleinen Supermarkt. Die Gänge sind eng und die Regale bis oben hin mit Nudeln, Puderzucker und allen möglichen Dingen vollgestopft. In so einem Laden gehen Leute normalerweise nur einkaufen, wenn sie irgendeine Kleinigkeit vergessen haben. Emmas Blick huscht zur Decke, wo sie nach Kameras Ausschau hält.

»Was willst du auf deinem Sandwich?«, fragt sie, als sie die Kühlabteilung betreten.

»Marmelade«, antwortet Lola.

»Ich glaube nicht, dass es hier Marmeladensandwiches gibt.« Sie überlegt kurz, ob sie einen Laib Brot und ein Glas Marmelade kaufen soll, aber dann bräuchten sie auch ein Messer, und das Ganze würde eine ziemliche Sauerei werden. Sie weiß ja nicht mal, wo sie übernachten sollen. Außerdem braucht Lola jetzt etwas Richtiges, nicht nur Marmelade. Ab jetzt ist es ihre Aufgabe, dass Lola anständig isst.

»Wie wär's mit Käse?«, fragt Emma.

Lola zuckt mit den Achseln und fängt an, am Daumen zu lutschen, während sie Ducky an sich drückt.

»Ich hab's. Wir nehmen eins mit Käse und eins mit Schinken. Dann können wir die Hälfte tauschen.« Sie legt die beiden Sandwiches in ihren Korb, dann holt sie noch Chips, die Marmeladentörtchen und zwei Flaschen Wasser. Am liebsten würde sie mehr Wasser kaufen, damit sie nicht noch mal einkaufen gehen müssen, aber der Rucksack ist jetzt schon so schwer, dass ihre Schultern von dem Gewicht, das sie die letzten Tage getragen hat, wehtun und ganz blau sind. Egal wo sie jetzt hingehen, weit darf es nicht mehr sein.

Sie stellen sich in die kurze Schlange an der einzigen Kasse. Dahinter befindet sich ein Fernseher, der über einem Regal mit E-Zigaretten, Streichhölzern und Ginflaschen angebracht ist. Der Ton ist aus, doch Emma sieht Bilder eines Landes, in dem Krieg herrscht, über den in den Nachrichten berichtet wird. Anscheinend hat eine Bombe dort gerade große Zerstörung angerichtet. Emma schaut zu Boden. Da ist sie wieder, die Verzweiflung. Manchmal fällt es ihr schwer, das Gute in dieser schlimmen und verdorbenen Welt zu sehen und sich daran zu erinnern, dass es auch Menschen wie Jenny gibt. Menschen, die nett und einfühlsam und lustig sind. So wie Haz.

Auch das Gespräch mit Malik lässt sie nicht los. Jetzt kann sie nicht mehr auf Haz' Handy anrufen, um seine Stimme zu hören. Manchmal ist sie so sauer auf ihn, weil er sich das Leben genommen hat. Und manchmal ist sie sauer auf sich selbst, weil sie sich nicht mehr Mühe gegeben hat, ihm eine bessere Freundin zu sein, und er deshalb keinen anderen Ausweg mehr sah.

Dabei kennt sie das Gefühl. Als Roly sie plötzlich rausgeworfen hat und der Anwalt ihr gesagt hat, er könne nichts mehr tun, Lola sei nicht ihre Tochter, da hat sie sich genauso gefühlt. Jeden Tag ist sie in den Park gegangen und hat stundenlang gewartet und darauf gehofft, Isobel und Lola allein anzutreffen. In dieser Zeit fühlte sie sich so verloren. Sie hatte das Gefühl, die ganze Welt wäre gegen sie, als hätte man sie in einer lebensfeindlichen Wildnis ausgesetzt, aus der sie nie mehr herausfinden würde.

Als Isobel ihr mit einer Grausamkeit in der Stimme gesagt hat, dass sie nicht Lolas Mutter sei, breitete sich eine Finsternis in ihr aus und ihr entfuhr etwas Schreckliches: *»Besser sterben wir beide, als dass er sie kriegt.«*

Das hat sie nicht so gemeint. Niemals würde sie Lola den Tod wünschen. Doch ihre eigenen Worte verfolgen sie bis heute.

Als sie dran sind, lächelt Emma dem Jungen an der Kasse zu. Er ist jung, sein Gesicht ist von Aknenarben gezeichnet und an seinem Kinn tauchen gerade frische Pickel auf.

»Entschuldigung«, sagt sie, als sie das Wechselgeld entgegennimmt und sich die Plastiktüte um das Handgelenk schlingt. »Ich bin auf der Suche nach –« Dann hält sie inne. Er schaut sie neugierig an, so als würde er überlegen, woher sie ihm bekannt vorkommt.

Als ihr das klar wird, erstarrt sie. Sie sieht förmlich, wie sich die Rädchen in seinem Kopf auf der Suche nach einer Antwort drehen. Sie will einfach nur davonlaufen. Plötzlich wird sie sich der Schlange hinter ihr bewusst. Wie viele der Menschen scrollen wohl gerade durch die sozialen Medien, um sich die Zeit zu vertreiben? Wann wird einer von ihnen die Suchmeldung sehen? Sie darf sich jetzt auf keinen Fall umdrehen. Hoffentlich hat sonst niemand ihr Gesicht gesehen.

»Ach, egal«, sagt sie und bewegt sich so schnell auf den Ausgang zu, dass sie Lola überrumpelt, die über ihre kleinen Füße stolpert und dabei mit der Hand gegen ein Regal mit Süßigkeiten stößt, die daraufhin raschelnd zu Boden stürzen.

Alle starren sie an.

Weg hier!

»Sorry«, bringt sie noch hervor, es klingt aber mehr wie ein atemloses Keuchen, dann fliehen sie aus dem Laden.

Draußen hört sie, wir ihr das Herz in der Brust hämmert. Auf keinen Fall können sie in einer Pension übernachten. Sie darf nicht riskieren, dass sie jemand sieht. Nicht mal Jenny. Sie drängt das immer größer werdende Gefühl der Panik zurück. Hoffentlich sieht Jenny die gefälschte Polizeimeldung nicht. Oder falls doch, dann schenkt sie ihr hoffentlich keinen Glauben. Was für ein dämlicher und sinnloser Gedanke! Die Angst, dass jemand ihren Aufenthaltsort verraten könnte, frisst sie auf.

Sie können nirgendwo hin. Nirgendwo ist es sicher.

SIEBENUNDDREISSIG

EMMA

Während sie durch die leere Stadt eilen, gehen die Straßenlaternen über ihnen an. Nur noch Pubs und Restaurants sind jetzt geöffnet. In der Ferne vernimmt sie die Geräusche von plappernden Menschen. Sie stellt sich einen Biergarten vor, in dem Touristen und Einheimische die letzten Stunden eines Tages genießen, der endlich Sommer verheißt. Das gemütliche Bild passt nicht zu ihrem eigenen Tempo. Sie rennen regelrecht über die gepflasterte Straße, die zum Fluss hinabführt. Am liebsten würde sie schreien, all ihre Wut rauslassen. Wie kann es sein, dass es Menschen auf der Welt gibt, die lachen, sich entspannen, einfach *leben*, während sie von dieser monströsen Angst verfolgt wird?

Schneller!

Sie hat immer noch keine Ahnung, wohin sie gehen sollen, aber sie weiß, dass sie weg von hier müssen. »Komm, Lola, los«, drängt sie.

»Bin müde«, jammert Lola und klingt dabei ganz unglücklich und verängstigt.

»Ich auch. Aber wir müssen nur –«

»Ich will meine Mummy«, unterbricht Lola sie und klingt

wütend und durcheinander zugleich. Und dann bleibt sie einfach stehen. Wie angewurzelt. Emma ist noch in Bewegung und umklammert die Hand ihrer Tochter, die stolpernd mitgerissen wird. Doch Emma wirbelt sofort herum und fängt sie auf, bevor sie stürzt.

»Alles okay?«, fragt sie.

Lola nickt so erschrocken, dass sie ihren Protest für den Moment vergisst.

»Komm, wir suchen uns einen Platz zum Picknicken. Wenn wir was gegessen haben, geht es uns bestimmt besser.« Sie zwingt sich, das Tempo zu verringern.

Ein roter Backsteinturm taucht vor ihnen auf. Die weiße Uhr darauf zeigt an, dass es neun Uhr abends ist. Und dann sieht sie die Brücke, die über den Severn führt. Beide Ufer sind sandig und mit Bäumen und Büschen bewachsen, deren Blattwerk dicht und dunkelgrün ist. In ihrem Kopf formt sich ein Plan, und seit der Panikattacke im Supermarkt, als sie fürchtete, jemand könnte sie erkennen, kann sie das erste Mal wieder einen normalen Atemzug nehmen.

»Guck mal, da unten«, sagt sie und deutet auf die buschige Vegetation. »Sollen wir uns da eine geheime Höhle bauen und unser Abendessen essen?«

»Da sieht's fies aus«, flüstert Lola, deren Blick von den Bäumen zu der Brücke und dann zum Fluss wandert, während sie sich an Emma drückt.

»In der Höhle wären wir sicher«, versucht Emma sie zu beruhigen. Hoffentlich stimmt das auch. Aber alles ist besser, als hier auf offener Straße zu sein, oder in einem Laden oder einer Pension mit anderen Gästen, die sie neugierig anstarren. Sie malt sich aus, wie sie in einem Hotelzimmer übernachten und die Tür mitten in der Nacht auffliegt und Hände sie schnappen. Ohne Vorwarnung. Ohne, dass sie etwas ahnen konnten. Sie muss draußen sein. Damit sie hören kann, wenn sie kommen.

»Morgen ist alles vorbei«, sagt sie zu Lola, aber auch zu sich selbst, während sie vorsichtig den steilen Pfad ins Gebüsch hinabkraxeln.

Aber wird morgen wirklich alles vorbei sein? Die Nachricht fällt ihr wieder ein. An die Details darf sie jetzt nicht denken. Sie müssen erst zum Fährhafen in Birkenhead kommen, und allein das fühlt sich gerade wie eine Herkulesaufgabe an. In der Geborgenheit von Jennys Auto war sie sich noch so sicher, dass sie es schaffen würden. Aber jetzt blickt sie der Wahrheit ins Gesicht. Sie müssen noch über hundertfünfzig Kilometer zurücklegen, die sozialen Medien sind voll mit ihrem Gesicht, und wer weiß, wo ihr Foto noch überall verbreitet worden ist.

Als sie die Straßenlaternen hinter sich gelassen haben, ist es um sie herum plötzlich dunkel. Es fühlt sich ein bisschen bedrohlich an. Blätter rascheln, und das Wasser schwappt gegen die Brückenpfeiler. Inmitten der Büsche stoßen sie auf eine kreisrunde Lichtung, deren Erde besorgniserregend platt getrampelt aussieht. Außerdem liegen da ein Haufen Zigarettenstummel und eine leere Alcopopflasche. Hoffentlich taucht hier heute Abend niemand auf. Sie setzen sich neben einen Baumstumpf, gegen den Emma sich lehnt, während sie das Essen auspackt. Schweigend essen sie. Das hat nichts mit dem netten Picknick zu tun, das ihr vorschwebte. Sie würde gern für gute Stimmung sorgen, aber dafür hat sie einfach keine Energie mehr. Ihr Herz klopft immer noch zu schnell, und ihre Gedanken rasen in mindestens der gleichen Geschwindigkeit.

»Können wir gehen?«, fragt Lola und schiebt den letzten Rest ihres Sandwiches von sich weg. »Bin müde«, fügt sie hinzu und zieht das Wort »müde« in die Länge, während sie Ducky hochnimmt und an sich drückt. Im Dämmerlicht kann Emma erkennen, dass sich Lolas hellblaue Augen mit Tränen füllen. »Ich will ... ich will Barnaby.«

»Ach, Lola«, seufzt Emma. Sie muss ihr irgendwie erklären, dass sie nirgendwohin gehen können. Hier sind sie am sichersten, hier können sie sich verstecken. Aber Lola ist doch noch so klein, und sie ist so müde. Sie wird das nicht verstehen.

»Wie wär's, wenn wir mit unserem Abenteuer weitermachen? Wir könnten heute Abend hier draußen schlafen«, schlägt sie daher vor.

»Hier?« Lola sieht sich mit angsterfülltem Blick auf der kahlen Lichtung um.

»Komm, du kannst dich an mich kuscheln«, ergänzt sie und breitet die Arme aus. »Wir ziehen unsere Pullis an, dann haben wir es warm und gemütlich.« Zum Glück ist der Sommer endlich da und es ist deutlich wärmer geworden. Die Abendluft ist ein klein bisschen abgekühlt, aber in Pullovern sollte es angenehm sein.

Als Emma Lola den Pullover über den Kopf gezogen hat, beginnt der Weinkrampf. Lola stößt lange schluchzende Laute aus, ihre Brust hebt und senkt sich. Die Tränen fließen nur so. Bestimmt weint sie um Barnaby, um Mummy und Daddy und um ihr Zuhause. Ihr kleines Mädchen steigert sich so in das Schluchzen rein, dass sie sich gar nicht mehr beruhigen lässt. Schließlich nimmt Emma sie einfach fest in die Arme und drückt sie an sich, während Lola immer und immer wieder sagt: »Ich will meine Mummy.«

Ich bin doch hier.

Eine Traurigkeit erfüllt Emma. Auch ihr strömen jetzt die Tränen über das Gesicht. Sie fühlt sich so schuldig. Sie verursacht so viel Leid. Das ist doch nicht richtig. Das kann doch nicht die einzige Möglichkeit sein. Was hat sie nur angerichtet?

Irgendwann lassen Lolas Schluchzer nach und sie entspannt sich. Sie ist eingeschlafen. Ihr Körper drückt Emmas Rücken gegen die unebene Rinde des Baumstumpfs, aber sie bewegt sich nicht. Sie wird sowieso nicht schlafen.

Ganz sachte, um sie nicht zu wecken, küsst Emma ihrer Tochter den Scheitel. »Ich bin deine Mummy«, flüstert sie.

Als sie in die Dunkelheit starrt, kann sie die Flut der Erinnerungen nicht aufhalten. Sie muss an die erste Party denken, zu der Jonny sie eingeladen hat, nachdem sie sich von Damien getrennt hatte. Die Räume waren schön warm, und es gab kühlen Champagner. Etwa zwanzig Freunde von ihm waren da. Hauptsächlich Männer, aber auch ein paar Frauen. Jedoch keine Ehefrauen oder Partnerinnen, das fiel Emma auf.

Alle waren so nett. Sie fragten sie nach ihrem Studium und was sie vom aktuellen Weltgeschehen halte. Und sie hörten sich ihre Antworten auch tatsächlich an, nickten zustimmend oder taten vorsichtig ihre eigenen Meinungen kund. So etwas hatte sie noch nie erlebt. Man behandelte sie als intelligenten Menschen, diskutierte aber auch. Es war so anders als mit ihrem Dad, der immer nur meinte, das gehe ihn nichts an, wenn sie versuchte, politische Themen anzusprechen. Und auch so anders als die Diskussionen mit ihren Kommilitonen, die immer auf verletzte Gefühle und Beschimpfungen hinausliefen.

Die Männer waren fast alle in einem ähnlichen Alter. Ende dreißig oder Anfang vierzig schätzte sie. Sie alle hatten schon was erlebt im Leben. Sie hätte erwartet, dass eine solche Männergruppe einen sexistischen Spruch nach dem anderen raushauen würde, aber sie waren alle nett und verhielten sich kultiviert.

Auf dieser Party hat sie auch Roly kennengelernt. Er erzählte ihr Geschichten aus seiner Studentenzeit, die ihr Lachtränen in die Augen trieben. Einmal seien sie so »*sternhagelvoll*« gewesen, dass sie in das Auto eines Dozenten eingebrochen seien und es auf einen anderen Parkplatz geschoben hätten. »*Wir haben die ganze Zeit darauf gewartet, dass er es in einem Seminar erwähnt, aber er hat nichts gesagt. Gar nichts.*«

Später am Abend stieß sie im Garten auf Jonny, der dort allein mit einem Glas Whisky und einer Zigarre saß. Er lächelte und bedeutete ihr, sich zu ihm zu setzen.

»*Amüsierst du dich gut?*«, fragte er.

Sie nickte. »*Deine Freunde sind richtig witzig, und sehr nett. Vielen Dank für die Einladung.*«

Er zuckte nur mit den Achseln, als sei das nicht der Rede wert.

»*Warum hast du mich eigentlich eingeladen?*«, fragte sie ihn. Durch den Alkohol war sie in Flirtlaune und fühlte sich so mutig und selbstbewusst wie sonst nie. »*Denn wenn das hier irgendein komischer Sexhandelsring oder so ist, dann habt ihr euch die Falsche ausgesucht. Ich bin vielleicht erst zwanzig, aber dumm bin ich nicht.*«

Er lachte. So richtig schallend. »*Keine Sorge, das ist nicht der Grund, warum ich dich eingeladen habe. Die Wahrheit ist einfach, dass ich gern Zeit mit schönen und intelligenten Frauen verbringe.*« Er deutete auf das Haus, in dem die Party in vollem Gange war. »*Solche Soiréen gehören für mich zum Geschäft. Es geht um Networking, und darum einen sicheren Ort für privaten Businesstalk zu schaffen. Leider sind in meiner Branche fast nur Männer tätig, darum lade ich gern schöne Frauen wie dich ein, die auch was von meinen Partys haben sollen. Das lockert die Stimmung. Und alle können sich amüsieren.*«

Er lehnte sich vor, und für einen Moment dachte sie, er würde jetzt über ihren nackten Oberschenkel streichen, wo ihr Kleid ein Stück hochgerutscht war. Aber das tat er nicht. »*Ich stelle keine Erwartungen an dich, Emma. Wenn es dir hier gefällt, dann hoffe ich, dass du weiterhin kommst. Wenn nicht, dann wünsche ich dir alles Gute. Ich mache meinen Freunden immer klar, dass alle in meinem Haus mit Respekt behandelt werden. Wenn irgendjemand eine Grenze überschreitet, dann musst du mir das sagen, okay?*«

Sie nickte und schaute durch die Glastür zu den Männern mit den teuren Anzügen und wohlfrisierten Haaren. »*Und in welcher Branche arbeitest du?*«, fragte sie.

Er hielt kurz inne, bevor er antwortete: »*Vor allem in der Finanzbranche.*«

Sie wollte noch etwas fragen, doch dann ertönte plötzlich Musik und sie wurde zum Tanzen aufgefordert, wozu sie lachend einwilligte.

Rückblickend betrachtet, kann Emma nicht mehr sagen, wann genau sie sich verliebt hat. Sie weiß nur noch, dass es ziemlich schnell ging und sie so stark verliebt war, dass sie sich wie berauscht fühlte. Sie konnte nicht mal mehr richtig für ihr Studium lernen. Kein einziges Abendessen sagte sie ab, keine spätabendliche Einladung in ein Hotelzimmer und keine von Jonnys Partys. Ihr drittes und letztes Jahr des Jurastudiums hatte gerade begonnen, doch sie besuchte kaum eine Vorlesung. Und wenn sie es doch mal schaffte, dann konnte sie nur daran denken, wie seine erfahrenen Finger ihren Körper erkundeten und wie intensiv die Leidenschaft war, die seine Berührungen verursachten. Mit Damien hatte sie so etwas nie gespürt.

Ein paar Monate vergingen in diesem Nebel der Verliebtheit. Das erste Mal in ihrem Leben fühlte Emma sich gesehen – und zwar nicht nur als die Person, die sie war, sondern auch als die Person, die in ihr steckte. All ihre Träume schienen zum Greifen nah.

Doch dann fand sie heraus, dass sie schwanger war.

ACHTUNDDREISSIG

EMMA

Die beiden Striche auf dem Schwangerschaftstest erschütterten Emmas Welt mit der Wucht eines Erdbebens. Sie verstand es einfach nicht. Sie hatten immer ein Kondom benutzt. Jedes Mal. Sie war doch erst zwanzig. Sie musste noch ihr Studium abschließen, und dann das Referendariat. Sie hatte nicht mal darüber nachgedacht, ob sie Kinder wollte oder nicht. Sie war nicht bereit, Mutter zu werden. Sie weinte und sie war so wütend, und dann weinte sie noch mehr. So viel Verwirrung und Unsicherheit. Auf einmal fühlte sie sich so verloren.

Jonny war der Erste, dem sie davon erzählte. Seine Reaktion war deutlich gelassener als ihre. »*Was willst du jetzt tun?*«, fragte er und machte ihr in seinem Haus in Belsize Park eine Tasse Tee.

Wieder stiegen ihr Tränen in die Augen. »*Ich weiß es nicht. Ich ... ich weiß nur, dass ich jetzt noch keine Mutter sein will. Ich will Anwältin sein und mein Leben richtig leben, bevor ich darüber nachdenke. Aber ich ... weiß auch nicht, ob ich eine Abtreibung übers Herz bringen könnte. So ein Dilemma.*« Plötzlich fühlten sich ihre Träume an wie Sand, der durch ihre Hände davonrieselte, ohne dass sie es hätte stoppen können.

»Nicht unbedingt.«

»Wenn du mir jetzt sagen willst, dass ich das nicht allein durchstehen muss, dann spar dir das bitte. Wir wissen doch beide, wie's aussieht.« Plötzlich stieg Wut in ihr auf, die sich sowohl gegen Jonny als auch gegen ihre Lage richtete. Sie wusste, worauf sie sich mit dieser Beziehung eingelassen hatte, aber auch er trug Schuld. Wie hatte sie nur zulassen können, so blind vor Liebe zu werden?

Sein Schweigen sagte alles. Jonny war ein Mann, der immer sagte, wenn er anderer Meinung war. Doch jetzt war er es nicht. Sie musste das hier wirklich allein durchstehen.

»Was soll ich nur machen?«, heulte sie.

»Du machst jetzt erst mal gar nichts. Du gehst zu deinen Vorlesungen und verfolgst weiter deine Träume. In der wievielten Woche bist du?«

»Laut Test in der sechsten.«

»Das heißt, du würdest das Kind –« Er hielt inne und rechnete. *»– im August bekommen. Du kannst also auf jeden Fall dein Studium abschließen.«*

Sie nickte und war froh, dass er für sie an die Zukunft dachte, wo sie sich doch gerade so sehr an eine Gegenwart gekettet fühlte, die keinen Sinn ergab.

»Denk nicht zu viel drüber nach, Emma. Komm am Freitagabend zu mir, dann reden wir noch mal. Ich koche uns was.«

Wieder nickte sie und versuchte daraufhin, seinen Rat zu befolgen und sich auf ihre Vorlesungen und Hausarbeiten zu konzentrieren, doch ohne Erfolg. Ihre Kommilitonen gingen zusammen etwas trinken und fuhren dann über Weihnachten nach Hause, während sie an nichts anderes als ihre Schwangerschaft denken konnte. Sie wollte keine Mutter sein, und doch spürte sie tief in sich, dass sie es bereits war, auch wenn sie keine Worte für dieses Gefühl fand.

Am Freitag kochte Jonny für sie, so wie er es versprochen hatte. Im Haus roch es nach Knoblauch und Hühnchen, und trotz allem war sie sterbenshungrig. Als sie das Haus nach der langen und wackeligen U-Bahn-Fahrt nach Nordlondon betrat und den eisigen Wind, der ihr draußen ins Gesicht gepeitscht war, hinter sich ließ, merkte sie, dass die Anreise ihre Mühe wert gewesen war.

»*Ich habe einen Plan*«, sagte er, als er die Tür öffnete. »*Komm mit ins Wohnzimmer. Der Kamin ist an, und heute ist der Weihnachtsbaum angekommen. Den musst du sehen. Essen können wir später.*«

In den Christbaumkugeln spiegelte sich der sanfte Schein des Lampenlichts und des knisternden Feuers. Der Raum kam ihr gemütlich und einladend vor. Sie zog die Schuhe aus und setzte sich im Schneidersitz auf das Sofa. Törichterweise war sie dankbar dafür, dass Jonny einen Plan hatte, während sie nichts als Panik und Angst verspürte.

»*Ich kenne ein Paar, das Schwierigkeiten hat, schwanger zu werden*«, sagte er, als sie saß. »*Die beiden wollen unbedingt ein Baby. Sie sind gute Menschen und könnten einem Kind das beste Leben bieten, das man sich nur vorstellen kann.*«

»*Du willst, dass ich das Baby zur Adoption freigebe?*« Die Idee überraschte sie genauso sehr wie die Tatsache, dass sie selbst nicht darauf gekommen war. War das die Antwort? Schon der Gedanke daran machte sie unfassbar traurig, aber ... aber was war mit ihren Träumen?

»*Ja, warum nicht?*«, fuhr Jonny fort und sah sie mit seinen aufmerksamen Augen an. »*Du hast doch selbst gesagt, dass du nicht bereit bist, Mutter zu sein. Vor dir liegt eine fantastische Karriere. Die willst du doch nicht wegwerfen, oder? Und was könntest du einem Kind gerade überhaupt bieten? Du bist nicht mal einundzwanzig.*«

»*Ich ... ich glaube, ich habe nur einfach noch nicht über Adoption nachgedacht.*«

»*Du könntest jemandem das schönste Geschenk überhaupt*

machen. Und ich könnte dafür sorgen, dass du dafür kompensiert wirst.«

»*Dass ich bezahlt werde, meinst du? Du willst, dass ich mein Baby verkaufe?*«

»*Ich hätte dich nicht für so naiv gehalten*«, sagte er, und ihr stieg die Röte in die Wangen. »*So würde ich es nicht nennen. Sieh's mal so: Du könntest nicht sofort anfangen zu arbeiten, oder? Und vielleicht auch nicht sofort dein Studium beenden. Das würde deine Karriere beeinträchtigen – vielleicht nur ein bisschen, aber trotzdem. Warum solltest du dafür nicht kompensiert werden? Ein Anwaltspraktikum bringt auch so seine Kosten mit sich. Schon allein die richtige Kleidung wird dich ein kleines Vermögen kosten, wenn du als Anwältin ernst genommen werden willst.*«

»*Hm ... Ja, da hast du wahrscheinlich recht*«, stammelte sie. »*Und wie genau würde das funktionieren? Gibt es dafür eine Agentur? Ich würde sie natürlich gern kennenlernen.*«

Er nickte und lächelte sie an. Eigentlich hätte ihr das egal sein sollen, aber sie merkte, dass er zufrieden war, dass sie diese Fragen gestellt hatte – und das machte sie glücklich. »*Natürlich. Aber das Ganze ist etwas komplizierter als eine normale Adoption.*«

»*Warum?*«

Er sah ihr fest in die Augen und beobachtete sie genau, während er sagte: »*Weil es Roly und seine Frau Isobel sind.*«

»*Oh.*« Mehr hatte sie nicht hervorbringen können.

Daraufhin führte Jonny sie in die Küche, wo er ihr beim Abendessen erzählte, wie leicht alles sein würde. »*Das ist wirklich eine Win-Win-Situation*«, sagte er im Lauf des Abends mehr als einmal.

Sie kann sich nicht daran erinnern, zugestimmt zu haben, den Adoptionsprozess in Gang zu setzen, aber sie hat sich auch nicht aktiv dagegen gewehrt. Es war so einfach, sich von Jonnys

Plänen mitreißen zu lassen. Jeder ihrer Ängste begegnete er mit beruhigenden Worten.

»*Meine Eltern werden durchdrehen*«, sagte sie. »*Ich kann ihnen das nicht erzählen.*«

»*Musst du ja auch nicht. Erzähl es einfach niemandem. Versteck deinen Bauch bis zum Ende deines Studiums und sag deinen Eltern dann, dass du ein bisschen reisen willst.*«

»*Und wo soll ich dann hin?*«

»*Du kannst hier wohnen.*«

»*Warum tust du das für mich? Was hast du davon?*«

»*Ich bin ein netter Mensch, Emma*«, antwortete er und lachte kurz auf, als hätte sie ihm einen Witz erzählt. »*Zwischen uns hat sich nichts verändert. Das weißt du doch, oder? Ich will nur das Beste für dich, das wollte ich schon immer. Darf ich denn nichts für meine Freunde und gleichzeitig auch für dich tun? Das ist doch die perfekte Lösung. Und da helfe ich natürlich gern.*«

Die Monate vergingen und noch immer hatte sie sich nicht mit Roly und Isobel getroffen. In einer heißen Maiwoche im sechsten Schwangerschaftsmonat fanden ihre Prüfungen statt. Und am nächsten Tag winkte sie ihren Eltern und Brüdern in einem riesigen Schlabber-T-Shirt zum Abschied zu. Sie trug einen großen Rucksack und machte sich angeblich auf den Weg nach Thailand, um dort mit Freunden für fünf Monate herumzureisen. Es gefiel ihr gar nicht, sie anzulügen, aber noch weniger hätte es ihr gefallen, wenn sie die Wahrheit gekannt hätten. Sie hätten sie dazu überredet, das Baby zu behalten und ein beengtes Leben als alleinerziehende Mutter zu führen, die den Mindestlohn verdiente und in billigen Mietwohnungen hauste. Zwar liebte sie das ungeborene Baby schon jetzt, doch der Gedanke daran, ihre Träume aufzugeben, war zu schmerzhaft.

Sie fuhr zu Jonny und wurde von einem Ordner mit Papierkram erwartet. »*Die Adoptionsunterlagen*«, sagte er, reichte ihr einen Stift und tippte auf die Stelle, wo sie unterschreiben sollte. »*Nur Standardkram.*« Dann sah er sie an und obwohl sie eigentlich jede Zeile lesen wollte, ignorierte sie die drei Jahre Jurastudium und all ihre Instinkte und unterschrieb einfach. Die Unterlagen sah sie danach nie wieder. Erst nach Wochen und Monaten fragte sie sich, was genau sie da eigentlich so leichtfertig unterschrieben hatte.

»*Super*«, sagte er. »*Es gibt eine kleine Planänderung. Mein Haus wird nächste Woche renoviert, darum kannst du doch nicht hierbleiben. Aber keine Sorge, Roly und Isobel würden sich freuen, wenn du zu ihnen kommst. Dann kannst du sie kennenlernen und dort alles für die Geburt vorbereiten.*«

»*Aber bekomme ich das Baby denn nicht im Krankenhaus?*«

»*Das ist natürlich eine Möglichkeit. Aber ich bin davon ausgegangen, dass du es lieber in einem gemütlichen Zuhause ohne die missbilligenden Blicke der Hebammen bekommen würdest.*«

Die Erinnerungen an die Monate in dem Haus mit Blick auf den Park verschwimmen in Emmas Gedächtnis. Anfangs sind sie noch umeinander herumgeschlichen, aber schon bald merkte Emma, dass sie die Frau mochte, die die Mutter ihres Babys werden sollte. Und Roly war so ein hingebungsvoller Ehemann. Sie waren wirklich die perfekte Familie.

Dann wurde Lola geboren. Nach vielen Stunden voller Wehen und noch mehr Stunden des Pressens kam sie um zwei Uhr nachts zur Welt. Die Hebamme hatte ihr liebevoll und stetig zur Seite gestanden. Doch erst als die Geburt vorbei war, Emma völlig erschöpft in sich zusammensackte und ihr winziges Baby in Isobels Arme gedrückt wurde, realisierte sie so richtig, wie sehr sie ihre kleine Tochter liebte.

Am nächsten Tag rief sie Jonny weinend an und verlangte, den Vertrag zu sehen. Es gab doch bestimmt eine Rücktrittsklausel, für den Fall, dass sie ihre Meinung änderte. Aber er sagte, da sei nichts zu machen. »*Das sind nur die Hormone,*

Emma. Ganz ruhig. Du hast den Vertrag unterschrieben. Das Baby gehört ihnen. Nicht dir.«

Sie hätte nicht weiter in diesem Haus bleiben sollen, aber sie hatte gehört, wie Roly vorgeschlagen hatte, eine Nanny als Unterstützung einzustellen, und sie wollte ihr kleines Mädchen sowieso noch nicht verlassen. Erst nachdem Roly sie rausgeworfen hatte, fing sie an, darüber nachzudenken, was ihr widerfahren war und wie wenig sie in all diese Pläne eingeweiht gewesen war.

Ihre Gedanken überschlugen sich, als sie an die Adoption dachte. Wie schnell Jonny Roly und Isobel als Eltern vorgeschlagen hatte! Ihr wurde ganz schlecht, als ihr alles klar wurde: die erste Einladung zu dieser Party, die Tage der berauschten Verliebtheit, die darauf folgten. Wie schnell sie sich Hals über Kopf verliebt hatte! Und wie schnell sie schwanger geworden war! Kondome sind natürlich nicht zu hundert Prozent sicher, aber fast. Hatte er sie manipuliert? War sie nur ein Spielball in einem von Jonnys Geschäftsdeals gewesen?

Da schreckt Gebrüll aus der Dunkelheit sie aus ihren Erinnerungen auf. Sie blinzelt und spürt, dass ihre Wangen tränennass sind. Dass sie geweint hat, ist ihr gar nicht aufgefallen. Schatten tauchen in der Finsternis auf. Ein Ast, Blätter, der staubige Boden; und Lola, die sich an sie kuschelt. Die Stimmen kommen näher. Laut und lallend. Stolpernde Schritte. Emma hält den Atem an und zählt die Geräusche von einem, zwei, drei Männern. Ihr Herz klopft so schnell, dass sie fürchtet, Lola damit aufzuwecken, noch bevor die Geräusche der Männer dafür sorgen.

Bitte, bitte, bitte, geht weg.

Geräuschlose Tränen laufen ihr über die Wangen. Sie weint wegen allem, was passiert ist, und wegen allem, was gerade immer noch passiert. Sie weint aus Angst vor einer ungewissen Zukunft und vor Erschöpfung. Ob sie sich je von dieser Erschöpfung erholen wird? Dann entfernen sich die Stimmen und sie hört wieder nichts als das Rascheln der Blätter und das Plätschern des Wassers.

Sie drückt Lola an sich. Sie kann sich noch an jeden ihrer Tritte, an jede ihrer Bewegungen während der Schwangerschaft erinnern. Sie hat dieses perfekte kleine Mädchen zur Welt gebracht. Der Vertrag, den sie unterschrieben hat, ist ihr egal. Was die Ärzte gesagt haben und was der Anwalt gesagt hat, nachdem Roly sie rausgeworfen hatte, ist ihr auch egal. Und was in den gefälschten DNA-Tests steht, ist ihr erst recht egal. Sie ist Lolas Mutter.

TAG VIER:
9.40 UHR, MITTWOCH, 2. AUGUST

NEUNUNDDREISSIG

ISOBEL

Isobel starrt ihr Spiegelbild im Flurspiegel an. Ihr schwarzes Oberteil lässt sie blass wirken, aber es ist schön weit und versteckt die kleine Wölbung ihres Bauches. Ihr Gesicht ist aschfahl, und selbst mit der Wimperntusche von Charlotte Tilbury und dem Concealer von YSL sieht sie, wie geschwollen ihre Augen und wie dick ihre Augenringe sind. Heute wird sie nicht weinen. Egal was passiert, sie wird nicht weinen.

Die Worte, die Roly heute Morgen zu ihr gesagt hat, als sie aus der Dusche kam, schwirren ihr noch immer im Kopf herum. *»Iz, Owen hat gerade angerufen. Sie haben Lolas Aufenthaltsort. Er kommt uns in einer Stunde holen. Mach dich fertig.«*

»Wo ist sie?«

»Das hat er mir nicht gesagt, aber wir kriegen sie zurück. Wir kriegen unsere Tochter zurück!«

Als sie ein Auto auf der Straße hört, wirbelt sie zur Haustür herum, aber es fährt vorbei, ohne anzuhalten. Wo bleibt er nur? Sie bindet ihre Haare zu einem Pferdeschwanz zusammen und richtet ihre Perlenohrringe. Die werden sie für immer an diese schrecklichen, düsteren Tage erinnern. Und morgen wird sie sie wegwerfen und dann nie wieder Perlenschmuck tragen.

Zeit hat in diesem Haus keine Bedeutung mehr. Minuten kriechen im Schneckentempo vorwärts, während Stunden wie im Flug vergehen. Nur dank ihrer täglichen Spaziergänge im Park und dem kurzen Austausch mit der Frau mit dem Hund weiß sie, dass die Welt sich noch dreht. Heute Morgen ist sie nach einer unruhigen Nacht mit einer neuen Energie erwacht, entschlossen, ihre Gefühle und die Situation unter Kontrolle zu bekommen, und hat die Vorhänge aufgezogen, um von strahlendem Sonnenschein und blauem Himmel begrüßt zu werden. Unten im Park sah sie wieder die Joggerin in ihrem rosa Laufoutfit, die diesmal zum Haus aufschaute. Fast hätte Isobel ihr zugewunken, bevor sie merkte, wie dämlich das wäre, und sich abwandte.

Die letzten drei Tage sind ihr so lang vorgekommen wie ihr ganzes bisheriges Leben, aber jetzt haben sie Emma und Lola gefunden. Und dieses Mal werden sie nicht rumsitzen, vorgeben, Kaffee zu trinken, und sich spitze Bemerkungen von Margaret anhören, während sie auf Neuigkeiten warten. Sie gehen sie holen.

Der Gedanke wirkt beinahe unwirklich, so wie die Fantasien, die sie hatte, dass Lola wieder zu Hause wäre, so wie die Erinnerungen an ihre Tochter. Wird das Ganze heute wirklich vorbei sein? Diese Frage pulsiert durch ihren Körper, und sie muss gegen das Bedürfnis zu weinen ankämpfen. Doch sie zwingt sich, sich zusammenzureißen. Sie hat keine Zeit für Tränen. Sie muss darauf vertrauen, dass es bald vorbei ist.

»Isobel, was machst du da?« Margaret ist auf dem Treppenabsatz über ihr aufgetaucht und kommt jetzt mit einer Hand am Geländer auf sie zu. Sie trägt eine weite weiße Hose, eine hellgrüne Bluse und eine Strickjacke. Ihr Haar ist wie immer zu einem ordentlichen Bob frisiert, dessen Spitzen nach innen geföhnt sind, sodass sie ihre Wangenknochen betonen.

»Hat Roly es dir nicht gesagt?«

»Mir was gesagt? Gibt es Neuigkeiten?«

»Ja«, sagt Isobel und dreht sich zu Margaret um, die inzwischen bei ihr im Flur angekommen ist. Sie ist sich zwar nicht ganz sicher, hat aber das Gefühl, dass die Augen ihrer Stiefmutter zu ihrem Bauch wandern. Nur noch einen Tag, fleht Isobel sich selbst an. Sie muss das Geheimnis nur noch einen Tag für sich behalten.

Isobel teilt Margaret mit, was Roly ihr vorhin erzählt hat, und ihre Schwiegermutter zeigt eines ihrer seltenen Lächeln.

»Gott sei Dank«, seufzt sie, und obwohl Isobel diese Frau und alles, woran sie glaubt, verabscheut, so ist doch nicht zu leugnen, dass sie Lola liebt. In einem anderen Leben hätten sie vielleicht Verbündete oder sogar Freundinnen sein können. Sie beide lieben Roly und Lola mit ganzem Herzen, doch ausgerechnet diese Liebe treibt einen Keil zwischen sie. Egal was Isobel auch tut, in Margarets Augen ist es nie das Richtige. Und auch wenn es gerade eigentlich keine Rolle spielen sollte, fühlt Isobel einen panischen Stich in der Magengrube, als sie sich eine Zukunft nach Margarets Geschmack vorstellt, in der ihre geliebten Kinder in ein Internat abgeschoben werden und ein Leben ohne die Liebe ihrer Mutter leben müssen.

Daran darf sie jetzt nicht denken. Die Zukunft ist nicht in Stein gemeißelt. Das haben die letzten paar Tage bewiesen. Erst Sonntag waren sie auf dem Rückweg von einem perfekten Urlaub in Cornwall. Rolys Hand lag auf ihrem Oberschenkel, er lächelte ganz leicht, das Leben war wunderbar.

»Das hättest du mir gleich sagen sollen, Isobel«, weist Margaret sie mit einem schweren Seufzer zurecht, um sich dann wieder der Treppe zuzuwenden. »Ich hole meine Tasche.«

Isobel will den Mund öffnen, um zu protestieren. Sie will Margaret sagen, dass sie nicht mitkommen kann. Doch sie schluckt die Worte hinunter. Was würde das schon bringen? Margaret hört ja sowieso nie auf sie. Roly wird etwas zu ihr sagen müssen. Isobel hat keine Ahnung, was der heutige Tag noch für sie bereithält, aber wenn sie dort ankommen, wo sie gleich hinfahren, wird die Wahrheit, die sie Margaret vorenthalten haben, sicherlich ans Licht kommen. Sie wird sehen, dass kein Polizeiaufgebot vor Ort ist. Kein Blaulicht. Keine uniformierten Beamten. Nur Jonny und seine Männer, und sie.

Vielleicht ist das auch alles egal. Solange Lola wieder bei Isobel ist. Solange sie in Sicherheit ist. Ihr geht es nur um Lola. Um ihre Liebe zu Lola, die so rein, roh und überwältigend ist, dass sie Isobels Leben wie ein strahlendes Licht geflutet hat. Ein Licht, das hell genug war, um all die Schatten und düsteren Taten zu verdecken, die dieses Leben möglich gemacht haben. Und das Schlimmste daran ist – und deswegen kann sie in der Stille der Nacht vor lauter Schuldgefühlen, die wie ein Presslufthammer in ihr wüten, nicht schlafen –, sie würde es wieder tun, nur um diese Liebe spüren zu können.

Wenn sie die Zeit zurückdrehen könnte, die Tage, die Jahre – sie würde alles wieder genauso machen. Sie würde selbst Jonny mit seinen düsteren Machenschaften wieder als Kunden annehmen. Und das macht ihr manchmal Angst – nein, immer eigentlich. Und vor allem wenn sie an Rolys antikem Schreibtisch sitzt, um Jonnys Finanzen durchzugehen und riesige Mengen Geld für ihn herumzuschieben, zu tarnen und zu verstecken. Was würde er wohl tun, wenn sie es mal vermasselt? Aber auch diese Angst würde sie erneut auf sich nehmen, denn ohne Jonny hätten sie auch Lola nicht.

Und was nach der Geburt noch alles passiert ist! Sie haben Emma rausgeworfen, als Lola erst acht Wochen alt war. Haben einen Labortechniker bestochen, damit er die DNA-Tests fälscht, die Emmas Anwalt angefordert hatte. Und dann hat sie auch noch Roly gebeten, Jonny anzurufen, nachdem Emma im Park aufgetaucht war, obwohl sie wusste, was das für Emma bedeuten würde. Aber sie musste doch die Familie beschützen, die sie sich so sehnlichst gewünscht hatte. Zu was für einem Menschen macht sie das? Und zu was für einer Mutter?

Zu einer verzweifelten, flüstert eine Stimme in ihrem Kopf. Verzweifelt. So verzweifelt wollte sie ein Kind, es war ihr selbst kaum erklärlich. Dieses Gefühl der leeren Sehnsucht nach all den negativen Schwangerschaftstests – ihr fehlen die Worte, um es zu beschreiben. Eine Sehnsucht, die sie herunterzog – wie ein Gewicht, das sie nicht loswurde. Und wenn sie andere Frauen mit Kindern sah, wurde es noch schlimmer. Warum hatte es bei ihnen geklappt und bei ihr nicht? Diese Frage nagte an ihr, bis sie sie als zerstörtes Wrack wieder ausspuckte.

Und da hatte Margaret noch nicht mal mit ihren missbilligenden Kommentaren angefangen.

»Also ich hatte ja keine Schwierigkeiten, schwanger zu werden. Ich war aber auch deutlich jünger als du, als ich Roly und Felicity bekommen habe.«

»Irgendetwas scheinst du falsch zu machen, Isobel.«

»Du lässt wirklich die ganze Familie im Stich. Der arme Roly.«

Einmal, als sie die Gemeinheiten ihrer Schwiegermutter nicht mehr ertragen konnte, ist Isobel ausgerastet. Sie hat ihr Besteck bei einem der sonntäglichen Mittagessen auf Huntington Hall auf ihren Teller fallen lassen, nachdem Margaret mal wieder etwas gesagt hatte, das genau ins Mark getroffen hatte.

»Wenn du es genau wissen willst, Margaret: Wir werden ein Kind adoptieren.«

Das hatte sie Roly erst einen Tag zuvor vorgeschlagen. Seit dem letzten Arzttermin, bei dem ihr letztes Fünkchen Hoffnung zunichte gemacht worden war, waren ein paar Wochen vergangen. Roly sah mit erschrockener Miene von seinem Kaffee und seinem Handy auf. In den letzten paar Monaten hatte die Frage nach einer Adoption immer im Raum gestanden, ohne dass sie sie direkt angesprochen hätten. Sie wusste, dass Roly sich dagegen sträubte, aber er hatte auch nicht wirklich Nein gesagt, und daran hielt sie sich fest.

»Das werdet ihr nicht.« Margarets Stimme war laut und barsch. Nach ihrer Erwiderung tippte sie dreimal fest mit dem Zeigefinger auf die makellos weiße Tischdecke. *»Ich akzeptiere kein adoptiertes Enkelkind. Wir sind adelig und stammen von Eduard dem Sechsten ab. Roland, was soll das?«*

Er stammelte und ruderte zurück, versuchte wie immer, es beiden Frauen in seinem Leben recht zu machen, indem er sich nicht festlegte, auch wenn er sich am Ende stets auf die Seite seiner Mutter stellte.

»Um es noch einmal in aller Deutlichkeit zu sagen, Roland«, sagte Margaret daraufhin. *»Solltet ihr ein Kind adoptieren, werde ich es niemals als Teil dieser Familie akzeptieren. Und um unsere Abstammungslinie zu schützen, müsste ich dich enterben. Das Vermögen der Huntingtons würde also nicht mehr auf dich übergehen.«*

»Mutter«, beschwichtigte er sie, doch Isobel hatte ihn noch nie so verängstigt erlebt. *»Das wird nicht nötig sein. Wir werden kein Kind adoptieren.«*

Mit den Tränen kämpfend sprang Isobel auf und verließ den Raum. Sie würde niemals eine Mutter sein, fürchtete sie damals. Und wenn sie Roly nicht die Familie schenken konnte, die er wollte, dann würde er sie mit Sicherheit verlassen, sodass sie wirklich gar nichts mehr hätte und zu einem verängstigten Schatten der Frau verkommen würde, die sie mal gewesen war.

Die Tage vergingen in eisernem Schweigen. Es hat sie verletzt, wie schnell er sich auf die Seite seiner Mutter gestellt hatte. Aber sie verstand es auch. Ein Huntington zu sein, bedeutet Roly die Welt. Sie wusste nicht mehr, was sie noch sagen sollte. Ihre Beziehung bestand nur noch aus gescheiterten Versuchen, aus Streits und weiteren Versuchen. Sie redeten über nichts anderes als ein Baby. Sie haben sich aus den Augen verloren, und doch hat Isobel einen neuen Plan gefasst. Leihmutterschaft. Eine andere Frau musste das Kind für sie bekommen, aber es wäre trotzdem Rolys Kind. Sie hatte viel dazu recherchiert, wie das alles funktionierte, und bereitete sich darauf vor, mit ihm zu sprechen, doch dann kam er ihr zuvor.

»*Eine Freundin von Jonny steckt in Schwierigkeiten*«, sagte er. »*Sie braucht Hilfe, und vielleicht ist das die Antwort auf all unsere Fragen.*«

Und dann erzählte er ihr von einer jungen Frau namens Emma, die schwanger sei und ihr Baby zur Adoption freigeben wolle.

»*Aber das wäre ja nicht unser Kind. Deine Mutter hat doch –*«

»*Mutter muss davon ja nichts erfahren.*«

»*Wie bitte?*«, stieß sie hervor, so überrascht war sie von seinen Worten. Dass er sich seiner Mutter widersetzte, war ihr neu. »*Und wie soll das funktionieren?*«

»*Wir lügen. Wir erzählen ihr einfach das, was sie hören will. Dass du endlich schwanger bist. Und in ein paar Monaten denken wir uns irgendeine Geschichte aus. Dass es dir nicht so gut gehen würde und du bis zur Geburt ans Haus gefesselt wärst. Und dann behaupte ich einfach noch, dass wir einen Wasserschaden im Gästebad hätten und jetzt Installateure im Haus wären, um das Problem zu beheben. Du weißt doch, wie sehr sie es hasst, wenn Handwerker im Haus sind. Das wird sie fernhalten.*«

»*Du willst mich neun Monate lang vor deiner Mutter verstecken?*« Und obwohl die Idee wahnsinnig und unmöglich schien, musste sie lächeln.

»*Vier oder fünf Monate würden auch reichen, oder? Am Anfang kannst du ja weite Klamotten tragen.*«

»*Und für dich wäre das in Ordnung? Wenn das Baby nicht deins wäre, meine ich? Zumindest nicht im biologischen Sinne?*«

Er zog sie an sich und küsste sie. »*Ich will genauso gern eine Familie haben wie du. Und wir werden dieses Baby lieben, als wäre es unser eigenes, das verspreche ich dir.*«

Und obwohl ihr noch Dutzende Fragen im Kopf herumschwirrten, Fragen zu Emma und wie sie Margaret täuschen wollten, wurde Isobel mit der Kraft eines Tsunamis von neuer Hoffnung durchflutet. War es nicht egal, wer diese junge Frau war und wer der Vater war? Es gab ein Baby, und es würde ihnen gehören. Sie würde endlich Mutter sein.

Nur ein einziges Mal hat sie mit Jonny darüber gesprochen, wer der Vater sei, und ihn vorsichtig gefragt, ob es sein Kind sei. Er hat nur den Kopf zurückgeworfen und gelacht. *»Ich bin nur der Vermittler, Isobel. Wer der Vater ist, ist irrelevant.«*

Und da wurde ihr klar, dass Jonny das Ganze nicht tat, weil er so gütig war oder weil er wirklich einer Freundin in Not helfen wollte. Es ging um Geld, und das hatte Roly nicht erwähnt. Hatten sie Emmas Baby gekauft? Das wäre natürlich illegal, aber sie hat den Gedanken in dieselbe Ecke ihres Gehirns verdrängt, in die sie auch das Wissen über alle anderen von Jonnys geschäftlichen Machenschaften schiebt, von denen sie im Lauf der Jahre mitbekommen hat. Stattdessen hat sie sich auf das konzentriert, was zählte – sie würde endlich Mutter sein.

VIERZIG

ISOBEL

Das Geräusch eines Motors holt Isobel zurück in den Flur, und als sie diesmal aus dem Fenster späht, sieht sie DCI Watkins, der aus einem silbernen BMW steigt. Sie stürzt zur Tür und öffnet sie. Am liebsten würde sie nach Roly im Stockwerk über ihr rufen und sofort nachfragen, wohin sie fahren. Wo Lola ist.

Aber bevor sie irgendetwas davon tun kann, winkt der Detective sie mit einem Finger auf den Lippen heran. Sie wirft einen Blick auf die leere Treppe und tritt dann zu ihm nach draußen. Die Morgensonne ist warm, der Himmel azurblau. Im Park breiten Familien, die Sommerferien haben, ihre Picknickdecken aus, spielen Fußball und Frisbee und werfen frei herumtollenden Hunden Tennisbälle zu. Ein perfekter Tag fürs Planschbecken und für Kaffeekränzchenspiele und Drinks aus Wasser und Grashalmen, die sie vorgibt zu trinken. Wird sie jemals wieder an einem schönen Sommertag aus dem Fenster schauen können, ohne daran zu denken, wie Lola entführt worden ist und was für schlimme Dinge sie selbst getan hat?

Sie verdrängt den Gedanken und konzentriert sich auf den Mann, der in einem teuren Anzug vor ihr steht. Er ist der intelligenteste Mensch, den sie kennt, dieser Oxfordabsolvent und

Detective Chief Inspector bei der Metropolitan Police. Er hat seinen Abschluss zusammen mit Roly und all den anderen gemacht. Und gerade setzt er alles aufs Spiel, um ihnen zu helfen. Seine Karriere, seinen Ruf. Und zum ersten Mal fragt sie sich, warum er das tut. Geht es hier wirklich um Loyalität Roly gegenüber? Um eine Verbindung, die sie wohl nie so richtig verstehen wird?

Nein. So naiv ist sie nicht. Es geht um irgendein Geschäft, so wie immer. Und im Zentrum von allem steht Jonny. Plötzlich läuft ihr ein eisiger Schauer über den Rücken, für den diesmal aber nicht Emma und ihr Zustand verantwortlich sind. Sondern das hier. Jonny. Seine Männer. Und die Unsicherheit darüber, was passieren wird, sobald sie bei Emma und Lola ankommen.

»Was ist los?«, fragt sie und schlingt die Arme um sich. »Weißt du, wo Lola ist?«

»Dazu komme ich sofort«, sagt er und späht zu der geöffneten Tür und dem leeren Flur hinter ihr, bevor er sein Handy herauszieht. »Ich will dir etwas zeigen.«

»Soll ich Roly holen?«

Er schüttelt den Kopf. »Isobel, wir haben eine neue Spur und wissen jetzt vielleicht, wer Emmas Komplize ist.«

»Es ist nicht Zeen, oder?«

»Nein. Das wollte ich dir auch noch sagen. Ich habe heute Morgen mit eurer Haushälterin gesprochen. Sie ist in einem Dorf etwa dreißig Kilometer außerhalb von Manila, wo der Empfang ziemlich schlecht ist. Anscheinend ist ihre Mutter krank geworden, während ihr im Urlaub wart, und sie ist hingeflogen, um sich um sie zu kümmern.«

Isobel muss kurz durchatmen und seine Worte verarbeiten. Sie wusste, das Zeen nichts mit Lolas Entführung zu tun haben konnte, aber dennoch ist es beruhigend, die Bestätigung dafür zu haben. Zum Glück ist Zeen weit weg von allem.

Der Detective tritt auf sie zu. Als sie den schweren Duft seines Aftershaves riecht, wird ihr fast schlecht, doch sie schluckt und versucht die Übelkeit zu vertreiben. Währenddessen tippt er auf sein Handydisplay und dreht es zu ihr.

»Was ist das?« Sie schluckt erneut. Ihr Puls rast so schnell, dass sie ganz wackelig auf den Beinen ist. Was wird er ihr jetzt wohl zeigen?

»Das Cyberteam ist die Videoaufnahmen von der Raststätte in Winchester, wo Lola entführt worden ist, noch mal durchgegangen. Sie haben mir etwas geschickt, das sie beim ersten Mal übersehen haben.«

Sie lehnt sich vor und schirmt ihre Augen mit der Hand vor der Sonne ab, um besser sehen zu können. So weit sie das erkennen kann, befindet sich die Kamera hoch oben an einem Gebäude oder einem Laternenmast. Die Menschen, die um die geparkten Autos herum und durch die Drehtüren wuseln, wirken aus dieser Perspektive wie Ameisen.

»Wonach soll ich Ausschau halten?«

»Guck einfach weiter.«

Nach ein paar Sekunden entdeckt sie Emma und Lola, die Hand in Hand aus dem Gebäude kommen. Emma lächelt Lola zu, die beim Gehen beinahe hüpft und bei jedem Schritt an Emmas Ärmel zieht.

Wie oft hat sie Lola schon gesagt, ordentlich zu gehen und nicht so zu hüpfen? Jetzt würde sie alles geben, um den strengen Tonfall zurückzunehmen, mit dem sie Lola manchmal ermahnt hat, und mit ihrer kleinen Tochter herumzuhüpfen. Dass sie bei Emma so glücklich aussieht, versetzt Isobel einen Stich ins Herz. Die beiden verlassen den Gehweg und laufen über den Parkplatz, dann endet das Video.

»Ich bin mir nicht sicher, was ich hätte sehen sollen«, gibt sie zu und spürt, wie der Schmerz wieder hochkommt. Sie beißt die Zähne zusammen. Sie wird jetzt nicht weinen.

»Guck es dir noch mal an. Achte darauf, wer draußen vor dem Gebäude steht, als die beiden rauskommen.«

Er spielt das Video erneut ab. Diesmal schaut sich Isobel die

Leute an, die an den Türen stehen, ihr fällt aber nichts auf. Und dann keucht sie auf. Eine ihr wohlbekannte Silhouette bewegt sich auf den Eingang zu. Was zur Hölle sieht sie da gerade? Erneut tauchen Emma und Lola auf, aber Isobel schaut nur auf Roly. Als die beiden rauskommen, bleibt er wie angewurzelt stehen, wirbelt herum und läuft in eine andere Richtung davon.

Langsam dämmert es ihr. Ihr Herz klopft so schnell, wie ihre Gedanken rasen. Will DCI Watkins ihr damit etwa sagen, dass Roly etwas mit Lolas Entführung zu tun hat? Sie will ihm sagen, dass er sich irrt. Doch nicht Roly. Doch nicht ihr Ehemann, die Liebe ihres Lebens, der Mann, dem sie vertraut. Aber ... tut sie das auch wirklich?

Isobel muss an die Zeit im April denken, als Scarlett verschwunden ist und Emma angefangen hat, Lolas Entführung zu planen, während ihr Mann sich geheimniskrämerisch verhielt und mit düsterer Miene herumlief. Sie weiß, dass er irgendetwas vor ihr versteckt hat, aber sie dachte, es sei eine Affäre. War es womöglich etwas Schlimmeres?

Und dann ist da ja noch die Mühelosigkeit, mit der er seine Mutter die letzten Tage über angelogen hat. Er hat nicht mal gezögert, nicht mal gestammelt. Er war selbstbewusst, es fiel ihm ganz leicht. Als hätte er Übung darin. Es gibt so viele Fragen, die sie nie gestellt hat. Was für Geschäfte macht er mit Jonny? Was für ein Deal wurde mit Emma ausgehandelt? Mit welchen Frauen flirtet er, wenn er abends auf Kundenterminen ist? Und so viele mehr.

»Wir haben nur betrunken in einem Club rumgeknutscht. Ehrlich, Iz, mehr war da nicht.«

Sie ist sich nicht mehr sicher, ob seine Beteuerungen irgendeinen Wert haben. In ihrem Leben und ihrer Ehe hat sie über so vieles hinweggesehen. Würde sie es überhaupt merken, wenn er sie anlügt?

Aber warum sollte Roly das tun? Warum sollte er jemandem helfen, seine Tochter zu entführen? Warum sollte er sich selbst, sie und seine Mutter und einen seiner guten Freunde solchen Qualen aussetzen? Darauf hat sie keine Antworten.

Das Video endet und beginnt dann wieder von vorn. »Konzentrier dich auf den Moment, in dem er Emma und Lola sieht und sich dann von ihnen wegbewegt.«

Sie schüttelt den Kopf, sie kann das alles immer noch nicht glauben. »Er telefoniert. Schau.« Sie zeigt auf die Gestalt in dem Video, die ganz eindeutig ihr Mann ist. »Ich glaube nicht, dass er sie sieht. Ich glaube, er hat einfach seinen Anruf noch nicht beendet oder so.«

»Glaubst du das wirklich?« Er steckt sein Handy in seine Sakkotasche und schaut ihr dabei unentwegt in die Augen. »Und lass uns mal nicht vergessen, dass Emma an eurem Auto war, nachdem du mit Lola in die Raststätte gegangen bist. Sie hat ihren Rucksack und ihren Teddy mitgenommen.«

»Roly hat es nicht abgeschlossen, während er telefonieren gegangen ist«, erklärt sie.

»Ein ganz schöner Zufall, findest du nicht? Pässe und Dokumente wurden aus eurem Haus entwendet. Zeen war die naheliegende Verdächtige, aber wir konnten sie ausschließen.«

Isobel drückt sich die Handfläche gegen die Stirn. »Warum erzählst du mir das?«, fragt sie. »Roly ist doch dein Freund. Ich dachte, du tust das hier für ihn. Warum fragst du ihn nicht, was es mit diesen Videoaufnahmen und den fehlenden Dokumenten auf sich hat?«

»Ich bin vielleicht loyal, aber ich mag es nicht, wenn man mich anlügt. Oder wenn ich nicht weiß, womit ich es zu tun habe.«

»Und du glaubst wirklich, dass Roly etwas mit Lolas Entführung zu tun hat?«

Auf der Treppe hinter ihr ertönen Schritte. Sie will sich gerade abwenden, da hält er ihren Arm fest und flüstert ihr leise ins Ohr: »Vielleicht kennst du deinen Mann nicht so gut, wie du denkst.«

Sie öffnet erstaunt den Mund. Das Gleiche hat sie gerade selbst gedacht. Sie will ihn fragen, was das bedeuten soll, aber Roly steht schon neben ihr und legt seinen Arm um sie. Angesichts von DCI Watkins' plötzlich veränderter Haltung und des Lächelns, mit dem er Roly begrüßt, ist aber eindeutig, dass das Ganze zwischen ihnen beiden bleiben soll. Jetzt wird das wachsende Netz aus Lügen, das sie umeinander spinnen, also um noch einen bedrohlichen Faden erweitert. Wenn sie mehr Zeit gehabt hätten, hätte sie dem Detective sagen können, dass er falschliegt. Dass Roly so etwas nie tun würde. Die Perspektive des Videomaterials ist irreführend, das ist alles. Wendet er sich nicht sogar einen kurzen Moment, bevor Emma und Lola erscheinen, ab? Sie wünschte, sie könnte sich das Video noch mal ansehen. Sie weiß, wie Roly ist, wenn er telefoniert. Er ist dabei schon gegen Laternenmasten gelaufen und über Bordsteinkanten gestolpert. Seine Umgebung nimmt er dabei gar nicht wahr.

Aber glaubt sie das wirklich? Roly hing die letzten Tage an seinem Handy, als wäre nichts. Sie muss daran denken, wie entrüstet er aussah, als sie ihn gefragt hat, wie er an etwas anderes denken könne als an Lola. Sie ist davon ausgegangen, dass er noch mit seinen Kunden in Kontakt ist. Aber ist sie sich da sicher?

»Owen«, sagt Roly und schaut sich kurz um, bevor er seinem Freund die Hand schüttelt. »Habt ihr Lola gefunden?«

»Sie ist in Bridgnorth«, antwortet er.

Isobel keucht auf. »Wie hat sie es so weit geschafft?« Sie sieht Roly an, in der Erwartung, dass er genauso schockiert aussieht, aber stattdessen runzelt er die Stirn.

»Woher wisst ihr das?«, fragt er.

Noch bevor er antworten kann, stößt Margaret zu ihnen.

Über der Schulter trägt sie eine weiße Lederhandtasche. »Haben Sie meine Enkeltochter? Wirklich, DCI Watkins?«

Roly tritt zur Seite, sodass sie alle auf der Türschwelle stehen, halb drinnen, halb draußen. Wieder sieht Isobel ihren Ehemann an und ruft sich in Erinnerung, wie mühelos er seine Mutter gestern angelogen hat. *»Vielleicht kennst du deinen Mann nicht so gut, wie du denkst.«*

Er nickt, jetzt wieder ganz der dienstbeflissene Detective. »Ja, Mrs Huntington. Wir haben am frühen Morgen einen Anruf von einem Arzt aus Bridgnorth erhalten.«

»Von einem Arzt? Geht es Lola gut?«, schaltet sich Isobel ein.

»So weit wir wissen, ja. Der Arzt ist ein örtlicher Allgemeinmediziner. Er hat uns erzählt, dass seine Frau auf dem Rückweg von einem Besuch bei ihrer Mutter in Eastbourne an einer Raststätte in Portsmouth eine Frau und ihre Tochter getroffen hat. Laut dem Arzt hat seine Frau die beiden bis nach Bridgnorth mitgenommen. Erst als sie einen unserer Facebook-Posts mit der Fahndung nach Emma gesehen hat, hat sie ihrem Mann davon erzählt. Sie haben sich wohl gestritten, ob sie es melden sollen. Am Ende hat er die Nummer heimlich angerufen.«

Der Detective verdreht die Augen, als wäre die arme Frau, die Emma geholfen hat, einfach nur dämlich und nicht nachvollziehbarerweise skeptisch, was eine ja tatsächlich gefälschte Social-Media-Fahndung betrifft.

»Es scheint, als hätte Emma dieser Frau vertraut und ihr ihre Pläne verraten. Deshalb wissen wir jetzt, dass Emma auf dem Weg in Richtung Liverpool ist, genauer gesagt nach Birkenhead, wo sie die Nachtfähre nach Belfast nehmen will, die heute Abend um halb elf ablegt.«

Eine neue Welle der Angst überrollt Isobel und reißt sie so brutal mit sich, dass ihr für ein paar Momente der Atem stockt. »Hat diese Frau erwähnt, ob Emma Komplizen hat?«

Der Detective wirft ihr einen warnenden Blick zu. »Nein. Davon wurde nichts gesagt.«

Isobel wirft Roly einen Blick zu. »Könnte es ... könnte es Scarlett sein?«, fragt sie.

»Wie kommen Sie denn darauf?« Der Tonfall des Detectives ist eisig, aber sie lässt nicht locker. Sie muss die Wahrheit erfahren. Er ist nicht der Einzige, der wissen will, womit er es zu tun hat.

»Ich habe einfach das Gefühl, dass das alles zusammenhängt. Scarlett ist verschwunden, und genau zu der Zeit fängt Emma an, Lolas Entführung zu planen. Vielleicht ja, weil Scarlett untergetaucht ist und Emma hilft.«

»Wer ist denn bitte diese Scarlett?«, fragt Margaret. »Was hat sie mit Emma zu tun?«

Sie alle verstummen, denn sie kennen die Antwort. Jonny.

»Scarlett ist nicht die Komplizin«, sagt der Detective bestimmt und geht über Margarets Frage hinweg.

»Wie können Sie sich da sicher sein?«, drängt Isobel.

»Weil Emma seit drei Tagen auf der Flucht ist und seitdem mehrfach gesichtet und beinahe gefasst worden ist. Über Scarletts Verschwinden wird seit Monaten im Fernsehen berichtet. Wenn jemand sie gesehen hätte, hätte derjenige das doch gemeldet, oder nicht?«

»Was soll das heißen? Dass sie tot ist?«

»Ich würde wirklich gern wissen –«, schaltet sich Margaret nun mit etwas lauterer Stimme ein.

»Wie wär's, wenn wir uns auf Lola konzentrieren?«, schlägt Roly vor, der das Gespräch eindeutig in andere Bahnen lenken möchte. Doch Isobel hält den Atem an und wartet auf die Antwort des Detectives. Ist Scarlett tot? Und falls ja: Was bedeutet das für Emma?

»Können Sie die Fähre aufhalten?«, fragt Roly, während Isobel die Zähne aufeinanderbeißt. Sie bräuchte jetzt so dringend Antworten, und er lenkt von Scarlett ab.

»Das wird nicht nötig sein. Wir fangen sie ab. Emma wird nicht an Bord gehen.«

»Wann fahren wir los?«, fragt Roly.

»Jetzt sofort«, lautet die Antwort. Isobel holt eilig ihr Handy und zieht sich Schuhe an. Dann schnappt sie sich eine Tasche hinten aus ihrem Kleiderschrank und stopft Barnaby dort hinein.

Erst als sie mit Margaret auf der kühlen Lederrückbank des BMWs des Detectives sitzt, während Roly auf dem Beifahrersitz auf seinem Handy herumtippt, sie London hinter sich gelassen haben und auf der Autobahn gen Norden rasen, kehren die Fragen zu ihr zurück.

Wie gut kennt sie ihren Mann wirklich? Was hält dieser Tag noch für sie bereit?

EINUNDVIERZIG

EMMA

Das Terminal der Stena Line in Birkenhead ist ein flacher Glasbau, der aussieht, als hätte er ein trichterförmiges Dach in Fährenform. In Wahrheit steht das große weiße Boot hinter dem Gebäude und wird von den letzten Strahlen der untergehenden Sonne beschienen und vielleicht gerade von den ersten Passagieren über die Gangway betreten. Sie kann nicht fassen, dass sie es geschafft haben.

Sie sind zwei Tage zu spät, komplett erschöpft, können keine Sandwiches mehr sehen und haben Muskelkater vom vielen Laufen und steife Knochen von der Nacht im Freien. Aber sie sind hier. Die Freiheit scheint zum Greifen nah. Heute Morgen noch, als sie vom Geräusch der ständig anhaltenden und wieder anfahrenden Müllabfuhr auf der Hauptstraße geweckt worden sind und der Tag bereits versprach, schwül und heiß zu werden, war Emma sich nicht sicher, ob sie es schaffen würden.

»*Guten Morgen, meine Kleine*«, hat sie zu Lola gesagt und rechnete schon mit weiteren aufgebrachten Tränen. Doch stattdessen lächelte ihre Tochter sie an.

»Hier schlafen macht Spaß. Können wir das heute Abend wieder machen, Emma?«, fragte sie.

»Mal schauen, okay?« Eigentlich wollte sie Lola erzählen, dass sie später auf einem großen Boot schlafen würden, aber zu dem Zeitpunkt war sie sich dessen nicht mehr so sicher. Das Problem bestand ja nicht nur darin, dass sie die letzten hundertfünfzig Kilometer bis zum Fährhafen noch irgendwie zurücklegen mussten, ohne erkannt zu werden, sondern auch in der Nachricht, die sie gestern erhalten hat – in dem neuen Plan, der ihr nicht gefällt, den sie aber auch nicht ändern kann.

Sie packte ihre Sachen zusammen, während Lola mit Ducky im Arm um den Baumstumpf herumhüpfte. Dann zog sie die blonde Perücke wieder über. Zwar fühlte diese sich unter der Kappe fies und verknotet an, aber immerhin hatte sie so das Gefühl, weniger schnell erkannt zu werden. Hand in Hand liefen sie durch die ausgestorbene Stadt bis zum Ende der schmalen Hauptstraße und aßen die letzten Marmeladentörtchen zum Frühstück, während sie auf den ersten Bus warteten, der nach Wolverhampton fuhr. Von dort aus nahmen sie den Zug nach Liverpool und stiegen am großen kuppelförmigen Hauptbahnhof aus. Von dort aus sind sie eine Weile gelaufen. Emmas Herz klopfte nach der Zugfahrt noch wie wild, da sie die ganze Zeit damit gerechnet hatte, dass sie anhalten und die Türen sich öffnen würden, um Jonny hereinzulassen.

Nach zwei weiteren Busfahrten und einem langen Fußweg sind sie am späten Nachmittag am Fährhafen angekommen.

»Was machen wir hier?«, fragte Lola, als sie sich an einem menschenleeren Ort neben einem leeren Frachtcontainer versteckten, von dem aus Emma aber noch das Terminal und den Parkplatz beobachten konnte. Sie machten es sich auf dem harten Asphalt bequem und spielten »Ich sehe was, was du nicht siehst«. In der Zwischenzeit kam die Fähre an und Passagiere gingen von Bord. Autos kamen und fuhren wieder, und sie

ging die ganze Zeit davon aus, gleich Jonny irgendwo zu entdecken.

Sie hat keine Ahnung, was sie tun soll, wenn er vor der Person ankommt, die ihr helfen soll. Hier gibt es keine geschäftige Straße und keinen Bus, der darauf wartet, sie in Sicherheit zu bringen. Keine Fluchtmöglichkeit. Der Hafen befindet sich direkt am Wasser und ist von einem Industriegebiet umgeben. Sonst ist hier nicht viel.

»Wir warten auf jemanden, der uns beschützen wird«, antwortete Emma. Und während sie das sagte, formte sich ein verschlungener Knoten der Unsicherheit in ihrer Magengrube. Sie hatte so viele Fragen, konnte sie aber niemandem stellen. Auf die Nachricht, die sie vorhin geschickt hatte, war keine Antwort gekommen.

Sicher, dass das die beste Möglichkeit ist?

»Vor dem Monster?«, fragte Lola, klang dabei aber eher neugierig als traurig, als hätte sie vergessen, wie viele Tränen sie in den letzten paar Tagen vergossen hatte, wie schnell sie auf ihren kleinen Beinen hatte rennen müssen und wie bitterlich sie geschluchzt hatte.

»Genau.«

Die Stunden vergingen. Und während Lola, die keine Lust mehr auf ihr Spielzeug und auf »Ich sehe was, was du nicht siehst« hatte, sich nun an Emma kuschelt und zu ihrer Version von *Goldlöckchen und die drei Bären* einschläft, spürt Emma weiterhin, wie ein Gefühl der Dringlichkeit an ihr nagt. Sie drückt ihre Tochter an sich und überlegt, wie viele Umarmungen sie wohl verpasst hat. Ihre Gedanken schwanken zwischen Erleichterung darüber, dass das alles bald vorbei ist, und der Angst, dass das alles nie vorbei sein wird. Werden sie jemals aufhören können sich zu verstecken?

»Weißt du eigentlich, wie leicht es für mich wäre, dich zum

Schweigen zu bringen?«, hört sie Jonnys Stimme in ihrem Kopf sagen.

Die Erinnerung an diese Situation ist noch sehr lebendig. Nachdem Roly sie rausgeworfen hatte, als Lola erst acht Wochen alt war, saß sie bei Jonny im Auto. Er hat auf sie gewartet, um sie nach Hause zu bringen. Schweigend fuhr er sie durch ganz London, ignorierte ihre Tränen und ihre Proteste. Erst als er vor dem Haus ihrer Eltern anhielt, sprach er.

Sie gab keine Antwort. Was hätte sie darauf auch sagen sollen?

»*Niemand wird dir glauben*«, sagte er dann noch, als hätte er ihre Gedanken gelesen, und seine Stimme klang so böse, dass sie in ihrem Sitz zusammenschrak.

»*Lola ist mein Baby*«, flüsterte sie.

»*Nein, du hast sie weggegeben. Du hast einen Vertrag unterschrieben. Du hast keinen Anspruch mehr auf dieses Kind.*«

»*Das ist nicht wahr.*« Das kann gar nicht wahr sein.

»*Niemand wird dir glauben, wenn du jetzt einen Aufstand machst, Emma. Und denk nicht mal im Traum daran, zur Polizei zu gehen. Wenn du auch nur einen Penny von deinem Geld sehen willst, dann hältst du dich bedeckt und lebst einfach dein Leben weiter.*«

In diesem Moment erwartete sie, wütend zu werden. Sie hatte mehr gegeben, als sie überhaupt gewusst hatte, dass sie geben konnte. Aber das Geld wollte sie nicht mehr. Wie hätte sie es auch annehmen können? Es wäre für immer vergiftet, wo ihr doch bewusst war, dass sie ihre Tochter dafür weggegeben hatte, weil dieser Mann hier, der immer genau wusste, was er sagen musste, sie mit seinem Lächeln und seinem Charme dazu überredet hatte.

Trotz Jonnys Warnung gelang es ihr nicht, den Mund zu halten. Zur Polizei ist sie aber trotzdem nicht gegangen. Jonny hat da viel zu viele Freunde. Stattdessen nahm sie sich einen Anwalt und erzählte ihm die ganze Geschichte, auch wenn sie das ihr komplettes Erspartes kostete. Das war ihr egal. Es war ihr sogar egal, dass Jonny seine Drohung wahr machen könnte. Am Anfang wollte der Anwalt ihr noch helfen. Er war entrüstet und unterstützte sie, sodass sie eine kurze Weile lang hoffte, Lola zurückzubekommen. Wie dumm sie war!

»*Emma, setzen Sie sich*«, sagte der Anwalt einen Monat nach ihrem ersten Treffen, als er sie in sein billig eingerichtetes kleines Büro voller nicht zusammenpassender Möbel führte. »*Ich fürchte, ich habe schlechte Nachrichten.*«

»*Aber ... die DNA-Tests ... Sie meinten doch, sie hätten eingewilligt. Haben Sie die Ergebnisse?*«

Er nickte. »*Der Anwalt der Huntingtons hat sie mir gestern geschickt.*« Er hielt ihr ein Stück Papier hin, das sie entgegennahm.

Sie starrte auf die Wörter und die Schnörkel, die keinen Sinn ergaben. »*Was ist das?*«

»*Die DNA-Profile von Lola Huntington sowie von Isobel und Roly Huntington. Ganz unten sehen Sie auch Ihr DNA-Profil. Sie sehen hier den unwiderlegbaren Beweis dafür, dass Lola die leibliche Tochter von Isobel und Roly ist. Ihre DNA stimmt zu jeweils fünfzig Prozent mit der von Lola überein. Ihre nicht. Es tut mir leid*«, sagte er.

»*Aber das stimmt nicht. Was können wir noch tun? Können wir den Test wiederholen?*«

Er sah sie mitleidig an. »*Darauf würden sie sich wahrscheinlich nicht einlassen. Und das finde ich ehrlich gesagt auch nachvollziehbar. Wir haben mit dem Labor, das diese Profile erstellt hat, schon unzählige Male zusammengearbeitet. Sie sind vertrauenswürdig und machen ihre Arbeit gründlich. Mr und Mrs Huntington waren ziemlich verständnisvoll, aber jetzt bitten sie darum, dass Sie sie in Ruhe lassen und sich professionelle Hilfe suchen, um Ihre ... Verwirrung behandeln zu lassen. Es ist nicht Ihr Baby.*«

»*Sie heißt Lola.*« Sie stand auf und trat an seinen Schreibtisch heran. Ihr ganzer Körper pulsierte vor Wut. Das durfte doch nicht wahr sein! Sie weinte und schrie und schluchzte. »*Die Ergebnisse sind gefälscht. Lola ist meine Tochter.*«

»*Es tut mir leid, Emma*«, erwiderte er, klang aber nicht mehr mitleidig, sondern angewidert. »*Ich kann Ihnen jetzt nicht mehr helfen und schlage vor, dass Sie versuchen, das Ganze hinter sich zu lassen.*«

Sie ging nach Hause zu ihren Eltern, kroch ins Bett und weinte tagelang, bis das Bedürfnis, ihr Baby zu sehen, so stark wurde, dass sie rausging und im Park auf Isobel wartete. Sie konnte einfach nicht glauben, dass diese Menschen ihr so etwas antaten. Waren sie wirklich solche Monster, dass sie einfach lügen und Testergebnisse fälschen würden? Emma voll und ganz zerstören würden? Ihr Baby klauen würden? Die Antwort lautete Ja. Als sie mit ihr gesprochen hat, sah sie es in Isobels Augen, doch die Erkenntnis traf sie erst so richtig, als diese Hände sie schnappten und von der Straße zerrten. Erst da wurde ihr klar, dass sie Jonny angerufen hatten. Wie sie die beiden dafür gehasst hat! Dafür und für alles, was sie ihr angetan haben.

Aber was konnte sie schon dagegen tun? Jonny hielt Wort und ließ sie einweisen. Und auf der geschlossenen Station galt sie als verrückt; sie war eine Frau mit einer Wahnstörung, die von einem Baby besessen war, dessen Nanny sie gewesen war. Nur dank Haz hat sie dort nicht den Verstand verloren. Nicht aufgegeben. Aber dann ist er gestorben, und all die Hoffnungen und Träume, die er so langsam wieder in ihr geweckt hatte, sind ebenfalls gestorben. Keine Ahnung, was passiert wäre, wenn sie an diesem Tag Anfang Januar nicht diesen Besuch im Blumenladen bekommen hätte. Wahrscheinlich wäre sie immer noch dort und würde sich zwingen, den Mund zu halten und ihr limitiertes Leben zu leben, denn das hätte zwar bedeutet, dass sie ihre Tochter nie wiedergesehen hätte, aber immerhin wäre Lola in Sicherheit gewesen.

»Emma?«

Die Stimme kam ihr nicht vertraut vor, doch als die Person in den Laden trat, erkannte Emma die rothaarige Frau sofort. An dieses breite Lächeln und diesen leuchtend roten Lippenstift erinnerte sie sich von einigen Partys, auf denen sie beide gewesen waren.

Scarlett.

Sie hatten nur ein paarmal kurz im Vorbeigehen miteinander gesprochen. Und sie waren definitiv nicht miteinander befreundet, sodass sie bei Scarletts Anblick im Laden erst einmal Angst bekam. Sie würde nicht zurück in die Klinik gehen. Das ging nicht. Sie griff nach der Schere, mit der sie gerade ein Band gekräuselt hatte, und umklammerte sie fest. *»Du kannst Jonny sagen, dass ich nichts Falsches tue.«*

Scarletts Lächeln verschwand. *»Ich bin nicht hier, um dir eine Nachricht zu überbringen«*, antwortete sie.

»Sondern?«

»Ich bin keine Freundin von Jonny. Ich bin hier, weil ich deine Hilfe brauche, und weil ich glaube, dass du meine brauchst.«

Drei Monate später wurde Scarlett vermisst gemeldet, und ihr Gesicht prangte auf jeder Zeitung und wurde in jeder Nachrichtensendung im ganzen Land gezeigt.

Emma blinzelt, um die Erinnerung zu verjagen. Was bringt es ihr, jetzt darüber nachzudenken? Sie fröstelt. Ein kalter Schauer ist bis in ihr Inneres gekrochen, der von der wachsenden Angst herrührt, aber auch von der kühlen Brise, die vom Wasser herüberweht und den Geruch von Benzin und Algen mit sich bringt. Es riecht nach verfaulendem Seetang.

Sie schaut auf die Uhr. Es ist acht Uhr dreißig. Ein nervöser Energieschub versetzt ihr einen Stich in den Magen. Es ist fast so weit.

Eine weitere Minute verstreicht, und dann hört sie ein Geräusch hinter ihr. Ein Rascheln, Schritte.

Emma schreckt hoch und schreit kurz auf. Da ist jemand. Sie dreht sich um und hofft, dass sie nur Schatten sieht, dass ihre Fantasie mit ihr durchgeht, aber da ist wirklich jemand.

»Keine Angst«, sagt eine Stimme. »Ich bin's.«

»Hi«, sagt Emma und drückt Lola fester an sich. Warum spürt sie keine Erleichterung? Stattdessen quälen sie Unsicherheit und Verlustängste.

»Bist du bereit?«

Emma schüttelt den Kopf. »Nein.« Tränen steigen ihr in die Augen. Sie schafft das einfach nicht. Sie kann ihre Tochter nicht noch einmal abgeben. Sie hat sich geschworen, dass sie Lola niemals loslassen würde, wenn sie sie je zurückbekommen würde. Aber sie hat sich auch geschworen, dass sie alles tun würde, um ihre Tochter zu beschützen.

»Eine Minute kann ich dir geben.«

»Danke.«

Lola rührt sich und reibt sich die Augen, bevor sie sie öffnet. Ihr Gesicht ist bleich, und ihre Haare stehen in alle Richtungen ab. Auf ihrer Wange ist ein kleiner Schmutzfleck, an ihren Lippen kleben getrocknete Schokoladenreste. Es scheint eine Ewigkeit her zu sein, dass sie in der Pension in Brighton geduscht haben. Emma selbst sieht vermutlich keinen Deut besser aus. Ihre Haut fühlt sich schmierig an, und ihr Körpergeruch ist übel. Wenigstens trägt sie nicht mehr die Perücke. Die hat sie am Bahnhof in einem Mülleimer entsorgt, denn jetzt braucht sie sie nicht mehr.

Emma küsst Lolas Scheitel. »Auf geht's«, flüstert sie ihrer Tochter zu.

Ihr steigen noch mehr Tränen in die Augen, die ihr schließlich über die Wangen laufen, als Lola bemerkt, dass jemand vor ihnen steht. Sie und Lola hätten die Fähre nach Belfast nehmen sollen. Sie hätten für immer zusammenbleiben sollen, doch jetzt muss Emma etwas Unmögliches tun. Sie muss Lola schon wieder abgeben, wenn sie sie wirklich beschützen will.

»Du bist jetzt in Sicherheit«, erklärt sie Lola, um ihr verständlich zu machen, dass sie sie allein lassen muss. Ihr kleines Mädchen weint ganz leise und fleht Emma an, bei ihr bleiben zu dürfen, doch mit dem Versprechen von *Peppa Wutz*-Folgen und Schokolade wird sie schließlich weggelockt. Emma nimmt die Tasche, die man ihr reicht, und versucht sich einzureden, dass dies die einzige Option ist.

ZWEIUNDVIERZIG

EMMA

Emma läuft über den menschenleeren Parkplatz in Richtung des gläsernen Fährterminals. Allein zu sein, fühlt sich falsch an. Drei Tage lang war Lola an ihrer Seite. Ihre Hand fühlt sich ohne die ihrer Tochter kalt an. Ein Zittern, das ihr bis in die Knochen fährt, erfasst sie. Jeder Atemzug ist nicht mehr als ein schnelles Keuchen. Sie sollte die Atemübungen machen, die Haz ihr beigebracht hat, aber die würden jetzt auch nichts bringen. Sie wird sich nicht beruhigen können. Vor ihr werden Autotüren zugeschlagen. Sie sieht Bewegungen. Schatten treten unter das Licht einer Laterne.

Zuerst sieht sie Isobel, die totenbleich ist und so verzweifelt aussieht, wie Emma sich fühlt. Neben ihr steht eine ältere Frau, die Emma noch nie gesehen hat, aber Rolys Geschichten und den Streits zwischen ihm und Isobel nach zu urteilen, die sie damals während dieser seltsamen Monate in ihrem Haus mit angehört hat, ist es wahrscheinlich seine Mutter. Wie viel sie wohl weiß? Warum ist sie hier?

Dann schaut sie zu Roly. In seinen Augen liegt ein flehender Blick, der schnell wieder von ihr weghuscht. Von all den Emotionen, die sie in sich trägt, spürt sie eine besonders deutlich. Hass. Sie hasst diese Menschen. Sie haben sie als ein Mittel zum Zweck missbraucht. Als wäre sie eine Ware, sonst nichts. Sie haben ihre Träume zerstört, ihre Hoffnungen, ihr ganzes Leben, einfach weil es ihnen in den Kram gepasst hat. Weil sie es konnten.

»Wo ist Lola?«, ruft Roly. In seiner Stimme liegt die gleiche Angst, die auch ihr Inneres verzehrt. Glaubt er, dass Lola etwas zugestoßen ist? Dass sie ihrer eigenen Tochter wehgetan hat?

Noch bevor sie antworten kann, kommt ein weiteres Auto auf den Parkplatz gefahren. Sie wirft einen Blick über ihre Schulter: Es ist der schwarze SUV. Bei dem Anblick überrollt sie eine Welle der Angst, die kaum aushaltbar ist. Der SUV hält an und versperrt ihr den Weg, als ob jemals zur Debatte gestanden hätte, dass sie fliehen kann. Dann bleiben ihre Füße plötzlich stehen, genauso wie ihr Herz – jemand nähert sich Roly. Es ist Jonny.

Eine Stimme in ihrem Inneren schreit ihr zu, loszurennen. Aber sie kann nicht. Die Angst hat sie erstarren lassen. Wo soll sie auch hin? Weitere Türen schlagen zu. Seine Männer sagen nichts, bleiben zurück – doch ihre Anwesenheit ist bedrohlich.

»Was ist hier los?«, ruft die ältere Frau nun. »Roly? Wer sind diese Männer? Wo ist die Polizei?«

Die Spannung, die in der Luft liegt, ist kaum auszuhalten, aber Roly antwortet nicht.

»DCI Watkins?«, ruft sie. »Was soll das? Nehmen Sie diese Frau fest.«

Emma starrt den Detective an. Der Hass in ihr ist noch stärker geworden, breitet sich aus wie ein Gift. Isobel und Roly haben ihr Baby gestohlen; sie haben ihr Leben gestohlen. Sie wird ihnen nie vergeben, dass sie ihr Lola weggenommen haben. Dennoch hat ein Teil von ihr – ein Teil, den sie selbst verabscheut – Verständnis für ihre Verzweiflung. Für das Bedürfnis, ein Kind zu haben. Es muss sich so ähnlich angefühlt haben wie die Sehnsucht und Liebe, die sie selbst all die Jahre verspürt hat. Aber dieser Mann – dieser Detective – ist ein Monster.

»Emma«, ruft er in einem Tonfall, an den sie sich erinnert, als wäre sie gerade auf einer seiner Partys angekommen, als hätte er ihr nicht die letzten vier Jahre das Leben zur absoluten Hölle gemacht. »Wo ist Lola?«

Ihr Herz hämmert so schnell in ihrer Brust, dass sie die einzelnen Schläge kaum auseinanderhalten kann. Ihre Augen huschen hin und her. Die Sonne ist mittlerweile vollständig verschwunden, und nur der orange Lichtschein der Straßenlaternen und des Terminals erhellt jetzt noch den Parkplatz. Sie kann nirgendwohin fliehen. Es gibt keinen Ausweg. Aber vielleicht kann ihr ja ein Passagier, ein Passant helfen. Irgendein Mensch. Irgendjemand.

Aber hier ist niemand.

Mit seinen dunklen Augen sieht er sie an, der Hauch eines Lächelns umspielt seine Lippen. Jetzt hat er sie. Er hat gewonnen. »*Es gibt keinen Ort, an dem ich dich nicht finden werde.*«

»Jonny«, sagt sie und starrt den Detective an. »Sie heißen doch Jonny, nicht wahr, DCI Watkins?«

Er lacht. Roly gibt ein Geräusch von sich, aber Jonny zuckt nur mit den Schultern. »Das Spiel ist aus, Roly.«

»Kann mir mal jemand verraten, was hier vor sich geht?«, fragt Rolys Mutter erneut. »Wo ist mein Enkelkind?«

Alle Augen richten sich auf Emma, aber sie kann den Blick nicht von Jonny abwenden. DCI Owen Watkins. Owen Jonathan Watkins. Die meisten seiner Freunde –beziehungsweise die Geschäftspartner, die er im Lauf der Jahre kennengelernt hat – nennen ihn Jonny. Nur ein paar seiner alten Schulfreunde, Roly zum Beispiel, nennen ihn noch Owen. Diejenigen, die ihn kannten, bevor er zu dem Mann wurde, der er heute ist.

Die Namensänderung dient als Barriere zwischen dem Guten und dem Bösen in ihm, glaubt Emma. Als Barriere zwischen Owen Watkins, einem angesehenen Detective Chief Inspector bei Scotland Yard, und Jonny, einem Mann, der Geschäfte macht, die so zwielichtig sind, dass die meisten Leute sie nur aus Fernsehkrimis kennen.

»Lola ist in Sicherheit«, antwortet Emma. »Ihr könnt sie sehen, wenn ihr alle zugebt, was ihr mir angetan habt.«

Jonny schnaubt. »Ich kann mich nicht daran erinnern, dass du je zu irgendetwas gezwungen worden bist.«

»Du hast mich in die Klinik zwangseingeliefert. Du hast mich unter Drogen gesetzt. Schon vergessen? Du hättest mich fast umgebracht.«

Sie hört Isobel keuchen und schaut sie an. Alle möglichen Emotionen kochen in ihr hoch – Schmerz und Hass und so viele andere Gefühle, für die sie im Moment nicht mal Namen hat. »Tu doch nicht so, als hättest du nicht gewusst, wozu er fähig ist. Oder dass er mir so etwas antun würde.«

Isobel öffnet den Mund, um etwas zu erwidern, schließt ihn dann aber wieder. Schließlich sagt sie: »Ich will doch nur meine Tochter zurück. Wer ist dein Komplize, Emma?«

»Dazu kommen wir noch«, antwortet sie, obwohl sie jetzt, wo sie hier mit diesen Menschen steht, die ihr Leben zerstört und ihr ihre Tochter weggenommen haben, gar nicht mehr so sicher ist, ob sie überhaupt einen Komplizen hat.

Rolys Mutter tritt einen Schritt nach vorn und zeigt erst auf Emma, dann auf Roly und Isobel und Jonny. »Mir muss jetzt mal jemand erklären, was hier vor sich geht.«

»Mutter.« Roly scheint endlich seine Stimme wiedergefunden zu haben. »Das ist kompliziert. Ich wollte die Wahrheit vor dir geheim halten, aber ... Lola ist ... Ich meine, Emma ist ... Sie war Lolas leibliche Mutter.«

»Lolas Mutter?« Die Hand der Frau fliegt zu ihrem Mund.

»Sie haben sie mir gestohlen«, sagt Emma. »Ich bin« – ihr Blick richtet sich wieder auf Jonny – »gezwungen und manipuliert worden.«

»Das ist Unsinn«, erwidert Jonny. Seine Mundwinkel zucken schon wieder.

»Ihr habt mir meine Tochter weggenommen«, schreit Emma. Plötzlich verspürt sie keine Angst mehr, sondern nur noch Wut. Sie hat ihre Periode nicht bekommen und einen Test gemacht. Das Ergebnis und was es für ihr Leben bedeutet hätte haben sie komplett verwirrt. Ihre Träume und alles, woran sie je geglaubt hatte, waren in Gefahr. Als Jonny die Adoption vorschlug, hat sie nicht Nein gesagt, doch allein das Wort hat eine quälende Verlustangst in ihr ausgelöst. Dennoch hat sie sich seine Pläne angehört, um weiter daran glauben zu können, dass die Träume, an denen sie sich seit so vielen Jahren festhielt, wahr werden konnten.

Aber rückblickend fragt sie sich, ob ein Nein jemals infrage gekommen wäre. Wenn jemand, der so selbstbewusst und mächtig ist wie Jonny, etwas von einer naiven und verzweifelten jungen Frau verlangt, kann sie dann überhaupt Nein sagen? Und wenn sie Ja sagt, kommt das dann wirklich einer Einwilligung gleich? Diese Frage verfolgt sie seit Jahren. Seit Jahren verhandelt sie diese Frage in dem imaginären Gerichtssaal in ihrem Kopf.

Rolys Mutter lässt die Hand sinken und starrt Roly mit zusammengekniffenen Augen an. »Ich habe dir doch gesagt, dass ich niemals ein Enkelkind akzeptieren würde, das kein Huntington ist. Du hast mich reingelegt, Roly. Ich kann nicht fassen, dass du mir so etwas antun würdest.«

»Es ist nicht so, wie du denkst, Mutter. Ich kann das erklären«, sagt Roly schnell und dreht sich dann kopfschüttelnd zu Isobel. »Es tut mir leid, Iz.«

»Was tut dir leid?« Isobel sieht verwirrt aus.

Roly schaut von Isobel zu Emma. »Sag du es ihr.«

»Was soll ich deiner Frau sagen?«, entgegnet Emma, während sich ein Kloß in ihrem Hals bildet, den sie gern ignorieren würde. Zitternd holt sie einmal tief Luft und nimmt die

Schultern zurück. »Dass ich dich geliebt habe? Dass ihr Ehemann mit all seinen Komplimenten und all den perfekten Dates dafür gesorgt hat, dass ich mich in ihn verliebe? Mit all seinen Nachrichten. Love Bombing nennt man das. Das wusste ich damals noch nicht, aber ich bin darauf reingefallen, so wie es geplant war.« Sie weint nicht. Wegen dieses Mannes und der Dinge, die er getan hat, wird sie nicht weinen.

Als sie Jonny von der Schwangerschaft erzählte, war die Affäre mit Roly bereits vorbei. Den Liebeskummer hat sie bei all den Gedanken an das Baby und Jonnys Pläne für die Adoption komplett vergessen. Und nach kurzer Zeit wurde ihr auch klar, dass sie verblendet gewesen war, nicht verliebt. Dennoch tat es weh, dass Roly ihre Beziehung nie zugegeben hat, sich nie entschuldigt oder sie gefragt hat, wie es ihr gehe. In all den Monaten, in denen sie bei ihm und Isobel gelebt hat, hat er ihr nicht einmal in die Augen geschaut. Das tat er erst, als er sie rausgeschmissen hat.

Im Lauf der Jahre hat sie sich immer wieder gefragt, was passiert wäre, wenn sie das Baby an jemand anderen als an Roly gegeben hätte. Wäre sie in der Lage gewesen, in einem der Gespräche mit Jonny, einfach Nein zu sagen? Roly ist immerhin Lolas Vater, und sie wusste, dass er die Mittel hat, um ihr ein wunderbares Leben zu ermöglichen. Sie hat immer gedacht, das sei etwas wert. Doch rückblickend glaubt sie, dass diese Tatsache alles nur noch schlimmer, noch verworrener und verwirrender gemacht hat.

Emma schaut Isobel an. Als sie bei ihnen eingezogen ist, als sie im sechsten Monat schwanger war, hat Isobel sich große Mühe gegeben, sich mit Emma anzufreunden. Ständig hat sie ihren Bauch angestarrt, wollte ihn anfassen und hat vor Freude gejauchzt, wenn das Baby getreten hat. Doch als Emma es gewagt hat, ihre eigene Tochter zu lieben, ist Isobel kalt und grausam geworden.

Jetzt steht sie wie erstarrt da.

»Ich dachte ... du wärst eingeweiht gewesen«, sagt Emma. »In den Plan, eine naive junge Frau zu schwängern, um sie dann zu überreden, ihr Baby abzugeben.«

Isobel schüttelt den Kopf. Tränen glitzern in ihren Augen. »Nein.«

»Iz«, sagt Roly in einem flehentlichen Ton.

»Falls du dich dadurch besser fühlst ...«, ergänzt Emma, »... ich habe ihm absolut gar nichts bedeutet. Nicht wahr, Roly? Ich war nicht mal eine Geliebte, nicht mal ein Seitensprung. Ich war nur eine Frau, die geschwängert und manipuliert werden sollte. Stimmt doch, oder? Ihr habt das alles geplant. Ich war dir von Anfang an scheißegal.« Das letzte Wort brüllt sie geradezu. Endlich kann sie den Verdacht laut aussprechen, den sie seit Jahren angesichts der Affäre und der Tatsache hegt, wie schnell Jonny eine Adoption vorschlug.

Roly stößt einen kehligen Laut aus, es klingt wie eine Kombination aus Husten und Stöhnen. Da hat sie also ihre Antwort. Er schaut Isobel an. »Ich konnte doch nicht mein Erbe durch ein Kind riskieren, das nicht wirklich meins ist«, murmelt er. Sie hat also recht. Sie war diesen Leuten schon immer scheißegal.

Roly dreht sich zu seiner Mutter. »Es tut mir leid, dass ich dich angelogen habe, Mutter, aber ich wollte nicht, dass du weißt, dass Lola ein uneheliches Kind ist, falls das ein Problem sein sollte. Aber ich bin ihr Vater. Das verspreche ich dir.«

Als Emma versucht, ihre Gefühle hinunterzuschlucken, muss sie angesichts des Schmerzes auch nach all den Jahren noch die Zähne zusammenbeißen. Wie dämlich sie war! Warum ist sie nur auf diese Nummer reingefallen? Sie atmet lang ein und noch länger aus, um ihre Nerven zu beruhigen. Sie muss anfangen, in der Gegenwart zu leben. Und zwar in einer Gegenwart, in der die Menschen, die ihr das alles angetan haben, für ihre Taten bezahlen müssen.

DREIUNDVIERZIG

ISOBEL

Isobel hat das Gefühl, in einen Abgrund zu stürzen, während sie die jüngere Frau anstarrt. Emma steht die Angst in das Gesicht mit den weit aufgerissenen Augen geschrieben; aber auch die Verletzung und die Wut. Isobel fühlt sich genauso. So lange dachte sie, Roly habe Margaret angelogen. Sie hat geglaubt, er hätte seiner Mutter vorgespielt, dass Lola sein Kind wäre, obwohl er und Isobel sie in Wirklichkeit mit Jonnys Hilfe adoptiert hatten. Dabei ist sie diejenige, die er angelogen und reingelegt hat. Sie hat nie infrage gestellt, wer der Vater des Kindes ist – nicht nachdem sie Jonny gefragt hatte, ob es seins sei, und er geantwortet hatte, das sei irrelevant.

Sie muss an ihr hübsches kleines Mädchen denken. Eigentlich ist die Wahrheit mehr als offensichtlich, sie wollte sie nur nicht sehen. Lola hat Emmas große Augen und Stupsnase. Und sie hat Rolys Augenfarbe – dieses auffällige Blau – und sein wildes blondes Haar, das sich kaum bändigen lässt.

»Das alles ändert überhaupt nichts«, sagt er und macht mit ausgestreckter Hand einen Schritt auf sie zu. »Ich liebe dich, Iz. Du liebst mich. Lola ist unsere Tochter. Du bist ihre Mutter.«

Einen Moment lang fragt sie sich, ob Roly recht haben

könnte. Ändert das alles irgendetwas? Dann fällt ihr das Video ein, das Jonny ihr heute Morgen vor der Haustür gezeigt hat. Und all die Anrufe und Nachrichten. Tief in ihrem Inneren weiß sie, dass sie das alles nicht mehr ignorieren kann, dass sie keine Zukunft zusammen haben. Sie betrachtet Emmas gequältes Gesicht. Sie sieht aus, als hätte sie seit Tagen nicht geschlafen. Ihr Pullover ist zwei Größen zu groß für sie; mit ihrem zierlichen Körper geht sie darin regelrecht unter. Das alles war kein Fehltritt mit Unfall, sondern ein ausgeklügelter Plan, um eine unschuldige junge Frau zu schwängern und zu manipulieren. Wie soll sie bitte einen Mann lieben, der so etwas akzeptabel findet?

Sie denkt an das Baby in ihrem Bauch. In was für ein Leben wird es hineingeboren werden? Ein privilegiertes Leben, bestimmt von Margarets Regeln. Es wird die beste Bildung erhalten. Die richtigen Freunde haben. Alles richtig machen. Aber wofür? Um so zu werden wie sein Vater? Wie jemand, der Menschen so behandelt? Oder auch wie sie – wie ein Mensch, der das alles mitgemacht hat? Nein. Sie hat sich verändert. Sie will nicht mehr mit diesen Lügen leben. Sie hat nicht damit gerechnet, jemals schwanger zu werden. Die Ärzte haben alle gesagt, das sei quasi unmöglich. Die Chance stehe bei weniger als einem Prozent. Und doch – mit weniger als einem Prozent Wahrscheinlichkeit ist es passiert. Und sie wird jetzt alles tun, um ihre Kinder zu beschützen.

Isobel weicht zurück. Es sind nur wenige Minuten vergangen, seit sie aus dem Auto gestiegen sind und Emma hier allein vorgefunden haben, doch es fühlt sich an wie Stunden. Nichts läuft nach Plan. Die vielen Schichten der Lügen und des Verrats können sie später noch offenlegen. Sie selbst hat ja auch ihre Geheimnisse.

Aber jetzt zählt nur eines: Lola in Sicherheit zu bringen.

»Wo ist Lola?«, fragt sie und fixiert Emma mit wütendem Blick. »Wer hilft dir?«

Emma öffnet den Mund, um zu antworten, doch Isobel wird von ihrer Wut übermannt. Sie erträgt es nicht, jetzt noch irgendwen lügen oder etwas abstreiten zu hören.

»Scarlett, oder? Sie ist deine Komplizin.« Isobel wirbelt zu Roly herum und zeigt mit dem Finger auf ihn. »Mit ihr hattest du auch was, oder?«, sprudelt es nur so aus ihr hervor. »Mach dir gar nicht erst die Mühe, es zu leugnen. Ich habe mitbekommen, wie du dich verhalten hast, nachdem sie verschwunden ist. Ich dachte ja, du wärst in meiner Anwesenheit schlecht drauf, weil du eine Affäre hast, aber das Problem war, dass die Affäre zu Ende war, richtig? Ich kann nicht glauben, dass ich nicht darauf gekommen bin. Und jetzt will Scarlett dir wehtun, oder? Darum hilft sie Emma. Um sich an dir zu rächen. Sie kannten sich. Hast du daran auch nur eine Sekunde gedacht, bevor du mit ihr ins Bett gestiegen bist?«

»Iz, bitte. Ich bin nicht –«, beginnt Roly, doch Isobel will nichts davon hören.

»SCARLETT!«, schreit sie in die Dunkelheit. »WO BIST DU? BRING MIR MEINE TOCHTER!«

Sie dreht sich zu Jonny. Sie ist zu wütend, um Angst vor ihm und dem zu haben, wozu er fähig ist.

»Du wusstest davon, oder? Du wusstest, dass Scarlett ihr hilft. All die Stunden, die wir in den letzten Tagen in unserem Haus saßen und Margaret vorgespielt haben, dass es echte Ermittlungen gibt.« Sie fährt sich mit der Hand übers Gesicht. »Mein Gott, dabei habt du und Roly mir genauso was vorgespielt, stimmt's? All das Gerede über Zeen, das waren alles nur Lügen, um Roly und euren dämlichen Jungsclub zu schützen.«

Jonny sieht sie mit versteinerter Miene an. Das Grinsen ist ihm vergangen. Die Luft ist wie elektrisch geladen – gleich wird ein Blitz einschlagen.

»Isobel.« Sie ignoriert den warnenden Unterton in seiner Stimme.

»SCARLETT«, schreit sie erneut. Der Name hallt vom Beton des Parkplatzes wider.

»Hör auf«, zischt Jonny sie an. »Reiß dich mal zusammen. Scarlett ist nicht hier.«

»Woher willst du das wissen? Sie hat Emma geholfen, meine Tochter zu entführen. Jetzt könnte sie wenigstens den Anstand haben, sich zu zeigen.« Isobel wirbelt herum und ruft den Namen immer und immer wieder in die Dunkelheit. Dann beginnt sie, in ihrer Tasche zu wühlen. »Wo ist mein Handy? Wir müssen die Polizei rufen. Ihre arme Familie glaubt, Scarlett wäre verschwunden. Die Polizei sucht nach einer Leiche. Dabei geht es ihr gut. Die Polizei muss erfahren, was für ein Spiel sie hier treibt.«

»Iz«, sagt Roly, doch sein Versuch, ihre Aufmerksamkeit zu erregen, ist ziemlich halbherzig. »Scarlett war nur eines von Jonnys Mädchen. Eine Freundin. Sonst nichts. Ich schwöre. Sie war bei diesen Partys. Ich kannte sie natürlich, aber –«

»Halt den Mund«, sagt Jonny und tritt einen Schritt vor. Isobel ist sich nicht sicher, ob er mit ihr oder mit Roly spricht.

»Nein.« Mit zitternden Fingern zieht sie ihr Handy hervor. Das war's. Jetzt ist es für sie alle aus. Doch mit einem Satz ist Jonny bei ihr, packt ihren Arm und hält ihn fest wie ein Schraubstock. Als sie versucht, sich loszureißen, jault sie vor Schmerz auf.

Mit seiner freien Hand nimmt er ihr das Handy ab. »Scarlett«, knurrt er ihr ins Ohr, »ist nicht hier. Woher ich das weiß, fragst du? Das werde ich dir verraten, aber ich sag's nur einmal. Scarlett ist tot. Also steck dein Handy weg und reiß dich zusammen.«

Isobel hört auf, sich zu wehren, und nimmt nur noch ihren eigenen Puls in ihrem Kopf wahr. »Tot?«, flüstert sie. »Und woher weißt du das? Du kannst nicht mit Sicherheit wissen, dass sie tot ist.«

Er hebt beide Augenbrauen. »Doch, das kann ich. Weil ich

sie umgebracht habe. Die Schlampe hat's nicht anders verdient. Sie war eine Polizistin, Isobel. Sie hat über Jahre hinweg so getan, als wäre sie unsere Freundin, als wäre sie nur eines der Mädchen, die ich gern dabeihabe, um die Stimmung aufzulockern, dabei hat sie die ganze Zeit verdeckt ermittelt und versucht, Beweismaterial gegen mich zusammenzutragen.«

Isobel schüttelt den Kopf. Sie will das nicht glauben, aber warum sollte Jonny sie anlügen? »Du hast sie umgebracht?« Sie schaut zu Roly. »Wusstest du das?«

»Jonny musste seine und unsere Geschäftsinteressen schützen«, antwortet er.

»Unsere? Deine vielleicht. Ich habe damit nichts zu tun.« Am liebsten würde sie weglaufen, aber sie zwingt sich, dazubleiben. Ihr Blick verschwimmt. »Warst du dabei, als Jonny sie umgebracht hat? Hast du was damit zu tun?«

Roly schüttelt den Kopf. »Natürlich nicht, Iz. So etwas würde ich nie tun. Aber ...«

»Aber was?«

»Scarlett ist mir nahegekommen. Wir haben seit einer Weile rumgeflirtet, aber seit Emma bin ich vorsichtig geworden. Ich musste mich schützen, und darum ... habe ich Mutters Privatdetektiv gebeten, sie zu überprüfen. Er hat rausgefunden, dass sie bei der Polizei war.«

»Und das hast du Jonny verraten, obwohl du wusstest, was er dann tun würde.« Isobel kann sich den Rest denken. Diese Welt, diese Männer. Wie kann es sein, dass sie so lange Teil dieser Welt war? Unter der glänzenden, perfekten Oberfläche, die man sieht, sind diese Männer wirklich bis ins Mark verdorben. Und tief in ihrem Inneren fragt sie sich, ob sie selbst so viel besser ist. Sie hat Geld von Jonny genommen. Sie hat seine Finanzen verwaltet, obwohl sie wusste, dass sie kriminelle Machenschaften vertuscht hat. Als Detective bei der Polizei war er immer gut getarnt. Wer würde schon einen Chief Inspector verdächtigen, mit Drogen zu handeln? Oder all die anderen Dinge zu tun, mit denen er sonst so sein Geld verdiente? Geld, das sie als Mieteinnahmen von Häusern in ganz London verbuchte, die gar nicht vermietet wurden. Wie blind sie war! Und warum? Aus Liebe? Sie liebt Roly wirklich. Sie *hat* ihn geliebt, korrigiert sie sich. Das Gefühl ist jetzt vergiftet und verblasst bereits.

»Verdammt.« Jonny spuckt das Wort beinahe aus. »Hört ihr beiden jetzt mal mit eurer dämlichen Kabbelei auf? Ich hätte euch bei dieser Sache niemals helfen sollen.«

»Und warum hast du's dann gemacht?«, fragt sie.

Er seufzt. »Aus verschiedenen Gründen, die jetzt alle irrelevant scheinen. Erst einmal: Ihr habt meine Hilfe gebraucht. Darum bin ich gekommen. Für mich wäre es nicht unbedingt von Vorteil gewesen, wenn eine Gruppe von Kriminalbeamten euch zu eurer Tochter und eurer Vergangenheit ausgefragt hätte. Außerdem helfe ich meinen Freunden gern, vor allem Freunden wie Roly, die mir meine Mühen gut entlohnen.«

»Du bezahlst ihn?«, schleudert Isobel Roly entgegen.

Er zuckt die Achseln. »Nichts ist umsonst.«

»Es ging also gar nicht darum, Lola zu finden, ja?«, fragt sie Jonny, obwohl sie die Antwort bereits kennt.

»Nö. Aber Emma wollte ich schon in die Finger kriegen.« Sein Blick wandert hinüber zu der jungen Frau. »Ich konnte nicht riskieren, dass du irgendwann die Nase voll hast, abhaust und der Polizei erzählst, was du über mich und meine Geschäfte und natürlich Scarlett weißt. Aber du hattest ja Lola, mein Druckmittel.«

Isobel keucht auf. »Du hast gedroht, meinem Kind etwas anzutun?« Sie muss an den Tag im Park denken. Wie verängstigt Emma aussah. Sie hat Isobel gewarnt, dass Lola in Gefahr schwebe, aber sie hat ihr nicht geglaubt. »Ich rufe jetzt die Polizei«, sagt sie, doch noch bevor sie den Satz beendet hat, greift Jonny in seine Hosentasche. Als er die Hand wieder hervorzieht, hält er eine Pistole. Sie keucht erneut. Die Welt scheint plötzlich stillzustehen – als hätte jemand eine Pausentaste gedrückt.

Sie kann nicht denken. Ihr Blick klebt an dem glänzenden Metalllauf. Eine Pistole. Das Baby in ihrem Bauch! Lola! Zum Glück ist sie nicht hier. Ihre Beine sind gleichzeitig weich wie Pudding und schwer wie Zement. Sie halten sie kaum aufrecht und doch kann sie sie nicht bewegen. Im Augenwinkel sieht sie, wie auch Emma zurückschreckt.

»Meine Güte«, entfährt es Margaret, die die letzten paar Minuten geschwiegen hat.

»Nun, Margaret«, sagt Jonny in dem beruhigenden Ton, den er auch diese Woche bei ihnen zu Hause immer angeschlagen hat, während er ihr vorgespielt hat, offiziell zu Lolas Verschwinden zu ermitteln und nicht etwa gerade seine Macht als Detective zu missbrauchen und die Männer durchs ganze Land fahren zu lassen, die jetzt gerade still neben ihrem SUV stehen. »Sie müssen sich keine Sorgen machen. Sie lieben ihr Enkelkind doch, oder?«

Sie stößt ein Wimmern aus, und zum ersten Mal in ihrem Leben sieht Isobel nicht nur Margarets Reichtum und niederträchtige Art, nicht nur die Huntington-Matriarchin mit allem, was dazugehört, sondern eine Frau über siebzig, die plötzlich gebrechlich und verängstigt wirkt. Aber sie erlaubt sich kein Mitleid. Margaret selbst hat doch einen großen Anteil an allem, was gerade passiert.

Wenn sie nicht darauf bestanden hätte, dass in den Adern ihrer Enkelkinder Huntington-Blut fließe, als wären sie Adlige aus dem neunzehnten Jahrhundert. Wenn sie ihm nicht sein Leben lang eingetrichtert hätte, wie wichtig sein dämlicher Nachname ist. Wenn sie Isobel einfach als Schwiegertochter akzeptiert und ihr erlaubt hätte, Lola so zu erziehen, wie sie es für richtig hält, dann würden sie jetzt nicht mit vorgehaltener Pistole auf diesem menschenleeren Parkplatz stehen.

»Wirklich, keine Sorge«, wiederholt Jonny. »Sie werden

diese nette kleine Plauderei für sich behalten. Und Sie können Lola aufziehen und sich um sie kümmern. Ich werde mich derweil um das hier kümmern.« Er wedelt mit der Pistole. »Ich weiß nämlich, dass es nicht Scarlett war, die Emma geholfen hat. Du hast vergessen, dass die Pässe weg sind, Isobel. Es kann also nur jemand gewesen sein, der Zugang zu eurem Haus hat. Also nicht Scarlett, die ja jetzt außerdem unter einer neuen Terrasse auf einem meiner Grundstücke wohnt. Wir können sie also ausschließen, nicht wahr, Roly?«

Jonny sieht ihren Mann an und richtet die Pistole direkt auf seine Brust. Rolys Gesicht ist totenbleich, sein Mund hängt schlaff herunter.

»Immer mit der Ruhe, Kamerad«, sagt er und versucht erfolglos zu lachen und wie der alte Roly zu klingen.

In der tödlichen Stille, die folgt, erkennt Isobel die Wahrheit über ihren Ehemann.

VIERUNDVIERZIG

EMMA

Scarlett ist tot. Jonny hat sie umgebracht.

Emma schließt ganz kurz die Augen. Sie wünschte, das wäre nicht wahr. Als sie noch Teil von Jonnys Welt war, kannte sie Scarlett kaum. Die schöne Rothaarige war den anderen Frauen gegenüber immer zurückhaltend und konzentrierte sich auf den Partys ganz auf Jonny und die anderen Männer.

Emma hatte sie schon vergessen, bis sie bei ihr im Blumenladen auftauchte.

»*Ich bin keine Freundin von Jonny*«, hat sie gesagt. Emma hat ihr zuerst nicht geglaubt, doch dann zeigte sie ihr ihren Dienstausweis. »*Ich arbeite seit Jahren als verdeckte Ermittlerin und versuche, Jonny und seine Partner dranzukriegen. Wir wissen, dass er in ganz London in Drogengeschäfte verwickelt ist. Er steckt da ganz tief drin, und es geht um viel Geld. Außerdem ist er auch in anderen illegalen Handel und alles Mögliche andere verstrickt. Aber wir haben nicht genügend Beweise, um ihn strafrechtlich zu verfolgen*«, erklärte sie. »*Wir mussten sehr vorsichtig sein. Einen Chief Inspector der Metropolitan Police beschuldigt man nicht einfach, ohne die entsprechenden Beweise zu haben. Und dann hat er ja noch so viele*

Freunde in mächtigen Positionen. Deshalb haben wir sehr verdeckt ermittelt, aber so langsam läuft uns die Zeit davon. Wenn ich nicht bald Ergebnisse habe, werden wir den Fall aufgeben müssen. Hierherzukommen und mit dir zu sprechen, ist sehr riskant für mich. Aber ich weiß, dass du Jonny mal nahestandest. Und ich hoffe, dass du mir irgendwas Hilfreiches verraten kannst oder vielleicht gegen ihn aussagen würdest.«

Emma wollte gern Ja sagen, aber was wusste sie schon? Nur dass Jonny ein Monster ist. Sie erzählte Scarlett, was ihr zugestoßen war, und obwohl diese sehr mitfühlend reagierte, war Emma klar, dass sie ihr nicht helfen konnte. Emma besaß nicht die Art von Informationen, nach denen Scarlett suchte.

»*Hier hast du meine Nummer*«, sagte Scarlett und kritzelte ihre Handynummer auf ein Stück Papier. »*Falls dir noch irgendwas einfällt.*«

Am nächsten Tag rief Emma sie an und erzählte ihr etwas, das ihr vielleicht helfen würde. Danach hat sie nichts mehr von Scarlett gehört, bis ihr Gesicht in den Nachrichten auftauchte und Emma vom Schlimmsten ausgehen musste: dass Jonny herausgefunden hat, wer sie wirklich ist, und sie tot ist. Da wusste sie, dass sie fliehen muss.

Roly hebt beide Hände und stammelt: »Ganz ruhig. Worauf willst du hinaus, Owen? Du glaubst doch nicht, dass ich Emma dabei helfen würde, mein eigenes Kind zu entführen.«

Doch Jonny sieht jetzt überhaupt nicht mehr ruhig aus, sondern so wild, dass Emma noch mehr Angst bekommt. Er wedelt mit der Pistole zwischen ihr und Jonny herum, und sie macht sich immer kleiner. Es gibt keinen Ausweg.

Doch dann verändert sich plötzlich alles.

Die Stille der Nacht wird durchbrochen. Lärm und Lichter erfüllen die Luft. Motoren und Reifen, die sich schnell drehen. Helle weiße Scheinwerfer und das blaue Stroboskoplicht einer stummen Sirene. Fünf Autos kommen auf den Parkplatz gerast und halten mit quietschenden Reifen um sie herum an.

Sie kann nicht mehr. Die Polizei ist da. Die richtige Polizei. Nicht Jonny und seine Freunde. Es ist vorbei. Alles ist vorbei. Ihr Blick verschwimmt. Sie wollte doch nur, dass Lola in Sicherheit ist, weit weg von Jonny und seinen Drohungen.

Nachdem Scarlett verschwunden war, hatte Emma Angst. Richtig schlimme Angst. Jedes vorbeifahrende Auto ließ sie zusammenzucken. Sie war überzeugt, dass Jonny Scarlett in seiner Gewalt hatte und wusste, dass Emma ihr geholfen hatte. Sie würde er sich als Nächstes holen. Sie sorgte sich um Lola wegen der Drohung, die er vor Jahren ausgesprochen hatte, dass er ihre Tochter töten würde, sollte sie aus der Reihe tanzen.

Sie zerbrach sich den Kopf darüber, was sie machen sollte. Sich ruhig verhalten? Abhauen? Isobel und Roly warnen? Zusammen mit Lola zu fliehen, war ihr nie wirklich in den Sinn gekommen. Doch als Wochen nach Scarletts Verschwinden wieder jemand auf der Suche nach ihr in den Blumenladen kam, bestätigte sich, dass Jonny immer noch eine Gefahr darstelle. Erst da fing sie wirklich an, Pläne zu schmieden.

Eine Autotür wird geöffnet, und dann passiert alles gleichzeitig. Weitere Autotüren öffnen sich, und plötzlich sind überall Polizisten und kreisen sie ein. Sie sieht noch mehr Pistolen und leuchtend weiße Schriftzüge auf Uniformen: POLIZEI.

Ihr Körper fängt unkontrolliert an zu zittern. Eine furchtbare Sekunde lang glaubt sie, die Polizei sei gekommen, um Jonny zu helfen. Vielleicht werden sie ja alle von ihm bezahlt? Ist das ihr Ende? Aber dann rennen Jonnys Männer auf einmal davon, ihre Schritte klatschen auf den Asphalt. Zwei Beamte jagen ihnen hinterher. Emma erkennt die Polizistin von vorhin, eine Frau mit einem freundlichen Lächeln, die versprochen hat, Lola in Sicherheit zu bringen und mit einer Folge *Peppa Wutz* und einer Tüte Schokoladenlinsen zu unterhalten.

Die Polizei ist hier, um Jonny festzunehmen. Diesen neuen Plan hat man ihr gestern zugeschickt, als sie bei Jenny im Auto saß. Sie sollte doch nicht nach Belfast fliehen und dort auf Hilfe warten, sondern hierbleiben, um dem Ganzen ein für alle Mal ein Ende zu setzen, indem sie Jonny konfrontieren und ihn dazu bringen, alles zu gestehen, was er getan hat.

»Polizei. Keine Bewegung!«, ruft jemand.

»Was hast du getan?«, zischt Jonny Roly zu.

Doch Roly schüttelt nur fassungslos den Kopf und kann den Blick nicht vom Lauf von Jonnys Pistole abwenden.

Ohne die Pistole herunterzunehmen, schaut Jonny sich um. »Ich bin DCI Watkins von Scotland Yard. Wer hat hier das Sagen?«

Ein schwarzhaariger Mann mit akkuratem Bart tritt hervor. »DS Anik Saha. Ich bin zuständig.«

»Nun, Anik, Sie haben offensichtlich keine Ahnung, was Sie hier tun. Sie stören gerade eine Operation der Metropolitan Police. Sie stecken in gewaltigen Schwierigkeiten. Ich war gerade dabei, diesen Mann und seine Komplizin festzunehmen.«

Er deutet auf Emma, die entrüstet aufstöhnt. *Lass nicht zu, dass er sich rausredet.* Das hat Scarlett im Blumenladen zu ihr gesagt. *»Einen Chief Inspector der Metropolitan Police beschuldigt man nicht einfach, ohne die entsprechenden Beweise zu haben. Und dann hat er ja noch so viele Freunde in mächtigen Positionen.«*

»Er lügt«, ruft sie.

Jonny wirft ihr einen mitleidigen Blick zu. »Du kannst das Spiel jetzt sein lassen, Emma. Ich weiß, dass du und Roland Huntington die Entführung eines Kindes geplant habt.«

Bei dieser Lüge überkommt sie eine Welle der Übelkeit angesichts der Realität, die ihr bevorsteht. Sie weiß, was passieren wird. Dieser Mann wird sich mit seiner Selbstsicherheit aus dieser Situation herauswinden und einfach so weitermachen wie bisher. Irgendwie wird er es schaffen, alles so zu verdrehen, dass Emma als die Schuldige dasteht, so wie immer. Und dieses Mal wird er sie wirklich umbringen. Daran zweifelt sie nicht.

»Ich ...« Sie sucht nach den richtigen Worten. »Es ist nicht so, wie Sie denken«, sagt sie und starrt die Polizisten an.

»Owen Watkins«, sagt Anik. »Ich nehme Sie wegen des Verdachts des Mordes an DS Philippa Holloway fest. Sie haben das Recht –«

Jonnys Lachen unterbricht ihn. Es klingt ruhig, entspannt, aber Emma sieht, wie die Wut seine Gesichtszüge verzerrt. »Wer soll das sein?«

»Ihr Deckname war Scarlett Peters.«

Jonny hält inne, nur einen Sekundenbruchteil, bevor er so betont lässig fragt, als würde er gerade eine falsche Bestellung monieren: »Wer hat diese Operation angeordnet?« Und dann ergänzt er noch: »Vielleicht sollten Sie noch mal gut darüber nachdenken, was Sie hier gerade tun, bevor Ihr ganzes Team gefeuert wird.«

»Sie haben das Recht zu schweigen«, fährt Anik unbeirrt fort. »Aber alles, was Sie sagen, kann und wird vor Gericht gegen Sie verwendet werden.«

»Vor Gericht?«, spottet Jonny. »Was haben Sie bitte für Beweise bezüglich dieser angeblichen Mordanklage vorzubringen?«

»Darüber können wir während Ihrer Vernehmung sprechen.«

»Nun, ich würde behaupten, dass es mir zusteht, die Beweislage jetzt zu erfahren.« Er wedelt leicht mit der Pistole, als wolle er sie alle an ihre Anwesenheit erinnern. Doch Emma muss nicht daran erinnert werden, dass dieser Mann, der Menschen manipuliert und zu Dingen gezwungen hat, der Mann, vor dem sie seit drei Tagen auf der Flucht ist, gefährlich ist. »Wenn Sie wollen, dass ich ohne Widerstand mit Ihnen komme, dann will ich wissen, was Sie gegen mich in der Hand haben.«

Plötzlich herrscht Stille. Und die Atmosphäre scheint sich zu verändern. Emma blickt zwischen Roly und Isobel hin und her. Sie stehen beide wie angewurzelt da. Anik nickt der Kollegin mit dem langen blonden Pferdeschwanz zu, der Emma Lola gerade mal vor einer Stunde übergeben hat. Sie zieht ein Handy aus ihrer Tasche und tippt auf das Display. Eine Sekunde später sind Jonny und Isobel zu hören. Die Aufnahme klingt etwas blechern, aber es sind eindeutig ihre Stimmen.

»Das werde ich dir verraten, aber ich sag's nur einmal. Scarlett ist tot. Also steck dein Handy weg und reiß dich zusammen.«

»Tot? Und woher weißt du das? Du kannst nicht mit Sicherheit wissen, dass sie tot ist.«

»Doch, das kann ich. Weil ich sie umgebracht habe. Die Schlampe hat's nicht anders verdient.«

Plötzlich wird Emma von wilder Erleichterung geflutet, unaufhaltsam. Sie nimmt einen zittrigen Atemzug. Jonny mag ein hohes Tier bei der Polizei sein und überall seine Freunde haben, er mag reich und mächtig sein, aber er hat den Mord an einer Polizistin gestanden, und da wird er sich nicht rauswinden können. Das scheint ihm auch klar zu sein, denn seine Pupillen werden ganz dunkel vor Wut.

»Wollen Sie noch mehr hören?«, fragt Anik.

Jonnys Blick wandert von den Polizisten zu Roly. »Was hast du nur getan, du Idiot? Du glaubst doch nicht wirklich, dass du nicht zusammen mit mir untergehst. Ich werde dich und deine Familie durch den Dreck ziehen, Kamerad«, sagt er und spuckt die letzten paar Worte regelrecht aus.

»Mich?« Roly sieht fassungslos aus und beginnt im Flüsterton vor sich hin zu murmeln. Emma versteht nur seine letzten Worte: »... auch bis zum Hals mit drin.«

Zwischen ihnen allen herrscht eine elektrische Spannung.

Emma meint fast, die hämmernden Herzen der anderen hören zu können, die so schnell schlagen wie ihr eigenes.

Anik macht einen Schritt nach vorn. »Nehmen Sie die Waffe runter, Owen.«

Jonny reagiert, indem er seine freie Hand hebt, um zu signalisieren, dass er stehen bleiben soll. »Kommen Sie keinen Schritt näher.«

Dann dreht er sich langsam um und schwenkt die Pistole von Roly zu Emma. Für einen langen Moment blickt er ihr in die Augen. »Du hast mich also aufgenommen? So, so. Ich hätte nicht gedacht, dass du zu so was fähig bist, Emmalein.« Seine Augen formen sich zu Schlitzen. Niemand bewegt sich, als Jonny den Kopf schüttelt.

»Nehmen Sie jetzt sofort die Waffe runter«, ruft Anik.

Doch Jonny tut so, als hätte er ihn gar nicht gehört, und führt auch seine andere Hand zu der Waffe, so als ob er Emma genau ins Visier nehmen würde. Ihr Herz hämmert so schnell, dass ihr Brustkorb eigentlich explodieren müsste. Doch sie sieht nicht die Bilder ihres Lebens vor ihrem inneren Auge ablaufen, sondern Bilder von Lola. Ihrem Existenzgrund. Ihre Tochter ist irgendwo in einem Versteck, in Sicherheit. Mehr wollte sie nicht.

»Letzte Warnung, Owen.« Anik macht noch einen Schritt auf sie zu, aber Emma hat das Gefühl, als wären sie und die Pistole in Jonnys Hand in einem Glastunnel gefangen. Niemand kann ihn aufhalten.

»Du verdienst das alles«, sagt Emma, und ihre Stimme klingt stärker, als sie sich fühlt. »Ich konnte nicht zulassen, dass du meiner Tochter wehtust.«

Er schnaubt. »Und warum zur Hölle sollte ich einem kleinen Mädchen etwas antun?«

»Du hast damit gedroht«, sagt sie. »Du hast gesagt, du würdest alle umbringen, die ich liebe, inklusive Lola, falls ich noch mal aus der Reihe tanze.«

Trotz der Polizisten, die sie umzingeln, und des Ernstes der Lage lacht Jonny. »Das ist doch Jahre her. Ich wollte dich nur ein bisschen erschrecken, damit du endlich dein Leben weiterlebst. Ich würde niemals einem kleinen Mädchen wehtun.«

Er lügt. Sie weiß, dass er lügt. »Du hast sie auch vor Kurzem bedroht.«

»Wann?«

Unwillkürlich schaut Emma zu den anderen, und ihr Blick wird gleich alles verraten, obwohl sie das gar nicht will. Da steht Roly, der immer noch völlig verwirrt und verängstigt aussieht. Doch ihr Blick wandert weiter, bis sie sich schließlich in die Augen schauen.

Jonny folgt ihrem Blick und schüttelt bereits den Kopf, als er herausplatzt: »Du?«

Isobel steht still wie eine Statue da. Sie schaut zu Emma, und in diesem Sekundenbruchteil kommen sie zu der stillen Übereinkunft, dass sie trotz all ihrer Differenzen und allem, was zwischen ihnen vorgefallen ist, einen tiefen Wunsch teilen – Lola zu beschützen.

Isobel nickt und schaut Jonny trotzig an.

»Ja, ich«, bestätigt sie. »Ich habe dich aufgenommen. Und ich habe Emma geholfen, meine Tochter vor dir in Sicherheit zu bringen.«

FÜNFUNDVIERZIG

ISOBEL

Isobel beobachtet, wie Roly und Jonny vor Überraschung die Gesichtszüge entgleiten, als sie ihre Worte hören. Dabei wissen sie noch gar nicht, was sie noch alles getan hat, wozu sie fähig ist. Aber das werden sie schon noch erfahren.

»Was meinst du damit, sie vor mir in Sicherheit zu bringen?« Jonnys Gesicht hat sich zu einer wütenden Grimasse verzogen. Seine dunklen Augen bohren sich in sie, doch noch bevor Isobel etwas erwidern kann, ertönt ein weiterer Ruf.

»Nehmen Sie die Waffe runter, Owen.« Aniks Stimme klingt fest. Als sie ihn vor vier Monaten kennengelernt hat, klang er viel sanfter. Anfang April hat er sie das erste Mal aufgesucht, als sie Lola gerade in die Krippe gebracht hatte und zu Fuß nach Hause ging.

»Mrs Huntington, Sie haben doch mit meiner Kollegin Philippa Holloway gesprochen, oder?«, fragte er, während er seinen Dienstausweis hochhielt.

»Wir haben einmal miteinander gesprochen, ja«, antwortete sie und dachte an die Frau, die ihr bei diesem Abendessen vor fast vier Jahren kurz zugelächelt hatte. Als sie einen Monat

zuvor vor ihrer Haustür gestanden hatte, hatte sie sie sofort wiedererkannt.

Scarlett hatte herausgefunden, dass Isobel sich um Jonnys Finanzen kümmert, und wollte sie überzeugen, ihn anzuzeigen. Aber da Isobel wusste, dass sie selbst kein Unschuldslamm ist, hat sie Nein gesagt. Die Polizistin sicherte ihr Straffreiheit zu, doch Isobel lehnte trotzdem ab. Der Polizistin war ja nicht klar, dass nicht nur sie in der Sache mit drin hing. Roly war einer von Jonnys Investoren. Er würde nicht unversehrt aus der Sache hervorkommen. Was auch immer Jonny bevorstehen würde, würde auch den Namen Huntington betreffen. Ob sie nun straffrei bleiben würde oder nicht, Jonny hätte dafür gesorgt, die Huntingtons mit in den Abgrund zu reißen. Darum hat sie Anik die gleiche Antwort gegeben.

»*Ich habe schon zu Scarlett oder Philippa, oder wie auch immer sie heißt, gesagt, dass ich nicht mit Ihnen sprechen möchte*«, hat sie gesagt und ihre Schritte beschleunigt, um schnell von ihm wegzukommen. »*Ich weiß nichts und kann Ihnen nicht helfen. Lassen Sie mich bitte in Frieden.*«

»*Philippa ist verschwunden. Ich mache mir große Sorgen um sie*«, sagte Anik.

»*Ich weiß nicht, wo sie ist.*«

»*Haben Sie mit Jonny oder Ihrem Mann über Ihr Gespräch mit Philippa gesprochen?*«

»*Nein*«, sagte sie wahrheitsgemäß. Sie wollte zwar nichts mit dieser Frau zu tun haben, aber sie wollte sie bestimmt nicht in Gefahr bringen. Wie weit Jonny gehen würde, um seine Geschäfte zu beschützen, wusste sie nicht, und sie wollte es auch ganz sicher nicht herausfinden.

»*Sie hat am Montagabend ihre Wohnung verlassen, um sich mit Jonny und Ihrem Mann zu treffen. Wir sind wirklich sehr um ihre Sicherheit besorgt. Wir fürchten, dass Jonny womöglich ihre wahre Identität aufgedeckt und sie umgebracht hat.*«

Roly kannte Scarlett? Ihr fester Gang wurde zögerlicher, und sie verlangsamte ihr Tempo. »*Dann sollten Sie mit Roly oder Jonny darüber sprachen*«, sagte sie und klang gleichgültiger, als sie sich fühlte. Tatsächlich ist ihr das Blut in den Adern gefroren. Als Roly am Montagabend nach Hause gekommen war, war er komplett aufgelöst gewesen. Er war betrunken und mit den Nerven am Ende, wollte ihr aber nicht sagen, was los war.

»*In der Presse benutzen wir weiterhin ihren Decknamen, um die Ermittlungen nicht zu gefährden. Wir hoffen, dass irgendeiner von Jonnys Freunden etwas weiß und sich meldet.*«

»*Vergessen Sie's. Seine Freunde sind alle loyal.*«

»*Und Sie?*«

»*Ich weiß nichts, was Ihnen helfen könnte*«, log sie.

»*Wenn wir mit Roly sprechen, sind die ganzen Ermittlungen dahin.*«

»*Es tut mir leid*«, sagte sie. »*Aber ich kann Ihnen nicht helfen.*« Das meinte sie damals auch so. Selbst als Anik sie anflehte, ihr seine Visitenkarte in die Hand drückte und sie drängte, es sich noch mal zu überlegen, dachte sie nicht, dass sie das tatsächlich tun würde.

Doch das Verschwinden von Scarlett beziehungsweise Philippa, wie Isobel nun wusste, dass sie heißt, ging ihr nahe. Sie konnte nicht anders, als sich jeden Nachrichtenbeitrag dazu anzusehen und Roly ganz genau zu beobachten. Warum war er seit diesem Abend so schlecht drauf? Die vermisste Frau und Rolys Laune allein hätten vielleicht noch nicht dazu geführt, dass sie sich umentschieden hat. Womöglich hätte sie weiter die Augen verschlossen, um ihr perfektes Leben zu behalten und ihrer Tochter ein glückliches Elternhaus zu bieten. Aber dann ist etwas passiert, das ihre Meinung geändert hat.

Sie fand heraus, dass sie schwanger ist. Das Unmögliche war geschehen. All den Ärzten, die ihr gesagt hatten, sie werde niemals schwanger werden, zum Trotz; genau wie all den negativen Schwangerschaftstests und allem, was sie Emma angetan hatten, um Lola zu bekommen. Sie hatte immer verdrängt, wie die junge Frau in ihr Leben getreten war und welchen Deal Jonny und Roly wohl ausgemacht hatten. Sie hatte Emmas Flehen ignoriert und war einfach untätig geblieben, als Roly Isobel gesagt hatte, er würde mit Jonny sprechen, nachdem Emma sie nicht in Ruhe gelassen hatte. Es war ihr egal gewesen, was das bedeutete. Für sie hatte nur gezählt, dass Lola ihre Tochter war, und zwar allein ihre.

Doch dann war klar, dass noch ein Baby kommen würde. Ein Baby, mit dem sie mit vierundvierzig schwanger geworden ist. Ein Schock. Ein Wunder. Hatten sie zu früh aufgegeben? Hätten sie mehr versuchen sollen, bevor sie das Leben einer anderen Person zerstörten? Sie wird es niemals bereuen, Lolas Mutter zu sein. Lola wird für sie immer ihre Tochter bleiben, ihr Ein und Alles, aber als sie von ihrer Schwangerschaft erfuhr, änderten sich die Dinge für sie. Unter anderem wurde ihr klar, dass sie für schlimme Taten verantwortlich ist, und sie beschloss, sich zu ändern.

Sie fasste neue Pläne. Eine Sache war ihr sofort klar: Wenn sie sich gegen ihren Ehemann und gegen einen Mann wie Jonny wenden würde, dann würde sie das auf ihre Weise tun.

»*Es reicht nicht, wenn ich Ihnen Jonnys Finanzunterlagen gebe*«, hat sie zu Anik gesagt, als sie ihn in der Woche darauf anrief. »*Sie können sich gar nicht vorstellen, wie vorsichtig er ist. Und ich werde nicht mein Leben und meine Ehe riskieren, wenn die Chance besteht, dass er sich aus den Anschuldigungen, die Sie erheben wollen, irgendwie rauswindet. Das alles wird nur funktionieren, wenn wir ihn dazu bringen, zuzugeben, dass er etwas mit dem Verschwinden Ihrer verdeckten Ermittlerin zu tun hat.*«

»*Und Sie glauben, das würde er Ihnen sagen?*« Selbst übers Telefon konnte sie hören, wie skeptisch er war.

»*Vielleicht.*« Sie würde viel riskieren. Er würde das natürlich nie bei einer Flasche Wein am Abendessenstisch zugeben.

Aber sie hat lange genug mit Jonny zusammengearbeitet, um zu wissen, dass er wütend wird, wenn man ihn unter Druck setzt, und dann gern mal verbal auf jemanden losgeht und dabei Dinge sagt, die er nicht sagen sollte. So hat sie herausgefunden, dass er mit Drogen handelt. Das hat er ihr mal verraten, als sie irgendeinen Brief vom Office for National Statistics bekam, das weitere Informationen zu einer seiner erfundenen Firmen wollte – wie viele Mitarbeiter es gab, wie lange diese arbeiteten und weitere Details, die nicht existierten. *»Ich bin Drogendealer, Isobel. Woher bitte soll ich diese Informationen nehmen?«*

Isobel war also klar, dass sie eine Situation erzeugen mussten, in der sie Jonny unter sehr viel Druck setzen konnten, wenn sie wollten, dass er irgendetwas gestand. Er würde richtig gestresst sein müssen. Und dabei würde sie sicherstellen müssen, dass Lola in Sicherheit war. Der Plan in ihrem Kopf erschien ihr wahnsinnig. Und wenn er funktionieren sollte, dann brauchte sie die Hilfe der einen Person auf dieser Welt, die ihr niemals würde helfen wollen.

Emma.

SECHSUNDVIERZIG

EMMA

»Ihr glaubt, ich kann euch nicht mit in den Abgrund reißen, oder?«, fragt Jonny mit tiefer, knurrender Stimme, während er zwischen Isobel und Roly hin- und herschaut.

»Ich habe damit nichts zu tun«, sagt Roly. »Iz, was zur Hölle hast du angerichtet?«

Sie schüttelt den Kopf. »Das, was ich schon vor Jahren hätte tun sollen, Roly. Dieser Mann ist böse. Verstehst du das? Er tut wirklich schlimme Dinge. Er ist ein Krimineller. Er hat eine Frau auf dem Gewissen.«

»Du Schlampe«, schreit Jonny.

Erneut bemerkt Emma die mittlerweile unerträgliche Spannung. Die Polizisten kommen näher. Da ist der Lauf von Jonnys Pistole. Sie nimmt einen tiefen Atemzug, weil ihr plötzlich ganz heiß ist und sie in ihrer Weste und ihrem Pullover keine Luft mehr bekommt. Sie rückt ein paar Zentimeter näher an Isobel heran. Seit ein paar Tagen, seit sie an der Raststätte aus ihrem Auto gestiegen ist und beobachtet hat, wie Isobel und Lola ins Gebäude gegangen sind, gleicht ihr Leben einer Fahrt in einer Achterbahn, die außer Kontrolle geraten ist und auf einen Abgrund zurast.

Ihr Herz klopfte schon in Lichtgeschwindigkeit, als sie das Raststättengebäude noch nicht mal betreten hatte. Sie beobachtete Roly, um sicherzugehen, dass er ihnen nicht folgte. Dann fuhr sie in dem Moment an ihrem Auto vorbei, als er sich entfernte, und entdeckte Barnaby auf dem Rücksitz. In Windeseile griff sie durch das geöffnete Autofenster und schnappte sich Lolas geliebten Bär und ihren Rucksack.

Jetzt steigen ihr wütende Tränen in die Augen. Sie zittert am ganzen Körper. Ihr ist eiskalt. Adrenalin schießt ihr durch die Adern, aber gleichzeitig ist sie plötzlich todmüde. Und als sie die Augen schließt, laufen ihr die Tränen über die Wangen. Wie konnte es nur so weit kommen?

Sie hört Isobels Stimme in ihrem Kopf. *»Emma, kann ich mit dir reden?«*, hat sie gesagt, als sie genau wie Scarlett ein paar Monate zuvor in den leeren Blumenladen trat.

»Ich habe dir nichts zu sagen.«

»Bitte, hör mir zu. Ich weiß, dass Scarlett hier war. Du weißt, dass sie bei der Polizei ist. Und jetzt ist sie verschwunden. Ich glaube, dass Jonny sie umgebracht hat und gerade dabei ist, alle Spuren zu verwischen, die ihn mit dieser Frau in Verbindung bringen.«

»Also auch mich?« Emma stolperte zurück, als hätte sie einen elektrischen Schlag bekommen, so stark war die Angst, die sie in dem Moment überkam.

Isobel nickte. *»Und … und Lola.«*

Emma fühlte sich, als hätte man sie so fest geschlagen, dass sie zu Boden gegangen wäre und sich vor Schmerzen gewunden hätte. Sie konnte sich noch genau an Jonnys Drohung vor der Klinik erinnern. Sie war ernst gemeint gewesen. Sie musste ihre Tochter beschützen. All die Jahre hatte sie das getan, indem sie den Mund gehalten und sich vor dem Leben versteckt hatte, aber das reichte nicht mehr.

»Warum?«, fragte sie. *»Ich meine, warum ist Lola jetzt plötzlich in Gefahr? Du hast mir doch bisher auch nicht geglaubt.«*

»Weil ... weil er weiß, dass ich aufhören will, für ihn zu arbeiten. Er hat mir mal gesagt, dass er Lola umbringen würde, sollte ich jemals aufhören. Es tut mir leid, dass ich nicht auf dich gehört habe, aber ich muss Lola jetzt beschützen.«

»O mein Gott«, sagte Emma. *»Du musst dir Lola schnappen und vor ihm fliehen.«*

»Das geht nicht.« Tränen liefen Isobel über die Wangen, und obwohl Emma sie mit jeder Faser ihres Körpers hasste, konnte sie die Angst in ihren Augen nachvollziehen. *»Er würde mich finden. Er kann auf die Ressourcen der Polizei zurückgreifen, und er hat überall seine Freunde. Außerdem würde Roly niemals mitkommen.«*

»Dann geh ohne ihn.«

»Dann würden er und seine Mutter mich auch noch suchen, nicht nur Jonny. Ich kann nicht einfach so abhauen, Em.«

Dass Isobel ihren Namen abkürzte, ärgerte Emma. Sie waren mal beinahe Freundinnen gewesen – damals, als Emma schwanger gewesen war und Isobel alles in ihrer Macht Stehende getan hatte, um ihr zu zeigen, was für ein guter Mensch sie doch war, was für eine gute Mutter sie Emmas Kind sein würde. Auch damals hatte sie sie Em genannt, und es hatte ihr nichts ausgemacht. Aber jetzt war es völlig unpassend. Sie waren keine Freundinnen. Und sie waren es auch nie gewesen.

»Warum bist du hier? Was soll ich denn jetzt dazu sagen?«, fragte Emma und schlang die Arme um sich.

»Dass du mir hilfst. Hoffe ich zumindest.«

Und dann unterbreitete sie Emma einen Plan. Schritt für Schritt. Einen Plan, um Lola außer Landes und in Sicherheit zu bringen. Einen Plan, um Jonny abzulenken und ihn dazu zu bekommen, den Mord an Scarlett zu gestehen.

»Ich kann Geld besorgen. Ich habe Geld. Ich brauche nur deine Hilfe.«

Am darauffolgenden Tag trafen sie sich im Park. Als Emma Lola beim Schaukeln beobachtete, wurde ihr ganz warm ums

Herz. Isobel stellte ihr Emma als eine Freundin vor, und das kleine Mädchen freute sich sichtlich, sie kennenzulernen. Sie erzählte Emma, wie sehr sie Erdbeermarmelade und Pandas liebe, und Emma fühlte sich auf eine Weise erfüllt, die sie nicht für möglich gehalten hätte.

»*Aber wie willst du ihn dazu kriegen, zu gestehen?*«, fragte Emma. »*Er ist zu schlau. Er wird dir wohl kaum einfach so erzählen, was er getan hat.*«

»*Ich werde Scarlett immer wieder erwähnen. Ich werde behaupten, dass ich glaube, dass sie deine Komplizin ist. Wenn ich ihn so lange bedränge, bis er die Beherrschung verliert, dann verplappert er sich vielleicht und platzt damit heraus.*«

»*Aber was, wenn es nicht funktioniert? Was dann?*«

»*Dann ist Lola immerhin nicht mehr in seiner Nähe und in Sicherheit. Wir treffen uns in Belfast; und dann fangen wir ein neues Leben mit Lola an. Ein alter Kunde von mir aus der Vermögensverwaltung, für den ich viele Jahre gearbeitet habe, bevor ich Roly kennengelernt habe, hat gesagt, er könnte uns gefälschte Pässe besorgen, sodass wir uns auf der ganzen Welt verstecken können. Du könntest wieder Teil von Lolas Leben sein, Emma. Es ... es tut mir so leid, dass ich sie dir all die Jahre vorenthalten habe. Ich will es wiedergutmachen.*«

»*Nur damit ich das richtig verstehe: Wenn ich einwillige, eine Flüchtige zu werden und mich von einem Mann jagen zu lassen, der bereits mein Leben zerstört und mich einweisen lassen hat, dann lässt du mich Teil von Lolas Leben sein?*«

»*Egal was passiert, ich will, dass du Teil von ihrem Leben bist. Wenn du nicht einwilligst, dann werde ich irgendeine andere Lösung finden, um sie in Sicherheit zu bringen, und du kannst sie sehen, wann immer du willst. Aber ich vertraue niemandem außer dir. Du bist die Einzige, die Lola über alles andere stellen würde.*«

»*Woher weißt du das?*«

»*Weil du auch ihre Mutter bist.*«

Diesen Satz wollte Emma schon so lange hören. Sie weinte und willigte natürlich ein.

»*Wann machen wir das Ganze?*«

»*Wir müssen es bald machen. Ich ... ich bin schwanger, Emma. Ich habe auch Angst, was er dem Baby antun könnte.*«

Die Neuigkeit traf sie wie ein Schlag ins Gesicht. Eigentlich war es ja egal. Aber irgendwie auch nicht. Diese Frau hatte so verzweifelt ein Baby gewollt, dass sie Emmas gestohlen hatte. Dafür gab es keine Entschuldigung, aber ein winziger Teil von Emma hatte die Verzweiflung nachvollziehen können. Doch jetzt war Isobel selbst schwanger geworden. Sie hätte Emmas Kind also gar nicht gebraucht.

»*Ich will nur, dass du weißt*«, sagte Isobel, »*dass ich wirklich dachte, wir würden Lola ein besseres Leben ermöglichen. Mir war nicht klar – nein ... das wäre gelogen. Ich wollte nicht wahrhaben, dass Jonny dich dazu überredet hat, dein Baby abzugeben.*«

Emma entfuhr ein Schrei. »*Glaubst du wirklich, dass das alles war? Weiß du nicht, was Roly getan hat?*« Und diesmal war es Emma, die Isobel eine schockierende Neuigkeit unterbreitete. Sie erzählte ihr von ihrer Affäre mit Roly und von dem Plan, den er und Jonny ihrer Meinung nach geschmiedet hatten.

Und jetzt fragt Emma sich, ob es vielleicht immer auf diesen Punkt, auf diesen Showdown, hinausgelaufen ist. Als sie in Jonnys wilde dunkle Augen sieht, wird ihr noch mal klar, wie sehr er sie all die Jahre in der Hand hatte. Sie hat sich winzig klein gemacht und den Mund gehalten, weil sie so große Angst vor dem hatte, wozu er fähig ist.

Sie beißt die Zähne zusammen, als Schmerz und Frustration sich in ihrem Körper ausbreiten wollen. Sie wird sich nicht mehr einschüchtern lassen.

»Sie haben zehn Sekunden, um die Waffe runterzunehmen, sonst schießen wir«, ruft Anik.

»Wollen wir uns vielleicht alle mal beruhigen?«, fragt Roly, der selbst alles andere als ruhig klingt.

»Nein, das wollen wir ganz bestimmt nicht«, sagt Jonny mit einer Boshaftigkeit in der Stimme. »Ich setze dem hier jetzt ein Ende.«

»Ich wollte sie doch nur beschützen«, platzt Emma heraus und tritt noch dichter an Isobel heran, während die Polizisten langsam näher kommen.

Jonny fixiert Isobel. Emma weiß, dass er nicht aufgeben, sich nicht einfach stellen wird. Aber Isobel duckt sich nicht weg. Sie bleibt standhaft. Und zu Emmas Überraschung umspielt sogar der leiseste Hauch eines Lächelns ihre Lippen. Sie schaut Jonny mit einem Gesichtsausdruck an, der sagt: »Ich habe gewonnen.« Mit Sicherheit weiß sie, dass ihn das provozieren wird. Emma will ihr zurufen, dass sie aufhören soll zu grinsen und sich stattdessen umdrehen und wegrennen soll. Ist ihr denn nicht klar, wozu dieser Mann fähig ist? Aber es ist zu spät. Ob es das Lächeln, die immer näherrückende Polizei oder das Wissen um die Ausweglosigkeit seiner Situation ist, weiß Emma nicht, aber bei Jonny legt sich sichtbar ein Schalter um.

Und dann passiert alles auf einmal. Füße und Körper stürzen nach vorn, aber nicht schnell genug. Ohne darüber nachzudenken, springt Emma los, als Jonny abdrückt. Zweimal knallt es. Einmal, und dann noch einmal, in ihrem Trommelfell.

Ein heißer Schmerz fährt ihr durch die Brust und nimmt ihr den Atem. Sie spürt, wie ihre Beine nachgeben, und sie kann nicht verhindern, dass sie zu Boden stürzt.

Endlich ist es vorbei.

An den Rändern von Emmas Sichtfeld breiten sich tintenschwarze Flecken aus. Um sie herum herrscht Tumult. Rennende Füße. Befehle werden gerufen. Sie fühlt rauen Kies an der Wange, die auf dem Boden liegt.

Jemand ruft nach ihr. Sie muss all ihre Kraft zusammennehmen, um zu erkennen, dass es Isobel ist. Eine Sekunde später kniet sie neben ihr und umklammert ihre Hand.

»Wir haben es geschafft«, will Emma flüstern, doch sie weiß nicht, ob die Worte es aus ihrem Kopf herausschaffen. »Lola ist vor diesem Monster sicher.«

Bei jedem Atemzug spürt sie einen spitzen Schmerz in ihrer Lunge. Sie zwingt sich, den Kopf so zu drehen, dass sie Isobel anschauen kann. Diese Frau hat ihr so viel genommen, aber auch sie ist ein Opfer. Jonny hat sie genauso manipuliert und bedroht wie Emma. Und Roly hat gelogen und gelogen. Isobel ist nicht wie sie. Zumindest nicht in ihrem Herzen. Sie hat die schlimmen Dinge, die um sie herum passiert sind, ignoriert, weil Lola ihr Ein und Alles ist, weil sie ihre Tochter liebt. Das versteht Emma. Auch sie würde alles für Lola tun.

»Ich bin ihre Mutter«, flüstert Emma, während alles um sie herum dunkel wird. »Und du auch.«

SIEBENUNDVIERZIG

ISOBEL

Isobel drückt Emmas Hand. Ihre Haut ist eiskalt. »Ja, das bist du. Auch du bist Lolas Mutter. Wir haben es geschafft, Emma. Du bist in Sicherheit. Und Lola ist in Sicherheit.«

Sie kann den Blick nicht von dem Körper abwenden, der nur ein paar Meter von ihnen entfernt liegt. Jonny, ein massiger Haufen aus Gliedmaßen. Er ist tot. Weg. Die erste Kugel hat er auf Isobel geschossen, doch die zweite kam von einem der Polizisten und traf Jonny direkt zwischen den Augen. In ihrem Kopf wirbeln Tausende Gedanken durcheinander. Er hat versucht, sie umzubringen. Sie sollte tot sein. Sie wäre tot, wenn Emma nicht vor sie gesprungen wäre.

Sie hat nicht damit gerechnet, dass er wirklich schießen würde. Oder? Hat sie nicht für einen Sekundenbruchteil gelächelt, um ihn dazu zu bringen, die Waffe zu bewegen, weil sie dachte, die Polizei würde ihm sowieso zuvorkommen? Sie weiß es nicht. Sie weiß nur, dass sie noch lebt und er tot ist und dass diese Frau hier auf dem Boden sie gerettet hat. Die Frau, deren Leben sie ruiniert hat, hat sich für sie in die Schussbahn geworfen.

O Gott, das ist alles ihre Schuld.

Um sie herum nimmt sie Bewegungen wahr. Und Geschrei. Aber alles fühlt sich ganz weit weg an, irgendwie gedämpft. Isobel zwingt sich, den Blick von Jonny abzuwenden. Sie schaut auf und sieht die blonde Polizistin, die mit Anik zusammenarbeitet. »Tun Sie doch etwas«, ruft sie.

Diese Frau ist jeden Tag mit einem Hund im Park vor ihrem Haus spazieren gegangen. Außerdem stand sie jeden Morgen in rosa Laufkleidung unten vor ihrem Fenster und wartete darauf, dass Isobel die Vorhänge öffnete. Sie hatten ein Zeichen vereinbart, für den Fall, dass sie alles abbrechen wollte. Sollte Isobel das Gefühl bekommen, dass Jonny nicht gestehen würde oder dass irgendeine Gefahr bestand, dann hätte sie nur winken müssen. Einmal hätte sie es fast getan, aber da stand schon zu viel auf dem Spiel.

Sie haben jeden Tag im Park miteinander gesprochen. Nur ganz kurz, damit Isobel der Polizistin mit dem stürmischen Hund an der Leine sagen konnte, dass sie weitermachen würde. Über Tage hat Isobel versucht, Jonny dazu zu bewegen, über Scarlett zu sprechen. Ständig hat sie die Perlenohrringe gerichtet, die Anik ihr gegeben hat. In jedem davon befand sich ein Aufnahmegerät. Als Margaret die Ohrringe kommentiert hat, hätte sie fast alles abgeblasen, weil sie sich sicher war, dass ihre Schwiegermutter erkannt hatte, dass sie nicht echt sind.

Aber es brachte alles nichts. Wie oft sie Scarlett auch erwähnte, Jonny biss einfach nicht an. Darum musste sie den Plan in letzter Minute ändern und auf diesen Showdown spekulieren. Nachdem sie den neuen Plan mit der Beamtin besprochen hatte, schrieb sie Emma im Park eine eilige Nachricht.

Und jetzt liegt Emma neben ihr und atmet ganz krächzend.

»Alles wird gut, Emma. Halte durch.«

Die wilde Verzweiflung der letzten Tage überkommt sie.

Die Suche nach der richtigen Raststätte am Sonntag. Die Extrazeit, die sie in der Klokabine verbracht hat, um Emma die Möglichkeit zu geben, Lola zu entführen, so wie sie es geplant hatten. Und dann musste sie Roly etwas vorspielen. Aber die Entführung war tatsächlich ihre Schuld. Sie hat sie schließlich inszeniert. Doch die Schuldgefühle waren trotzdem echt, genau wie die Panik, denn ein kleiner Teil von ihr fragte sich, ob Lola vielleicht von jemand anderem entführt worden war. Und sie wusste, dass sie Lola einiges zumutete, auch wenn ihre Tochter Emma bereits als eine Freundin ihrer Mummy kennengelernt hatte. Lola musste ihre komplette Welt hinter sich lassen. Und Isobel hat kaum geschlafen, so sehr hatten das Adrenalin und die Angst sie im Griff, während sie immer wieder versuchte, Jonny im richtigen Augenblick auf Scarlett anzusprechen, und gleichzeitig dafür betete, dass er Emma nicht finden und nicht entdecken würde, was Isobel vorhatte.

Sie rechnete jeden Moment damit, dass Jonny oder Roly oder Margaret sie durchschauen und erkennen würden, welche Gefühle hinter der Fassade wie ein wilder, unbezwingbarer Fluss durch ihren Körper rauschten. Nachdem Jonny Emma als Entführerin identifiziert hatte, musste sie mitspielen und so tun, als würde sie die Presse und die echte Polizei involvieren wollen. Sie spielte ihren Part als verängstigte Mutter. Als Jonny Roly schrieb, dass er Emma und Lola noch nicht gefunden habe, war sie erleichtert, und dennoch blieb die Angst, dass er sie doch jeden Augenblick aufspüren könnte und Emma nicht genug Zeit bliebe zu fliehen.

Sie wollte Lola so dringend wieder in ihre Arme schließen. Sie wollte sie nicht nur zurückhaben, sondern auch in Sicherheit wissen. Aber nicht in ihrem Haus, denn zu Hause war Lola nicht sicher. Und Isobel ging es nicht darum, Lola vor Jonny zu beschützen.

Was das angeht, hat sie Emma angelogen. Sie hat Jonny nie

gesagt, dass sie aufhören wolle. Er hat Lola nie bedroht. Manchmal hat sie sich gefragt, was er wohl gesagt hätte, wenn sie hätte kündigen wollen. Er konnte so vernünftig sein, dann aber auch wieder komplett aus der Haut fahren. Wirklich wissen wollte sie nicht, was er gesagt hätte, aber die Lüge war ihr leicht über die Lippen gekommen. Und für Emma war es leicht gewesen, sie zu glauben, vielleicht steckte also auch ein bisschen Wahrheit darin.

Sie wusste ja schon, dass Emma glaubte, Lolas Leben sei durch den Mann bedroht, der ihr in mehrfacher Hinsicht auf so furchtbare Weise wehgetan hatte, und dass sie deshalb alles tun würde, um Lola zu beschützen. Selbst wenn es bedeutete, Isobel helfen zu müssen, ein Kind zu entführen und sich selbst großer Gefahr auszusetzen. In Emmas Wahrnehmung war Jonny ein Monster. Isobel musste also nur diese Angst in Emma wecken.

Die Wahrheit wäre zu kompliziert gewesen. Wie hätte sie Emma erklären sollen, dass Lola zwar wirklich beschützt werden musste, die Gefahr aber aus ihrem eigenen Zuhause kam – und zwar von Margaret und Roly? Sie hat es über sich ergehen lassen, dass ihre Schwiegermutter sie verbal angegriffen und ständig an ihr herumgemäkelt hat, nur um Roly dann irgendwelche Flöhe ins Ohr zu setzen. Und Roly hat immer getan, was Margaret verlangt hat. Sie haben Lola in die Krippe gesteckt, obwohl Isobel fand, dass es zu früh war. Als Nächstes wäre das Internat dran gewesen. Und davor hat er angeregt, dass Isobel doch ihren Job an den Nagel hängen solle, weil seine Mutter der Meinung war, dass es sich für eine Ehefrau nicht zieme, arbeiten zu gehen.

Als ihre Schwiegermutter an Weihnachten das erste Mal das Internat erwähnt hat, fühlte Isobel einen stechenden Schmerz in der Brust. Sie würde niemals ihr Einverständnis dazu geben, dass ihre Tochter weggeschickt werden würde, aber sie wusste, dass es nur eine Frage der Zeit war, bis Margarets angeblicher Vorschlag sich zu einem Befehl wandeln würde, dem Roly Folge leisten würde. Ihr Mann ist nun mal in höchstem Maße loyal. Zumindest seiner Mutter gegenüber. Und dem Familiennamen. Und seinen Freunden. Nur ihr gegenüber ist er nie loyal gewesen.

Doch dann änderte sich alles. Während Rolys düsterer Wochen erfuhr sie von ihrer Schwangerschaft. Noch bevor sie den richtigen Zeitpunkt abpassen konnte, um es ihm zu sagen, belauschte sie ein Gespräch zwischen ihm und Margaret, die beide glaubten, sie sei bei Lola im Spielzimmer.

»Du musst dir ein Herz fassen und die Scheidung einreichen, Roly. Sie war nie die Richtige für dich. Denk doch mal darüber nach, wie viel einfacher das Leben sein könnte, wenn du jemand Standesgemäßen geheiratet hättest. Wie glücklich du sein könntest! Und Lola könnte bei mir und auf St Martin's leben. Willst du deiner Tochter etwa nicht das bestmögliche Leben schenken?«

Er sagte zwar, dass sie falschliege und dass er Isobel liebe, aber seine Worte klangen weder liebevoll noch beruhigend. Stattdessen legte sich die kalte, harte Realität wie eine Decke über Isobel. Zum ersten Mal wurde ihr klar, wie unsicher ihr Leben bei diesen Leuten war. Sie hatten Geld und Freunde mit viel Macht. Wenn Roly sich von ihr scheiden ließe, könnte er sie ohne Probleme abschieben. Unter der Regie von Margaret würde Roly sich zweifellos das Sorgerecht für Lola holen und dafür sorgen, dass sie ihre Tochter, ihr Ein und Alles, nicht mehr sehen könnte.

Doch jetzt ging es nicht mehr nur um Lola. Sie musste auch an das Baby denken, an dieses Wunderkind, das nach all den Jahren des Scheiterns wirklich nicht zu erwarten gewesen ist. Und schon Lola, das Licht ihres Lebens, bedeutet ihr alles – und das gilt auch für das neue Baby. Niemals wird sie zulassen, dass diese Leute ihr die Kinder abnehmen.

In der Woche nach dem Gespräch mit Anik, in der Scarletts Verschwinden in den Medien öffentlich gemacht wurde und Isobel belauschte, wie Margaret zu Roly sagte, er sei unglücklich, weil seine Frau ihm das Leben so schwer mache, wusste sie, dass sie handeln musste.

Sie suchte Emma auf und machte ihr weis, dass Jonny Lola wehtun wolle. Isobel wusste, dass die einzige Person, die ihre Tochter beschützen konnte, die Frau war, die mit der gleichen heftigen Überzeugung wie sie selbst glaubte, Lolas Mutter zu sein.

Sie schmiedeten einen Plan. Sie berichtete Emma von einem Auto, das sie in Crawley abstellen würde, einem Ort, der weniger als zwei Autostunden von der Raststätte entfernt liegt. Emma würde es am nächsten Tag holen können. Sie suchte den Campingplatz raus, wo sie die erste Nacht verbringen würden, und sie gab Emma Lolas Pass und erzählte ihr von der Nachtfähre nach Belfast, wo sie sie am Tag drauf treffen wollte. Sie versprach ihr ein Leben, in dem sie für immer ein Teil von Lolas Welt sein würde.

Es hätte einfachere Wege gegeben, um zu fliehen, um das Land zu verlassen, bevor irgendjemand etwas mitbekam, aber das war ja gar nicht der Plan. Emma und Lola durften nicht zu weit weg sein, damit sie gejagt werden konnten. Sie mussten Hinweise verteilen, denen Jonny nachgehen konnte, damit er so abgelenkt sein und so unter Druck stehen würde, dass sie ihn wegen Scarlett bedrängen konnte, um sein Geständnis aufzunehmen und ihm und seinen Machenschaften ein Ende zu bereiten – und damit auch Roly.

Wenn sie mit Lola weggehen wollte, dann musste sie sichergehen, dass Jonny nicht versuchen würde, sie zu finden. Denn das hätte er getan. Er hätte nicht aufgegeben, dessen ist sie sich sicher, vor allem, weil sie für ihr neues Leben ganz schön viel Geld von ihm geklaut hat.

Ihr war klar, dass Roly niemals die richtige Polizei rufen

würde, genauso wie ihr klar war, dass er und Margaret den Namen Huntington aus der Presse würden raushalten wollen. Sie würden so sehr damit beschäftigt sein, einen Skandal zu verhindern, dass sie gar nicht merken würden, was Isobel direkt vor ihrer Nase trieb. In Crawley entdeckte sie eine Straße, die gesperrt sein würde, und tat so, als hätte sie dort ein Auto für Emma abgestellt. Dass Emma ohne das Auto verzweifeln würde, wusste sie. Man würde sie irgendwo sehen, und Jonnys Männer würden Jagd auf sie machen. Aber Isobel wusste auch, dass Emma alles tun würde, um Lola zu beschützen. Koste es, was es wolle, sie würde niemals zulassen, dass diese Männer Lola in die Finger kriegen.

Ihre Schuldgefühle haben diese Woche ganz schön an ihr genagt – nicht nur angesichts dessen, was sie Lola zugemutet hat, sondern auch weil sie sich, als der Plan in die Tat umgesetzt wurde und Lola weg war, auf einmal Sorgen machte, dass sie Emma vielleicht doch nicht vertrauen konnte. Sie war eine furchtbare Mutter, doch das Ergebnis musste die Tortur einfach wert sein. Ihr fiel keine andere Möglichkeit ein, ein neues Leben mit Lola und ihrem Baby anzufangen und gleichzeitig den Reichtum zu behalten, an den sie gewöhnt war.

Sie hat natürlich gehofft, dass es nicht so weit kommen würde, dass ein solcher Showdown nötig werden würde, aber als Jonny auch gestern nicht gestand und Emma es durchs ganze Land geschafft hatte, wusste sie, dass sie keine andere Wahl hatte. Sie schrieb Emma, dass sie am Fährterminal eine Polizistin treffen und ihr Lola übergeben solle. Damit sie in Sicherheit sei. Dann würden sie Jonny auf dem Parkplatz gegenübertreten.

Es hat geklappt. Sie kann kaum glauben, dass das hier das Ergebnis all ihrer Planerei ist. Dass Jonny tot ist.

Auf dem Boden bewegt sich etwas, das ihre Aufmerksamkeit erregt. Eine Pfütze. Um Jonnys Kopf herum breitet sich eine dunkle Lache aus Blut aus. Sie ist froh, dass er tot ist.

Wenn man ihr die Möglichkeit gegeben hätte, hätte sie selbst abgedrückt. Jetzt kann er sie nicht mehr jagen. Und niemand wird je wissen, wie viel Geld sie ihm gestohlen hat.

Nur Roly und Margaret müssen jetzt noch aufgehalten werden.

ACHTUNDVIERZIG

ISOBEL

Isobel lässt Emmas eisige Hand los und setzt dazu an, etwas zu sagen, aber im Chaos um sie herum geht ihre Stimme unter. Ein Sanitäter in einer neongelben Warnjacke taucht neben Emma auf. Isobel sollte dort liegen. Sie sollte tot sein. Sie muss das Ganze jetzt zu Ende bringen. Für Emma, und auch für sich selbst. Roly und Margaret müssen bezahlen. Mit wackeligen Beinen richtet sie sich auf und schaut sich um: Zwischen verschiedenen Gruppen von Polizisten stehen Roly und Margaret immer noch wie angewurzelt da und schauen fassungslos zwischen Jonny und Emma hin und her.

»Ich habe die Unterlagen«, ruft sie mit zittriger, aber gleichzeitig lauter Stimme und greift in ihre Tasche, aus der sie einen altmodischen USB-Stick zieht. Darauf befinden sich zwar nicht alle von Jonnys Finanzunterlagen – die Bücher, die zeigen würden, dass sie Geld von ihm gestohlen hat, fehlen –, aber die meisten Dokumente sind vorhanden.

Anik kommt auf sie zu. Er hält die Hand auf, um den Stick entgegenzunehmen. »Das können wir später machen, Isobel. Machen Sie langsam. Ist alles in Ordnung bei Ihnen?«

Sie schüttelt den Kopf. »Darauf befinden sich Informationen, die beweisen, dass die da involviert waren. Alle beide.« Sie dreht den Kopf und starrt Roly und Margaret an. Ihren liebenden Ehemann. Ihre Schwiegermutter. Margaret hat Isobels Untergang so lange geplant, doch Isobel ist ihr zuvorgekommen. Margaret ist diejenige, die untergehen wird.

Ihre Schwiegermutter greift sich an die Brust. »Was meinst du mit ›involviert‹? Ich habe nicht die leiseste Ahnung, worum es geht.« Ihre Stimme bricht. »Roland, was geht hier vor sich?«

»Es ist sinnlos, es zu leugnen, Margaret«, sagt Isobel und muss sich angesichts der Entrüstung ihrer Schwiegermutter ein Lächeln verkneifen, ruft sich aber gleichzeitig in Erinnerung, wie grausam all ihre kleinen Sticheleien ihr gegenüber waren. »Deine und Rolys Konten tauchen in Jonnys Unterlagen auf. Das ist in diesen Dokumenten eindeutig zu erkennen. Es ist absolut unglaubwürdig, dass du keine Ahnung haben willst, was da vor sich ging.«

Das ist eine Lüge. Aber was macht das jetzt schon? Sie hatte keinen Zugriff auf Margarets und Rolys Treuhandkonten und entsprechend nicht die Möglichkeit, an ihr Geld zu kommen. Selbst Roly hat ihr trotz all seiner Liebesschwüre nie seine Finanzen anvertraut. Aber in seinen Unterlagen hat sie die Kontonummern gefunden, und seit ein paar Monaten überweist sie Geld von Jonnys Konten dorthin. Roly steckt sowieso bis zum Hals in Jonnys Geschäften mit drin, das hat er ja selbst eben murmelnd zugegeben, und Margaret da ebenfalls mit reinzuziehen, war nicht besonders schwer.

Mit den richtigen Anwälten werden sie sich bestimmt aus der ganzen Sache rauswinden können, aber immerhin werden sie abgelenkt sein. Und während sie strauchelnd versuchen werden, ihre Unschuld zu beweisen und den Namen Huntington zu schützen, wird sie klammheimlich mit Lola an einen Ort fliehen, wo man sie nie finden wird.

»Keine Sorge, Mutter«, sagt Roly, klingt aber alles andere als überzeugend. »Iz, Schatz. Was soll das? Was machst du?«

Sie starrt ihren Ehemann an. Oh, wie sie ihn geliebt hat. Sie wollte es ihm so unbedingt recht machen, dass sie sogar seine Affären und seine Verstrickungen mit Jonny ignoriert hat. Aber trotzdem hat es nie gereicht. Er hat sie nie über Margaret gestellt. Als Scarlett verschwunden ist und sie zusehen musste, wie er langsam in sich zusammenfiel, wusste sie, dass Jonny ihn in die Sache mit reingezogen hatte und dass er immer ein Schwächling bleiben würde, der auf alle hörte außer auf sie. Diese verdammte Loyalität. Seit sie herausgefunden hat, dass sie schwanger ist, will sie ihre Vergangenheit aufarbeiten. Doch das ist nicht der einzige Grund. Das Baby bedeutet ihr genauso viel wie Lola, und sie kann auf keinen Fall zulassen, dass man ihr eins oder beide ihrer Kinder wegnimmt oder Margaret sie manipuliert.

Darum hat sie Emma aufgesucht und um Hilfe gebeten. Und Emma hat ihr gebeichtet, dass Roly Lolas leiblicher Vater ist.

Diese Neuigkeit schlug wie eine Bombe in ihr Inneres ein. Ihr Herz zerbrach in tausend Stücke, und in ihrer Brust blieb ein intensiver Schmerz zurück. Sie schüttelte wie wild den Kopf, weil sie es nicht glauben wollte, doch gleichzeitig fühlte es sich so an, als hätte jemand einen Vorhang aufgezogen, um die hässliche Wahrheit zu offenbaren, die sie nicht länger leugnen konnte.

Roly ist also Lolas Vater. Noch schlimmer aber ist, dass er Emma manipuliert und in eine Affäre gelockt hat, um sie zu schwängern. So krank. Und furchtbar. Aber zu genau so etwas ist Roly fähig. Er denkt nur an sich und seine Familie. Und dabei hat er Menschen als Mittel zum Zweck missbraucht.

Aber das ist jetzt auch alles egal. Ihr Herzschmerz wird vergehen. Dank Jonnys Geld hat sie Roly nicht mehr nötig. Sie kann Lola versorgen, ihr alles bieten. Und ihrem Baby auch.

»Ich mache das, was jede Mutter tun würde. Ich beschütze meine Kinder.«

»Kinder?«, ruft Margaret. »Wen –?«

»Ich bin schwanger«, antwortet sie, streicht sich über ihren kleinen perfekten Babybauch und genießt den Anblick ihrer schockierten Gesichter. »Und ihr werdet dieses Kind nie zu Gesicht bekommen«, zischt Isobel sie beide an. »Du wirst es nicht an dich reißen, Margaret, wie du es bei Lola ständig versucht hast. Lola werdet ihr auch nie wiedersehen.«

»Wie kannst du es wagen –«, faucht Margaret, wird jedoch davon unterbrochen, dass ein Polizist Roly am Arm packt.

»Roland Huntington, ich nehme Sie in Gewahrsam, um Sie zum Mord an Philippa Holloway und zu Ihren Geschäften mit Owen Watkins zu befragen.«

»Bin ich verhaftet?«

»Noch nicht. Aber Sie müssen mich begleiten.«

Die blonde Polizistin tritt an Margaret heran. »Würden Sie bitte mir folgen, Mrs Huntington?«

Margaret rührt sich nicht von der Stelle. Sie steht wie angewurzelt da und starrt Isobel mit einem Blick an, in dem sowohl Schock als auch Wut und Schmerz liegen. »Wie kannst du es wagen, uns das anzutun?«, sagt sie mit leiser und bedrohlicher Stimme. »Damit wirst du nicht davon kommen.«

Doch Isobel wendet sich ab und ignoriert sie. Sie ist bereits damit davongekommen.

Sie kniet sich wieder neben Emma und nimmt ihre Hand. Diesmal drücken Emmas Finger zurück.

»Emma?«, fragt Isobel und beobachtet ihr Gesicht.

»Hey«, murmelt diese, öffnet die Augen aber nicht.

»Alles okay?« Was für eine dämliche Frage! In Isobels Hals bildet sich ein Kloß, der sich irgendwie als schnaubender Lachlaut äußert. Das muss der Schock sein. »Entschuldige, natürlich ist nicht alles okay. Ich … ich weiß gar nicht, wie ich dir danken soll. Du hast mir das Leben gerettet. Jonny wollte mich erschießen.«

»Du hattest ja keine Weste an«, sagt Emma und setzt sich

mühsam auf. Sie zieht den übergroßen Pullover herunter, den sie anhat, und reibt über die Stelle der kugelsicheren Weste, an der sie getroffen worden ist.

»Aber er hätte dich auch woanders treffen können. Und gerettet hast du mich so oder so.«

»Das habe ich für Lola getan«, sagt Emma. »Sie liebt dich so sehr. Ich wollte nicht, dass sie ohne dich aufwachsen muss.«

Emmas Blick huscht zu Jonnys leblosem Körper. Sie erschaudert sichtlich, bevor sie zusammenzuckt und sich erneut an die Brust fasst.

Schweigend sehen sie zu, wie ein anderer Sanitäter die Leiche zudeckt. In der Ferne hören sie eine Sirene, deren Lärm im Schiffshorn einer Fähre untergeht.

»Wir haben die Fähre verpasst«, sagt Emma, deren Augen sich mit Tränen füllen.

»Wir können auch eine andere nehmen.«

»Wir?« Emma klingt so hoffnungsvoll, dass Isobel einfach nickt. Diese Frau hat nicht nur Isobels Leben gerettet, sondern auch Lola aus den Fängen von Margaret und Roly befreit. Sie hat noch nicht wirklich darüber nachgedacht, was sie tun will, sobald sie mit Lola geflohen ist – sie weiß nur, dass sie weit wegwill, an irgendeinen wunderschönen Ort. Neue Pässe, neue Namen, ein kompletter Neuanfang. Als sie Emma den Plan verkauft hat, hat sie ihr versprochen, dass sie Teil dieses neuen Lebens sein würde, doch erst jetzt realisiert sie, dass sie das ernst gemeint hat.

Isobel nickt. »Vorausgesetzt, du willst mit uns kommen. Ich kann allerdings nicht hier im Land bleiben. Jonny ist vielleicht ausgeschaltet, aber Roly und seine Familie werden alles tun, um mir Lola wegzunehmen und mir den Umgang zu verbieten – und dir natürlich auch. Wir haben hier keine Zukunft. Ich muss mit Lola verschwinden.«

»Dann komme ich mit, denke ich mal.« Emma lächelt und

lässt dann den Blick über den Parkplatz schweifen. »Wo ist Lola überhaupt?«

In dem Moment fährt ein Auto vor. Die Tür öffnet sich einen Spalt, und dann kommt ein kleines blondes Mädchen mit wildem blondem Haar auf sie zugerannt. »Mummy!«, schreit Lola und springt Isobel in die Arme.

Als Emma etwas zur Seite weicht, registriert Isobel den verletzten Ausdruck auf ihrem Gesicht. Schnell greift sie mit ihrem freien Arm nach Emma und zieht sie mit in die Umarmung. »Wir haben es geschafft«, flüstert sie Emma ins Ohr, bevor sie Lolas Gesicht mit so vielen Küssen bedeckt, dass diese sich kichernd windet.

Isobel hat keine Ahnung, was die Zukunft für sie alle bereithält, wie ihr Leben aussehen wird, aber Lola ist bei ihr, und das ist das Einzige, was zählt. Sie sind frei.

Sie muss daran denken, was Emma gesagt hat, nachdem auf sie geschossen wurde und sie zu Boden fiel: *»Ich bin ihre Mutter. Und du auch.«*

Nein! Das Wort taucht in ihren Gedanken auf, doch sie schiebt es schnell beiseite, bevor der Gedanke stärker wird. Sie wird zulassen, dass Emma Teil von Lolas Leben ist. Nach allem, was sie für Isobel getan hat – obwohl Isobel sie ausgetrickst hat –, ist das doch wohl das Mindeste, oder? Emma kann ihr mit dem Baby helfen; sie kann sich um Lola kümmern.

Zumindest für den Moment.

EPILOG

Der Mann hockt zwischen den Grasbüscheln oben auf der Düne. Der Sand ist ganz weich. Er wird ihn sicherlich noch monatelang in den Taschen und Falten seiner Kleidung finden. Er mag Sand nicht besonders. Aber der Job ist gut bezahlt, darum schert er sich nicht groß darum. Der Strand von Cannon Beach, einer Kleinstadt über hundert Kilometer westlich von Portland an der amerikanischen Westküste, ist ziemlich malerisch. Der dunkle Sand erstreckt sich bis weit in die Ferne. Das helle Treibholz ähnelt angeschwemmten Walknochen. Ein krummer, schmaler Lattenzaun, der kaum noch aufrecht steht, verläuft durch die Dünen. In der Spätnachmittagssonne schimmert das Meer dunkelblau. Die Brise, die vom Wasser herweht, ist frisch. Er wünschte, er hätte seine Mütze angezogen.

Er verändert seine Position ein wenig, hebt die Kamera an und passt die Einstellungen des Teleobjektivs an. Dann zoomt er an die Figuren da unten heran. Es sind zwei Frauen und ein kleines Mädchen mit weißblondem Haar. Alle drei sind barfuß, die Schuhe liegen auf einem Haufen neben dem Pfad. Die Hosen haben sie bis zu den Knöcheln hochgekrempelt. Die blonde Frau läuft auf die Wellen zu. Entfernt hört er ihren überraschten Freudenschrei, als das kalte Wasser ihre Füße berührt. Das kleine Mädchen folgt ihr und schreit ebenfalls lachend vor Begeisterung.

Er schießt ein Foto von der Frau und dem Kind, und als sie sich umdreht, um das kleine Mädchen bei der Hand zu nehmen, sieht er auch das Baby, das sich in einem hellblauen Strampelanzug in einer Trage an ihre Brust schmiegt. Er schießt noch ein Foto.

Die zweite Frau hat welliges rotbraunes Haar, das ihr bis zu den Schultern reicht. Lächelnd folgt sie den anderen. Sie wirkt etwas vorsichtiger und rennt nicht. Das kleine Mädchen winkt sie heran, dann nehmen die beiden Frauen es zwischen sich an die Hände und schwingen es über die Wellen.

Er nimmt noch ein Dutzend Fotos auf und lächelt in sich hinein. Endlich hat er sie gefunden. Das wird die Huntingtons freuen. Er hat Rolys Kinder gefunden. Das war nicht einfach, trotz des Budgets und der Ressourcen, die ihm zur Verfügung stehen. Aber egal. Jetzt hat er sie ja. Und er weiß alles, was er wissen muss.

Die ältere Frau, die blonde, bleibt zu Hause und kümmert sich um ihr Baby und das kleine Mädchen. Die jüngere Frau hat zwischen einem Deli und einem Kunstatelier, in dem man Treibholzfiguren in Fischform kaufen kann, einen Blumenladen aufgemacht. Wie nett. Aber das wird sich bald ändern. Sie haben seinem Kunden etwas Unverzeihliches angetan. Kein Friede den Gottlosen ...

Zurück in seinem Auto öffnet er seinen Laptop und verschickt eine E-Mail mit den Fotos im Anhang, die aus nur einem Wort besteht:

GEFUNDEN.

MEHR VON BOOKOUTURE DEUTSCHLAND

Für mehr Infos rund um Bookouture Deutschland und unsere Bücher melde dich für unseren Newsletter an:

deutschland.bookouture.com/subscribe/

Oder folge uns auf Social Media:

facebook.com/bookouturedeutschland
x.com/bookouturede
instagram.com/bookouturedeutschland

EIN BRIEF VON LAUREN

Liebe Leser:innen,

vielen Dank, dass ihr *Ich bin ihre Mutter* gelesen habt. Wenn ihr über meine Neuerscheinungen im Bilde sein wollt, dann könnt ihr euch unter folgendem Link zu meinem Newsletter anmelden. Eure E-Mail-Adresse wird natürlich nicht an Dritte weitergegeben, und ihr könnt euch jederzeit abmelden.

deutschland.bookouture.com/subscribe/

Die Idee für diese Geschichte gefiel mir von Anfang an. Dass sie an einer Raststätte entstanden ist, wird euch wahrscheinlich nicht überraschen. Ich war mit meiner Familie unterwegs in die Sommerferien im Lake District. Wir haben angehalten, um eine Pause zu machen. Meine Aufmerksamkeit galt unserem Hund Rodney, der etwas trinken und ein wenig Auslauf bekommen sollte. Als meine jugendliche Tochter also sagte, sie würde allein auf die Toilette gehen, kam es mir nicht mal in den Sinn, besorgt zu sein.

Doch als sie außer Sichtweite war und ich mich umsah, wurde mir plötzlich klar, dass wir bei all den Autos und Menschen erst nach einer ganzen Weile merken würden, wenn jemand sie entführt hätte. Darum habe ich Rodney schnell an meinen Mann übergeben und bin unserer Tochter eilig gefolgt. Alles war in Ordnung. Als wir wieder im Auto saßen, dachte ich über diesen kurzen Moment der Angst nach. Und darüber, wie leicht man jemanden an einer Raststätte entführen könnte (oder vor etwas retten – je nach Perspektive). Das war der Ausgangspunkt für die Geschichte von Emma, Isobel und Lola. Es hat mir sehr viel Spaß gemacht, ihr Leben einzuhauchen.

Ich freue mich immer, von meinen Leser:innen zu hören. Ihr könnt Rezensionen schreiben, mich in Posts erwähnen oder mir Nachrichten schicken. Ich schaue fast täglich bei X, Instagram und Facebook vorbei. Die Links zu meinen Social-Media-Kanälen findet ihr unter diesem Brief. Falls euch *Ich bin ihre Mutter* gefallen hat, wäre ich euch sehr dankbar, wenn ihr auf Amazon oder Goodreads eine Rezension hinterlassen oder das Buch einer befreundeten Person empfehlen würdet.

Vielen Dank und alles Liebe

Lauren

www.Lauren-North.com

facebook.com/LaurenNorthAuthor
x.com/Lauren_C_North
instagram.com/Lauren_C_North

DANKSAGUNG

Besten Dank an die Testleser:innen und Blogger:innen, die sich so viel Mühe machen und so viel Zeit investieren, um Autor:innen zu unterstützen. Ihr seid wirklich spitze! Besonders Teresa Nikolic möchte ich danken, die meine Bücher ständig erwähnt und uns Autor:innen so großzügig ihre Zeit schenkt!

Dieses Buch ist meiner Lektorin Lucy Frederick gewidmet. Lucy – seit ich dir die Idee für dieses Buch das erste Mal vorgestellt habe, stehst du zu einhundert Prozent dahinter. Und nicht nur das: Dein Weitblick und deine unermüdliche harte Arbeit haben aus der Geschichte noch so viel mehr herausgeholt, als ich je für möglich gehalten hätte. Danke dir! Und danke auch an das gesamte Team von Bookouture. An der Veröffentlichung dieses Buches waren so viele Menschen beteiligt, schaut euch also gern mal die Liste ganz hinten in diesem Buch an.

Ein großer Dank gilt auch meiner Agentin Amanda. Du zuckst nicht mal mit der Wimper, wenn ich schon wieder mit einer neuen Buchidee oder einem nahezu unmöglichen Zeitplan ankomme. Dein Vertrauen treibt mich an. Danke auch an das gesamte LBA-Team.

Als ich mich mit der strukturellen Überarbeitung von *Ich bin ihre Mutter* herumschlug, bin ich auf eine Facebook-Gruppe mit dem Namen Write MAGIC gestoßen. Die motivierenden Worte auf Zoom und der Zusammenhalt in dieser Gruppe haben mich durch viele Arbeitsstunden gebracht. Ich danke dem engagierten Team hinter der Gruppe und allen, die mich angefeuert haben, noch zehn Seiten zu schreiben, und dann noch mal zehn.

Und falls ich es noch nicht deutlich genug gemacht habe, möchte ich noch mal erwähnen, dass der Schreibprozess nicht so einsam ist, wie ihr vielleicht glaubt. Es ist Teamarbeit mit Amanda, Lucy und Bookouture. Auch meine Freund:innen sind in meinem Team. Und ich kann mich ganz schön glücklich schätzen, dass mein Freundeskreis so groß ist, dass ich hier gar nicht alle Namen aufzählen kann. Darum nur so viel: Lieben Dank an meine Freundinnen und Freunde auf X, bei mir im Dorf, von der Uni und aus der Schule meiner Kinder, dass ihr mich ständig daran erinnert, dass es eine Welt außerhalb des Kosmos meiner Bücher gibt.

In dieser Geschichte steckt eine gesunde Prise kreativer Freiheit, dennoch möchte ich Matt Carney danken, der mir Fragen zur automatischen Nummernschilderkennung und zu Polizeiarbeit im Allgemeinen beantwortet hat.

Außerdem danke ich Merry Anslow, die dieses Buch Korrektur gelesen hat und mir bereits einige Ideen für mein nächstes Werk geliefert hat.

Es gibt noch ein paar weitere Namen, die nicht unerwähnt bleiben sollen. Louise Beech und Charlotte Duckworth, dank euch vergesse ich nicht, dass wir alle in einem Boot sitzen, auch wenn's manchmal schwer ist, aber zum Glück gibt es ja WhatsApp-Sprachnachrichten. Lesley Kara, du bist eine wunderbare Frau, ich bin so dankbar, mit dir befreundet sein zu dürfen. Und natürlich Nikki Smith, Zoe Lea und Laura Pearson – vielleicht wiederhole ich mich, aber die Gespräche mit euch sind oft das Highlight meines Tages. Danke, dass ihr mich anfeuert und mich ablenkt, mir Orientierung, Unterstützung und Liebe schenkt. Auf Harrogate!

Mein Arbeitspensum während des Schreib- und Lektoratsprozesses dieses Buchs war ein bisschen wahnsinnig. Und auch wenn ich es wieder genauso machen und mich wieder genauso lange an den Schreibtisch setzen würde, muss ich meiner Familie einen ganz besonderen Dank aussprechen. Andy, Tommy und Lottie, euer Glaube an mich, eure Unterstützung, euer Verständnis und euer Zuspruch geben mir Kraft. Und es gibt keinen besseren Grund, um eine Pause zu machen, als mit euch einen Escape Room oder ein Katzencafé zu besuchen, zusammen mit dem Hund spazieren zu gehen oder Actionfilme zu schauen. Ihr selbst seid immer der beste Grund!

Printed in Poland
by Amazon Fulfillment
Poland Sp. z o.o., Wrocław

52143217R00231